ILIAS by AUGUSTE LECHNER

ILIAS

트로이 전쟁의 영웅들

호메로스 원작
아우구스테 레히너 풀어지음
김은애 옮김

문학과지성사

일리아스

일리아스
트로이 전쟁의 영웅들

제1판 제1쇄   2017년 7월 15일
제1판 제4쇄   2023년 1월 17일

원작자   호메로스
풀어지은이   아우구스테 레히너
옮긴이   김은애
펴낸이   이광호
펴낸곳   ㈜**문학과지성사**
등록번호   제1993-000098호
주소   04034 서울 마포구 잔다리로7길 18 (서교동 377-20)
전화   02) 338-7224
팩스   02) 323-4180(편집) 02) 338-7221(영업)
전자우편   moonji@moonji.com
홈페이지   www.moonji.com

ISBN 978-89-320-3021-0 04850
ISBN 978-89-320-3020-3 04850 (세트)

이 도서의 국립중앙도서관 출판예정도서목록(CIP)은 서지정보유통지원시스템 홈페이지
(http://seoji.nl.go.kr)와 국가자료공동목록시스템(http://www.nl.go.kr/kolisnet)에서
이용하실 수 있습니다.(CIP제어번호: CIP2017014796)

차례

일러두기

1. 이 책은 호메로스Homeros의 서사시 『일리아스*Ilias*』를 지은이가 산문 형식으로 평역한 것을 우리말로 옮긴 것이다.

2. 인명, 지명 등 그리스어 고유명사의 표기는 국립국어원 외래어 표기법에 따랐다 (예: 오뒷세우스 → 오디세우스). 단, 이미 우리말에서 널리 통용되어 관용적으로 쓰이는 용어들은 관행대로 표기하였다(예: 트로이아 → 트로이, 테바이 → 테베, 미르미도네스 → 미르미돈). 원어 확인이 되지 않거나 용례를 확인하기 어려운 경우에는 천병희 교수가 번역한 『일리아스』(숲, 2015)의 표기를 참고하였다.

3. 원어 병기 시 그리스어는 영어 알파벳으로 바꾸어 표기하였다.

4. 이해를 돕기 위해 주요 인물 소개 및 인물 관계도 등을 이 책에 추가하였다.

5. 이 책의 각주는 옮긴이가 단 것이다.

1

트로이가 포위된 지 10년째 되는 어느 날이었다. 그날은 전투가 없었다. 아카이아인*들의 진영에서는 여느 때와 같은 하루가 시작되었고 저 멀리 해변에 정박해 있는 배들도 거의 움직임이 없었다. 바다가 잔잔했기 때문이다.

트로이 성 안에는 깊은 정적이 흘렀다. 성벽과 망루 위에 서 있는 보초병들만이 적의 움직임을 한순간도 놓치지 않고 감시하고 있었을 뿐이다.

아카이아인들이 진을 치고 있는 막사 바로 맞은편에 거대한 스카이아이 성문**이 굳게 닫혀 있었다. 성문은 아카이아인

---

* 아이올리아족의 일파一派로 트로이 전쟁에 참가한 그리스인들 가운데 가장 강력한 종족이었다. 그러나 호메로스의 작품에서 아카이아인은 그리스인 전체를 가리킨다.
** 트로이 성의 서쪽으로 나 있는 가장 중심이 되는 문. 트로이 병사들은 이 문을 통해 아카이

들의 반복되는 공격에도 끄떡없이 서 있었다.

트로이 성문 안쪽에 높이 솟은 망루 위로 가끔씩 트로이의 장수들이 보이곤 했다. 아카이아 진영에서도 그 모습은 뚜렷이 보였다. 그들 중 하나가 프리아모스 왕의 맏아들인 헥토르였다. 그는 트로이에서 가장 용맹한 장수였다. 사람들이 '여신의 아들'이라고 부르는 아이네이아스도 있었다. 아이네이아스의 어머니가 아프로디테 여신이었기 때문이다. 여러 신하들에게 둘러싸여 프리아모스 왕이 친히 모습을 드러내기도 했다. 왕의 머리카락과 수염은 눈처럼 하얗게 세어 있었고, 그 늠름한 모습에 아카이아인들도 감탄을 하며 존경을 표할 정도였다.

가끔은 파리스도 망루 위로 왔다. 파리스는 신과 같이 멋있었지만 이 전쟁의 원인을 제공한 장본인이기도 했다. 파리스가 라케다이몬의 왕인 메넬라오스의 부인 헬레네를 빼앗아왔기 때문이다.

그 일로 인해 아트레우스의 아들들인 메넬라오스와 그의 형 아가멤논, 그리고 수많은 아카이아의 장수들이 헬레네를 되찾고 그에 대한 응징을 하기 위해 바다를 건너왔던 것이다.

아 진영으로 나가곤 했다.

물론 다른 이유도 있었다. 트로이에는 엄청나게 많은 금은보화가 숨겨져 있었다. 그러나 트로이의 신전과 궁전 들 안에 아무리 많은 금은보화가 숨겨져 있다고 한들, 10년째 성안으로 들어가지도 못하고 성 밖에서 진을 치고만 있다면 그 많은 금은보화가 무슨 소용이 있겠는가?

군대를 이끌고 온 장수들은 병사들이 이미 불평을 시작했으며 그들 중 대부분이 이제 그만 고향으로 돌아가기를 바란다는 것을 잘 알고 있었다. 그러나 어떻게 그리 오랜 세월 동안 수많은 전투를 하고도, 결국 전쟁에서 승리하지 못한 채 집으로 돌아갈 수 있단 말인가?

병사들의 불평불만이 무서운 유령과도 같이 막사에 스며들었고 장수들의 근심 걱정도 나날이 커져만 갔다. 그래서 아가멤논은 그날 저녁 장수들을 한자리에 불러 모았다. 이제 어떻게 해야 할지에 대해서 의논해야 했기 때문이다.

태양이 서쪽 수평선 아래로 기울었을 때 장수들이 모두 모였다. 장수들은 상황의 심각성을 잘 알고 있었다. 막사 가장자리에 있는 나지막한 언덕 위에 장수들은 계급에 따라 정해진 자리에 둥그렇게 모여 앉았다. 제일 한가운데가 모든 군대를 이끄는 총사령관인 아가멤논 왕의 자리였다.

아가멤논의 왼쪽으로 그의 동생인 메넬라오스가 앉았고 오른쪽에는 필로스의 왕인 네스토르가 자리를 잡았다. 네스토르는 나이가 많고 성품이 온화했으며 아주 현명한 왕이었다. 네스토르 옆에 미르미돈의 왕인 아킬레우스가 앉아 있었다. 아킬레우스는 아카이아인들 중에서 가장 전투에 능한 장수로, 모든 병사들의 우상과도 같은 존재였다. 그의 옆에는 아킬레우스의 가장 절친한 친구인 파트로클로스가 앉아 있었다. 사람들이 말하기를, 그 둘은 서로를 위해서라면 조금의 망설임도 없이 자기 살까지도 베어줄 수 있는 사이라고 했다. 디오메데스도 있었는데, 그 역시 용감하고 영리했으며 모든 적들이 두려워하는 장수였다. 두 명의 아이아스 또한 유명한 장수들로 창던지기와 결투에 능했다. 이타케의 왕인 오디세우스는 그 누구보다 지혜가 뛰어나고 지략을 잘 꾸미는 장수였다. 크레타의 왕 이도메네우스를 비롯해 그 외에도 많은 장수들이 있었다. 사제들과 예언자, 꿈을 해몽하는 사람들도 자리를 함께했는데 그들의 도움 역시 필요했기 때문이다.

아가멤논이 자리에서 일어났다. 그는 주위를 죽 둘러보며 빈자리가 없는 것을 확인했다.

"존경하는 장수 여러분, 나는 지금 여러분의 의견을 듣고

자 그대들을 이 자리에 불러 모았습니다."

아가멤논이 말을 꺼냈다. 그러나 아가멤논은 더 이상 연설을 계속할 수 없었다. 그렇게 연설이 중단된 적은 이제껏 한 번도 없었다. 아가멤논이 말문을 연 바로 그 순간, 저 멀리 항구에 정박해 있는 함대들 중 한 척에서 망을 보고 있던 병사 하나가 큰 소리로 고함을 질러댔기 때문이다.

깜짝 놀란 장수들이 일제히 바다 쪽으로 고개를 돌렸다. 검은 돛을 단 작은 배 한 척이 해안을 따라 아카이아의 함대를 향해 천천히 다가오고 있었다. 아카이아의 함대는 잔잔한 바다 위에 거대한 검은 괴물처럼 선체를 우뚝 세우고 열을 지어 나란히 정박해 있었다.

검은 돛을 단 작은 배는 먼바다로부터 항해해 온 것 같지는 않았다. 갑판 위에는 노를 젓는 몇몇 노예들과, 난간에 기대서서 해변 쪽을 바라보고 있는 한 남자만이 있었을 뿐이다.

"누군가가 보낸 사신 같습니다." 로크리스인인 아이아스가 말했다. "그런데 저렇게 다 부서져가는 배를 타고 어디에서 오는 걸까요?"

그러자 나이는 많지만 아주 멀리까지 볼 수 있을 정도로 눈이 밝은 네스토르가 머리를 가로저으며 말했다.

"저 남자는 사제요! 이마에 두르고 있는 띠와 손에 들고 있는 황금 지팡이를 보면 알 수 있소."

아가멤논이 눈살을 찌푸렸다.

"낯모르는 사제가 우리에게 무슨 볼일이 있단 말이오?"

아킬레우스가 천천히 자리에서 일어나 아가멤논의 옆으로 왔다. 그의 얼굴에 긴장한 빛이 떠올랐다.

"저 사람이 누구인지 내가 말해드리리다, 아트레우스의 아들이여." 아킬레우스가 말했다. "저기 저 사람은 아폴론 신을 모시는 사제요. 자기 딸을 당신에게 전리품으로 빼앗긴 자란 말이오! 기억하시오? 이곳에서 해안을 따라 북쪽으로 가다 보면 크리세라는 작은 도시가 나오지요. 우리는 그곳을 칼을 거의 써보지도 않고 쉽게 함락했었소. 당신은 그때 그 도시의 예쁜 처녀들을 모두 데려오라고 명한 뒤에 그중에서도 가장 아름다운 처녀를 전리품으로 챙겼소. 그건 어쩌면 당신의 당연한 권리일 것이오. 당신은 우리의 총사령관이니까. 하지만 불행하게도 그 처녀는 저 사제의 무남독녀 외동딸이란 말이오. 내 생각에 저 사제는 지금 자기 딸을 돌려달라고 온 것이 틀림없소. 내기를 해도 좋소!"

아가멤논은 분노에 찬 눈초리로 아킬레우스를 돌아다봤다.

아가멤논의 검은 얼굴은 무섭게 굳어 있었고 거만함에 가득
차 있었다.

"그렇다면 저 노인은 헛걸음을 한 것이오!"

아가멤논이 딱 잘라 말했다.

아가멤논과 아킬레우스는 마주 서서 아무 말 없이 서로를
노려봤다. 그 둘은 마치 밤과 낮처럼 대조적이었다. 밝고 환
하게 빛나는 눈빛의 아킬레우스는 아름다운 금발이 어깨 위
까지 치렁치렁하게 내려왔고, 검은 눈동자의 아가멤논은 검
은 곱슬머리를 야성적으로 기르고 있었다. 그 둘 사이에는 단
한 번도 우정이라는 것이 싹튼 적이 없으며, 어느 때는 심지
어 서로 미워하는 것이 아닌가 하는 의심이 들 정도였다.

언덕 위에 모여 있던 장수들은 작은 배가 해변으로 다가와
돛을 접고 삐거덕거리며 닻을 내리는 모습을 쳐다보았다. 곧
노를 젓던 노예들이 작은 다리를 만들었고 낯선 사제는 조심
스레 육지로 내려왔다. 그는 곧장 언덕으로 이어지는 좁은 오
솔길로 접어들었다.

언덕 위의 장수들은 아무 말이 없었다. 낯선 노인네가 불길
한 소식이라도 전하러 오는 양 장수들 사이에는 불편한 침묵
이 흘렀다.

아가멤논은 누군가가 어깨 위에 손을 얹는 것을 느끼고 흠칫 놀라 몸을 움츠렸다.

"그 처녀가 저 노인의 무남독녀 외동딸이라는 사실을 잊지 마시오."

네스토르가 다정한 목소리로 아가멤논의 귓가에 낮게 속삭였다.

아가멤논은 그에 대해 아무런 대답도 하지 않았다. 낯선 노인네가 벌써 아주 가까이 다가와 있었다.

낯선 노인은 그 자리에 멈춰 섰다. 그는 숨이 차서 힘든 눈치였다. 나이가 많은 데다 걱정스러운 마음이 앞서 경사가 급한 언덕을 너무 빨리 올라온 탓이었다.

"아가멤논 왕이시여, 그동안 안녕하셨는지요. 그리고 여러 장수들께서도 안녕하셨는지요." 노인은 불안한 마음인 동시에 희망의 눈빛을 감추지 못하고 빠른 어조로 말했다. "신들께서 당신들에게 승리를 선사하시어 속히 행복한 귀향길에 오르게 되길 기원하나이다! 하지만 아트레우스의 아들이시여, 당신께 한 가지 간청이 있습니다. 제발 제 딸을 돌려주십시오! 그 대가로 몸값을 원하신다면 얼마든지 드리리다. 그 애는 이 늙은이의 유일한 희망이자 기쁨입니다. 당신이 제 소원을 들어주신다면 포이보스* 아폴론 신께서 그의 사제인 저를 대신해서 당신에게 큰 상을 내리실 것입니다!"

아가멤논은 아무 대꾸도 하지 않았다. 그의 얼굴은 미동도 없었다. 그는 주위에 둘러선 장수들이 '아무렴, 저 사제의 소원을 들어주고 위대하신 신께 영광을 돌리려면 그렇게 하는 게 마땅하지'라며 수군거리는 소리를 듣고만 있었다. 아가멤논은 근심에 가득 찬 노인의 얼굴을 쳐다봤지만, 그렇다고 마음이 흔들리지는 않았다.

아가멤논은 아주 거만한 표정으로 고개를 높이 쳐들었다. 그의 그런 거만한 몸짓은 모든 사람들이 익히 잘 알고 있는 것이었다.

"썩 꺼져라, 이 늙은이야! 목숨이 아깝거든 두 번 다시 우리 함대 근처에 얼씬도 하지 마라! 네 딸은 돌려줄 수 없어. 네 딸은 얼굴도 예쁘지만 재주도 많고 솜씨 또한 아주 뛰어나다. 난 그 애를 고향 아르고스에 있는 내 성으로 데려가 장식품처럼 곁에 두고 살 작정이야!"

사제의 얼굴이 이마에 두른 띠만큼이나 새하얗게 변했다. 그는 더 이상 희망이 없다는 것을 알아차렸다. 엄청난 절망과

---

* 아폴론 신의 별칭으로 '빛나는 자' 또는 '정결한 자'라는 뜻이다.

분노가 그를 사로잡았다. 하는 수 없이 집으로 돌아가기 위해 몸을 돌리려다 다시 한 번 아가멤논의 잔인한 얼굴을 쳐다보았다.

"그렇게 하시오. 하지만 정말로 당신이 고향으로 돌아갈 수 있을지, 내 두고 보리다!"

노인은 이렇게 소리치고 내리막길을 다시 힘겹게 걸어 내려갔다. 너무나 절망한 노인은 포이보스 아폴론 신을 향해 외쳤다.

"은빛 활을 가진 신이시여, 제 기도를 들으소서! 저는 평생 당신을 위해 살았고 살진 양과 염소 들로 수많은 제물도 바쳤습니다. 게다가 당신을 위한 신전도 지었습니다. 그러니 이제 저를 위해 아카이아인들에게 복수를 해주소서!"

아폴론이 사제의 고통에 찬 기도를 들었다. 그는 아가멤논이 자신을 모시는 사제를 무시한 것에 화가 났다. 그래서 아가멤논과 다른 모든 아카이아인들에게 벌을 내리기로 결심했다. 노인을 실은 작은 배가 석양을 등지고 다시 크리세를 향해 떠나가는 사이, 화가 난 아폴론은 높은 올림포스 산에서 내려와 아카이아인들의 진영으로 날아갔다. 밤의 어둠이 아폴론의 모습을 감춰주었다. 아폴론은 어깨에 은빛 활을 메고 화살통에는 절대로 빗나가는 법이 없는 화살을 가득 담아갔다.

아카이아 함대 근처의 한 언덕 위에 내려선 아폴론은 화살통에서 화살 하나를 꺼내 시위에 얹은 다음, 그것을 당겨 첫 번째 화살을 쏘았다. 은빛 활에서 엄청난 굉음이 울려 퍼졌다. 누군가가 그것을 들었다면 너무 놀라 심장이 멎었을 정도로 무시무시한 소리였다.

처음에 그는 짐을 실어 나르는 노새와 개 들을 맞혔다. 짐승들은 화살을 맞자 그 자리에 쓰러져 이내 숨이 멎었다. 다음에는 대놓고 사람들을 향해 화살을 쏘아댔다. 아카이아인들 사이에 끔찍한 전염병이 돌기 시작했다. 밤낮으로 막사 주변에 시신 태우는 불길이 멈추지 않았다. 아흐레 동안 쉬지 않고 아폴론이 쏘아대는 죽음의 화살이 아카이아군의 진영을 향해 이리저리 날아들었다.

높은 올림포스 산 위에서 크로노스의 아들 제우스의 부인인 헤라 여신이 땅 위에서 벌어지는 아카이아인들의 비참한 광경을 지켜보고 있었다. 헤라는 아폴론 때문에 아카이아인들이 불행을 겪는 모습을 보고 마음이 아팠다. 그래서 직접 아카이아인들을 돕기로 결심했다.

17

'아킬레우스는 모든 병사들의 우상이니 그를 통해 아카이아인들을 도와야겠다!' 이렇게 생각한 헤라는 아킬레우스의 마음과 생각을 자기가 원하는 대로 조종하기 시작했다.

전염병이 돈 지 열흘째 되는 날, 아킬레우스는 아카이아의 모든 장수와 병사를 불러 모아놓고 말했다.

"내 생각에 신들께서 우리의 멸망을 원하시는 것 같소. 전쟁과 전염병이 우리 같은 천하무적의 군대를 무찌르려 하니 말이오! 그래서 제안하건대, 이제 그만 후퇴하도록 합시다. 지금 후퇴하면 목숨은 구할 수 있지 않겠소! 하지만 그 전에 예언자에게 물어봅시다. 어떤 신이 우리에게 그토록 화가 나 있는지, 어떻게 하면 우리가 그 신의 마음을 달랠 수 있는지, 예언자라면 아마도 말해줄 수 있을 거요!"

아킬레우스는 새를 보고 점을 치는 유명한 예언자 칼카스에게 손짓을 했다. 칼카스는 아폴론으로부터 새가 날아가는 모습을 보고 과거와 현재, 미래의 일 들과 심지어 신의 계시까지 점치는 능력을 부여받은 예언자였다. 그러나 칼카스는 아킬레우스의 명령을 그다지 달가워하는 눈치가 아니었다. 그는 아주 근심 어린 표정으로 말했다.

"펠레우스의 아들이자 고귀하신 아킬레우스여, 제가 예언을 시작하기 전에 당신께서 제게 약속하고 맹세해주세요. 제 예언은 여기 계신 한 분의 마음을 상하게 할 것입니다. 그분은 엄청난 권력을 가진 분입니다. 저는 그것이 두렵습니다. 그러니 당신께서 그분으로부터 저를 지켜주겠노라 약속해주십시오. 약한 자가 권력이 있는 분의 진노를 사게 되면 죽음을 면치 못할 것이기 때문입니다."

"아무 걱정 하지 말게나!" 아킬레우스가 대답했다. "내가 살아 있는 한 어느 누구도 자네의 머리털 하나 건드리지 못할걸세. 자네의 예언에 마음이 상할 사람이 바로 아가멤논 왕일지라도 말일세!"

이렇게 덧붙이는 아킬레우스의 밝은 두 눈에 옅은 조롱의 빛이 떠올랐다.

칼카스는 안도의 한숨을 내쉬었다.

"자, 그럼 여러분께서는 제 말을 들어보십시오! 포이보스 아폴론 신께서 우리 아카이아인들에게 화가 나신 것입니다. 아가멤논 왕께서 자신을 모시는 사제에게 딸을 돌려보내지 않으셨을 뿐 아니라 그를 못된 말로 쫓아 보냈기 때문입니다. 사제의 딸을 아무 조건 없이 그 아비에게로 돌려보내고 화가 난 아폴론 신께 속죄의 제물로 황소 100마리를 바치기 전에는 우리에게 닥친 불행이 절대로 끝나지 않을 것입니다."

칼카스가 예언을 마치자 장수들은 놀라서 그저 서로의 얼굴만 쳐다보았다. 여기저기에서 수군거리는 소리가 들리기 시작했다.

그때 아가멤논이 자리에서 벌떡 일어났다. 그의 검은 눈동자는 분노로 이글이글 타오르고 있었다. 그가 소리쳤다.

"암, 그러면 그렇지, 이 망할 놈의 예언자여! 네가 나에게 모든 죄를 뒤집어씌울 줄 알았다! 네놈이 언제 내게 좋은 예언을 해준 적이 있더냐? 그래, 모든 게 그렇다고 치자! 나 역시 모든 아카이아인들이 날 비난의 눈초리로 쳐다보는 것을 원치 않으니 사제의 딸을 다시 내놓으마. 단, 조건이 하나 있다. 다른 장수들은 예쁜 처녀들을 전리품으로 다 가져도 되는데 나 혼자만 승리의 노획물이 하나도 없어서야 불공평하지 않느냐. 그러니 나도 다른 장수들이 전리품으로 소유하고 있는 여자들 중 하나를 골라 가져야겠다!"

이렇게 말한 아가멤논은 한순간 침묵하더니, 천천히 아킬레우스 쪽으로 몸을 돌려 그의 눈을 똑바로 쳐다보았다.

"아무래도 당신의 전리품을 내가 가져야 할 것 같소, 고귀하신 펠레우스의 아들이여." 그는 그제야 그 생각이 떠올랐다는 듯이 말을 이었다. "내가 듣기로 브리세이스가 사제의 딸만큼이나 예쁘다고 하더이다. 그래, 그렇지. 내가 심부름꾼을 보내 당신의 막사에서 그 처녀를 데려오라고 하는 게 좋겠소!"

아킬레우스는 분노한 기색을 거의 내보이지 않았다. 그저 햇볕에 그을린 얼굴이 약간 창백해졌을 따름이다. 마침내 말문을 열었을 때도 그의 목소리는 매우 침착했다. 그러나 경고하는 듯한 어조만은 분명했다.

"아가멤논 왕이시여, 전쟁을 치른 장수에게서 전리품을 다시 빼앗아간다는 것은 이치에 맞지 않는 일이며, 더 나아가 크나큰 모욕이라는 것을 당신도 잘 알고 계실 것이오! 그것은 당신에게나 나에게나 똑같이 치욕스러운 일이 될 것이오. 당신이 그런 일을 하리라고는 상상도 할 수 없소. 당신의 욕심이 정말로 그렇게 크단 말이오? 그렇다면 당신에게 충고 하나 하리다, 아트레우스의 아들이여! 우리가 트로이를 정복할 때까지 기다리시오. 그때가 되면 당신은 프리아모스 왕의 보물을 차지할 것이고, 우리 모두의 것을 합한 것보다 세 배는 더 많은 전리품을 손에 넣을 것이오. 그것으로도 부족하단 말씀이시오?"

아가멤논은 아킬레우스를 향해 음험한 눈길을 보냈다.

"그에 대해서는 나중에 얘기합시다! 지금은 우선 배를 한 척 준비시키고 속죄의 제사를 위한 짐승을 끌고 오도록 하시오. 내가 직접 사제의 딸을 데리고 올 테니 여러분 중 한 명이 크리세에 있는 아비에게 데려다주기 바라오. 아킬레우스, 혹시 당신이 그 일을 맡아주지 않겠소? 내가 약속을 지키는지 안 지키는지, 당신의 두 눈으로 확인할 수 있도록 말이오. 게다가 분명 당신은 아폴론 신께 바칠 제물도 당신 손으로 직접 가져가고 싶어 할 것이오. 그래야 아폴론 신께도 잘 보일 수 있을 테니 말이오!"

아가멤논은 아예 드러내놓고 경멸을 표했다.

"입조심하시오, 아가멤논!" 아킬레우스는 화가 나서 소리를 질렀다. "당신이 날 멸시하는 것은 있을 수 없는 일이오. 내가 여기 있는 것은 오로지 당신과 당신 동생을 위해서요. 당신 동생 메넬라오스는 자기 아내를 지키지 못하고, 그 때문에 복수를 하겠다고 전쟁을 일으켰소. 트로이 사람들은 내게 아무 짓도 하지 않았소! 그들은 내 말을 약탈하지도 내 도시를 침범하지도 않았으며, 내 농토를 짓밟지도 않았소. 잘 알다시피 저들과 내 땅 사이에는 수많은 산과 드넓은 바다가 가로놓여 있소.

자, 내 말을 잘 들으시오, 아트레우스의 아들이여! 난 이제 당신을 위해 도시를 정복하고 당신의 발 앞에 전리품을 바치는 대가로 조롱을 받는 일에 지쳤소! 브리세이스를 두고 당신뿐 아니라 그 어느 누구와도 싸우지 않을 것이오. 그 대신 난 내 고향, 미르미돈 사람들이 살고 있는 나라로 돌아갈 것이오. 그렇게 되면 당신은 병사들이 전투에 지쳐 힘들어할 때마다 그들의 사기를 북돋워줄 나를 찾게 될 테지만, 난 절대로 돌아오지 않을 것이오!"

아가멤논은 깜짝 놀랐다. 스스로 인정하기는 싫었지만, 아킬레우스의 경고가 무엇을 뜻하는지 잘 알고 있었다. 지금까지 수백 번도 더 입술을 깨물며 지켜보아야만 했던 상황이었다. 즉, 아카이아 병사들이 끝도 없는 전투에 지쳐 용기를 잃고 적으로부터 스스로를 방어하기조차 힘들어할 때마다, 아킬레우스가 나타나기만 하면 만사가 해결되었다. 아킬레우스가 그저 두 필의 백마가 이끄는 전차에 몸을 싣고 은빛 갑옷에 번쩍이는 투구를 쓰고 바람에 금발을 휘날리며 나타나기만 하면, 지친 병사들은 다시 힘을 얻은 듯 분연히 떨치고 일어섰다. 아가멤논은 '신들께 맹세코, 저들은 아킬레우스와

함께라면 하데스*의 어두운 골짜기까지도 함께 내려갈 거야'
라고 생각하며 고통스러워하곤 했다.

그러나 그는 큰 소리로 대답했다.

"당신의 오만방자함은 정말이지 끝이 없구려. 스스로를 너
무 과대평가하지 마시오! 당신이 떠나기를 원한다면, 난 결단
코 더 있어 달라고 간청하지 않을 것이오! 대신 마지막으로
당신이 자신보다 더 높은 자리에 있는 사람에게 머리 숙이는
법을 배울 수 있도록 지금 당장 명령을 내리리다. 당신 막사
에 있는 브리세이스를 내 막사로 데려오시오!"

그 순간 아킬레우스는 참을 수 없는 분노에 휩싸였다. 그의
손이 칼을 움켜쥐었다. 그러나 칼을 뽑을 수가 없었다. 바로
그 순간 누군가가 아킬레우스의 뒤에서 강한 힘으로 그의 금
발을 잡아당기는 것을 느꼈기 때문이다. 아킬레우스는 목이
뻣뻣해지기라도 한 듯 아주 천천히 고개를 돌려 뒤를 돌아보
았다.

거기에는 기이하게 형체가 불분명한, 마치 그림자 같은 형
상이 서 있었다. 그 형상에서 엄청난 빛을 발하는 두 눈을 본

---

* 죽음의 세계를 다스리는 신. 크로노스와 레아 사이에서 태어났으며 포세이돈, 제우스와는
형제간이다. 하데스는 신 자신을 가리키지만, 그가 다스리는 영역, 즉 지하 세계를 가리키기도
한다.

순간 아킬레우스는 팔라스* 아테나 여신이 서 있다는 것을 금방 알아챘다. 또한 자기 말고는 그 누구도 여신을 볼 수 없다는 것도 잘 알고 있었다. 그것이 바로 불사의 신들이 가진 속성이라는 것을, 아킬레우스는 바다의 요정인 어머니 테티스에게 들어 익히 알고 있었다.

"여신이시여, 무슨 일로 오셨습니까? 제가 아트레우스의 아들을 때려죽이는 모습을 보고 싶어 오셨습니까?"

아킬레우스는 퉁명스럽게 말했다.

"나는 네 분노를 가라앉히기 위해서 왔다. 너는 아가멤논을 죽이지 못하느니라. 그건 그의 운명이 아니기 때문이다. 아킬레우스여, 신들의 뜻에 복종하라!"

여신은 이렇게 말하고는 이내 사라졌다.

아킬레우스는 숨을 한 번 깊이 내쉬고는 칼을 다시 칼집에 집어넣었다. 대신 그는 옆에 있던 황금 홀을 집어 들고 아가멤논에게로 다가갔다.

"아트레우스의 아들이여, 내가 당신에게 맹세 하나 하리다." 아킬레우스가 차갑게 말했다. "이 황금 홀에서 싹이 트고 가지가 자라나는 일이 불가능하듯이 앞으로 내가 당신을

---

* 아테나 여신의 별칭으로 '창과 제우스의 방패를 휘두르는 자' 혹은 '처녀'라는 뜻이다.

위해 싸울 일도 없을 것이오. 아카이아 병사들이 저 무시무시한 헥토르와 다른 트로이 장수들의 손에 죽어 쓰러져간다고 할지라도 말이오. 그렇게 되면 당신의 영혼은 비탄에 빠져 갈가리 찢기는 고통을 느끼겠지만, 난 눈썹 하나 까딱하지 않을 것이오."

하지만 그것은 아킬레우스의 착각이었다. 얼마 지나지 않아 똑같은 비탄이 아킬레우스의 영혼 또한 갈가리 찢어놓을 것이기 때문이었다. 그러나 오로지 분노의 힘만이 지배하던 그 순간에는 그런 것은 짐작하기 어려운 일이었다.

아킬레우스는 황금 홀을 아가멤논의 발아래로 집어 던지고 몸을 돌려 떠나려고 했다. 그러자 네스토르가 그의 앞을 막아 섰다. 그는 많은 나이만큼이나 현명했다. 어느 누구도 네스토르만큼 설득력이 뛰어난 사람은 없었다.

"아니, 도대체 이게 무슨 짓들이시오?" 네스토르가 짐짓 엄하게 말했다. "이렇게 아카이아 장수들이 서로 싸움질만 하고 있다는 것을 트로이 사람들이 알게 된다면, 그들이 얼마나 기뻐서 날뛰겠소! 나는 그대들에게 충고를 해도 좋을 만큼 나이를 먹었다고 생각하오. 아트레우스의 아들이여, 당신은 아킬레우스에게서 처녀를 빼앗지 말아야 하오. 우리 아카이아 병사들이 아킬레우스의 도움으로 얼마나 많은 승리를 거두었는지 당신도 잘 알지 않소. 그리고 아킬레우스여, 당신은 아가멤논이 당신보다 더 많은 사람들을 다스리는 큰 나라의 왕이란 사실을 잊지 마시오. 그래서 다른 왕들도 모두 그를 이 군대의 총사령관으로 추대하지 않았소. 우리 모두는 그에게 복종해야만 하오!"

"고귀하신 네스토르여, 당신 말씀이 백번 지당하십니다." 아가멤논이 반색을 하며 네스토르의 말에 동의했다. "신들께서 저 펠레우스의 아들에게 내게 주신 만큼의 강한 권력을 허락하지는 않으셨으니, 나를 모욕한다거나 혹은 자기가 없으면 아카이아군이 패배할 거라는 시건방진 행동을 할 권리는 없습니다!"

아킬레우스는 그 말을 듣고 그저 어깨를 으쓱할 뿐이었다.

"난 당신에게 내 결심을 말했을 뿐이오. 그러니 이제 당신은 당신 하고 싶은 대로 하시오."

그는 몸을 돌려 미르미돈 병사들의 막사가 세워져 있고 그들의 배가 정박해 있는 해안으로 가버렸다. 파트로클로스와 미르미돈의 병사들도 곧바로 그를 따라갔다.

네스토르가 수심에 가득 찬 눈으로 아킬레우스의 뒷모습을 지켜봤다. 그가 싸우는 사람들을 화해시키는 데에 실패하는 일은 극히 드물었다. 그러나 이번만큼은 사정이 달랐다. 그는 아가멤논을 쳐다보았다.

"아트레우스의 아들이여, 내 충고를 들으시오."

네스토르는 다시 한 번 말했다. 그러나 아가멤논 왕은 그의 말을 전혀 듣는 것 같지 않았다. 아가멤논 역시 아킬레우스의 뒷모습을 뚫어져라 바라볼 뿐이었다. 그의 검은 얼굴 위로 증오가 가득했다.

곧이어 아가멤논은 명령을 내리기 시작했다. 빠르게 달리는 배 한 척이 바다에 띄워졌고, 노를 젓는 노예들이 자리를 잡고 앉았으며, 제물로 바칠 짐승들이 갑판에 실렸다. 오디세우스가 배를 이끌고 크리세로 갈 것을 자청하고 나섰다. 그러자 아가멤논이 직접 처녀를 데려와 배에 태웠다. 그가 약속한 대로였다. 어느 누구도 아가멤논이 약속을 어겼다고 할 사람은 없었다.

뱃머리가 깊은 바다가 있는 북쪽으로 방향을 돌렸을 때, 아가멤논은 몸을 돌려 뒤를 쳐다봤다. 몇몇 장수가 바닷가로 따라 나왔으며 많은 병사들도 뒤따라 나와 있었다.

"친구들이여, 그대들은 내가 포이보스 아폴론 신의 마음을 돌리기 위해서 모든 것을 다했음을 똑똑히 보고 있소!"

아가멤논은 멀리 있는 사람들도 다 들릴 정도로 크게 외쳤다. 그러고는 그의 명령을 기다리고 있던 전령 두 사람을 손짓해 부르며 말했다.

"그러니 이제 너희 둘은 곧바로 펠레우스의 아들이 있는 막사로 가서 브리세이스를 데려오너라."

전령들은 아가멤논을 멍하니 쳐다볼 뿐이었다. 그들은 아가멤논이 아킬레우스에게 겁을 주려고 했던 말을 정말로 실행에 옮기려는 것인지 믿을 수 없었다.

"너희들은 내 말을 알아듣지 못한 것이냐?"

아가멤논이 머뭇거리는 그들을 보고 다시 한 번 소리를 질렀고, 그제야 그들은 자리를 떴다.

아가멤논은 여러 장수들이 불쾌한 표정으로 서로를 쳐다보며 고개를 절레절레 흔드는 것을 똑똑히 보았다. 병사들의 얼굴 또한 마음에 들지 않았다. 그들은 멍청하고 어안이 벙벙하며 간혹 화가 난 듯한 표정을 하고 있었다. 그렇다. 그들은 아가멤논이 자신들의 우상인 아킬레우스에게 그렇게 못된 짓을 하는 게 못마땅했던 것이다!

아카이아 병사들은 누구나 브리세이스를 알고 있었다. 그들은 그렇게 아름다운 처녀가 자기들이 우러러보는 영웅의 사랑을 받는다는 사실에 기뻐 들떠 있었다. 그렇다, 브리세이스는 그렇게 예뻤고 그녀가 막사 사이로 난 길을 지나가기라도 하면 병사들은 원하든 원하지 않든 간에 그녀를 쳐다보지 않을 수 없었다. 그러나 병사들 중 어느 누구도 감히 그녀에게 농담을 건네거나 혹은 그녀를 향해 손이라도 뻗어볼 엄두를 내지 못했다. 그녀는 아킬레우스의 소유였고 아킬레우스는 그녀를 사랑했기 때문이다. 그 사실 또한 아카이아 진영의 모든 병사들이 잘 알고 있었다. 그런데 아가멤논 왕이 감히 그런 짓을 한 것이다. 병사들은 그 사실을 받아들일 수 없었다.

두 전령의 발걸음은 미르미돈 병사들의 막사에 가까워질수록 느려졌다. 아킬레우스와 파트로클로스가 막사 입구 앞에 나란히 앉아 있는 모습을 본 순간, 둘은 그 자리에 멈춰 섰다.

"제기랄, 차라리 지하 세계를 지키는 개의 혀를 잘라올망정 아킬레우스 님에게 이 소식을 전하지는 못하겠다!"

전령 하나가 화가 나서 말했다.

다른 전령도 걱정스럽게 고개를 끄덕였다.

"그래, 난 저분의 얼굴조차 제대로 쳐다볼 엄두가 나질 않

아. 그러니 말은 단 한 마디도 꺼내지 못할 거야. 조금만 더 기다려보자. 난……"

그때 아킬레우스가 그들을 알아봤다.

"친구들이여, 가까이 오라!" 아킬레우스가 말했다. 슬픔에 찬 그의 목소리는 낯설게 들렸다. "두려워할 것 없네. 이건 자네들 잘못이 아니라 아가멤논의 명령 때문이란 걸 잘 알고 있어!"

그가 덧붙였다. 그러고는 파트로클로스에게 말했다.

"부탁하건대, 자네가 브리세이스를 데리고 오게. 난…… 난 못 하겠네…… 자네는 분명 이해할 걸세……"

파트로클로스는 아킬레우스의 어깨를 잠시 끌어안아 주고는 막사로 들어갔다. 잠시 후 브리세이스가 막사 입구로 나왔다. 아킬레우스는 그녀를 보았고, 그 순간 다시 한 번 그녀가 참으로 아름답다고 생각했다. 그녀의 외모 때문만은 아니었다. 어쩌면 그녀의 행동이 우아해서이기도 하고 혹은 그녀의 빛나는 머릿결 때문이기도 하고 또 어쩌면 그녀의 미소가 사랑스러워서이기도 했다. 아킬레우스는 이제껏 그것을 몰랐다.

당연히 그녀의 두 눈도 슬픔에 흠뻑 잠겨 있었다. 그녀는 이미 무슨 일이 벌어질지 알고 있었고 아킬레우스와 이별을 나눈 터였다. 눈물을 흘리거나 이별의 말을 건네는 것은 그녀에게 더는 아무 소용이 없었다.

"신들의 가호가 당신과 함께하시길 빌어요!"

그녀는 그저 낮은 목소리로 말했을 뿐이다. 그러고는 뒤도 한 번 돌아보지 않고 그 자리를 떠났고 전령들은 아무 말 없이 그녀를 뒤따랐다. 그녀가 막사 사이로 사라졌을 때 아킬레우스도 자리를 떴다. 어느 누구보다도 아킬레우스를 잘 이해하는 파트로클로스는 지금 그가 혼자 있고 싶어 한다는 것을 알아챘다.

아킬레우스는 바닷가로 걸어 내려가서 바위 위에 자리를 잡고 앉았다. 엄청난 고통과 분노가 그를 엄습해 거의 정신을 잃을 지경이었다.

"어머니." 그는 절망적인 심정으로 혼잣말을 했다. "어찌하여 저를 낳으셨습니까? 신들께서 짧지만 명예로운 삶을 제게 부여했다고 하셨잖아요. 그런데 지금 아가멤논이 제게 근심과 치욕만을 안겨주는군요."

저 아래 바다 깊은 곳에서 바다의 요정인 테티스가 아들이 외치는 비탄의 소리를 들었다. 그녀는 곧장 물 위로 올라와 아들 옆에 앉아서 그의 뺨을 부드럽게 어루만졌다.

"무엇이 그다지도 너를 힘들게 하느냐, 아들아?" 테티스는 안타까운 심정으로 물었다. "내게 말해보렴. 어쩌면 내가 널 도울 수도 있지 않겠느냐!"

"어머니는 이미 알고 계실 텐데요!" 아킬레우스가 대답했다. "불사의 신들께서는 모르는 일이 없지 않습니까? 우리가 테베를 정복했을 때 우리 군대는 많은 전리품을 얻었어요. 아리따운 처녀들도 많았지요. 그중에 테베의 왕 미네스의 아내가 될 예정이었던 브리세이스도 있었어요. 저는 전투에서 왕을 죽였고 그 공으로 아카이아 장수들이 그녀를 제게 상으로 주었어요. 그런데 이제 아가멤논이 그녀를 제게서 빼앗아갔어요."

아킬레우스는 더 이상 말을 잇지 못했다. 또다시 엄청난 분노가 가슴속에서 끓어올라 목이 메었기 때문이다.

"저는 아가멤논을 죽이고 싶었어요, 어머니!" 아킬레우스는 다시 말을 이었다. "그런데 팔라스 아테나께서 저를 말리셔서 그러지 못했어요. 그러니 이제 저 혼자 힘으로는 이 모욕을 갚을 길이 없습니다. 크로노스의 아들 제우스시라면, 그가 원하기만 한다면 그건 가능하지요. 절 좀 이해해주세요, 어머니! 제가 바라는 건 아카이아인들의 멸망이 아니에요. 전

그저 아가멤논이 제 명예와 브리세이스를 다시 돌려주기를 바랄 뿐이에요. 그런데 그는 제 도움 없이는 아카이아 병사들이 전쟁에서 승리할 수 없다는 사실을 깨닫게 될 때에만 그렇게 할 거예요. 그래서 저는 앞으로 전쟁에 참가하지 않겠다고 맹세했어요. 만약 제우스께서 트로이 병사들에게 계속 승리를 안겨준다면, 그리하여 우리 군대가 패배의 길에 가까워진다면, 그제야 아트레우스의 아들은 자기를 도와달라고 간청하게 될 거예요. 그러면 전 제 명예를 되찾을 수 있어요. 저는 어머니께서 언젠가 크로노스의 아들인 제우스 신을 큰 곤경에서 구하신 적이 있다는 사실을 알고 있어요. 어머니께서 제우스 신께 간청드린다면, 그분께서는 절대로 거절하시지 못할 거예요!"

열은 미소가 바다 요정의 얼굴 위로 스쳐 지나갔다.

"그건 그렇구나." 테티스가 말했다. "옛날 옛적 신들이 반란을 일으켰을 때 헤라는 팔라스 아테나, 포세이돈과 짜고서 제우스를 결박할 음모를 꾸몄었지. 제우스 신이 아무런 힘도 못 쓰고 웃음거리가 되었을 때 그를 도운 유일한 신이 바로 나였어. 나는 지하 세계에서 100개의 팔을 가진 거인 브리아레오스를 불러들였어. 그가 크로노스의 아들 제우스 곁에 버티고 앉자, 그를 두려워한 다른 신들이 제우스를 감히 결박하지 못한 거야. 그러니 네 말이 옳다. 어쩌면 그 일이 우리에게 도움이 될 수 있겠구나. 나도 너를 기꺼이 도우마. 다만 우리는 인내심을 좀 가져야 할 것 같다. 왜냐하면 지금 제우스는 다른 신들과 함께 아이티오페스인들의 나라로 여행 중이시거든. 거기에서 불사의 신들을 위한 큰 잔치가 벌어지고 있는데, 앞으로 열이틀이 더 걸릴 거라고 하는구나. 그러고 나면 모든 신과 인간의 아버지인 제우스께서 기분이 좋아져서 돌아오실 거다. 풍성한 제물은 언제나 그분을 기분 좋게 만들거든. 그때가 우리에게 적당한 때야. 그동안 너는 전투에서 몸을 멀리하고 다른 사람들의 충고에도 귀를 기울이지 말거라. 아가멤논은 곧 근심에 휩싸여서 자기가 과연 옳은 일을 했는지 고민하기 시작할 거다. 잘 있거라, 내 아들아. 열이틀 뒤에 다시 만나자꾸나."

테티스는 물속으로 미끄러져 들어가더니 푸른빛이 감도는 바닷속으로 사라졌다. 그곳에는 그녀의 늙은 아버지인 바다의 신 네레우스의 궁전이 있었다.

하루하루가 아킬레우스에게는 참기 힘들 정도로 더디게 흘러갔다. 가끔씩 그는 갑판에 서서 다른 병사들이 싸우는 모습을 어두운 표정으로 지켜보기도 하고, 트로이 병사들이 빠른 공격을 시도하거나 검은 말이 이끄는 전차에 탄 헥토르가 줄줄이 늘어선 아카이아 병사들을 뒤쫓으며 무시무시한 창을 휘두르는 모습을 바라보기도 했다.

그럴 때면 아킬레우스는 이를 악물며 참아야만 했다. 그렇다, 아무리 전쟁에 참가하고 싶어도 손가락 하나 까딱하지 않을 것이다!

가끔씩 장수들이 돌아가면서 그의 막사를 찾아오기도 했다. 그러나 어느 누구도 그를 설득하지는 않았다. 그들은 아가멤논을 향한 아킬레우스의 분노가 얼마나 큰지를 잘 알고 있었다.

오디세우스가 크리세에서 돌아와서는 처녀를 아비에게 돌려보낸 일을 들려주었다. 그들은 속죄의 제물을 바쳤고, 그러자 사제는 포이보스 아폴론 신께 아카이아인들에게서 전염병을 거두어달라고 기도를 드렸다고 했다. 은빛 화살의 신께서 드디어 만족하신 모양이었다. 바로 그날부터 아카이아 진영에서는 전염병으로 죽어 나가는 사람이 더 이상 없었기 때문이다.

마침내 열이틀째 날 저녁에 테티스는 올림포스로 신들이

돌아왔다는 소식을 들었다. 다음 날 아침 새벽의 여신 에오스가 하늘로 솟아오르기가 무섭게, 요정 테티스는 크로노스의 아들 제우스를 만나러 갈 채비를 했다.

제우스는 다른 신들과 떨어져 올림포스의 가장 높은 봉우리에 혼자 앉아 있었는데, 기분이 전혀 좋아 보이지 않았다. 이마를 잔뜩 찌푸리고 짙은 양 눈썹을 심술궂게 일그러뜨리고 있었다.

이제껏 자주 그래 왔듯이, 그는 또다시 불편해진 심기로 도대체 끝이 날 줄 모르는 트로이의 끔찍한 전쟁에 대해 생각하고 있었다. 게다가 모든 신들 가운데 가장 위대한 신인 그조차도 트로이인들과 아카이아인들 중 어느 편에 승리를 안겨 주어야 할지 도통 알 수 없어 더욱 화가 치밀었다. 그리고 포이보스 아폴론과 헤라, 팔라스 아테나가 제우스의 뜻에는 관심조차 두지 않고, 그의 일에 사사건건 참견하기만 하는 것도 그를 화나게 했다.

테티스는 멀리 떨어져서 제우스를 관찰했다.

'이 일을 어쩌나! 제우스께서 기분이 좋아 보이시지 않네! 하지만 목적을 이루지 못하고 아킬레우스에게 돌아갈 순 없어! 그러니 어서 일을 감행해야만 해!' 하고 그녀는 생각했다.

그녀는 온 용기를 짜내어 제우스 앞으로 걸어 나갔다.

"신들과 인간들의 아버지시여." 그녀는 재빠르게 말했다. "제 청을 들어주실 수 있으신지요? 오로지 당신만이 들어주실 수 있습니다! 아가멤논이 제 아들에게 엄청난 모욕을 주었습니다! 간청드리건대, 트로이 병사들에게 승리를 계속 허락하시어 아트레우스의 아들로 하여금 아킬레우스만이 아카이아인들을 멸망에서 구할 수 있다는 것을 깨닫게 해주소서! 그렇게만 된다면 아가멤논은 제 아들에게서 빼앗아간 명예와 브리세이스를 되돌려줄 것입니다!"

이 말을 들은 제우스가 어찌나 크게 화를 냈던지, 테티스는 너무 놀라 말문이 막혀버리고 말았다.

"너조차 내게 이 전쟁에 대해서 부탁을 하려고 왔단 말이냐?" 제우스는 소리를 질렀다. "그놈의 전쟁 때문에 갈수록 나와 헤라의 사이가 벌어지고 다른 신들과도 불화가 생기는 것으로 족하지 않더냐? 너는 지금 곧장 바닷속으로 들어가는 게 좋을 것이다. 헤라가 너를 보는 날에는 또 내가 다른 불사의 신과 비밀을 나눈다고 의심할 것이기 때문이다. 모든 여신 가운데 가장 위대하며 아내인 자기에게조차 숨겨야 하는 비밀이 있다고 말이야."

그러다 제우스는 갑자기 정신을 차린 듯 보였다.

"그렇긴 하지만……" 그는 잠시 생각에 잠긴 듯 말을 이었다. "너는 예전에 올림포스의 신들로부터 웃음거리가 될 뻔한 나를 구해주었지! 그 일을 난 잊지 않고 있단다. 그러니 내 너의 청을 들어주도록 하겠다. 내가 머리를 한 번 끄덕이기만 해도, 그것은 절대로 어길 수 없는 약속을 의미한다는 것을 넌 잘 알고 있을 것이다!"

말을 마친 제우스는 엄청난 권력을 지닌 그의 머리를 끄덕였다. 그러자 올림포스 산과 계곡 사이에 지진이 일어났다. 자신의 청이 받아들여진 것을 기뻐하며 테티스는 땅으로 내려왔다.

반면 제우스는 엄청난 발걸음을 옮겨 다른 신들이 기다리는 궁전으로 돌아왔다. 헤라는 그를 보자마자 조롱하는 말투로 맞아들였다.

"아이, 위대하신 남편이여, 당신은 당신의 계획에 대해서 저보다는 신들 중에서도 제일 하찮것없는 요정 테티스와 의논하는 것이 더 좋으십니까? 그녀가 트로이인들을 도와 아카이아인들을 멸망시켜달라고, 당신을 감언이설로 꼬인 것은 아닌지요?"

크로노스의 아들 제우스는 그날 아침 더 이상 인내심을 발휘할 수가 없었다.

"조심하시오." 제우스는 으르렁거리듯 말했다. "당신은 그저 내가 당신에게 알려주는 것과 당신 머리로 이해할 수 있는 것들만 듣게 될 것이오. 그 이상은 아니야! 그러니 이제 입 다물고 당신 자리에 가만히 앉아 계시오. 내 권력의 맛을 톡톡히 보기 싫다면 말이오!"

그러자 헤라는 깜짝 놀라며 그녀를 도와줄 신이 없는지 주위를 둘러보았다. 불의 신이자 대장장이의 신인 아들 헤파이스토스가 마침 넥타르*가 가득 든 항아리와 잔을 들고 회당을 가로질러 절뚝거리며 지나가고 있었다.

그는 헤라에게 언짢은 듯이 말했다.

"제발, 어머니. 아버지를 화나게 하지 마세요! 아버지께서는 우리 모두의 왕관을 단번에 빼앗아갈 수 있는 능력을 가지신 분이라는 걸 어머니도 잘 아시잖아요. 저는 아버지가 화가 나면 어떠신지 너무나 잘 알고 있어요. 제가 예전에 한 번 아버지께 반항했다가 어떤 일이 벌어졌는지 잊지 마세요! 그때 아버지께서 제 발목을 잡아 허공으로 내던지셨죠. 저는 꼬박

* 신들이 마시는 음료수.

40

하루를 날아갔고, 태양이 질 무렵이 되어서야 렘노스 섬에 가서 떨어졌지요. 숨이 거의 넘어갈 지경이었어요. 다행히 신티에스족 사람들이 저를 거두어 치료해줘서 건강을 되찾긴 했지만, 여전히 절뚝거리고 있다고요!" 그는 잔을 채워 헤라에게 건네면서 말을 이었다. "자, 받으세요! 이 잔을 크로노스의 아들이신 제우스께 드리세요. 그리고 그분께 친절하게 대하세요! 저 아래에서 전쟁이 판을 치게 된 후로, 여기 높은 올림포스에서는 도대체 식사 한번 마음 놓고 즐길 수 없는 형편이 되어버렸지 뭐예요. 저 죽을 수밖에 없는 인간들을 두고 어머니, 아버지께서 늘 다투시니 말이에요."

헤파이스토스는 다리를 절뚝거리며 부지런히 여러 신들의 잔을 채워주었다. 그렇게 돌아다니는 그의 못생기고 퉁명스러운 얼굴과 구부정한 다리가 어찌나 우스꽝스럽던지, 모든 신들이 한꺼번에 큰 소리로 웃기 시작했다.

2

신과 인간 모두 깊이 잠들어 있었다. 오로지 크로노스의 아들 제우스만이 두 눈을 부릅뜨고 있었다. 테티스 여신에게 한 약속이 마음에 걸려 잠이 오지 않았던 것이다. 약속을 했으니 반드시 지켜야 했다. 그러나 도대체 어떻게 지켜야 한단 말인가?

그러다 갑자기 해결책이 떠올랐다.

'아가멤논에게 꿈을 꾸게 해야겠다.' 제우스는 결심했다. '아트레우스의 아들은 자기 꿈이 내가 보낸 꿈이라는 것을 알 것이고 그 꿈이 시키는 대로 행동할 것이다!'

제우스는 가끔씩 자신의 뜻을 알리기 위해 인간 세상으로 내려보내곤 했던 밤의 요정들 중 하나를 불렀다.

"아가멤논에게 가서 전하라. 이제 땅 위에서 트로이를 멸망시킬 시간이 되었노라고 말이다. 아카이아인들을 사랑하는 헤라가 다른 신들에게 그들을 도울 것을 부탁했고, 프리아모스의 도시 위에는 벌써 멸망의 그림자가 드리웠노라고 전하라."

제우스가 명령했다.

꿈의 요정은 어둠을 뚫고 곧장 아카이아군의 진영으로 내려갔다. 그녀는 아가멤논의 막사로 숨어 들어가 잠들어 있는 아가멤논에게 속삭였다.

"아트레우스의 아들이여, 일어나라! 지금 이렇게 잠들어 있을 때가 아니다. 신들이 트로이의 멸망을 결정하셨다. 어서 서둘러 이 좋은 기회를 놓치지 마라. 병사들을 무장시켜 전쟁터로 나갈 준비를 하도록 하라!"

아가멤논은 놀라서 잠에서 깨어났다. 꿈의 요정은 이미 사라진 뒤였다. 그러나 어찌나 꿈이 생생했던지, 아가멤논 왕은 한시의 지체도 없이 자리를 박차고 일어나서 서둘러 옷을 입고 금으로 장식된 신발의 끈을 꽉 조여 매고는 어깨에 칼을 둘러멨다. 그는 망토를 걸치고 왕홀을 집어 들며 전령들을 불러들였다.

곧 전령들의 목소리가 여명을 뚫고 사방으로 울려 퍼졌다. 그들은 모든 아카이아 병사들에게 바닷가 모래사장으로 모이라고 소리쳤다. 수많은 병사들이 웅성거리는 소리가 막사에서 들려왔다. 막사를 뛰쳐나온 병사들은 무슨 영문인지 몰라 서로에게 물었지만, 어느 누구도 그렇게 서둘러 모이는 까닭을 알지 못했다.

아카이아 병사들은 떼를 지어 바닷가로 달려 나갔다. 아가멤논은 벌써 네스토르를 비롯한 다른 장수들과 함께 배 위에 올라 있었다. 그는 아무래도 석연치 않은 점을 느끼고, 먼저 그들과 따로 상의하고자 했다. 아가멤논은 자기가 꾼 꿈에 대해서 짧게 설명을 하고는 이어서 말했다.

"여러분의 조언이 필요하오. 내가 꾼 꿈은 제우스 신이 보내신 것이 분명하오. 그러나 나는 우리 병사들이 이미 오래전부터 이 끝도 없는 전쟁을 그만두고 당장 고향으로 돌아가고 싶어 한다는 사실도 잘 알고 있소. 그러니 만약 아카이아 병사들이 더 이상 전쟁을 하려고 들지 않는다면 도대체 어떻게 해야 하겠소?"

그는 잠시 하던 말을 멈추었다. 그의 얼굴은 점점 더 어두워졌다.

"게다가 한 가지 문제가 더 있소." 아가멤논은 몹시 언짢아진 심기로 계속 말했다. "여러분도 잘 알다시피 아킬레우스가 전쟁에 참가하지 않겠다고 맹세했소. 내 말은 아킬레우스 한 사람에게 이 전쟁의 승패가 달려 있다는 뜻은 아니오. 아니오, 그건 정말 아니오! 하지만 아킬레우스와 파트로클로스, 그리고 미르미돈의 병사들은…… 그러니까 말하자면…… 그들은 싸우는 법을 제대로 아는 사람들이오!"

아가멤논은 말을 마치고 다른 장수들의 대답을 기다렸다. 그러나 어느 누구도 입을 여는 사람이 없었다.

아가멤논은 입술을 깨물었다. 장수들은 아킬레우스와의 일 때문에 그에게 단단히 화가 나 있었던 것이다. 아가멤논은 그 사실을 너무도 잘 알고 있었다. 아가멤논이 다시 재빨리 말을 이었다.

"나는 아카이아 병사들 가운데 믿을 수 있는 사람이 누구인지 알아야겠소. 알아듣겠소? 그래서 내가 그들을 시험해보려고 하오. 난 그들에게 더 이상 트로이를 정복할 희망이 사라졌다고 말할 것이오. 그런 다음 그들이 고향으로 돌아가기를 원하는지 물어볼 것이오. 그대들의 생각은 어떻소?"

네스토르가 대답했다.

"당신의 계획이 좋아 보이기는 하지만, 만약 그들 모두 고향으로 돌아가기를 원한다고 하면 어쩔 셈이시오?"

"그렇게 되면 바로 당신들이 전쟁을 계속해야 한다고 그들을 설득해야만 합니다!" 아가멤논은 단호하게 소리쳤다. "이 전쟁은 반드시 승리로 끝이 나야 하오. 만약 제우스께서 오늘 해가 서쪽으로 기울기 전에 트로이를 함락하게 해주신다면, 난 제우스께 이 세상에서 제일 큰 제물을 바칠 것이오."

아가멤논은 이렇게 말하고는 재빨리 몸을 돌려 자신의 무기가 놓여 있는 곳으로 갔다. 여러 장수들의 절망적인 표정을 보고 싶지 않아서였다.

저 아래 모래사장에는 병사들이 머리를 맞대고 모여 있었다. 아가멤논이 모습을 드러내자 웅성거리던 소리가 뚝 그쳤다. 병사들은 호기심에 가득 찬 눈으로 아가멤논을 올려다보았다. 아가멤논은 숨을 한 번 깊이 들이쉬었다.

"병사들이여." 아가멤논이 큰 목소리로 외쳤다. "크로노스의 아들 제우스께서 내게 끔찍한 혼란을 주기로 작정하신 모양이다. 우리가 고향을 떠나 이곳에 올 때만 해도 그는 내게 확실한 증거를 보이며 트로이를 점령하라고 명령하셨다. 그 후로 벌써 9년이 흘렀다. 그동안 우리는 많은 병사들을 잃었다.

우리 배의 갑판은 썩어가기 시작했고 돛대도 부서지려 한다. 난 더 이상 저 도시를 함락할 수 있으리라는 희망이 없다. 그래서 우리는 더 늦기 전에 고향으로 돌아가려고 한다."

넓은 모래사장 위에 순간 정적이 흘렀다. 그러다가 갑자기 바위가 많은 해안에 폭풍우가 휘몰아치는 듯한 함성이 울렸다. 병사들은 펄쩍펄쩍 뛰며 소리쳤고, 환호성을 지르며 배를 향해 달려가기도 하고 막사를 향해 뛰어가는 사람도 있었다. 그들은 갑판 아래 배를 받치고 있던 각목들을 거두고 막사를 부수기 시작했으며, 기쁨에 들떠 노래를 불렀다.

아가멤논은 돌이 된 사람처럼 그 자리에 꼼짝 않고 서 있었다. 그래…… 그랬구나!

아가멤논이 넋을 놓고 배 위에 서 있는 동안, 다른 장수들은 배에서 내려와 병사들이 있는 육지로 내려갔다. 장수들이 병사들 사이를 오가며 그들을 설득하는 모습을 본 아가멤논은 그제야 정신을 차리고 장수들을 따라나섰다. 그의 검은 얼굴은 창백했고, 손에 들고 있던 왕홀을 어찌나 꽉 쥐었던지 손등의 뼈마디가 하얗게 솟아오를 정도였다.

아가멤논은 천천히 병사들의 무리로 다가갔다. 기쁨에 들떠 소란을 피우던 병사들이 점차 조용해지더니, 마침내 사방이 고요해졌다. 서둘러 배를 바다 위에 띄우려던 병사들은 머뭇거리며 다시 제자리로 돌아와 장수들을 빙 둘러섰다. 그들의 얼굴엔 당황한 빛이 역력했다. 몇몇은 못마땅하다는 표정을 짓기도 했다.

오디세우스는 아가멤논이 다가오는 것을 알아차리고는 둘러서 있던 몇몇 병사들을 옆으로 밀치고 그에게로 다가갔다. 오디세우스는 화가 나 있었다.

"당신의 왕홀을 좀 빌려주어야겠소! 내가 저쪽으로 가서 연설을 하려고 하는데, 그것이 요긴하게 쓰일 것 같소."

이렇게 말한 오디세우스는 재빨리 아가멤논의 손에서 왕홀을 낚아채더니, 병사들이 무리를 지어 서 있는 곳으로 사라졌다.

병사들의 무리 정중앙에 테르시테스가 서 있었다. 테르시테스는 끔찍하게 못생긴 사내였다. 사팔눈에다 뾰족하게 튀어나온 머리에는 하얗게 센 머리털 몇 가닥만이 꼬불꼬불 나 있었다. 다리는 가늘고 짧았으며 등은 곱사등이어서 어깨가 앞으로 구부려져 있었다. 어느 누구도 그를 반기는 사람이 없었다.

그는 여러 장수들을 끊임없이 헐뜯고 돌아다녔다. 누구보다도 아킬레우스의 잘생긴 용모와 용맹스러움을 질투했기 때문에, 특히 아킬레우스를 중상모략하기를 즐겼다. 물론 오디세우스나 그 밖의 다른 장수들에 대해서도 예외는 아니었다. 병사들은 그를 경멸했지만, 그가 떠벌리고 다니는 험담에는 호기심에 귀를 기울이곤 했다.

그런 테르시테스가 이제 무리 가운데 서 있는 아가멤논을 발견하고 분노를 터뜨렸다.

"아가멤논 왕이시여, 우리가 당신을 위해 갖다 바친 전리품이 아직도 모자라십니까?" 그는 쉰 목소리로 소리쳤다. "당신이 우리 불쌍한 병사들을 고향에 돌려보내 주겠다는 감언이설로 꼬여놓고, 뒤로는 장수들을 시켜서 다시 전쟁에 참가하라고 부추기고 있다는 걸 모를 정도로 우리가 바보인 줄 아십니까! 하데스의 이름에 걸고 맹세컨대, 당신은 아킬레우스 님의 명예로운 전리품을 빼앗고도 부끄러워할 줄 모를 정도로 욕심이 사나우신 분입니다. 게다가……"

그러나 그는 말을 다 마치기도 전에 깜짝 놀라 몸을 흠칫 움츠리며 뒤로 물러나야만 했다. 오디세우스가 빠른 걸음으로 다가와 그의 앞을 막아섰기 때문이다.

"이런 못된 모사꾼 같으니!" 오디세우스가 소리쳤다. "당

장 입 다물지 않으면 맹세코 네 옷을 몽땅 발가벗겨 채찍질을
하고야 말 테다. 그 추한 알몸으로 저 아래 배 있는 곳으로 도
망갈 때까지 말이다! 그러니 당장 꺼져라!"

오디세우스는 팔을 번쩍 치켜들며 있는 힘을 다해 왕홀을
휘둘러 테르시테스의 곱사등 아래를 내리쳤다. 테르시테스는
큰 소리로 울부짖으며 구르듯 그 자리를 떠나 오디세우스의
손이 닿지 않을 만큼 멀찌감치 떨어진 곳으로 가서 자리를 잡
고 앉았다. 그러자 병사들이 크게 웃으며 환호성을 질렀다.

오디세우스는 머리가 무척 좋은 장수로, 아카이아 병사들
의 심리를 잘 파악하고 있었다. 그는 지금이야말로 병사들로
하여금 다시 전쟁에 참가하도록 마음을 돌릴 수 있게끔 만들
절호의 기회라는 것을 잘 알고 있었다.

"아가멤논 왕이시여." 오디세우스는 넓은 원을 그리며 빙
둘러앉은 병사들이 모두 다 잘 들을 수 있게 큰 소리로 외쳤
다. "방금 아카이아 병사들이 당신에게 크나큰 실망을 안겼
습니다. 당신은 병사들을 시험하여 그들의 진심을 알고자 했
습니다. 병사들은 고향으로 돌아가겠다고 아우성을 쳤습니
다. 그렇지만 저는 그런 병사들을 나무랄 수가 없습니다."

오디세우스는 이제 병사들을 향해 몸을 돌려 그들에게 감

동적인 연설을 계속했다.

"9년 동안이나 전쟁을 치렀음에도 불구하고 트로이를 정복하지 못하고 명예를 잃은 채 다른 종족들의 조롱을 받으며 고향으로 돌아간다는 것은 너무나 억울한 일이다. 우리의 고향 아카이아에 있는 노인들과 과부들, 고아들이 우리에게 자기 아들들과 남편들, 아버지들이 뭣 때문에 전쟁에 나가 죽었느냐고 물으면 도대체 뭐라고 대답해야 한단 말인가? 병사들이여, 기억하느냐? 우리가 바다를 건너 항해하기 위해 함대를 이끌고 아울리스 항에 집결했을 때, 우리는 신들께 제물을 바치며 성대히 제사를 올렸지. 전쟁에서 승리하여 행복하게 다시 고향으로 돌아오게 해달라고 기도하면서 말이다. 거대한 단풍나무 아래 제단을 쌓았는데, 어리디어린 새끼 참새 여덟 마리가 나무 맨 윗가지의 잎사귀 밑에 둥지를 틀고 웅크리고 있었다. 그런데 놀랍게도 우리가 제사를 지내는 동안, 제단 밑에서 온몸에 자주색 비늘이 뒤덮인 용 한 마리가 튀어나와 나무 위로 올라가더니 새끼 참새 여덟 마리와 그 어미까지 모두 잡아먹어 버렸지. 더더욱 놀랍게도 그 용은 우리 눈앞에서 갑자기 돌로 변하더니 보기에도 소름 끼치는 모습을 하고서 바로 그 자리에 영원한 징표로 서 있게 되었다.

예언자 칼카스는 바로 그 자리에서 신의 뜻을 풀이했다. '아홉 마리의 참새는 여러분이 트로이에서 전쟁을 치르게 될 햇수를 의미합니다. 10년째 되는 해에야 비로소 트로이 성을 함락할 것이며 여러분의 명예는 저 돌이 된 용처럼 수백 년 동안 지속될 것입니다.' 이제 너희들에게 묻겠노라, 나의 친구들이여. 그대들은 정녕 그 잠깐의 시간을 조금만 더 견뎌내지 못하겠는가? 올해가 바로 10년이 되는 해이기 때문이다. 바로 올해 프리아모스의 성은 함락될 것이다."

그렇다. 오디세우스는 그렇게 머리가 비상했고 그의 연설은 적중했다. 줄지어 서 있던 병사들이 처음엔 머뭇거리더니, 점점 더 큰 목소리로 그에게 찬성의 환호성을 보내기 시작했다.

그다음으로 네스토르가 연설을 시작했다. 네스토르 역시 아카이아 병사들의 마음을 잘 꿰뚫고 있었고, 그의 연설 역시 오디세우스의 연설만큼이나 감동적이었다.

"우리가 아울리스 항을 떠날 때에 크로노스의 아들인 제우스께서 우리에게 보내신 징표를 잊지는 않았겠지? 제우스의 번갯불이 우리 오른편에 날아와 꽂히지 않았더냐. 그것이 행운을 뜻한다는 것을 너희들은 잘 알고 있을 것이다. 그리고 트로이 성 안에 얼마나 많은 금은보화가 우리를 기다리고 있는지, 그것도 잊지 않았겠지? 너희들은 예정보다 아주 조금 더 일찍 고향에 돌아가기 위해서 정말로 그 모든 것을 포기할 생각이냐? 신들께 맹세코, 난 그럴 거라고 상상조차 할 수 없다!"

네스토르는 더 이상 말을 할 수가 없었다. 병사들의 환호성이 너무 커서 그의 목소리가 하나도 들리지 않았기 때문이다. 네스토르와 오디세우스는 서로의 얼굴을 쳐다봤다. 두 장수는 자기들의 연설이 성공을 거두었다는 것을 확신했다.

언제나 그랬다. 인류 역사상 과거에도 그랬고 앞으로도 그럴 것이다. 즉, 똑똑한 몇몇 사람들이 나서서 수천수만의 군중을 그들이 원하는 대로 움직여 나가는 것이 역사인 것이다.

병사들의 환호성이 가라앉아 사방이 조용해지자, 네스토르가 다시 연설을 계속했다.

"이제 전쟁을 끝장내기로 결심한 이상, 더는 시간을 지체하지 말아야 한다. 크로노스의 아들 제우스께서 어젯밤에 아가멤논 왕에게 꿈을 통해 명령하셨기 때문이다. 그러니 어서 막사와 배로 돌아가서 전투에 임할 준비를 하라. 하지만 그 전에 모든 병사들은 밥을 든든히 먹고 신들께 제사를 지내야 한다. 마지막으로 한 가지 더," 네스토르는 머리를 써서 얼른 한마디를 덧붙였다. "모든 종족들은 각각 자신들의 장수를 따라 대열을 이루도록 하라. 그래야 어느 종족이 가장 용감하게 전투에 임했는지 알아볼 수 있을 것이고, 그 종족이 가장 많은 금은보화를 차지하게 될 것이다!"

높은 올림포스 산 위에서 헤라와 팔라스 아테나가 이 모든 광경을 마음 졸이며 유심히 지켜보고 있었다. 두 여신은 아카이아 병사들이 앞다투어 전투 준비를 하는 모습을 보고, 그제야 비로소 흡족한 마음으로 안심할 수 있었다.

"나에 대한 존경심이 조금도 없는 저 시건방진 트로이 인간들을 그들의 성과 함께 땅 위에서 모조리 쓸어버리기 전에는 아카이아 병사들을 고향으로 돌려보내지 않을 작정이었어." 헤라가 말했다. "그런데 저 죽을 수밖에 없는 인간들은 정말로 의지가 약한 족속들이란 말이야. 그러니 아테나, 네가 저들의 막사로 내려가 병사들에게 용기와 투지를 불어넣고 오너라. 병사들이 전쟁이 끝나기도 전에 다시 지치는 일이 없게끔 말이야."

헤라와 마찬가지로 아카이아인들을 사랑해서 그들 편에 선 팔라스 아테나는 헤라의 명령에 따랐다. 아카이아의 여러 도시에 아테나를 모시는 화려한 신전이 많았기 때문이다.

크로노스의 아들 제우스의 무시무시한 방패인 아이기스를 오른손에 든 아테나는 눈에 띄지 않게 몸을 감추고 병사들 사이를 돌아다니며, 아직도 전투에 참가할 용기를 내지 못하고 머뭇거리는 병사들에게 용기를 불어넣었다. 그러자 곧 전투에 참가하는 것이 고향으로 돌아가는 것보다 훨씬 더 멋지게 여겨졌다.

곧 스카만드로스 강가의 넓디넓은 풀밭 위에 전투 대형으로 집결한 아카이아 병사들은 무장을 하고 행진하기 시작했고, 그 발밑에서 어마어마한 발자국 소리가 울려 퍼졌다.

병사들은 보이오티아 지방, 바위가 많은 아울리스 지방, 포키스 지방, 케피소스 강기슭, 포도 산지인 아르네 지방, 에우보이아 지방 등 아카이아 전역에서 골고루 모여 배를 타고 온 자들이었다.

오일레우스의 아들 아이아스는 로크리스인들을 이끌었다. 그는 아마로 만든 가슴받이를 대고 있었고, 키는 비록 작았지만 어느 누구도 그만큼 창을 잘 던지지 못했다.

전쟁의 신인 아레스의 후예 엘레페노르는 전투에 능한 아반테스인들을 이끌고 출정했다.

아테네의 가장 고귀한 젊은이들로 이루어진 큰 부대는 메네스테우스가 이끌었으며, 그들은 멋진 말과 전차를 몰고 전쟁에 참가했다.

그들 옆으로 텔라몬의 아들인 아이아스가 있었는데, 사람들은 로크리스인인 아이아스와 구별하기 위해서 그를 '큰 아이아스'라고 불렀다. 큰 아이아스는 살라미스인들로 구성된 병사들을 이끌었다.

오르메니온의 왕인 에우리필로스*는 아킬레우스와 파트로클로스에 대한 우정 때문에 이 전쟁에 참가했다. 원래 그는 이 전쟁과는 아무런 상관도 없는 사람이었다.

힘센 장수 디오메데스는 아르고스와 티린스의 병사들을 이끌고 왔다.

부유한 도시국가인 미케네와 코린토스에서는 병사들이 은으로 된 투구와 값비싼 무기를 가지고 출정했다. 가장 화려하게 무장한 아가멤논 왕은 가장 큰 군대를 이끌었다. 부인을 빼앗겼으므로 복수심에 불타는 장수인 메넬라오스는 전차에 몸을 싣고 자기 군대의 대열을 따라 이리저리 오가며, 병사들을 향해 이제 그동안의 수치스러움에 대한 복수를 완수하자

---

* 다른 자료에서는 에우리필로스가 헬레네의 구혼자 중 한 명이었다고도 전한다.

고 용기를 북돋웠다.

전투에는 능했지만 항해 경험이 적은 아르카디아인들에게 아가멤논은 훌륭한 갑판이 덮인 함선들을 선사했다.

이타케의 병사들을 이끌고 온 오디세우스는 사모스 섬과 자킨토스 섬에서 온 병사들 또한 이끌었는데, 그의 지략과 용맹은 육지건 섬이건 간에 어디에나 그 명성을 떨쳤기 때문이다.

아이톨리아인의 왕 토아스와 로도스 지방을 통치하는 헤라클레스의 아들 틀레폴레모스는 그들의 군대를 스카만드로스 강가 언덕 위에 정렬해 있는, 용맹한 필록테테스가 이끄는 궁수 부대 옆에 세웠다. 그 무렵 필록테테스는 항해 길에 물뱀에게 심하게 물려 렘노스 섬에 남아 누워 있어야 했다. 그래서 메돈이 대신 그의 군대를 이끌었다.

이들 외에도 많은 종족들이 바다와 트로이 성 사이에 있는 평지와 구릉에 대열을 가다듬고 서서 가장 격렬한 전투를 위한 준비를 끝마쳤다. 새로운 전투병들이 끊임없이 그곳으로 속속 도착했고 대열을 맞춰 늘어섰다.

오직 미르미돈 병사들만이 나타나지 않았다. 미르미돈 병사들은 막사 사이를 돌아다니며 빈둥거렸고, 가끔 원반던지기나 활쏘기 연습을 하기도 했다. 혹은 창을 손에 쥐고 기대선 채로 다른 병사들이 서둘러 전장으로 달려 나가는 모습을 느긋하게 바라보기도 했다. 간혹 배 위의 갑판에 올라서서 다른 병사들이 분주하게 대열을 맞추고 있는 해변을 건너다보기도 했지만, 저 아래에서 전투에 참가하라고 소리치는 다른 병사들의 화난 목소리에 눈썹 하나 까딱하지 않았다.

그들의 왕인 아킬레우스가 이미 전쟁에 참가하지 않겠다고 맹세를 한 터였다. 그러니 미르미돈 병사들도 전쟁에 참가하지 않는 게 당연했다. 말들은 한가로이 서서 늪지대에서 자라난 연꽃잎을 음미하듯이 따 먹고 있었다. 전차들은 막사 옆에 세워두고 큰 천으로 덮어씌워 놓았다.

아킬레우스는 막사 안에 앉아서 큰 전투를 준비하는 다른 병사들에게서 들려오는 그 어떤 소리도 듣지 않고, 눈앞에 펼쳐지는 그 무엇도 보지 않으려고 애썼다. 그러나 그것은 별 도움이 되지 않았다. 아킬레우스는 저 멀리서 굴러가는 전차 바퀴와, 자리를 이동하느라 행진하는 병사들의 발걸음 때문에 발밑의 땅이 쿵쿵 울리는 것을 느낄 수 있었다. 그것은 마치 그에게 자리를 박차고 일어나 갑옷을 차려입고 무장한 뒤, 백마를 부르라고 다그치는 소리처럼 들렸다.

그러나 아킬레우스는 자리에서 일어나지도, 백마를 부르

지도 않았다. 아직도 그의 고통과 분노가 너무나 컸기 때문이다. 파트로클로스는 아킬레우스의 곁에 말없이 앉아서 친구의 고통스러워하는 얼굴을 동정 어린 눈빛으로 바라보기만했다. 지금 아킬레우스를 도울 수 있는 건 아무것도 없음을 파트로클로스는 잘 알고 있었다. 아킬레우스는 내면에서 미친 듯이 소용돌이치는 자기와의 싸움을 끝까지 혼자서 해내야만 했다. 파트로클로스는 아킬레우스가 처한 상황 때문에 자신의 운명이 곧 끝장나게 된다는 사실을, 그 순간에는 짐작조차 하지 못했다.

트로이의 왕궁에서는 아카이아인들이 엄청난 공격을 하기위해 무장을 끝냈다는 소문이 빠른 속도로 퍼졌다. 프리아모스 왕은 왕좌가 있는 자신의 방에서 나이 든 신하들과 회의를하고 있었는데, 그 소식을 듣자 곧 회의를 중단시켰다. 헥토르는 전령들을 사방으로 보냈다. 이제 트로이의 병사들과 주변의 지원군들이 무장을 하고 모이기까지는 그리 오랜 시간이 걸리지 않을 터였다. 트로이 사람들은 오랜 세월 동안 아카이아군의 공격에 맞서기 위해 재빨리 무장하는 것에 익숙했기 때문이다. 트로이의 병사들 역시 용맹하기 그지없었으며, 무엇보다도 트로이에는 그 누구보다 용감한 장수인 헥토르가 있었다.

또한 아이네이아스가 이끄는 다르다니에인들이 있었고, 이다 산의 기슭과 골짜기에 살고 있는 전투에 능한 종족들도 있었다. 라리사 지방의 펠라스고이인들과 아스카니아 지방의 프리기아인들 역시 전투에 능한 연합군이었다.

사르페돈과 글라우코스도 리키아인들을 이끌고 왔다. 그들은 끊임없이 서로를 도와 연합해서 전투에 참가하는 종족들이었다.

오디오스는 알리베 지방에서 할리조네스인들을 데리고 왔다.

나스테스와 암피마코스는 밀레토스 지방에서 야만인들의 말〔言〕을 쓰는 카리아인들을 이끌고 왔다. 그들은 노미온의 자식들로, 나스테스는 천박한 새색시처럼 황금 장신구로 온몸을 치장하고 싸움터로 나갔다. 그러나 황금도 바보 같은 그를 죽음에서 구해주지는 못했다. 일전에 아킬레우스가 그를 때려눕히고 값비싼 장신구를 모두 빼앗아갔기 때문이다.

아드라스토스와 암피오스는 뛰어난 예언자인 아버지 메롭스가 전쟁에 참가하는 것을 허락하지 않았다. 메롭스는 그들의 운명을 점쳐보았기 때문이다! 하지만 두 형제는 아버지의 말을 듣지 않았고, 그것으로 그들의 운명은 끝장나고 말았다.

또 다른 많은 종족들이 트라케와 아미돈, 그리고 크산토스 강변에서 트로이로 모여들었다. 그럼에도 불구하고 아카이아의 병사들이 트로이의 병사들보다 수적으로 열 배는 더 우세했다. 그러나 그런 사실이 트로이 병사들의 용기를 꺾지는 못했다. 그럴수록 병사들은 서둘러 무장을 했으며 투지와 사기가 하늘을 찌를 듯했다.

무장을 마친 트로이 병사들은 헥토르의 명령에 따라 모든 성문을 일제히 열어젖혔다. 트로이 병사들은 성난 두루미떼처럼 성문 밖으로 뛰쳐나갔다. 아카이아 병사들은 그 수를 헤아릴 수 없을 정도로 많은 대열에도 불구하고 조용조용 진격한 반면, 트로이 병사들은 대지가 쩡쩡 울릴 정도로 큰 소리를 지르며 달려 나갔다.

헥토르는 전차를 타고 자신이 이끄는 부대의 대열을 따라 전속력으로 달렸다. 그의 투구는 번쩍였으며 그 아래로 검고 긴 머리카락이 바람에 휘날리며 목을 감쌌다. 트로이 병사들이 전열을 가다듬은 모습을 확인한 헥토르는 잡고 있던 말고삐를 마부에게 넘기고 자신은 전차에서 뛰어내렸다.

그는 오른손에 창을 들고 트로이 병사들 앞을 지나 적군을 향해 돌진했다. 그의 옆에는 아이네이아스가 있었고 반대편으로 조금 떨어진 곳에 동생 파리스가 있었다. 파리스는 멋진 모습으로 출정했다. 은으로 된 정강이받이를 차고 있었으며, 번쩍거리는 갑옷을 입고 그 위에는 표범 가죽을 두르고 있었다. 머리에는 말총 장식이 달린 황금 투구를 쓴 파리스는 자신의 모습이 자랑스럽다는 듯이 꼿꼿이 몸을 세우고 유유자적하게 행진했다.

양쪽 진영은 이제 꽤 가까운 거리로 좁혀들고 있었다. 바로 그때 아카이아 진영에서 분노에 찬 커다란 외침이 들렸다. 그 소리가 어찌나 크던지, 트로이 병사들이 내지르는 함성까지도 뒤덮을 정도였다.

전차 한 대가 다급하게 달려 나왔고, 전차 위 마부 옆에 번쩍거리는 갑옷을 입은 장수가 서 있었다.

그의 얼굴을 알아본 파리스의 얼굴이 순간 창백하게 변했다. 전차 위에 서 있는 장수는 다름 아닌, 그가 강탈해온 여인의 남편인 메넬라오스였다! 메넬라오스는 재빨리 고삐를 마부에게 던지고 전차에서 뛰어내렸다. 파리스는 메넬라오스의 분노에 찬 얼굴을 쳐다보고 겁에 질려 몸을 움츠렸다. 그의 얼굴에서 자신의 죽음을 예감할 수 있었기 때문이다.

메넬라오스가 막 칼을 뽑아 들었을 때, 잔뜩 겁에 질린 파리스는 뒷걸음질을 쳐서 뒤쪽에 열을 지어 서 있는 트로이 병사들 뒤로 숨었다. 트로이 병사들은 분노에 차서 내리치는 스파르타 왕의 칼날을 자신들의 방패와 칼로 대신 막아주었다. 그러나 파리스는 그리 오래 도망 다니지는 못했다. 거칠게 거머쥔 손아귀가 파리스의 팔을 잡아챘고 그를 바깥으로 끌어냈다. 파리스 앞에 헥토르가 서 있었다.

"이런 비겁한 녀석!" 헥토르는 너무나 화가 나서 경멸에 찬 욕을 내뱉었다. "넌 여자들 사이에서만 영웅 대접을 받는 모양이로구나! 정작 싸움터에 나와서는 도망이나 다니다니, 이 모든 전쟁이 오로지 네 잘못으로 일어났는데도 말이다! 신들께 맹세코, 만약 트로이 사람들이 저렇게 착한 마음씨를 지니지 않았더라면, 넌 이미 오래전에 저들이 던진 돌무더기에 깔려 죽었을 거다. 그랬더라면 넌 네가 우리 모두에게 가져다준 불행에 대한 대가를 정당하게 치를 기회라도 얻을 수 있었겠지! 난 네가 차라리 이 세상에 태어나지 않았거나, 아니면 어린아이였을 때 죽어버렸기를 얼마나 바랐는지 모른다. 넌 우리 트로이 사람들을 다른 모든 종족들의 웃음거리로 만들어버렸어!"

형 헥토르가 퍼붓는 비난을 듣고 있자니 파리스의 창백한 얼굴이 수치심으로 벌겋게 달아올랐다. 파리스는 헥토르가 화를 내는 건 당연하다고 생각했다. 파리스 역시 프리아모스 왕의 아들이었고, 아버지의 고귀한 품성을 조금이나마 물려받은 면이 있었다. 그는 마침내 있는 힘을 다해 마지막 용기를 짜냈다.

"형님 말씀이 다 옳습니다." 파리스는 진지하게 말했다. "저 하나 때문에 트로이 사람들이 너무 많은 고통을 견뎌야만 했어요! 그러니 전 이제 제가 할 바를 하겠어요. 제가 직접 나서서 헬레네를 두고 메넬라오스와 결투를 벌이겠어요! 제가 이기면 헬레네는 제 차지가 되겠지요. 만약 메넬라오스 왕이 저를 이긴다면 헬레네를 데리고 다시 라케다이몬으로 돌아가면 될 것 아니에요. 헬레네뿐 아니라 제가 아르고스에서 가져온 보물들도 모두 다 갖고 가라고 하겠어요. 그러니 이제 앞으로 우리 종족에게는 평화만이 있을 뿐이에요!"

헥토르는 파리스의 말을 기쁘게 받아들였다.

헥토르는 트로이 병사들 앞으로 나와 창을 머리 위로 수평이 되게 높이 들어 올렸다. 그러자 아카이아 병사들이 일제히 활을 당겨 헥토르를 겨냥했다.

그때 아가멤논이 소리쳤다.

"모두 활을 거두어라! 헥토르가 우리에게 할 말이 있는 모양이다. 그가 무슨 말을 하는지 들어보아야겠다!"

"메넬라오스 왕이시여!" 헥토르가 말을 꺼냈다. "내 동생 파리스가 당신에게 결투를 청하였소. 만약 당신이 결투를 받아들인다면 헬레네는 결투에서 이긴 자가 차지할 것이오. 그러나 우리 두 종족은 결투가 어떻게 끝나건 간에 그 뒤로는 평화롭게 지내기로 합시다. 우리 트로이인들은 이곳에서 계속 밭을 갈며 살아갈 것이고, 당신네들은 아카이아로 돌아가면 될 것이오."

"결투를 받아들이겠소!" 메넬라오스가 조금의 주저함도 없이 대답했다. "그를 위해 프리아모스 왕이 직접 나와 우리와 협정을 맺고 맹세의 말을 하기를 간청하는 바이오! 그동안 양쪽 진영 모두 무기를 내려놓도록 합시다! 그리고 검은 양한 마리와 흰 양 한 마리를 제물로 바쳐 신들께서도 우리의 맹세를 흡족한 마음으로 받아들이시도록 합시다."

이 모든 소식을 전하기 위해 즉시 두 명의 전령이 트로이 성 안으로 보내졌다.

프리아모스 왕이 결투에 대한 소식을 접하기도 전에 헬레네가 먼저 그 소식을 들었다. 헬레네는 파리스의 궁전에 있는 그녀의 방 안에서 베를 짜고 있었다. 결투 소식을 듣고 놀란 나머지, 그동안 정성을 다해 온갖 모양으로 가장자리를 아름답게 장식하며 짰던 옷감을 떨리는 손 때문에 모두 망가뜨릴 정도였다. 오, 신들이시여, 이제 그들이 결투를 하겠다고 합니다. 그녀 하나를 사이에 두고 10년째 전쟁을 할 정도로 그렇게도 서로를 증오하던 두 남자가!

헬레네는 아무 일도 하지 않고 방에 혼자 앉아 있어야 한다는 사실이 갑자기 견딜 수 없어졌다. 불안한 마음 한편으로 호기심을 더 이상 참지 못한 헬레네는 밖으로 뛰쳐나갔다. 은빛으로 반짝이는 리넨 베일을 온몸에 두르고 헬레네는 재빨리 걸음을 옮겼다. 헬레네의 빠른 걸음을 시녀들이 따라갈 수 없을 정도였다.

눈물이 헬레네의 뺨을 타고 흘러내렸고 엄청난 당혹감이 엄습했다. 헬레네는 누구의 승리를 기원해야 할지조차 알 수 없었다. 파리스가 이겨야 하나, 메넬라오스가 이겨야 하나. 하지만…… 그 모든 불안감 이면에 또 다른 감정이 그녀의 마음속에 자리 잡고 있었다. 바로 이 모든 일이 그녀 한 사람 때문에 벌어지고 있다는 사실이 주는 은밀한 자만심과 만족감이었다. 그녀는 누군가와 대화를 나누고 싶었다! 하지만 이 끔찍한 혼란 속에서 도대체 누구와 대화를 나눈단 말인가? 파리스의 형수들은 헬레네를 좋아하지 않았다. 그러니 그녀에게 또다시 못된 말을 쏟아부을 것이다. 헥토르는 마음이 착하고 그녀에게 퉁명스럽게 대한 적이 단 한 번도 없었지만, 그는 지금 저 성 밖 전쟁터에 있지 않은가.

프리아모스 왕에게 가야겠다! 성벽을 따라 난 좁은 길을 서둘러 걸어가며 헬레네는 계속 생각했다. 프리아모스 왕이야말로 그녀에게 동정심을 가져줄 유일한 인물이었다. 그러나 도와줄 수 있을까…… 아니, 어느 누구도 날 도울 수는 없을 거야. 아, 불행하기 짝이 없는 내 신세로구나. 어쩌자고 그때 파리스를 따라 라케다이몬을 떠나왔던가?

헬레네는 바로 그 시각 프리아모스 왕이 나이 든 신하들과 함께 전투를 지켜보기 위해 스카이아이 성문 위에 올라가 있다는 것을 알고 있었다. 왕은 이제 더 이상 전투에 참가할 수 없었기 때문이다. 헬레네가 계단을 밟고 올라와 성벽을 지나 망루로 오는 모습을 왕과 나이 든 신하들이 지켜보고 있었다. 나이 많은 신하들의 눈에도 그런 헬레네의 모습이 어찌나 아름답던지, 늙은 신하들은 서로서로 낮은 목소리로 이렇게 속삭일 정도였다.

"저 여인을 두고 전쟁을 벌이는 것에 대해서 트로이인들이나 아카이아인들을 비난할 수 있는 사람은 아무도 없을 거야, 아무렴!"

헬레네는 머뭇거리며 그 자리에 멈춰 섰다. 그녀는 나이 든 신하들이 그녀 하나 때문에 그 많은 불행이 트로이를 뒤덮었다고 엄하게 꾸짖으며 내쫓을까 봐 두려웠다. 그러나 프리아모스 왕은 그녀를 보자 다정하게 손짓했다.

"이리로 와서 옆에 앉거라, 내 귀여운 며느리야! 저렇게 화려하고 멋지게 무장하고 병사들 앞에 우뚝 선 아카이아의 장수들이 도대체 누구인지 나에게 설명을 좀 해다오. 저 장수들 대부분이 내가 모르는 자들이구나!"

"왕이시여, 당신은 제게 너무도 친절하십니다!"

헬레네는 안도의 숨을 내쉰 다음, 장수들에 대해서 설명하기 시작했다. 그녀가 설명하는 사이 전령이 다가왔다. 또 다른 전령은 이미 제물로 바칠 짐승을 데려다가 묶어서 프리아모스 왕의 마차에 실어놓고 기다리는 터였다.

"프리아모스 왕이시여, 트로이와 아카이아의 장수들께서

폐하께 즉시 성문 앞으로 내려오시기를 간청드린답니다." 전령은 기쁨에 들떠 말했다. "양쪽 장수들께서는 이 전쟁을 파리스 님과 메넬라오스 님의 결투로서 끝맺기로 결정하셨습니다. 하지만 그 협정에 폐하께서 직접 참여하셔서 맹세하셔야 한답니다!"

한순간 프리아모스 왕은 당황한 기색이 역력했다. 그는 스파르타 왕 메넬라오스의 명성을 익히 들어 잘 알고 있었다. 메넬라오스는 아킬레우스나 디오메데스만큼 용맹하지는 않지만, 상당히 힘센 장수였다. 그에 비해 프리아모스 왕이 너무도 잘 알고 있는 아들 파리스는 그저 겉모습만 장수처럼 보일 뿐 겁쟁이에 불과했다. 그러나 프리아모스 왕은 공정한 인물이었고 결투 또한 공정한 처사였다.

"그렇게 하도록 하라!"

프리아모스 왕은 진지하게 말하고는 자리에서 일어나 다른 전령이 마차를 준비해놓고 기다리고 있는 성문으로 내려갔다. 왕의 오랜 충신인 안테노르가 그를 따랐다.

프리아모스 왕이 직접 고삐를 쥐고 마차를 몰았다. 말들은 곧장 성문 앞 언덕을 내려가, 양쪽 군대가 서로 마주 보며 진을 치고 있는 곳으로 달려갔다. 천천히 마차를 몰아 두 적군이 대치 중인 사이의 공터를 향해 들어오고 있는 나이 든 왕을 모두가 존경스러운 마음으로 묵묵히 지켜보았다. 왕이 마차에서 내렸다.

아가멤논이 재빨리 왕 앞으로 다가가 인사했다.

"프리아모스 왕이시여, 당신은 우리가 내린 결정을 이미 들으셨을 줄로 압니다. 우리의 협정에 동의하셔서 맹세할 준비가 되셨는지요?"

"나는 준비되었소!"

프리아모스 왕이 대답했다. 그의 얼굴과 목소리는 매우 침착했다.

"그럼, 우리 모두 신들께 제사를 올리고 맹세를 하도록 합시다!"

아가멤논이 이렇게 말하며, 전령들에게 제물로 바칠 짐승들을 데려오라고 손짓했다. 그는 옆에 차고 있던 칼집에서 단검을 꺼내 양의 목을 잘랐다. 그런 다음 누군가가 황금 잔에 포도주를 따라서 건네주자 그 잔을 받아 땅 위에 뿌렸다. 그러고는 불사의 신들께 기도를 올렸다.

"우리의 아버지이자 모든 신과 인간 들의 통치자이신 제우스 신이시여, 그리고 모든 것을 굽어보시는 헬리오스 신이시여, 땅의 신이시여, 그리고 땅 밑에 거하시며 맹세를 어기는 인간들을 벌하시는 모든 신들이시여, 우리의 맹세를 들어주소서! 이제 두 사람의 결투가 끝나면 우리 두 종족에게 평화가 깃들게 하소서! 만약 그 평화를 깨뜨리는 자가 있다면, 그 자에게 신들의 저주를 내려주소서. 그렇지 않으면 모두가 멸망할 때까지 전쟁은 계속될 것입니다."

아가멤논이 이렇게 무시무시한 맹세를 하는 동안 넓은 들판 위에는 정적만이 감돌았다. 이어서 프리아모스 왕이 맹세를 했다. 그는 천천히 마차에 올라 안테노르의 손에서 고삐를 받아 든 다음, 마지막으로 병사들에게 몸을 돌려 말했다.

"나는 이제 성으로 되돌아갈 것이다. 내 아들의 결투를 지켜볼 수 없기 때문이다. 신들께서는 누구에게 승리가 돌아가고 누구에게 죽음이 닥칠지 이미 알고 계신다!"

헥토르는 언덕을 올라 스카이아이 성문을 향해 천천히 움직이는 마차를 바라보았다. 자기 아버지가 얼마나 수심에 가득 차고 피로에 지친 모습을 하고 있는지, 오직 헥토르만이 눈치챘을 뿐이었다.

오디세우스가 헥토르에게 다가왔다.

"결투를 위한 장소를 물색하도록 합시다, 고귀하신 헥토르여!"

오디세우스는 이렇게 말하고 헥토르와 함께 결투 장소를 찾아 걸어 다니며 그 길이와 폭을 쟀다. 그런 다음 헥토르는 투구를 벗어 그 안에 서로 다른 표시를 한 제비를 집어넣었다. 하나는 파리스를 위한 것이었고 다른 하나는 메넬라오스를 위한 것이었다. 누가 먼저 창을 던질지를 결정하기 위해 제비뽑기를 해야 했기 때문이다.

헥토르는 고개를 돌리고 투구를 흔들었다. 동생의 제비가 먼저 튀어나왔다. 파리스는 낮은 목소리로 기쁨의 환호성을 질렀고, 헥토르는 그런 파리스의 모습을 경멸스럽다는 듯이 흘끗 쳐다봤다.

이제 결투에 임하는 두 장수가 양쪽으로 거리를 두고 물러섰다. 메넬라오스와 파리스는 각각 오른손에 창을 들고 마주 보며 섰다. 그들은 둘 다 똑같이 헬레네를 생각하며 서로를 증오했고, 둘 다 똑같이 마음속으로 서로의 죽음을 바랐다.

파리스가 단숨에 팔을 공중으로 높이 들고 몸을 한껏 뒤로 젖히며 창을 던졌다. 창은 곧장 날아가 메넬라오스의 청동 방패 한가운데 둥글게 솟은 곳에 부딪쳤다. 그러나 방패를 뚫을 정도로 힘차게 날아가지는 못했고, 창의 끝이 구부러진 채로 힘없이 땅바닥에 떨어졌다.

　이번에는 메넬라오스가 창을 던질 차례였다. 파리스는 가운데 둥글게 튀어나온 곳이 은으로 멋지게 장식된 번쩍이는 방패를 들고 있었다. 그러나 그 장식도 분노에 찬 메넬라오스가 힘차게 던지는 날카로운 창을 막을 수는 없었다. 길고 뾰족한 창끝이 방패를 관통하더니, 파리스가 입고 있던 화려한 갑옷의 옆구리를 지나 안에 입은 윗옷까지 찢었다. 파리스는 재빨리 몸을 비틀며 옆으로 넘어졌고, 그로 인해 다행히 목숨을 구할 수 있었다.

　상대가 죽기는커녕 상처 하나 입지 않았다는 사실을 확인한 메넬라오스가 이번에는 청동 칼을 뽑아 들고 분노에 찬 외마디 고함을 지르며 파리스의 투구를 있는 힘껏 내리쳤다. 메넬라오스는 자기 눈을 의심했다. 칼이 세 동강이 났지만, 말총으로 장식된 파리스의 투구는 멀쩡했기 때문이다!

　메넬라오스는 또다시 앞으로 돌진해 파리스에게 덤벼들었다. 때마침 파리스가 쓰고 있던 투구의 말총 장식이 바람에 날려 메넬라오스 쪽으로 왔고, 수중에 무기를 지니지 않은 메넬라오스는 양손으로 말총을 거머쥐고는 파리스의 몸을 뒤로 돌려 줄지어 서 있는 아카이아 병사들 쪽으로 질질 끌고 갔다. 파리스는 화가 나서 온몸을 버둥거렸지만 아무 소용이 없었다.

메넬라오스의 승리가 거의 확실해 보였다. 그러나…… 죽을 수밖에 없는 인간들이 제아무리 애를 쓴다고 한들, 올림포스의 신들이 다르게 결심한다면 어쩔 도리가 없었다!

바로 그 순간, 크로노스의 아들 제우스의 가장 아름다운 딸이자 사랑의 여신인 아프로디테가 메넬라오스의 손에서 승리를 가로채 간 것이다. 아프로디테는 파리스와 헬레네의 편에서서 그들을 보호하는 여신이었다. 자신이 사랑하는 장수인 파리스의 결투를 유심히 지켜보던 아프로디테는 그가 제대로 저항도 못 하고 질질 끌려가는 모습을 보자, 그길로 곧장 하늘을 날아 내려와서는 파리스의 턱 밑에 단단히 묶여 있던 투구의 황소 가죽 끈을 싹둑 잘라버렸다.

순간, 있는 힘껏 투구의 말총을 붙잡아 끌고 가던 메넬라오스는 쿵 하는 소리와 함께 뒤로 나자빠지더니 아카이아 병사들 앞으로 나뒹굴었다. 손에는 말총에 매달린 빈 투구만 들려 있었다! 화가 난 메넬라오스는 소리를 지르며 아카이아 병사들 사이로 투구를 내던지고 옆에 서 있는 병사의 창을 빼앗아 든 다음, 다시 한 번 파리스를 향해 던지려고 했다.

그러나…… 파리스는 그 자리에 없었다!

메넬라오스가 트로이 병사들과 아카이아 병사들 사이를 수없이 왔다 갔다 하며 파리스를 찾았지만, 그는 이미 사라지고 없었다. 파리스의 동료들이 파리스를 돕기 위해 그를 숨겨준 것이 아니었다. 그건 절대로 있을 수 없는 일이었다. 왜냐하면 트로이 사람들 중에서 파리스를 좋아하는 이는 단 한 명도 없었기 때문이다.

모든 병사들이 어안이 벙벙해서 한동안 파리스를 찾았지만 소용없는 일이었다. 결국 찾는 일을 포기할 수밖에 없었다.

아가멤논이 말했다.

"메넬라오스가 파리스를 붙잡았었다. 그러니 그가 이긴 것이다. 잡은 포로가 사라진 것은 메넬라오스의 책임이 아니다. 아무래도 신들께서 손을 쓰신 것 같다. 그러니 이것으로 트로이 사람들은 헬레네를 내놓고 그에 맞는 대가를 치르도록 하라!"

아카이아 병사들은 큰 소리로 환호성을 질렀고, 트로이 병사들은 아가멤논의 처사가 마음에 들지 않았지만 아무도 반대 의견을 내놓지 못했다.

그러는 사이 파리스는 이미 트로이 성 안에 있는 자기 궁전에 가 있었다. 아프로디테가 파리스를 안개에 감싸서 결투장에서 빼낸 다음, 그길로 곧장 그의 침실로 데려갔기 때문이다. 파리스는 비참한 심정으로 침대에 누워 있었다.

아프로디테의 명령으로 헬레네 역시 파리스의 침실로 와서 그의 옆에 앉았다. 그러나 이제 어찌할 바를 모르게 된 헬레네는 파리스에게 더 이상 따뜻하게 대하지 않았고, 오히려 그를 조롱했다.

"당신은 언제나 내게 힘과 실력에 있어서 메넬라오스를 훨씬 앞지른다고 자랑하지 않았던가요? 그런데 아프로디테께서 구해주시지 않았더라면, 당신은 지금쯤 어떻게 되었을까요? 당신들 중 누가 더 힘이 센지 내가 확실히 알 수 있도록 다시 한 번 나가서 싸우는 게 좋을 것 같군요. 내 첫번째 남편이 더 힘이 센지, 아니면 두번째 남편이 더 센지 말이에요. 만약 그럴 용기가 없다면, 당신은 앞으로 메넬라오스를 피해서 멀리멀리 도망 다니는 편이 좋을 거예요!"

이렇게 말하고 난 헬레네는 이제 앞으로 어떻게 해야 하나 싶어 마음이 몹시 불안해졌다.

3

높은 올림포스 산 위에서 여러 신들이 저 아래 트로이 성 앞에서 벌어지고 있는 일들을 하나도 빠짐없이 지켜보고 있었다.

"자, 이제 됐다." 제우스가 마침내 만족스러운 듯 말했다. "이것으로 전쟁은 끝이 났다. 메넬라오스가 결투에서 이겼으니 헬레네를 데리고 라케다이몬으로 돌아가면 될 것이다. 트로이에 사는 인간들도 앞으로 자기 성안에서 평화롭게 살아갈 수 있을 것이다. 게다가 파리스까지 목숨을 구하지 않았느냐. 아프로디테가 예전에 그를 사랑했다는 이유로 말이다."

이렇게 말한 제우스는 얼른 고개를 돌려 약간 떨어진 곳에 앉아 있는 헤라와 팔라스 아테나를 힐끗 쳐다보고는 조롱하는 듯한 미소를 지으며 말을 이었다.

"물론, 여기 앉아 있는 신들 중 둘은 트로이가 아예 멸망하기를 기대했겠지만……"

갈수록 얼굴빛이 어두워지던 헤라가 제우스의 말을 끊고 끼어들었다.

"오만방자한 트로이 인간들을 멸망시키기 위해 다른 종족들을 끌어모으려고 그렇게도 오랜 세월 애를 썼건만, 이제 저 트로이 인간들이 계속 영화를 누리고 평화롭게 살면서 날 무시하는 걸 두고 보아야 합니까? 당신께 말해두지만, 저들과 저들의 도시가 땅에서 완전히 사라지기 전까지 절대로 가만있지 않을 것입니다!"

제우스가 몹시 언짢아하며 거대한 머리를 흔들었다.

"트로이인들이 당신에게 무엇을 잘못했는지 도통 알 수가 없구려. 트로이인들 때문에 당신과 끝도 없는 싸움을 하는 것에 정말이지 난 완전히 지치고 말았소."

제우스가 한숨을 내쉬며 말했다.

이 말을 들은 헤라가 꾀를 내어 재빨리 응수했다.

"저 역시 당신과 평화롭게 살고 싶답니다. 당신께 약속 하나 드리지요. 만약 앞으로 당신께서 제가 좋아하는 어떤 도시를 멸망시키고자 하신다면, 그땐 제가 당신을 방해하지 않고 가만있겠다고 말이에요. 그러니 이번만큼은 제발 트로이를 제 손에 맡겨주세요!"

제우스는 내키지 않았지만 마침내 헤라에게 양보했고, 이로써 트로이의 멸망이 결정되었다!

그러나 결투가 끝난 다음에는 두 번 다시 무기를 들고 싸우지 않기로 협정을 맺고 맹세까지 한 마당에, 어떻게 다시 저 아래 땅 위에서 전쟁이 일어나도록 싸움을 붙인단 말인가? 난처해진 제우스는 어깨를 한 번 으쓱하더니 퉁명스럽게 말했다.

"그럼 어쩔 수 없이 트로이 병사들 중 누군가가 맹세를 깨뜨려야만 하겠구나!" 제우스는 딸을 쳐다보며 말했다. "네가 저 전쟁터로 내려가서 너희 계획대로 말을 잘 들을 병사 하나를 찾아내거라!"

팔라스 아테나는 제우스의 말이 끝나기가 무섭게 질풍처럼 날아서 땅으로 내려갔다. 아테나는 성 앞의 언덕과 들판을 이리저리 날아다니다가 마침내 판다로스를 발견했다. 그녀는 판다로스가 어떤 사람인지 잘 알고 있었다. 판다로스는 활쏘기에 능한 유명한 장수였지만, 욕심이 많고 명예욕이 강한 반면 머리는 그다지 좋지 않았다. 아테나는 그를 이용하기로 했다.

누구의 눈에도 띄지 않게 몸을 숨긴 아테나는 판다로스의 뒤로 다가갔다.

"판다로스여, 엄청난 부와 명예를 얻고 싶지 않느냐?" 아테나의 말은 오로지 판다로스의 귀에만 들렸다. "그렇다면 너의 그 절대로 빗나가는 법이 없는 활을 가지고 아트레우스의 아들 메넬라오스를 쏘아 넘어뜨려라! 그러면 온 트로이인들이 너를 불사의 신처럼 받들어 모실 것이고, 파리스는 너를 왕처럼 대접하며 상을 내릴 것이다!"

말을 마친 아테나는 곧장 메넬라오스에게 갔다. 판다로스가 자기 말대로 할 것임을 이미 알고 있었기 때문이다. 판다로스가 쏜 화살이 메넬라오스에게 적중한다면, 메넬라오스는 목숨을 잃을 것이 분명했다. 그러나 그렇게 되면 안 되었다. 아테나는 메넬라오스 곁으로 가서 판다로스가 낮은 언덕 위로 올라가는 모습을 멀리서 지켜보았다. 판다로스는 화살통에서 화살을 하나 꺼내어 활시위에 얹어 당겼다. 활은 야생 염소의 뿔로 정교하게 세공하고 그 위에 금을 씌운 값비싼 것이었다.

깃털이 달린 화살이 엄청난 굉음을 내며 활시위를 떠나 메넬라오스를 향해 곧장 날아들었다. 화살은 정확히 메넬라오스의 가슴에 꽂혀 심장을 뚫고 지나갈 기세였다. 그러나 바로 그 순간 아테나가 손을 들어 날아오는 화살이 살짝 빗나가도록 조치했다. 화살은 메넬라오스의 가슴받이를 뚫고 몸에 두른 넓은 허리띠를 뚫은 다음, 옆구리의 살을 찢었다. 그러자 옆구리에서 피가 솟구쳐 흐르기 시작했다. 피는 넓적다리를 따라 정강이와 발등에 이르기까지 붉은 줄기를 이루며 흘러내렸다.

잠시 메넬라오스가 휘청거렸다. 아가멤논이 그 모습을 보고 깜짝 놀라 한걸음에 달려왔다. 아가멤논의 눈에는 자기 동생이 죽을 정도로 심각한 부상을 입은 것처럼 보였다.

"이럴 수가!" 아가멤논이 소리쳤다. "대체 네게 무슨 일이 생긴 거냐? 트로이 놈들이 맹세를 어긴 것이로구나! 이제 신들의 저주와 우리의 복수가 저들에게 내리리라! 네 시신이 이 낯선 땅에 묻혀 썩어가고 저 오만방자한 트로이 인간들이 위대한 영웅 메넬라오스의 무덤 위를 껑충껑충 뛰어다니게 된다면, 내 정녕 고향으로 두 번 다시 돌아가지 못하리라! 그렇게 되느니 차라리 대지가 두 동강으로 갈라져 나를 삼켜버리는 것이 더 나으리라!"

바로 그때 메넬라오스가 정신을 차렸다.

"진정하세요, 형님!" 메넬라오스가 말했다. "상처가 그리 깊지 않습니다. 허리띠에 달린 금장식과 가죽으로 된 앞치마가 나를 지켜주었습니다."

팔라스 아테나는 매우 흡족한 마음으로 다시 올림포스 산 위로 올라갔다. 이제 트로이 전쟁은 이전보다 훨씬 더 격렬해질 것이고 오만한 트로이 성은 끝내 멸망할 것이다.

아가멤논은 서둘러 마카온을 불러들였다. 그는 아버지이자 의술의 신인 아스클레피오스로부터 상처를 치료하는 기술을 전수받은 자로, 재빨리 상처에 꽂힌 화살을 뽑아내고 더러운 이물질이 남아 있지 않도록 피를 빨아냈다. 그 위에 고통을 멎게 하는 약을 붙인 다음, 표백한 아마포로 정성 들여 싸맸다.

아가멤논은 그 모든 것을 걱정스럽게 지켜보았다.

"신들이시여, 감사드리옵니다!"

동생이 목숨을 구한 것을 확인한 아가멤논은 안도의 한숨을 내쉬며 말했다. 엄청난 분노와 복수의 열망이 아가멤논을 사로잡았다. 그는 바로 옆에 서 있던 전차에 뛰어올랐다.

"친구들이여!" 아가멤논이 소리쳤다. "트로이인들이 맹세를 어겼노라! 메넬라오스가 상처를 입었다! 맹세를 어기는 자는 신들께서 벌하실 것이다! 하지만 우리 역시 엄중하게 복수할 것이다!"

수천 명의 아카이아 병사들이 일제히 분노의 함성을 내질렀다. 그리하여 트로이에서 엄청난 전투가 시작되었다.

트로이 병사들과 아카이아 병사들은 이리떼처럼 서로에게 달려들었다. 맨 먼저 쓰러져 죽은 이는 트로이의 장수 에케폴로스였다. 아카이아 병사들이 앞다퉈 달려들어 값비싼 장비로 무장한 그의 시신에서 장비를 벗겨갔다.

텔라몬의 아들 아이아스는 창을 던져 혈기 왕성한 젊은이인 시모에이시오스를 맞혀 죽였다.

프리아모스 왕의 아들인 안티포스 역시 오디세우스와 절친한 친구인 레우코스를 죽였다. 이를 본 오디세우스는 슬픔과 분노를 이기지 못하고 트로이 병사들 무리로 뛰어들었다. 그러자 프리아모스 왕의 또 다른 아들이자 아비도스 출신의 데모코온이 오디세우스를 막아섰고, 이내 죽음으로 그 대가를 치러야만 했다.

트라케의 장수 페이로우스는 커다란 돌로 아마린케우스의 아들인 디오레스의 발을 짓이겼다. 디오레스는 그 자리에 쓰러져, 서로 뒤엉켜 엄청난 혼잡을 이루며 싸우는 병사들 틈에서 죽어갔다. 페이로우스 역시 아이톨리아의 장수 토아스의 손에 곧 죽임을 당했다. 그러나 토아스는 죽은 페이로우스의 몸에서 장비를 빼앗아갈 수 없었다. 트라케 출신 병사들이 긴 창을 들고 페이로우스의 시신을 벽처럼 두르고 서 있었기 때문이다. 병사들은 토아스에게 창을 던져댔고 토아스는 도망칠 수밖에 없었다.

그렇게 많은 병사들이 여기저기에서 무수히 죽어갔다. 전투는 끔찍했다.

인간이 같은 인간을 상대로 한 모든 전쟁이 다 그러하듯이, 시간이 지나자 아군이고 적군이고 할 것 없이 모두가 뒤섞인 채 죽어서 한마디 말도 없이 서로의 옆에 나란히 누워 있게 되었다.

트로이의 페르가모스* 성 위에서는 포이보스 아폴론이 트로이의 병사들에게 용기를 불어넣고 있었다. 반면 팔라스 아테나는 전쟁터 사이를 이리저리 날아다니며, 게으름을 피우는 아카이아 병사들이 눈에 띄는 대로 전쟁에 참여하도록 열심히 독려했다. 아테나는 얼굴에는 수심이 가득하고 가슴에는 비통함을 안은 채, 아무것도 하지 않고 그저 자기 배의 돛

* 일리오스(트로이의 다른 이름)의 성채.

대에 몸을 기대고 서 있는 아킬레우스를 몹시 못마땅하다는 듯이 내려다보았다. 그러다가 디오메데스를 찾기 시작했다. 아킬레우스가 전쟁에 참가하지 않고 있으므로, 이제는 디오메데스가 아카이아 병사들의 유일한 희망이었다.

아테나는 디오메데스의 전차에 올라타서 그 옆에 섰다. 그러자 곧 말들이 거친 숨을 몰아쉬며 전속력으로 돌진해, 열을 지어 서 있는 트로이 병사들의 한가운데로 달려갔다. 트로이 진영에서 전차 하나가 마주 돌진해 왔다. 전차에는 페게우스와 이다이오스 형제가 타고 있었다. 그들의 아버지는 다레스로, 불의 신인 헤파이스토스를 모시는 사제였다. 페게우스가 먼저 창을 날렸다. 창은 간발의 차로 아슬아슬하게 디오메데스를 스쳐 지나갔다. 이번엔 디오메데스가 페게우스에게 창을 던져 맞혔다. 페게우스는 전차에서 떨어져 바닥으로 나뒹굴었다. 그러자 감히 죽은 형의 시신을 막아설 용기가 없었던 이다이오스는 전차를 버리고 뛰어서 달아났다. 그 역시 죽음의 운명을 결코 피하지 못했을 것이나, 그의 늙은 아버지가 상심하지 않도록 헤파이스토스가 그를 끌어내 밤의 어둠으로 감싸 구해주었다.

아가멤논은 할리조네스인들의 왕 오디오스와 맞붙어 싸웠

다. 그들의 전차는 삐거덕거리며 서로를 향해 돌진했다. 오디오스가 옆으로 피하려고 전차의 방향을 틀자, 아가멤논이 창을 던져 그의 등을 관통시켰다.

트로이에서 가장 이름난 사냥꾼인 스카만드리오스는 아르테미스 여신에게서 직접 활 쏘는 법을 배웠지만, 목숨을 구하지는 못했다. 메넬라오스가 그의 등에 창을 던져 죽였기 때문이다.

디오메데스는 그사이에도 쉴 새 없이 전차에 몸을 싣고 전장을 이리저리 달렸고, 수많은 트로이 병사의 시신이 그가 지나간 길 위를 뒤덮었다. 그러던 중 판다로스가 그를 발견했다. 메넬라오스에게 활을 쏘아 상처를 입히고 오만함이 머리 끝까지 치솟은 바로 그 판다로스였다. 그는 기쁨의 환호성을 내지른 다음, 야생 염소의 뿔로 세공한 활의 시위를 당겼다.

절대로 목표물을 빗나가는 법이 없는 그의 화살은 이번에도 적중했다. 화살은 디오메데스의 어깨에 날아가 꽂혔고 디오메데스는 비틀거렸다.

판다로스는 승리의 환호성을 지르며 활을 머리 위로 높이 들고 마구 흔들었다.

"친구들이여, 아카이아 최고의 장수가 내 화살에 맞았다!"

그는 소리쳤다. "디오메데스는 더 이상 전투에 참가하지 못할 것이고, 아킬레우스는 잔뜩 성이 나서 아무것도 하지 않은 채로 그저 자기 배에 앉아 있을 뿐이다! 공격하라, 친구들이여, 바로 지금이 절호의 기회다!"

그러나…… 판다로스는 비록 승리를 확신하는 척 행동하기는 했어도 뭔가 꺼림칙한 불안함이 마음 한구석을 떠나지 않았다. 그가 이해할 수 없는 뭔가가 숨겨져 있었다!

"나는 분명 심장을 겨누었다!" 깊은 생각에 잠겨 판다로스는 혼잣말을 했다. "조금 전 메넬라오스 때도 그랬고 이번 디오메데스 때도 그랬다. 한데 두 번 다 화살이 날아가던 방향에서 벗어났다. 그런 일은 이제껏 단 한 번도 없었다! 아마도 불사의 신들 중 한 분이 아카이아인들의 편에서 화살의 방향을 틀고 있음이 분명한 것 같다!"

한편 디오메데스는 전차에서 뛰어내려 옆에 있던 마부 스테넬로스에게 상처에 박힌 화살을 빼달라고 부탁했다. 그는 팔라스 아테나의 이름을 불렀다.

"여신이시여, 제 기도를 들어주소서! 당신은 저와 우리 아카이아인들의 편에 서 계시며, 우리 또한 당신을 위해 많은 신전을 짓고 제물을 바쳤습니다. 그러니 지금 이 순간 저를 도와주십시오! 제가 보기에 상처가 꽤 깊은 것 같습니다. 만약 당신이 저를 도와주시지 않는다면, 저 태양 빛을 바라볼 수 있는 시간도 제겐 그리 많지 않을 것입니다."

팔라스 아테나가 그의 곁에 바짝 다가섰다.

"네가 기도하는 바를 이미 내가 들어주었노라!" 아테나가 디오메데스의 귀에 대고 속삭였다. "그러니 이제 안심하고 싸움터로 다시 뛰어들어라. 네 몸이 다 나아 다시 힘을 얻었고 게다가 네게 없던 능력까지 주었노라. 누가 신이고 누가 인간인지 구분할 수 있도록 내가 너의 눈을 밝게 만들어주었다. 많은 불사의 신들이 전쟁에 참가해서 함께 싸우고 있기 때문이다. 그 신들에게 상처를 입히는 일이 없도록 조심하여라. 하지만……" 이렇게 말하는 여신의 목소리에 남모르는 웃음기가 섞여 있었다. "하지만 네가 만약 아프로디테를 만나면…… 그녀에게는 상처를 입혀도 된다!"

이내 목소리가 사라졌다.

디오메데스는 다시 싸움터로 달려들었고, 그와 마주치는 인간의 영혼은 모두 하데스로 내려가야만 했다. 아이네이아스는 먼발치에 서서 고통스러운 심정으로 하나둘씩 줄어드는 트로이 병사들의 대열을 지켜보고 있었다. 그는 디오메데스와 직접 맞붙어 싸우고 싶었지만 그가 있는 쪽으로 다가갈 수조차 없었다. 너무 많은 적병들이 아이네이아스를 막아서며 달려들었기 때문이다.

병사들이 뒤섞여 싸우고 있는 무리를 뚫고 홀연히 판다로스가 나타나 아이네이아스 옆으로 다가왔다.

"절대로 빗나가는 법이 없는 당신의 화살로 저 살인마를 쏘아서 맞힐 수 없겠소?" 아이네이아스가 분하다는 듯이 말했다. "우리 병사들이 추수하는 사람의 낫에 베어지는 짚단처럼 쓰러지고 있단 말이오!"

판다로스는 침통한 표정으로 고개를 가로저었다.

"내 이미 저자와 메넬라오스에게 활을 쏘았소." 판다로스가 절망적으로 말했다. "하지만 내 화살들은 모두 빗나가고 말았소. 갑자기 날아가던 방향을 틀고 옆으로 비켜 갔단 말이오, 알아듣겠소? 하데스에 두고 맹세컨대, 만일 전쟁이 끝나고 고향으로 돌아가게 된다면 이 활을 부러뜨려 타오르는 불 속에 처넣고 말겠소! 내가 맹세를 지키지 않는다면, 아무나 와서 내 목을 이 몸뚱이에서 잘라내 버려도 좋소!"

분에 못 이겨 화를 내는 판다로스를 보자 아이네이아스는 웃음이 나올 지경이었다.

"그렇게까지 말할 필요는 없지 않소!" 아이네이아스가 달래듯 말했다. "자, 내 전차에 올라타시오. 우리 함께 저 디오메데스가 있는 곳까지 가도록 애써봅시다. 우리 둘이라면 저렇게 광포하게 날뛰는 자를 막을 수 있을 것이오."

그들은 낮은 언덕 아래 세워져 있는 전차로 달려갔다. 아이네이아스의 전차에는 높고 커다란 바퀴가 달려 있었고, 바큇살은 금이었으며, 자줏빛 양탄자가 전차 바닥과 멋진 곡선을 이루는 전차 벽에 뒤덮여 있었다. 판다로스는 그 값진 전차를 잘 알고 있었다. 그리고 그 전차에 묶여 있는 말들도 잘 알고 있었다. 은빛으로 반짝이는 갈기와 발굽까지 치렁치렁하게 내려오는 꼬리에 온몸이 우윳빛처럼 새하얀 유명한 암말들이었다.

둘은 전차에 올라 싸움터 저 멀리에 있는 아카이아인들을 향해 돌진했다.

"저기 검은색 전차 위에 있는, 저자가 바로 디오메데스요!" 판다로스가 소리쳤다. "디오메데스가 이미 우리를 보고 말을 돌려 달려오고 있소!"

두 대의 전차가 서로를 향해 돌진하는 모습을 본 병사들이 싸움을 멈추고 길을 비켜섰다. 두 전차의 마부들은 거의 동시에 서로 창을 던져 맞힐 수 있을 정도의 거리만을 남겨두고 말고삐를 당겨 전차를 세웠다.

판다로스가 옆에 세워둔 창을 집어 들고 소리쳤다.

"이것을 보라, 디오메데스여! 내 화살이 그저 네 살갗만을 찢어놓은 것 같다. 이 창이라면 아마도 네 목숨을 날려버릴 수 있을 것이다!"

판다로스는 창을 던졌다. 그는 아주 힘이 센 장사였다. 창은 방패를 뚫고 디오메데스가 입고 있던 은으로 된 가슴받이를 뚫었다.

"적중했다!" 판다로스는 환호성을 울렸다. "너는 수많은 우리 친구들을 하데스로 보냈다. 이제는 네가 직접 하데스로 내려갈 차례다!"

그러나 디오메데스는 창을 뽑아서 번개같이 빠른 동작으로 창을 되돌려 겨누었다.

"빗나갔다, 판다로스여!"

그는 이렇게 소리 지르더니 몸을 한껏 뒤로 젖혔다. 창은 곧장 날아가 판다로스의 이마에 꽂혔다. 판다로스는 전차에서 굴러떨어졌다. 땅바닥으로 떨어질 때, 그가 입고 있던 갑옷에서 엄청나게 무시무시한 소리가 쩔그렁거리며 났다. 아이네이아스가 전차에서 뛰어내렸고, 아이네이아스의 흰 암말들은 큰 소리로 울부짖으며 그 자리에서 재빨리 달아나버렸다.

아카이아 병사들이 판다로스의 장비를 벗겨내려고 달려들었다. 그러나 아이네이아스가 한 손은 방패로 시신을 막고, 다른 한 손으로는 번쩍거리는 칼을 움켜쥐고 서 있었다.

그때 디오메데스 역시 전차에서 뛰어내렸다. 병사들의 군화로 짓이겨진 땅 위에 놓여 있는 돌덩이들이 보였다. 디오메데스는 그중에서 가장 큰 돌을 주워 들고 있는 힘을 다해 던졌다. 돌은 아이네이아스의 옆구리에 맞았고, 관절이 으깨지면서 힘줄이 끊겼다. 아이네이아스는 무릎이 꺾이며 바닥에 쓰러지고 말았다. 끔찍한 고통이 아이네이아스를 엄습했고, 눈앞이 밤처럼 캄캄해졌다.

그것은 죽음을 의미했다.

가까운 곳에 있던 아프로디테가 쓰러지는 아들의 모습을 지켜보고 있었다. 그녀는 재빨리 자신의 옷자락을 펼쳐 아이네이아스를 덮었다. 그러자 마치 반짝이는 금가루가 뿌려진 것처럼 보였다. 아프로디테가 두 팔로 아이네이아스를 감싸 안고 그 자리를 떠나는 모습을 본 사람은 아무도 없었다.

오로지 팔라스 아테나가 눈을 밝게 해준 디오메데스만이

그 불사의 여신을 알아보았다. 지금 무슨 일이 벌어지고 있는 지를 깨달은 디오메데스는 자기도 모르게 분노에 찬 고함을 내질렀다. 그러고는 곧바로 전차에 다시 올라타 여신을 쫓아가기 시작했다. 오, 안 된다! 아프로디테는 그에게서 아이네이아스를 빼앗아가서는 안 된다!

디오메데스가 아프로디테를 거의 따라잡았을 때 그는 창을 집어 들었다. 창은 아프로디테의 손목에 가 꽂혔고 여신은 비명을 질렀다. 불사의 신들도 고통을 느끼기 때문이다. 그녀의 손목에서 투명한 피가 흐르기 시작했다. 신들은 인간과는 다른 음식을 먹고 마시므로 피도 빨간색이 아니었다.

아프로디테는 아이네이아스를 팔에서 떨어뜨렸다. 디오메데스는 어찌할 바를 모르고 머뭇거렸다. 그의 마음도 결코 편치는 않았다.

"여신이시여, 여기 전쟁터에는 어인 일로 행차하셨나이까?" 디오메데스가 퉁명스럽게 물었다. "인간들 일에 참견하시려거든 사랑에 관한 일에나 참견하시고 이런 끔찍한 전쟁에서는 손을 떼시지요!"

디오메데스가 말하는 동안 아프로디테는 저쪽에서 자기를 돕기 위해 달려오고 있는 포이보스 아폴론을 보았다. 그녀는 아이네이아스를 아폴론에게 맡겨두고, 가능한 한 빨리 상처를 치료하기 위해서 올림포스로 올라갈 결심을 했다.

디오메데스는 흡족한 마음으로 그 자리를 벗어나는 여신의 모습을 지켜보았다.

이제 아이네이아스를 방패로 막고 서 있는 포이보스 아폴론의 모습도 당연히 보였다. 그러나 디오메데스는 다르다니에인을 이끄는 저 유명한 장수 아이네이아스를 죽이고 그의 장비를 빼앗고 싶은 욕심에, 아폴론이 막고 있는 것도 아랑곳하지 않고 칼을 뽑아 달려들었다.

그는 곧 깜짝 놀라 뒤로 물러섰다. 바로 앞에서 아폴론의 방패가 불길처럼 활활 타오르고 있었다!

디오메데스는 세 번을 연거푸 달려들었다. 그는 아이네이아스의 장비를 갖고 싶었다! 네번째 시도에서 디오메데스는 아폴론의 노한 음성을 들었다.

"조심하라, 디오메데스여! 신들을 상대로 싸울 생각일랑은 말거라! 그런 짓을 하는 인간들은 정녕 목숨을 부지하지 못할 것이다!"

그러자 디오메데스가 이를 갈며 돌아섰다.

포이보스 아폴론은 아이네이아스를 두 팔에 안고 자신의

신전이 있는 신성한 페르가모스 안의 성소로 데려갔다. 그곳에서 레토와 아르테미스가 재빨리 손을 써서 아이네이아스의 깊은 상처를 낫게 해주었다. 불사의 신들은 그런 일에도 아주 능숙했다.

그사이 아프로디테는 올림포스를 향해 올라가고 있었다. 상처가 쑤시듯 아파왔다. 아프로디테는 전쟁의 신이자 자신의 오빠인 아레스가 신들의 전령 이리스와 바위 위에 나란히 앉아 있는 모습을 우연히 목격했다. 바위 밑에는 붉은색의 거친 말들이 이끄는 전차가 세워져 있었다. 아레스는 그 전차를 타고 전쟁터를 휘젓고 다니곤 했다.

아레스는 매우 흡족한 표정으로 트로이 성 앞에서 벌어지는 격렬한 전투를 지켜보고 있었다. 그는 전쟁을 독려하는 고함을 한 번은 트로이인들에게, 또 한 번은 아카이아인들에게 번갈아 가면서 지르고 있었다.

아프로디테는 그런 그의 옆에 가서 자리를 잡고 앉았다.

"사랑하는 오빠." 아프로디테가 간청했다. "빨리 올림포스로 돌아갈 수 있게 오빠의 전차를 좀 빌려주세요. 상처가 너무 아파서 어떡해야 좋을지 모르겠어요!"

"그래, 가져가거라!"

아레스는 저 아래에서 벌어진 전쟁에 열중하는 것이 자기 여동생의 아픈 상처보다 더 중요했기 때문에 건성으로 대답했다.

이리스가 서둘러 전차에 올라타서 말고삐를 잡았다. 아프로디테가 황금 끈으로 고정시킨 의자에 올라앉기가 무섭게, 말들이 바닥을 박차고 뛰어오르며 구름을 향해 달려 나갔다.

한편 저 아래 땅에서는 들판에 붙은 불처럼 순식간에 트로이 병사들 사이로 소문이 퍼져갔다.

"아이네이아스께서 부상을 입으셨다! 디오메데스가 그를 때려눕힌 다음 그의 장비를 빼앗기 위해 아카이아 진영으로 끌고 간 것이 아닌가? 하지만 아무도 그 모습을 본 사람은 없다! 이제 어떡하지? 헥토르 님은 어디 계신 걸까? 그분께 이 사실을 보고드려야 하는데!"

헥토르 역시 이 사실을 금방 알게 되었다. 그는 근심에 가득 차서 전쟁터를 이리저리 돌아다니며 상처 입은 아이네이아스를 찾았다.

리키아인들의 왕인 사르페돈이 전차에 탄 헥토르 옆에 와 섰다.

"우리 병사들이 벌써 주춤거리는 것이 보이시오?" 사르페돈은 여기저기 흩어진 트로이 병사들이 후퇴하는 모습을 불안하게 쳐다보며 이렇게 말했다. "우리 병사들은 아이네이아스가 앞장서서 싸우는 모습을 보아야 마음을 놓곤 했습니다. 신들께 맹세코, 그가 아직 살아 있다는 것만 알 수 있다면 내 어린 수소 다섯 마리를 제물로 바치겠소!"

그러자 헥토르가 웃었다. 그의 날카로운 눈이 벌써 뭔가를 알아차렸기 때문이다.

"그렇다면 어서 제물을 바칠 준비나 하시오!" 헥토르는 기쁨에 들떠 말했다. "저기를 보시오!"

사르페돈은 놀라움에 소리를 질렀다. 그렇다! 거기에는 아이네이아스가 늘 그렇듯이 앞장서서 번개처럼 번쩍이는 칼을 이리저리 휘두르고 있었다.

아이네이아스가 죽은 줄로만 알고 트로이 병사들의 사기가 떨어지기 시작했다는 것을 눈치챈 포이보스 아폴론이 아이네이아스를 서둘러 전쟁터로 다시 데려다 놓았던 것이다. 그런 일쯤이야 올림포스의 신들에게는 너무나 쉬운 일이었다.

이제 헥토르와 사르페돈도 다시 전투에 뛰어들었고, 병사들은 새롭게 기운을 내어 아카이아 병사들을 향해 질풍처럼 달려들었다.

헤라와 팔라스 아테나가 그들의 황금 궁전에 앉아 그 모습을 불만스럽게 지켜보고 있었다.

"저기 아카이아 병사들이 후퇴하는 모습이 보이느냐?" 헤라가 화가 나서 말했다. "벌써 배가 정박해 있는 곳 가까이까지 후퇴를 했고, 트로이 병사들이 무서운 기세로 그 뒤를 쫓고 있구나. 저 트로이인들이 끝끝내 전쟁에서 이기는 일이 절대로 있어서는 안 돼! 자, 가자. 우리가 직접 저 아래로 내려가서 무슨 수를 써야겠다. 만약 아레스를 저렇게 제멋대로 행동하게끔 내버려 두었다가는 이 전쟁은 절대로 끝이 나지 않을 거야."

이렇게 말한 헤라와 아테나는 바람처럼 재빠르게 움직이기 시작했다. 헤라는 발 빠른 말들을 전차에 매었고, 아테나는 자신의 빛나는 옷을 벗어 던지고 아버지 제우스의 밤처럼 검은 갑옷으로 온몸을 무장했다. 아테나는 크로노스의 아들 제우스의 무시무시한 방패인 아이기스를 어깨에 걸쳤다. 그 방패에는 끔찍한 괴물인 고르고의 머리가 새겨져 있었고, 방패 둘레에는 세상의 온갖 처참한 광경들이 그려져 있었다. 오른손에는 무거운 창을 들고 전차에 올라탔다. 그녀가 두르고 있는 장비에서 쩔그럭거리는 소리가 크게 울려 퍼졌다.

헤라가 채찍을 휘두르자 하늘의 문이 삐거덕거리는 소리를 내며 활짝 열렸고, 말들이 그 문을 통해 폭풍같이 달려 내려갔다. 전차는 별들을 헤치고 달려 구름을 통과하고 산맥과 골짜기를 지나 땅에 도착했다. 그곳은 트로이와 근접한 시모에이스의 강줄기가 스카만드로스 강으로 흘러들어 가며 합쳐지는 지점이었다.

그곳에 전차를 멈춘 헤라는 전쟁터를 내려다보았다. 헥토르가 오디세우스와 격렬한 결투를 벌이는 모습이 보였다. 쌍둥이 형제인 크레톤과 오르실로코스는 아이네이아스를 공격하고 있었다. 그 둘은 그러나 곧 죽음으로 그 대가를 치렀다. 사르페돈과 헤라클레스의 아들인 틀레폴레모스는 마주 서서 서로에게 험한 욕설을 퍼붓더니 동시에 창을 던졌다. 창은 틀레폴레모스의 목을 관통했고 그는 그 자리에 쓰러졌다. 그러자 동료들이 그의 시신을 끌고 서둘러 그 자리를 떠났다. 트로이 병사들이 달려들어 시신에서 장비를 빼앗아가는 것을 막기 위해서였다.

사르페돈 역시 날카로운 창끝이 왼쪽 넓적다리 깊숙한 곳까지 날아와 박혔다. 그를 부축해서 끌고 간 동료들은 너무 당황한 나머지 아무도 그의 상처에서 창을 빼낼 생각을 하지 못했다. 거의 정신을 잃을 정도로 엄청난 고통에도 사르페돈 역시 그 생각을 할 겨를이 없었다.

격렬하게 추격해 오는 적들을 따돌리기 위해서 병사들은 사르페돈을 너도밤나무 아래 그늘로 데려다 놓았다. 사르페돈이 거기에 누워 있노라니 헥토르가 그를 보지 못한 채 다급하게 그 앞을 뛰어가는 것이 보였다. 사르페돈은 큰 소리로 헥토르를 불렀으나, 헥토르는 아무 소리도 듣지 못하고 계속 앞만 보고 거칠게 달려갔다.

전쟁이란 그렇게 냉정한 것이다. 사르페돈은 비참한 심정으로 끔찍한 고통을 참으며 기다릴 수밖에 없었다. 아카이아인들이 그를 발견하고 다가와 죽일지도 모른다는 공포가 엄습했다. 다행스럽게도 그의 친구인 펠라곤이 곧 그를 발견했다. 펠라곤은 상처에서 창을 뽑아낸 다음, 그를 안전한 곳으로 옮겨주었다.

이 모든 것을 헤라와 팔라스 아테나가 지켜보고 있었다. 그러다가 그들은 또 다른 모습도 목격했다.

아레스가 갑자기 난폭하게 날뛰기 시작한 것이다. 그는 자신의 붉은색 말을 거칠게 몰아 전쟁터 위를 이리저리 날아다니며 무시무시한 소리를 질러 트로이 병사들로 하여금 아카이아 병사들을 공격하도록 독려했다. 마치 폭풍이 몰아쳐 그들을 앞으로 돌진하게 만드는 것 같았다.

"어서 빨리 아레스를 말리지 않으면 모든 것이 끝장이다!" 헤라가 치를 떨며 말했다. "하지만 어떻게 해야 하나?"

"저쪽에 검은색 전차가 보이세요?" 팔라스 아테나가 다급하게 소리쳤다. "저 전차는 디오메데스의 것이에요. 디오메데스라면 우리를 도울 수 있을 거예요! 우리가 직접 나서서 아레스를 상대로 싸울 수는 없는 노릇이니까요!"

헤라와 아테나는 디오메데스와 그의 마부인 스테넬로스가 타고 있는 검은 전차를 향해 질주했다. 한순간 여신들이 타고 있는 전차와 디오메데스의 전차가 나란히 달렸다. 곧 팔라스 아테나가 디오메데스의 전차로 뛰어오르며, 마부 스테넬로스를 전차 밖으로 간단하게 밀어서 떨어뜨리고는 그의 채찍과 고삐를 낚아챘다. 그러자 말들이 거칠게 발걸음을 떼어놓으며 미친 듯이 앞으로 돌진했다. 디오메데스가 석연치 않은 표정으로 옆에 서 있는 여신을 쳐다보았다. 이 여신은 도대체 자신에게 뭘 바라는 것일까? 디오메데스는 판다로스가 쏜 화살에 맞은 상처가 아파서 기분이 썩 좋지 않았다.

"디오메데스여, 난 네 눈을 밝게 만들어주었다." 아테나가 그에게 빠르게 말을 걸었다. "저기 트로이 병사들 틈에 있는 아레스가 보이느냐? 그는 지금 트로이 병사들을 거칠게 싸움으로 내몰고 있지 않느냐. 저러다간 분명 저들이 전쟁에서 승리하게 될 것이다! 너는 그것을 막아야 하느니라! 아레스에게 상처를 입혀라. 그래야만 그가 날뛰는 것을 막을 수 있다!"

"제가요?" 디오메데스가 놀라서 소리쳤다. "안 됩니다, 여신이시여! 저는 오늘 불사의 신들의 노여움을 살 짓을 이미 충분히 했습니다. 포이보스 아폴론 신의 손에서 목숨이 붙은 채로 도망칠 수 있었던 것만으로도 너무 다행스러울 지경입니다. 여신께서도 제게 신들을 상대로 싸우지 말라고 명하지 않으셨습니까!"

"그래, 그랬지." 아테나가 다급한 마음으로 말했다. "하지만 내가 곁에 있는 한, 네게는 아무 일도 일어나지 않을 것이다. 자, 저쪽을 좀 보거라! 붉은색 전차가 벌써 우리를 향해 돌진해 오고 있지 않느냐! 아마도 아레스가 아카이아의 가장 용맹스러운 영웅과 싸우고 싶어 안달이 난 모양이다!"

곧이어 디오메데스 자신도 영문을 모를 만큼 모든 일들이 눈 깜짝할 사이에 벌어졌다. 붉은색 전차가 달려왔고 두 대의 전차가 아주 가까이 다가섰을 때, 아레스가 창을 손에 움켜쥐고는 이쪽으로 몸을 구부려 막 던지려고 했다. 디오메데스도 이를 악물며 창을 높이 쳐들었다. 그런데…… 너무나 놀랍게도 어떤 알 수 없는 힘이 창의 자루 부분을 움켜쥐고는 옆으로 틀어 방향을 고쳐 잡는 것이 느껴졌다. 창끝의 뾰족한 청동 날이 곧 난폭하게 날뛰는 전쟁의 신의 배를 정확하게 겨누었고…… 아레스가 막 창을 던지려던 바로 그 순간에, 디오메데스의 창이 먼저 번개처럼 날아가서 아레스의 내장 깊숙이 꽂혔다.

아레스가 어찌나 큰 목소리로 울부짖었던지, 디오메데스의 눈과 귀가 멀 지경이었다. 수천 명의 병사들이 일제히 소리를 지른다고 해도 그보다 크지는 않을 것 같았다.

팔라스 아테나가 재빠른 동작으로 창을 다시 아레스의 배에서 빼냈다. 창이 배에서 뽑힌 것을 확인한 아레스는 어쩔 수 없이 그길로 곧장 비구름에 몸을 가리고는, 전차와 말들을 몰고 날아올라 공중으로 사라졌다. 가능한 한 빨리 올림포스로 되돌아가기 위해서였다.

"지금쯤 무척 고통스러울 테지." 팔라스 아테나는 일말의 동정심도 없이 냉정하게 말했다. "하지만 그는 불사의 신이니 곧 말짱하게 나을 거야. 자, 이제 날 헤라의 전차로 데려다 오!" 여신은 웃으며 말을 이었다. "거기에 가면 네 마부인 스테넬로스도 다시 만날 수 있을 거다. 그는 그사이 아이네이아스의 흰 암말들을 손에 넣었지! 비록 포이보스 아폴론이 네게 아이네이아스의 장비를 빼앗지 못하게끔 막기는 했지만, 그 대신 너는 그의 값비싼 말들을 차지할 수 있게 되었다."

한편 헤라는 매우 흡족해하며 아레스가 도망치는 모습을 바라보았다. 이제 헤라 역시 아카이아 병사들에게 전쟁에 적극적으로 참여하도록 용기를 불어넣어야겠다고 결심했다. 아카이아 병사들 중 가슴둘레가 엄청나게 커서 보통 남자들 50명의 목소리를 합한 것보다도 목청이 더 좋은 병사가 있었다. 그의 이름은 스텐토르로, 그가 한번 소리를 지르면 몇 킬로미터 밖에서도 들릴 정도였다.

헤라가 잠깐 그의 목소리를 빌렸다.

"아카이아 병사들이여, 창피한 줄 알아라!" 헤라가 소리치자 온 전쟁터가 쩡쩡 울렸다. "조금 전까지만 해도 트로이 병사들이 해안까지 공격해 들어왔다. 아킬레우스가 함께 싸울 때만 해도 그런 일은 상상도 할 수 없는 일이었다! 내가 보기에 아킬레우스가 없는 너희들은 모두 맥이 빠져 있는 것 같구나! 이제 다시 전열을 가다듬어 이 전쟁을 끝내도록 하라! 신들이 트로이의 멸망을 이미 결정하시지 않았느냐!"

아카이아 병사들은 침통하고 부끄러운 마음으로 목소리를 듣고 있었다.

아가멤논 역시 그 소리를 들었다. 그의 입에서 저주의 외마디가 흘러나왔다. 언제 어디서나 아킬레우스에 대한 말뿐이로구나!

"하데스가 그를 집어삼켜 버렸으면!"

아가멤논은 이를 갈았다. 다른 한편으로 펠레우스의 아들과 화해할 수만 있다면 가진 재물의 절반이라도 내놓고 싶은 심정이었다. 아가멤논은 분노에 차서 병사들을 닦달했고 그들은 다시 힘을 내어 전투에 임했다.

예언자 헬레노스가 페르가모스의 아테나 신전에서 걸어 나오고 있었다. 그의 표정은 침울했으며 두 눈에는 슬픔이 가득했다. 신들에게서 미래를 예언할 수 있는 능력을 부여받은 인간 가운데 기쁘게 살아갈 수 있는 자는 극히 드물었다.

헬레노스는 프리아모스 왕의 아들로, 싸움을 하는 장수가 아니라 학식이 높고 예술을 사랑하며 전쟁과 폭력을 혐오하는 철학자였다. 그는 이미 오래전부터 미래에 닥쳐올 트로이의 운명을 잘 알고 있었다. 그러나 그에 대해서 어느 누구에게도 발설하지 않았다. 그런 말이 무슨 소용이 있단 말인가? 다른 사람들도 곧 알게 될 것이고, 그때까지는 차라리 희망을 품고 살아가는 편이 나았기 때문이다.

어떨 땐 헬레노스 역시 희망을 버리지 않았다. 어쩌면 신들께서 불행한 이 도시와 이 도시에 사는 인간들을 불쌍히 여겨 자비를 베풀지도 모르기 때문이다. 바로 그런 이유로 오랜 시간을 신전에 머물면서 아테나에게 간청했던 것이다. 그러나 하얀 대리석으로 만들어진 여신의 신상에서는 그 어떤 동정의 표시도 흘러나오지 않았고, 그는 자신의 기도가 아무 성과도 없이 허공에 흩어지기만 한다는 것을 뼈저리게 느꼈다.

헬레노스는 팔라스 아테나가 트로이 편이 아니라는 것을 잘 알고 있었다. 그건 트로이인들이 점점 부유해지고 살기 편안해지자 그만큼 점점 더 신의 존재를 잊게 되었기 때문이다. 그것은 어쩔 수 없는 인간의 속성이었다. 그러나 이번 전쟁을 통해 트로이인들은 이미 충분히 불행을 겪었다. 어쩌면 지금쯤이면 트로이인들이 정신을 차렸을지도 모른다.

헬레노스는 걸음을 재촉하기 시작했다. 그는 신전 아래 도시에 있는 자기 집으로 가서 하인들에게 말을 전차에 매라고 명령한 뒤, 곧장 전차를 타고 스카이아이 성문을 통과해 성 밖으로 달려 나갔다. 언덕을 내려와 전투가 한창 격렬하게 벌어지고 있는 벌판으로 갔다. 그의 두 눈은 헥토르를 찾았고, 저 멀리 가장 격하게 전투가 벌어지고 있는 혼잡한 무리 속에서 붉은 투구 장식이 번뜩이는 것을 발견하고는 그것이 자기 형이라는 것을 곧 알아차릴 수 있었다. 헬레노스는 전투의 열기가 다소 가라앉을 때까지 기다렸다가 말을 몰아 헥토르에게 다가갔다. 헥토르도 금방 그를 알아보았다. 헥토르는 칼을 들어 병사들을 저지해 길을 튼 다음, 헬레노스의 전차에 올라탔다.

"네가 여기 전쟁터에는 무슨 볼일이 있어 내려왔느냐?"

헥토르가 놀라서 물었다.

"형님을 만나러 왔습니다." 헬레노스가 대답했다. "저와 함께 성으로 가시지요. 형님이 해야 할 두 가지 일이 있습니다. 첫째는 어머니께 간청을 하시어, 성안의 여자들을 모두 모아 아테나 여신의 신전으로 가서 여신께 도시를 구해달라고 기도드리도록 하는 것입니다."

헬레노스는 이렇게 말하며 헥토르의 얼굴을 동정심에 가득 차서 쳐다보았다. 헥토르의 얼굴은 먼지와 피땀으로 뒤범벅이 되어 거의 알아볼 수 없을 정도였다.

"형님도 아시다시피 우리 도시가 너무나 위험한 지경에 처해 있습니다." 헬레노스는 진지하게 말을 이었다. "두번째는 파리스에게 가셔서 전쟁에 다시 참가하도록 독촉해주시는 것입니다. 저 하나 때문에 모두 목숨을 내놓고 전쟁터에 나와 싸우고 있는데, 정작 이 모든 불행의 원인 제공자인 당사자는 편안하게 여자들 사이에서 파묻혀 지내고 있다는 것은 정말이지 불공평한 일이기 때문입니다!"

헥토르는 잠깐 동안 머뭇거렸다.

"나는 우리 병사들 곁을 한시도 떠날 수가 없는 몸이다!" 헥토르가 말했다. "병사들이 내 모습을 보아야 용기를 내기 때문이다. 그러나 네 말도 옳다. 만약 우리가 팔라스 아테나 여신과 화해하지 못한다면 여신은 우리를 멸망시킬 것이 틀림없다. 그리고 파리스는…… 내 너에게 약속하마. 그의 머리채를 잡고 끌어내서라도 전쟁에 다시 참가하도록 만들 테다!"

헥토르는 잠시 말을 멈추었다. 옅은 미소가 그의 피곤한 얼굴 위로 스쳐 지나갔다.

"헬레노스야, 난 그 밖에도 하고 싶은 일이 한 가지 더 있구나! 잠깐이라도 안드로마케와 내 어린 아들을 만나보고 싶구나. 신들께서 내게 이 전투를 마치고 집으로 돌아갈 수 있는 은총을 언제 다시 베풀어주실지 모르지 않느냐."

헬레노스는 아무 대답도 할 수 없었다. 형의 얼굴을 똑바로 쳐다볼 수도 없었다. 그는 이미 헥토르의 운명을 알고 있었기 때문이다.

헬레노스와 헥토르는 도시를 향해 말을 달렸다.

골목마다 여자들이 뛰어나와 그들을 맞이했다. 여자들은 자신들의 아들들과 남편들과 형제들의 안부를 물었다. 언제나처럼 헥토르는 다정하게 답해주었다. 그러나 속마음은 많이 아팠다. 전쟁에 참가한 많은 남자들이 다시는 되돌아올 수 없다는 것을 알고 있었기 때문이다.

이윽고 헥토르는 왕궁에 다다랐고 곧장 어머니를 찾아다니기 시작했다. 황금 기둥이 서 있는 커다란 홀에서 헤카베 왕비가 시녀들을 이끌고 헥토르를 향해 다가왔다.

"내 아들 헥토르야!" 헤카베 왕비는 기쁨에 넘친 목소리로 소리쳤다. "끔찍한 전투에서 잠시나마 휴식을 취하려고 온 것이냐? 넌 언제나 맨 앞줄에서 전투를 한다고 모든 사람들이 얘기하더구나! 그런 너의 용기가 널 죽게 만들면 어쩌려고 그러느냐! 잠깐 기다리거라, 내 너에게 힘내라고 포도주를 한 잔 가져오게 하마!"

헥토르는 어머니의 어깨에 팔을 얹었다.

"아닙니다, 어머니! 다른 병사들은 저 밖에서 전투를 하는

데 저 혼자만 여기서 포도주를 마실 수는 없습니다! 그 대신 어머니께 청이 하나 있습니다. 성안의 여자들을 모두 불러 모아 아테나 여신의 신전으로 함께 가세요. 어머니의 옷장에서 가장 값진 옷을 여신의 발 앞에 내어놓으시고, 암소 열두 마리를 제물로 바치겠다고 서약하세요. 우리 트로이를 불쌍히 여겨 은총을 베풀어달라고 간청하십시오!"

헥토르는 부드러운 동작으로 헤카베 왕비의 등을 밀었다.

"자, 서두르십시오, 어머니! 우리에게 남은 시간이 별로 없습니다. 좀더 지체하다간 영영 늦어버리고 말 것입니다! 전 이제 파리스를 찾아봐야겠습니다."

헤카베 왕비는 슬픈 표정으로 고개를 끄덕였다.

"그래, 그렇게 하거라! 다른 형제들이 전부 너 같기만 하다면 무슨 걱정이 있겠느냐!"

헤카베 왕비는 곧 시녀들에게 명령을 내려 왕궁과 성에 거처하는 모든 여자들을 불러 모았다.

헥토르는 왕궁보다 훨씬 더 화려하게 꾸며놓은 파리스의 궁전에서 동생을 찾아냈다. 파리스는 불만스럽고 당황한 얼굴로 헥토르를 맞았다.

"제가 여기 있는 것은 제 잘못이 아닙니다!" 파리스는 뻔뻔스럽게 말하며 방 안 여기저기에 흩어져 있는 온갖 종류의 값진 장비들을 가리켰다. "여기를 보십시오. 지금 막 전쟁에 다시 참가하기 위해 새로 무장을 하려던 참이었습니다!"

"그래!" 헥토르는 화가 나서 말했다. "내가 보기에 넌 무엇을 입어야 가장 멋있게 보이고, 어떤 투구가 네 얼굴에 가장 잘 어울릴지 그걸 고르느라 정신이 없는 것 같구나! 저 바깥에서는 우리 병사들이 계속 죽어가고 있는데 말이다!"

헥토르는 등 뒤에서 누군가가 빠르고 가벼운 걸음으로 다가오는 소리를 듣고 뒤돌아보았다. 그의 앞에 헬레네가 서 있었다.

헬레네는 그 어느 때보다도 아름다웠다. 그러나 그녀의 눈동자만큼은 엄청난 공포로 인해 불안하게 흔들리고 있었다.

"친애하는 아주버니, 헥토르여!" 헬레네는 아양을 떠는 목소리로 말했다. "안으로 들어가셔서 편안하게 자리를 잡고 앉으시지요. 힘든 전투로 인해 분명 피곤하실 텐데요. 아니면 저 때문에 이렇게 커다란 불행이 닥친 지금, 저와 한 지붕 아래 계시기조차 싫으신 것인지요? 믿기 어려우시겠지만, 전차라리 제가 이 세상에 태어난 날 태풍이 불어왔더라면, 그래서 저를 아무도 없는 외딴섬이나 험한 바다로 실어다 버렸더

라면 얼마나 좋았을까 생각했답니다. 그랬더라면 당신들께
이런 일은 생기지 않았을 거예요. 이제 먼 훗날 우리 후손들
이 노래를 부르겠지요. 파리스는 난봉꾼이요, 저는 수치스러
운 아낙네라고요. 오, 제게 말씀해주세요. 이제 저는 어떻게
해야 하지요?"

헬레네는 이렇게 말하며 간청하는 몸짓으로 헥토르의 팔을
쓰다듬었다. 헥토르는 그녀의 손이 떨리는 것을 느꼈다.

헥토르는 헬레네의 얼굴을 내려다보았다. 그녀의 두 눈에
반짝이는 눈물이 가득 고여 있었지만, 헥토르의 마음은 미동
도 하지 않았다. 그녀는 속으로 무슨 생각을 하는지 그 진심
을 절대로 알 수 없는 고양이 같았다.

"당신은 내게 당신이 뭘 해야 하는지 묻는 거요?" 헥토르
가 냉정하게 되물었다. "당신이 뭘 해야 하는지 얘기해드리리
다. 파리스가 지금 당장 다시 전쟁터로 나가도록 설득하시오!
당신이야말로 파리스를 손에 넣고 떡 주무르듯이 할 수 있는
큰 능력을 가진 사람이 아니오! 설마 당신은 트로이 사람들이
파리스를 비겁한 인간이라고 대놓고 조롱하기를 바라는 것은
아니겠지요?"

이렇게 말한 헥토르는 자기 동생에게 눈길 한 번 주지 않고

방을 나가버리려 했다.

아무 말 없이 침통한 표정으로 서 있던 파리스가 재빨리 소리쳤다.

"형님은 제게 그렇게 경고하듯 재촉하실 필요가 없습니다! 저도 의무감이나 명예가 무엇인지 정도는 알고 있단 말입니다. 그냥 조용히 가세요! 형님이 전쟁터에 도착하기 전에, 어쩌면 제가 먼저 형님을 앞질러 갈지 누가 알겠습니까!"

말을 마친 파리스는 서둘러 은으로 된 정강이받이를 다리에 대기 시작했다. 헥토르는 아무 말 없이 어깨를 한 번 으쓱하고는 나가버렸다. 파리스는 언제나 그런 식이었고 그 무엇도 그런 그의 성격을 바꿀 수 없었다.

헥토르는 걸음을 재촉해 안드로마케와 어린 아들인 아스티아낙스가 있는 자기 집으로 갔다. 그러나 안드로마케는 집에 없었다. 문 앞까지 뛰어나와 헥토르를 마중한 늙은 시녀가 말했다.

"마님께서는 아드님을 데리고 몸종과 함께 일리오스 성탑으로 가셨습니다. 고귀하신 헥토르여, 마님께서는 헥토르 님을 몹시 걱정하셨습니다. 그러다가 먼발치에서라도 헥토르 님을 보고 싶으셔서 그리로 가신 것입니다!"

"고맙네!"

헥토르는 그길로 성벽을 따라 성문 쪽으로 달려 내려갔다. 한시라도 빨리 안드로마케를 안심시켜야 했다. 전투를 벌이고 있는 병사들 틈에서 그의 모습을 발견하지 못할 경우, 그녀는 곧 엄청난 슬픔에 빠져 거의 정신을 잃고 말 것이기 때문이다!

헥토르는 안드로마케를 발견했다. 그는 재빨리 방패와 창을 성벽에 세워두고 그녀가 있는 곳으로 뛰어 올라갔다.

안드로마케는 좁은 길을 서둘러 달려 내려오고 있었다. 두 눈은 눈물로 뒤범벅이 되어 앞도 제대로 볼 수 없을 정도였다. 헥토르가 바로 앞에 다가섰을 때에야 비로소 남편의 모습을 알아보았다. 그런 그녀가 너무나 가여운 생각이 들어 헥토르는 그녀를 두 팔에 얼싸안았다. 그녀도 두 번 다시는 놓아주지 않겠다는 듯이 그를 꼭 안았다.

"오, 나의 사랑하는 남편이시여!" 안드로마케는 울먹이며 말했다. "당신이 이미 돌아가신 줄 알았어요! 두 눈을 부릅뜨고 쳐다보았건만 당신을 찾을 수가 없었어요. 당신이 성안에 들어와 계신 줄 제가 어찌 알았겠어요? 하지만 이렇게 잠깐이라도 제 곁에 계시게 되어 너무 기뻐요! 당신도 한 번쯤은

115

휴식을 취해야지요. 너무 피곤해 보이세요. 당신은 언제나 맨 앞줄에 서서 싸우시더군요. 저들이 당신을 죽이면 어쩌려고 그러세요! 저와 어린 아들 생각은 안 하시나요?"

안드로마케는 두려운 마음에 다급하게 말했다.

헥토르는 그녀의 머리를 쓰다듬었다. 머리에 두른 베일이 미끄러져 떨어졌다.

"내가 얼마나 당신 곁에 있고 싶은지 당신은 잘 알 거요." 헥토르가 슬픈 목소리로 말했다. "하지만 난 그럴 수가 없구려! 그리고 내 걱정일랑 하지 마시오. 운명이 그렇게 정해놓은 것이 아니라면 어느 누구도 날 죽일 수 없소. 만약 운명이 나의 죽음을 이미 결정지었다면, 그렇다면 난 무슨 일이 있더라도 그 운명에서 도망치지는 않을 것이오!"

그러는 사이 몸종이 아들을 데리고 다가왔다.

헥토르가 아들을 번쩍 들어 안아 올리자, 아스티아낙스는 왈칵 울음을 터뜨렸다. 불처럼 붉은 깃털 장식이 달린 어마어마한 투구와 삐거덕거리는 소리가 나는 딱딱한 갑옷, 그리고 피와 먼지로 뒤범벅된 아버지의 얼굴이 너무도 무서웠기 때문이다.

헥토르는 웃으며 투구를 벗었다. 그러다 곧 다시 진지한 표정으로 말했다.

"신들께 맹세코, 적들이 우리 아들과 당신을 끌고 가서 어느 낯선 여주인의 몸종 노릇을 시키는 일을 막을 수만 있다면 난 그 무엇도 다 참아낼 수 있소. 내 몸속 핏줄에 단 한 방울의 피라도 남아 있는 순간까지 싸우는 이유도 바로 그 때문이오!"

그 순간 헥토르의 등 뒤에서 의기양양한 목소리가 들려왔다.

"제가 형님께 말하지 않았습니까? 형님이 전쟁터에 도착하기 전에 제가 먼저 형님을 따라잡을 수 있을 거라고 말입니다!"

헥토르는 뒤를 돌아보았다. 파리스가 화려하게 무장을 하고 영웅의 기세를 뽐내며 그 앞에 떡 버티고 서 있었다.

헥토르는 웃음이 터져 나오려고 하는 것을 간신히 참았다. 파리스는 자기가 한 번도 되어보지 못했고, 앞으로도 절대로 될 수 없는 사람의 겉모습만을 흉내 내는 일에 언제나 열을 올렸다. 그것은 바로 진정한 영웅이었다.

조금 뒤, 서로 닮은 구석이라고는 없는 이 두 형제는 헥토르의 전차에 몸을 싣고 언덕을 달려 내려가, 여전히 격렬한 전투가 벌어지고 있는 전장으로 갔다.

안드로마케는 어린 아들을 안고 다시 탑 위로 올라갔다. 그녀는 그들이 탄 전차가 병사들이 뒤엉켜 싸우고 있는 혼잡한 전장을 뚫고 달려, 그 위를 뒤덮고 있는 두꺼운 먼지구름 사이로 완전히 모습을 감출 때까지 바라보았다.

안드로마케는 아스티아낙스를 데리고 이제 그만 돌아가야겠다고 생각하면서도 그 자리를 뜰 수 없었다. 그녀는 탑 위에 그대로 서서 품 안의 아들을 더욱더 꼭 끌어안았다. 불어오는 바람에 그녀의 옷자락이 휘날렸다.

저 아래 먼지구름 사이로 가끔씩 불처럼 붉은 투구의 깃털 장식이 언뜻언뜻 보였다. 그러면 그녀는 잠시나마 헥토르가 아직 살아 있다는 것을 확인할 수 있었다.

예언자 헬레노스 역시 잠시도 마음을 놓을 수 없었다. 헥토르를 만나고 난 뒤 그는 얼마 동안 불안한 심정으로 생각에 잠겨 이리저리 방 안을 서성이고 있었다. 그러다가 그는 방을 나왔다. 아테나 신전에서는 여인네들의 기도 소리가 울려 나왔다. 반면 아폴론 신전은 텅 비어 있었다.

아니다, 그 안에 누군가가 있었다!

바로 그 순간 헬레노스는 공포가 엄습해 소름이 오싹 끼치는 느낌이었다. 그것은 아폴론이 헬레노스에게 나타날 때면 늘 느끼는, 그가 이미 잘 알고 있는 공포였다.

헬레노스는 포이보스 아폴론을 금방 알아볼 수 있었다. 헬레노스가 아폴론을 향해 시선을 두는 사이, 바깥에서 푸른 하늘을 가로지르며 빛이 번쩍하고 비췄고, 헬레노스는 너무나 눈이 부셔 두 눈을 꼭 감을 수밖에 없었다.

곧 아폴론의 음성이 들려왔다.

"고귀하신 팔라스 아테나 여신께서 어쩐 일로 높은 올림포스를 떠나 이 아래로 내려오셨소? 트로이인들이 당신이 사랑하는 아카이아인들을 하데스로 모조리 보내버릴까 봐 두려웠나 보지요?"

"빈정거리지 마세요!" 아테나가 화가 나서 대답했다. "우리가 어떻게 하면 저 인간들의 살육을 막을 수 있을지, 그것이나 의논하도록 합시다. 트로이는 어차피 멸망하게끔 결정되어 있어요. 게다가 나는 아카이아인들이 저렇게 무더기로 죽어가는 것도 원치 않아요."

그러자 아폴론이 대답했다.

"그러면 헥토르로 하여금 다시 아카이아 장수들 중 하나와 결투를 벌이도록 만듭시다! 헥토르는 위험하지 않을 거요. 당신도 알다시피 아직은 헥토르의 죽음이 정해지지 않았소."

두 신들의 대화를 엿들은 헬레노스는 너무나 기뻤다. 그는 즉시 마부를 불러 또다시 전쟁터로 데려갈 것을 명령했다.

"그거 참 좋은 소식이로구나." 이 모든 소식을 전해 들은 헥토르가 말했다. "아카이아 장수들 중에 나와 결투를 하겠다고 나서는 자가 있기만 하다면, 나 역시 기꺼이 그 결투를 받아들이겠다!"

헬레노스는 고개를 끄덕였다. 그러나 결투가 성사될 수 있을지는 그도 확신할 수 없었다. 헥토르와의 결투는 죽음을 의미했다. 그것은 트로이인이나 아카이아인이나 모두 잘 알고 있는 사실이었다.

헥토르는 창을 머리 위로 수평이 되게 높이 쳐들었다.

"아카이아 병사들이여, 내 말을 들으시오!"

헥토르는 뒤엉켜 싸우고 있는 병사들을 향해 큰 소리로 외쳤다. 사방이 이내 조용해졌다.

"당신네나 우리나 똑같이 수많은 병사들이 오늘 전투에서 목숨을 잃었소!" 그는 계속 말했다. "나는 이제 이런 병사들의 죽음에 종지부를 찍고 싶소. 그래서 아카이아의 장수들 중 한 사람에게 결투를 청하는 바이오. 다른 병사들이 내일까지 휴식을 취할 수 있게 말이오!"

헥토르는 말을 마치고 뒤로 물러서서 기다렸다. 그러나 저
건너 아카이아 진영에서는 누구 하나 꿈짝하는 사람이 없었
다. 그들은 아무도 대답하지 않는 것이 수치스러운 일이라는
것을 잘 알면서도, 그저 그 자리에 서서 부끄러운 마음으로 땅
바닥만 응시할 뿐이었다. 헥토르와의 결투를 받아들인다는 것
은 죽음의 위험을 무릅쓰는 일이라는 것을 잘 알고 있었기 때
문이다.

마침내 메넬라오스가 앞으로 나섰다. 그것이 자기 의무라
고 생각했다.

"아카이아 장수들 중 아무도 나서는 사람이 없다면, 내가
결투를 받아들이겠소!" 메넬라오스는 가라앉은 목소리로 말
했다. "여러 장수들께서는 모두 돌부처라도 된 것처럼 비겁
하고 불명예스럽게 아무 대답도 못 하고 서 있구려."

그러자 아가멤논이 빠른 걸음으로 다가와 메넬라오스의 옆
에 섰다.

"메넬라오스야, 정신 차리거라!" 아가멤논이 다급하게 말
했다. "네가 결투를 받아들이겠다고 하는 것은 미친 짓이다.
헥토르는 너보다 훨씬 강한 장수이지 않느냐. 아킬레우스라

도 그를 이길 수 있을지는 모르는 일이다!"

"당신 형님 말씀이 옳소!"

네스토르 역시 말렸다. 네스토르는 곧 은근한 경멸의 눈빛으로 주위에 서 있는 장수들을 둘러보며 말했다.

"신들께 맹세코, 내가 당신들처럼 젊기만 했어도 난 단 한 순간도 머뭇거리지 않았을 거요. 내 나이가 이렇게 많지만 않았어도 말이오!"

그 말을 들은 장수들은 다시 용기를 내어 하나둘씩 앞으로 나오기 시작했다. 맨 먼저 아가멤논이 일어섰고, 그다음으로 디오메데스와 두 아이아스가 나서더니 오디세우스, 크레타의 이도메네우스, 메리오네스, 에우리필로스, 토아스가 차례로 나섰다.

네스토르가 투구를 벗었다.

"자, 그럼 제비를 뽑아 여러분 중 한 사람으로 정하도록 합시다!"

그들은 저마다 자기 제비에 표시를 하여 투구에 집어넣었고, 네스토르가 고개를 돌리고 투구를 흔들어 제비를 뽑았다.

텔라몬의 아들 아이아스의 제비가 뽑혔다. 그는 무거운 창과, 억센 소가죽 일곱 겹을 겹친 다음 여덟번째로 청동을 입

흰 방패를 손에 들었다. 아이아스는 헥토르가 서 있는 곳까지 차분하게 걸어갔다. 그들은 마주 보았다. 서로가 진지했지만 적개심은 없었다.

헥토르는 오래전부터 아이아스를 잘 알고 있었다. 결투 상대인 아이아스는 용감하고 정직하며 매우 강한 장수였다.

"자, 이제 우리 둘이 결투를 하도록 정해졌소." 아이아스가 말했다. "당신이 먼저 시작하시오!"

"당신은 내가 싸움에 능하다는 것을 잘 알고 있을 것이오." 헥토르가 대답했다. "난 최선을 다해 이 결투에 임할 것이오! 하지만 절대로 못된 꾀를 써서 당신을 죽이려고 들지는 않을 것이란 사실만큼은 믿어주길 바라오! 그리고 한 가지가 더 있소." 헥토르가 덧붙였다. "우리 서로에게 약속 하나씩 합시다! 만약 내가 죽는다면, 장비는 벗겨서 함선으로 가져가되 내 시신은 집으로 돌려보내 화장할 수 있게 허락해주시오. 내 동료들이 나를 명예롭게 장사지낼 수 있게 말이오! 만약 당신이 죽는다면, 아카이아 병사들이 당신을 헬레스폰토스 해안에 묻고 무덤을 만들게 해주겠소. 그러면 후세 사람들이 배를 타고 이곳을 지날 때, 이렇게 말할 것이오. '저기, 오래전 헥토르를 상대로 용감하게 싸운 한 장수의 무덤을 보아라!'라고 말이오. 그렇게 하는 것이 우리 둘을 위해 영원한 명예가 될 것이오!"

두 장수는 뒤로 물러섰고 헥토르가 먼저 창을 높이 들어 올렸다. 그는 온 힘을 다해 창을 던졌고, 그 창이 일곱 겹의 가죽으로 된 청동 방패에 어찌나 힘차게 꽂혔던지 아이아스가 휘청거릴 정도였다. 그러나 창은 방패의 일곱번째 가죽을 뚫지 못하고 힘없이 매달려 있었다. 그렇다, 어떤 무기도 저 유명한 티키오스가 직접 세공해서 만든 방패를 뚫을 수는 없었다.

이번에는 아이아스가 창을 던졌다. 뾰족한 청동 창끝이 헥토르의 방패를 지나 정교하게 만든 그의 가슴받이를 뚫고 들어갔다. 창은 그의 옆구리를 스쳐 윗옷을 찢었지만, 그는 몸을 틀어 죽음의 운명을 피했다.

두 장수는 동시에 긴 창을 뽑아 들고 재빨리 몸을 돌려, 두 마리의 성난 사자처럼 서로를 향해 달려들었다. 이 결투에서 운이 없는 사람은 헥토르인 듯 보였다. 서로 세차게 맞부딪쳤을 때, 헥토르의 창끝이 구부러졌기 때문이다.

아이아스의 창은 헥토르의 방패를 뚫고 들어가 그의 목을 스치고 지나갔다. 다행히 상처는 깊지 않았고 헥토르는 신경도 쓰지 않았다. 그는 몸을 숙여 땅바닥에서 무거운 돌을 집어

들고는 앞뒤로 흔들더니 힘차게 던졌다. 이번에도 일곱 겹의 청동 방패가 아이아스의 목숨을 구했다. 만약에 그 돌에 제대로 맞았더라면 아이아스의 가슴은 산산조각이 났을 것이다.

"저 두 사람은 똑같이 강하고 똑같이 훌륭한 장수들이다."

트로이 병사들과 아카이아 병사들은 걱정스러운 마음으로 서로에게 말했다. 바로 그 순간 아이아스가 엄청난 힘으로 창을 던져 헥토르의 방패를 부숴버렸다. 헥토르는 뒤로 넘어졌지만, 곧 다시 일어나 이번에는 칼을 뽑아 들었다.

그러는 사이 양쪽 진영의 장수들 모두 이 결투를 멈추게 하기로 결정했다. 그들은 서로 이렇게 말했다.

"저 둘은 결국 양쪽 다 죽음으로 결투를 끝낼진대, 그렇게 되면 우리는 양쪽 다 가장 용감한 장수를 잃게 된다. 그것이 무슨 의미가 있단 말인가?"

두 장수가 칼을 뽑아 들고 다시 결투에 임하려는 순간, 양쪽 진영에서 전령들이 달려 나와 한창 싸움에 열중하던 두 장수들 사이로 긴 막대를 찔러 넣었다.

"곧 날이 저뭅니다." 전령들이 말했다. "밤은 인간이 활동하기에 좋은 때가 아닙니다. 그러니 이제 결투를 그만두고 아침이 되기를 기다립시다!"

아이아스가 칼을 거두었다.

"헥토르가 원한다면 그렇게 하겠소!"

"그럽시다." 헥토르가 대답했다. "오늘은 이만 평화롭고 정중하게 헤어집시다. 내일이나 또 다른 날에 계속 싸우기로 합시다. 우리를 갈라놓은 어떤 못된 신이 우리 두 종족 중 어느 한쪽에게 승리를 허락하실 때까지 말이오."

이렇게 말한 헥토르는 칼을 다시 칼집에 꽂더니, 보기 좋게 자른 가죽끈과 함께 아이아스에게 내밀었다.

"자, 여기 내 칼을 선물로 드리겠소! 이것으로 모든 사람들은 우리가 서로 미워하는 사이가 아니라는 것을 잘 알 수 있을 것이오."

"고맙소!" 아이아스가 진심으로 대답했다. "내 허리띠를 받아주시겠소? 보다시피 이것은 그렇게 값싼 물건이 아니오!"

이렇게 말한 아이아스는 온통 금으로 장식된 허리띠를 풀어 헥토르에게 주었다.

다음 날에는 전투가 없었다. 밤이 되자 트로이 왕궁에서도, 아가멤논의 막사에서도 장수들과 원로들이 모여 회의를 열었기 때문이다. 트로이 진영이나 아카이아 진영이나 양쪽 모두 똑같이 해결해야 할 큰 걱정거리가 있었다. 시신들을 장사지내야만 했던 것이다.

"프리아모스 왕에게 전령을 보내도록 합시다." 네스토르가 말했다. "트로이인들에게 내일 하루는 전투를 하지 말자고 제안합시다. 그들은 우리 제안을 받아들일 수밖에 없을 것이오. 그들도 우리와 사정이 다르지 않을 테니 말이오. 숲에서 나무를 베어다가 커다랗게 장작더미를 쌓고 죽은 병사들의 시신을 그 위에서 화장하도록 합시다. 그것이 우리의 마땅한 도리가 아니겠소. 친구들이여, 우리는 내일 하루 동안 그것 말고도 해야 할 일이 또 하나 있소. 우리 모두가 다 나서야합니다. 하루라는 시간은 짧기 때문이오. 잘 들으시오! 트로이인들은 우리의 막사와 배가 있는 곳까지 공격해 들어와 막사와 배에 불을 지르려고 할 것이오. 따라서 우리는 막사 둘레에 방벽을 쌓고 그 아래로 깊고 넓은 구덩이를 파놓아야 합니다. 그리고 그 주변을 뾰족한 울타리로 둘러놓아야 합니다. 그래야만 우리는 우리 자신과 함선을 적으로부터 보호할 수가 있소."

아카이아인들은 네스토르의 치밀한 계획에 감탄하며 큰 소리로 찬성의 뜻을 표했다.

같은 시각 트로이 왕궁에서도 장수들이 모여 회의를 했다. 그러나 트로이 진영의 분위기는 그다지 화기애애하지 못했다.

안테노르가 맨 먼저 자리에서 일어났다.

"프리아모스 왕이시여, 우리가 지금 전쟁을 계속하는 것이 잘못된 일임을 폐하께서도 잘 알고 계실 것입니다. 폐하께서는 분명 맹세를 하셨는데, 우리는 그 맹세를 어겼습니다! 어느 누구도 메넬라오스가 파리스와의 결투에서 승리했고, 그를 포로로 잡았다는 사실을 부정할 사람은 없습니다. 그럼에도 우리는 헬레네를 돌려주지 않았고 파리스가 아르고스에서 훔쳐온 보물들 역시 돌려주지 않았습니다. 심지어 판다로스는 메넬라오스를 공격해 상처를 입혔고 그로 인해 전쟁이 다시 시작되었습니다. 그러고서 어떻게 불사의 신들이 우리를 불쌍히 여겨 은총을 내려주시기를 바랄 수 있단 말입니까? 폐하께 간청드리건대, 파리스로 하여금 가능한 한 빨리 헬레네와 모든 보물을 그녀의 남편에게 돌려보내고 거기에 응당한 죄과를 치르게 하시기 바랍니다. 그렇지 않으면 우리는 모두……"

그러나 안테노르는 더 이상 말을 할 수가 없었다. 화가 머리끝까지 난 파리스가 얼굴이 시뻘게져서 자리에서 벌떡 일어섰기 때문이다.

"신들께서 당신의 이성을 몽땅 빼앗아가신 모양이구려, 안테노르여!" 파리스가 소리 질렀다. "당신에게 말하지만, 헬레네는 절대로 돌려주지 않을 것이오, 알겠소? 절대로 내놓지 않을 거란 말이오! 아르고스에서 가져온 보물은 모두 내줄 것이며 거기에 내 것까지 얹어 주더라도 헬레네만큼은 절대로 안 됩니다!"

이 말을 들은 트로이의 장수들은 화가 나서 한동안 두서없이 소리를 지르며 떠들기 시작했다. 마침내 프리아모스 왕이 조용히 하라고 명령했다.

"내일 당장 우리는 아카이아 진영으로 전령을 보낼 것이오." 이렇게 말하는 왕의 목소리는 희망의 기색이 없이 침통했다. "분명 저들은 우리에게 내일 하루 휴전할 것을 허락할 것이오. 시신들을 저렇게 방치한 채로 내버려 둘 수는 없지 않겠소. 시신들을 장사지내지 않으면 위로받지 못한 그 영혼들은 타르타로스의 암흑세계를 떠돌아다닐 것이오. 하지만 내 아들아, 보물과 보상금만을 돌려주겠다는 네 제안에 아카이아인들이 동의할지는 나도 확신할 수가 없구나!"

프리아모스의 추측은 옳았다. 다음 날 아침 트로이의 전령이 찾아와 왕의 전언을 전했을 때, 아카이아인들은 그의 얼굴에 대고 웃음을 터뜨렸다.

아가멤논은 하루 동안 휴전하자는 제안에는 곧바로 동의했다. 시신들을 장사지내는 것은 살아 있는 자들이 죽은 자들에게 갖추어야 할 최소한의 예의이자 의무였기 때문이다.

그러나 다음으로 디오메데스가 엄숙한 얼굴로 말했다.

"이제 와서 파리스가 돌려주겠다는 보물이나 여자나, 그 무엇이라도 돌려받겠다고 나서는 자가 있다면 내 분노를 면치 못하리라! 제아무리 바보라도 이미 트로이인들의 운명에 멸망의 그림자가 드리웠다는 사실을 모르는 사람은 없을 것이다!"

그리하여 그날은 하루 종일 곳곳에서 시신을 태우는 불길만이 치솟았다.

가끔 저 건너 연기가 피어오르는 장작더미 너머로 아카이아 병사들이 온 힘을 다해 뭔가 서둘러 열심히 일하는 모습도 보였다. 트로이 병사들은 걱정스러운 표정으로 그 모습을 지켜보았다.

믿을 수 없이 빠른 속도로 아카이아 병사들의 막사 주변에 높은 방벽이 쌓였다. 방벽 아래로는 깊고 넓은 구덩이를 팠고,

그 앞에는 또다시 높고 뾰족한 막대들로 울타리를 쳐서 물 샐틈 없이 막사를 지키고 있었다. 다시 말해 아카이아인들은 눈 깜짝할 사이에 막사 둘레에 튼튼한 요새를 쌓은 것이다.

그 모습을 트로이 병사들뿐 아니라 올림포스의 신들도 지켜보고 있었다. 신들은 아카이아 병사들이 하는 일이 몹시 못마땅했다.

"크로노스의 아들이신 제우스여." 마침내 포세이돈이 분노를 터뜨리며 입을 열었다. "오만방자하기가 이를 데 없는 저 죽을 수밖에 없는 인간들 중 우리 신들을 두려워하는 자는 정녕 단 한 사람도 없단 말입니까? 저 아카이아인들은 먼저 우리에게 염소 새끼 한 마리도 제물로 바치지 않고 제멋대로 방벽을 쌓고 있으니 말입니다! 보십시오, 저들은 자기들이 하는 일을 성공하게 해달라고 우리에게 기도하는 일 따위에는 눈곱만큼도 관심이 없습니다!"

제우스는 음흉하게 웃기만 했다.

"우리는 인간들에게 우리를 공경하라고 강요할 수는 없소! 그저 그들에게 우리에 대한 두려움을 가르쳐줄 수 있을 뿐이오. 난 오늘 밤 그들로 하여금 우리를 두려워하는 법을 한 수 가르쳐줄 것이오!"

포세이돈의 두 눈이 악의에 차서 번득거렸다.

"바닷물을 휘저어 높은 파도를 일으키고 그 파도로 해안을 모두 뒤덮어 저들의 배와 막사, 그리고 저 인간들까지 모두 싹 쓸어버리고 싶습니다!"

"그런 짓은 하지 마시오!" 제우스가 포세이돈을 막았다. "당신은 바다를 다스리는 신이지만, 당신 역시 내 말에 순종해야 하는 신이오! 정 하고 싶다면 저 아카이아인들이 배를 타고 집으로 돌아갈 때, 그때 저들의 막사와 저들이 손으로 만든 모든 것을 바람과 파도로 덮쳐 땅속 깊이 묻도록 하시오."

그날 밤 크로노스의 아들 제우스는 기분이 몹시 상했다.

아카이아인들은 죽은 자들의 명복을 비는 의미로 성대한 만찬을 열었다. 렘노스에서 몇 척의 배로 실어온 포도주도 막 도착했다. 그렇게 그들은 오랜만에 흥겨운 밤을 보내려던 참이었다.

바로 그때 제우스가 번개를 내려보냈다. 막사와 함대 위로 천둥과 번개가 무시무시한 소리를 내며 내리꽂혔다. 그리하여 만찬은 더 이상 흥겹지 않았으며, 깜짝 놀란 병사들은 신들에게 조금이나마 제주祭酒를 먼저 바치지 않고서는 어느 누구도 잔에 든 포도주를 마실 엄두를 내지 못했다.

제우스는 다음 날 아침에 올림포스의 신들을 모두 불러 모으기로 결심했다.

"올림포스의 신들이 갈수록 점점 내 말에 복종하지 않고 제멋대로 행동하기 시작했다. 트로이를 둘러싼 이 전쟁에서도 신들은 제각각 뛰어들어 적잖은 분란을 일으키고 있어. 이제 이런 일을 끝장내야겠다!"

제우스는 화가 나서 혼잣말로 중얼거렸다.

5

제우스는 신들을 모아놓고 긴 시간 동안 화를 내며 말했다.

"내가 이렇게 말했음에도 너희들 중 누군가가 나서서 제멋대로 트로이인이든 아카이아인이든 돕는 자가 있다면, 내 그 자를 타르타로스의 깊은 심연으로 내던져 버리리라!"

제우스가 말을 마치자 올림포스의 신들은 제우스의 협박에 몸을 떨었다.

신들은 모두 황금 의자에 앉아 아무 말도 하지 못했다. 잠시 후에 팔라스 아테나가 용기를 내어 말했다.

"제우스께서 금지령을 내리셨으니 우리는 이제 전쟁에 참가하지는 않을 것입니다. 하지만 아카이아인들이 모조리 다 죽임을 당하지 않도록 그들에게 조언을 하는 것쯤은 허락해주실 것이라 확신합니다."

제우스는 자기 머리에서 태어난 딸의 영리함에 웃을 수밖에 없었다.

제우스는 밖으로 나가 청동 발굽을 단 말들을 마차에 매어 달고 이다 산으로 향했다. 이다 산 위에는 그의 성역과 그를 모시는 제단이 있었다. 그곳에서 그는 전쟁터를 내려다보았다. 전쟁의 운이 트로이 병사들과 아카이아 병사들 사이를 이리저리 옮겨 다니고 있었다.

태양이 아직 하늘에 걸려 있을 때, 제우스는 자리에서 일어나 운명을 점칠 수 있는 황금 저울을 마차에서 꺼내 접시판 위에 나란히 두 개의 운명을 얹어놓았다. 한쪽 접시에는 트로이의 운명이, 다른 쪽 접시에는 아카이아의 운명이 있었다.

아카이아의 운명이 놓인 접시가 아래로 깊이 기울었다.

제우스는 팔을 들어 무시무시한 번개를 던졌다. 번개는 하늘을 뚫고 땅 위를 날아 아카이아 병사들이 줄지어 서 있는 바로 맨 앞줄에 떨어졌다. 그곳에는 아가멤논과 네스토르, 디오메데스와 두 아이아스, 그리고 이도메네우스와 오디세우스가 각각 전차를 타고 서 있었다. 번개가 떨어지자 말들이 거친 숨을 몰아쉬며 미친 듯이 날뛰다가 사방으로 달아났다.

네스토르가 탄 전차만이 그 자리를 피하지 못했다. 그의 말들 중 한 마리의 이마에 화살이 날아와 꽂혔기 때문이다. 화살을 맞은 말은 엄청난 고통에 몸을 버둥거리다가 바닥에 그만 쓰러지고 말았다.

조금 떨어진 곳에서 들판을 달리고 있던 헥토르가 마침 그 모습을 목격하고는 그의 마부를 다급하게 불렀다.

"저 앞에 네스토르가 있다! 서둘러라, 우리는 네스토르를 잡아야 한다! 그는 아카이아인 중 가장 머리가 좋은 장수이며 그가 가지고 있는 황금 방패 역시 우리에게 값진 전리품이 될 것이다!"

마부는 검은 말들에게 박차를 가했고 말들은 말굽 아래의 땅이 요동칠 정도로 앞을 향해 뛰어나갔다.

바로 그 순간 디오메데스 역시 곤경에 처한 네스토르를 보았다. 디오메데스의 전차는 아이네이아스에게서 빼앗은 우윳빛처럼 하얀 말들이 끌고 있었다. '이처럼 빠른 말들은 이 세상에 다시 없을 것이다.' 디오메데스는 황홀한 심정으로 생각했다.

디오메데스는 재빨리 말을 돌려 네스토르를 향해 달렸고, 그 바로 옆에 전차를 세웠다.

"내 전차로 뛰어오르시오!" 디오메데스가 소리쳤다. "안 그러면 헥토르의 손에 죽음을 면치 못할 것이오!"

네스토르는 즉시 디오메데스가 하라는 대로 했다. 그는 말 고삐를 움켜쥐고 흰 암말을 몰아 헥토르를 향해 달렸다.

두 전차가 가까이 다가섰을 때 디오메데스가 먼저 창을 던졌다. 창은 헥토르를 빗나갔다. 대신 그의 옆에 있던 마부를 맞혀 전차에서 떨어뜨렸다. 바로 그 순간 다른 트로이 병사가 헥토르의 전차로 뛰어 올라와, 놀라서 뒤로 도망가려던 말들을 붙잡았다.

디오메데스의 전차는 네스토르가 몰고 있었다. 디오메데스는 칼집에서 칼을 빼 들었다.

"고귀하신 헥토르여, 우리가 마주친 것은 정말 잘된 일이오!" 디오메데스가 소리쳤다. "나는 오래전부터 당신과 단둘이서 결투할 수 있기를 바라왔었소!"

디오메데스는 전차에서 뛰어내리려고 했다.

그러나 제우스는 이 두 사람의 결투가 못마땅했다. 그래서 그는 다시 한 번 번개를 던져, 이번에는 하얀 말들의 머리 바로 앞에 꽂히게 했다. 번갯불에서 유황 타는 냄새가 나와 공기 속으로 퍼져갔다.

그 바람에 네스토르는 손에 쥐고 있던 자주색 고삐를 그만 놓치고 말았다. 곧바로 다시 고삐를 잡은 네스토르가 말했다.

"이 자리에서 빨리 도망갑시다, 디오메데스여! 당신도 보다시피 크로노스의 아들 제우스께서 우리를 막고 계십니다!"

"당신 말씀이 옳은 것 같소!" 디오메데스가 침통한 목소리로 말했다. "하지만 난 헥토르가 트로이인들에게 나를 겁쟁이라고 떠벌리고 다니는 것이 싫습니다!"

네스토르는 디오메데스의 말은 아랑곳하지 않고 백마를 몰아 아카이아 진영으로 도망치기 시작했다.

헥토르는 어안이 벙벙해서 그 모든 광경을 지켜보고 있었다.

"그 자리에 서시오, 디오메데스여! 갑자기 당신은 겁쟁이라도 되어버린 거요? 그런 겁쟁이가 어떻게 우리 트로이를 점령하고 여자와 보물 들을 전리품으로 가져갈 생각을 했단 말이오?"

디오메데스는 이를 악물었다. 그는 도저히 헥토르의 비웃음을 견딜 수 없었다!

디오메데스는 세 번이나 말고삐를 틀어쥐고 방향을 돌리려고 했다. 그러나 그럴 때마다 크로노스의 아들 제우스 역시 세 번이나 번개를 던져 디오메데스 바로 앞에 꽂히게 했다.

결국 디오메데스는 포기하고 말았다.

그 일로 인해 아카이아 병사들의 마음에는 커다란 혼란과 불안이 생겨났다. 그들은 하늘에서 내려와 꽂히는 번갯불과, 아무리 진정시키려고 해도 소용없이 말들이 번갯불에 놀라 날뛰는 것을 두 눈으로 똑똑히 지켜보았던 것이다. 게다가 놀랍게도 디오메데스마저 끝내 도망치는 것이 아닌가.

아카이아 병사들은 막사로 후퇴하며 도망치기 시작했다. 그곳에는 적어도 그들을 보호하기 위해 파놓은 구덩이와 뾰족한 울타리와 높은 방벽이 있었다.

아가멤논의 전차를 몰던 마부가 마침내 날뛰는 말들을 세울 수 있었다. 아가멤논 왕은 주위를 둘러보았다.

분노와 수치심에 가득 차서 아가멤논은 아카이아 병사들이 막사를 향해 앞다퉈 후퇴하는 모습을 지켜보았다. 그들은 모든 문을 통해 한꺼번에 밀려 들어왔고 함대와 방벽 사이의 해변과 막사 주변이 온통 병사들과 말들, 전차들로 꽉 차 있었다.

그리고 당연히 도망치는 아카이아 병사들 뒤로 승리의 환호성을 지르며 트로이 병사들이 밀어닥치고 있었다. 그러지 않을 이유가 없지 않은가. 트로이 병사들의 맨 앞줄에는 헥토르와 파리스, 아이네이아스 그리고 다른 많은 장수들이 있었다.

아가멤논은 비참한 심정으로 한탄했다.

"크로노스의 아들 제우스여, 어찌하여 이 모든 일을 그냥 두고만 보십니까? 우리가 아르고스를 떠날 때 당신은 제게 승리를 약속하는 표식을 보내주시지 않았습니까? 우리가 당신의 신전이 있는 곳을 지나올 때마다 당신께 제물을 바치지 않았습니까? 그런데 지금 아카이아 병사들은 사자 앞의 양떼처럼 도망치고 있습니다!"

아가멤논이 말하는 모든 것을 제우스는 불편한 심기로 듣고 있었다. 아가멤논이 말한 것은 모두 사실이었다! 그러나…… 바다의 요정 테티스와의 약속 때문에 제우스는 아카이아 병사들을 거의 멸망 직전까지 몰아넣어야 했다. 그러니 제우스가 그렇게 할 수밖에 없지 않겠는가?

제우스는 다른 방도가 떠오르지 않자 그의 독수리를 불러 명령을 내렸다.

곧 그 엄청나게 큰 새는 죽은 사슴 새끼 한 마리를 발톱으로 움켜쥐고 아카이아 병사들의 막사 위에 나타났다. 독수리는 한 바퀴 원을 그리며 막사 위를 돈 다음, 죽은 사슴 새끼를 바닷가에 쌓아놓은 제우스의 제단 위로 떨어뜨렸다.

아카이아 병사들은 그것을 행운을 의미하는 징표로 받아들였고 곧 병사들 사이에서 커다란 기쁨의 환호성이 터져 나왔다. 병사들은 조금 전까지 낙심했던 것만큼이나 빠르게 용기를 되찾았다.

아카이아 장수들은 다시 말을 몰아 뒤쫓아 오는 트로이 병사들을 향해 문을 박차고 밖으로 나갔으며, 아카이아 병사들이 그 뒤를 따랐다. 트로이 병사들은 아카이아인들이 파놓은 구덩이 앞에 다다르기도 전에 모두 놀라서 그 자리에 멈춰섰다.

전쟁의 행운은 다시 상대편으로 옮겨간 것처럼 보였다.

텔라몬의 아들 아이아스가 디오메데스와 함께 맨 앞에 섰다. 아이아스의 배다른 형제인 테우크로스가 그의 전차 위로 뛰어올랐다. 테우크로스는 춤꾼처럼 몸집이 자그마하고 움직임이 날렵했다. 그는 아카이아 병사들 중 최고의 궁수였다.

그는 자기 형의 일곱 겹 청동 방패 뒤에 몸을 숨기고 서서, 화살을 시위에 얹어 쉴 새 없이 쏘아댔다. 곧 수십 명은 족히 넘는 트로이 병사들이 그의 화살을 맞고 쓰러졌다. 그러다 갑자기 헥토르의 붉은 투구 장식이 그의 눈앞에 보였다. 테우크로스는 기쁨에 들떠 소리를 질렀다. 그는 헥토르를 화살로 쏘아 죽일 수 있을 것이고, 그렇게 되면 온 세상에 자신의 이름을 떨칠 수 있을 것이다!

테우크로스는 헥토르를 겨냥했다. 그러나 너무 다급하게 겨냥한 나머지, 몸을 숨기고 있던 방패를 벗어나 자리에서 너무 많이 일어섰다. 헥토르는 번개처럼 재빠르게 큰 돌을 집어 들어 그에게 던졌다. 돌은 방패 위로 날아들어 테우크로스에게 가서 맞았다. 그는 무릎을 꺾으며 쓰러졌고 활은 손에서 미끄러졌다. 동료들이 부상당한 그를 안아서 배로 데리고 갔다.

트로이 병사들은 자기들을 이끄는 장수가 적군의 가장 훌륭한 궁수를 쓰러뜨리는 모습을 지켜보며 승리의 환호성을 질렀다. 다시 한 번 사기가 충천한 트로이 병사들은 사나운 개떼처럼 헥토르의 뒤를 따라 전투에 임했다. 그러자 아카이아 병사들은 또다시 구덩이와 높이 쌓은 방벽 뒤로 후퇴했다.

헤라와 팔라스 아테나는 더 이상 그런 모습을 지켜볼 수가 없었다.

"이제 아버지가 화를 내신다고 해도 어쩔 수 없어요. 전 무장을 하고 아카이아인들을 도우러 갈 거예요!" 엄청난 두려움이 밀려왔지만 아테나는 결심한 듯 말했다. "테티스가 아버지의 무릎을 감싸 안고 아버지의 턱을 쓰다듬던 것을 기억하세요?" 아테나는 침울한 목소리로 말을 이었다. "아버지가 그녀의 아들 아킬레우스를 위해 앙갚음을 해주겠다고 약속하실 때까지 그렇게 했어요. 그래서 아버지는 지금 헥토르가 아카이아 병사들을 상대로 저렇게 날뛰도록 방치하시는 거예요! 제가 무장하는 동안 당신은 어서 서둘러 말들을 전차에 매도록 하세요!"

곧 황금 바퀴가 달린 전차는 헤라와 아테나를 싣고 하늘의 문을 지나 달려 나왔다.

크로노스의 아들 제우스는 이다 산에서 그 전차를 보고 온 산이 진동할 정도로 화를 냈다. 제우스는 폭풍우보다도 빠른 신들의 전령인 이리스 여신을 불렀다.

"저기 헤라와 아테나가 땅으로 내려가는 모습이 보이느냐?" 제우스가 말했다. "저들을 따라가서 곧바로 올림포스로 다시 돌아오라고 명하여라. 만약 명령을 어기면, 내 저 말들의 다리를 모두 부러뜨리고 마차는 박살 낼 것이며 저 둘은 영원히 빠져나올 수 없는 구렁텅이로 깊이 처박아버릴 것이다!"

이리스는 번개보다도 빨리 달려갔다. 잠시 후에 이리스는 여신들이 타고 달리는 전차 위로 사뿐히 뛰어올랐다.

143

헤라는 이리스가 전하는 끔찍한 소식을 듣고 얼음장같이 차가운 소름이 끼쳐왔다.

"불쌍한 내 신세!" 헤라는 말을 돌려 다시 올림포스를 향하며 말했다. "내 두 번 다시는 죽을 수밖에 없는 인간들을 위해 크로노스의 아들 제우스와 싸우지 않을 것이다. 인간들이 일으킨 전쟁이니 어떻게든 그들 스스로 전쟁을 끝내야 할 것이다!"

팔라스 아테나는 아무 말도 하지 않았다. 더 이상 아무런 할 말이 없었다. 신들과 인간들의 통치자인 제우스는 어느 누구보다도 강했기 때문이다.

노을이 물들기 시작했고 하루의 전투가 끝나가고 있었다.

헥토르는 트로이인들에게 강기슭으로 모두 모이라고 명령했다.

"우리는 이곳에서 밤을 보낼 것이다." 헥토르가 말했다. "막사 둘레에 모닥불을 지피고 고기를 구워 식사를 하자꾸나. 그러면서 아카이아인들이 어둠을 틈타 몰래 배를 타고 이곳을 빠져나가는지 지켜보도록 하자. 너희들이 보았다시피 저들은 모두 자기들이 쌓아놓은 방벽 뒤로 숨어들었고 모든 문을 전차로 막아놓았다. 오늘은 날이 어두워져서 더 이상 싸울

144

수 없지만, 내일 아침 일찍 날이 밝으면 우리는 다시 공격을 개시할 것이고 아카이아인들이 파놓은 구덩이나 쌓아 올린 방벽도 더 이상 저들을 멸망에서 구해내지는 못할 것이다."

헥토르는 고기와 빵과 포도주를 성에서 가져오라 이르고 숲에서는 나무를 베어오게 했다.

잠시 후에 모닥불이 타오르고 꼬챙이에 끼운 고기가 빙글빙글 돌아가며 익어갔다. 헥토르는 다시 한 번 전차를 타고 막사 주변을 천천히 돌아보았다. 이미 어둠이 짙게 깔렸다. 가끔씩 낮게 휙휙 소리를 내며 그를 향해 화살이 날아들거나 창이 방벽을 넘어 어둠을 가르고 날아왔다.

그러나 헥토르는 눈 하나 깜짝하지 않았다.

그날 밤 헥토르는 희망에 부풀었다. 두 번씩이나 아카이아 병사들을 후퇴하게 만들었기 때문이다. 트로이 병사들은 사기가 충천했으며 신들께 제물도 풍성하게 바쳤다.

아직도 제단에서 제물이 타는 연기가 하늘로 피어오르고 있었다.

그러나 신들은 이미 그들에게서 등을 돌린 뒤였다.

6

아카이아 진영에는 적막이 흘렀다. 병사들은 막사 안에 누워 잠을 자거나, 그날 있었던 치욕스러운 후퇴를 떠올리며 분노와 수치심으로 깊은 생각에 빠져 있었다.

아가멤논은 잠자리에 들지 못했다. 그는 원통하고 불안한 마음으로 어둠 속을 이리저리 걸어 다녔다.

저 건너 강기슭에서 이따금씩 피리와 휘파람 소리가 바람에 실려 왔고 즐겁게 웃고 떠드는 남자들의 목소리도 들렸다. 아가멤논은 이를 악물었다. 그렇다, 저 건너에는 트로이 병사들이 막사에 둘러앉아 음식을 먹고 마시며 내일 있을 전투를 기쁜 마음으로 기다리고 있었던 것이다. 트로이 병사들은 내일이 되면 아카이아 병사들을 멋지게 물리치고 끔찍했던 전쟁에 종지부를 찍을 것이라는 생각에 들떠 있었다!

트로이 병사들의 막사 주변에는 횃불이 환하게 타올랐고 보초병들이 쉬지 않고 그 둘레로 순찰을 돌고 있었다.

'저들은 마치 개가 양떼를 지키듯 우리 아카이아 병사들을 지키고 있구나. 우리 중 단 한 명도 도망칠 수 없도록……' 아가멤논은 비참한 심정으로 생각했다. '저들은 분명 우리가 밤의 어둠을 이용해 배를 타고 도망칠 것이라고 의심하고 있을 것이다. 어쩌면 정말로 그렇게 하는 편이 우리를 위해서 더 나은 일인지도 모른다!'

그렇다. 그것이 사실이었다. 아가멤논은 아카이아 병사들의 승리를 더 이상 확신할 수 없었다! 또한 아가멤논은 불사의 신들에 대해서 어떻게 생각해야 할지도 더 이상 몰랐다.

"어째서 크로노스의 아들 제우스께서는 트로이 병사들을 도와 우리 발아래로 번갯불을 내던지신 걸까? 그러고서 곧이어 행운을 의미하는 독수리를 우리 쪽으로 보내신 것은 무슨 뜻일까?"

더 이상의 외로움과 혼란을 견디지 못한 아가멤논은 마침내 전령을 불러, 모든 장수들을 깨워서 자신의 막사로 불러 모으라고 명령했다. 시간은 이미 자정을 두 시간이나 더 넘기

147

고 있었다. 그러고는 피곤한 발걸음을 옮겨 막사로 돌아왔다.

잠에 취한 장수들이 투덜거리며 모였다. 그들은 불명예스럽게 끝난 그날의 전투 때문에 아직도 화가 가시지 않았다.

아가멤논이 연설을 시작했다.

"얼마 전에 난 아르고스로 돌아가자고 여러분께 제안했었소. 그때까지만 해도 그 제안은 진심이 아니었고, 단지 우리 병사들을 시험하기 위한 것이었소. 그러나 오늘은 그때와 다릅니다. 진심으로 말하건대, 우리는 더 이상 트로이를 이길 수 없을 것 같소! 그러니 이제 우리 모두 배에 올라 바다를 건너 돌아가도록 합시다. 아직 우리가 목숨을 건질 수 있을 때 말이오!"

잠시 동안 여러 장수들은 믿을 수 없다는 표정으로 아가멤논을 쳐다보고만 있었다. 그때 디오메데스가 자리에서 벌떡 일어섰다. 자기가 트로이 병사들 앞에서 도망을 쳐야만 했고, 그 일을 두고 아가멤논이 그에게 화를 내며 비겁자라고 나무랐던 것을 그의 자존심이 도저히 용납할 수 없었기 때문이다.

"아트레우스의 아들이여, 신들께서는 당신에게 왕홀을 하사하셨소." 디오메데스가 소리쳤다. "그러나 용기와 끈기만큼은 주지 않으신 모양이오! 당신의 그 비겁한 마음이 꼭 고향으로 돌아가야 한다고 부추긴다면, 당신이나 고향으로 돌아가시오. 저 밖에 당신의 함선들이 정박해 있으니 말이오! 난 여기에 머물며 계속 싸울 것이오. 그리고 내가 생각하기에 여기 있는 다른 어떤 장수들도 당신보다는 더 용맹할 것이오!"

아가멤논은 아무런 대답도 하지 않았다. 그저 분노로 창백해진 얼굴을 하고 다른 장수들이 일제히 큰 소리로 디오메데스에게 찬성하는 말을 듣고 있었다.

다음으로 네스토르가 자리에서 일어났다.

"우리 모두는 당신이 용감하고 강인하다는 것을 잘 알고 있소, 디오메데스!" 네스토르는 침착하게 말했다. "하지만 아직은 젊은 혈기가 너무 왕성한 것 같구려. 당신들 둘 다에게 간청하건대, 우리 사이에 더 이상 새로운 분열이 생기지 않도록 해주시오! 아가멤논이여, 당신이 아킬레우스와 사이가 틀어진 것만으로도 우리에겐 몹시 불리한 상황이오! 내 이미 그때 당신에게 아카이아 최고의 장수에게 모욕을 주는 일은 삼가라고 경고했었소. 하지만 당신은 내 말을 들으려고도 하지 않았소. 그러니 오늘만큼은 내 말을 들어주시오!" 네스토르는 다급하게 말을 이었다. "당신에게 충고하건대, 당신의 모든 노력을 아끼지 말고 아킬레우스와 화해하시오! 그에게 브리세이스를 돌려주고 선물도 넉넉하게 주면서 다시 전쟁에 참가해달라고 진심으로 부탁하시오. 아킬레우스가 전쟁에 참가하는 것이 우리에게 얼마나 중요한 일인지는 당신도 잘 알고 있지 않소!"

"나도 잘 알고 있소." 아가멤논이 침통하게 말했다. "그때 일은 전적으로 내 실수였다는 것도 부인하지 않겠소." 이렇게 말하면서 아가멤논은 주먹으로 자기 이마를 쳤다. "신들께 맹세코, 그 후로 내가 얼마나 많이 후회했는지 당신들은 모를 것이오! 만약 아킬레우스와 다시 화해할 수만 있다면, 아무리 많은 재물을 내놓아도 아깝지 않을 것이오."

아가멤논의 말소리는 이제 거의 한숨처럼 변해 있었고, 그의 입에서는 그동안 고통스러운 시간을 보내면서 혼자서 생각하던 것들이 봇물 터지듯 터져 나왔다.

"나는 아킬레우스에게 재주 있고 뛰어난 아름다움을 지닌 처녀 일곱 명을 줄 것이오. 이들은 우리가 다른 도시를 함락했을 때 내가 직접 고른 여인들이오. 여기에 브리세이스도 포함될 것이오. 맹세코 나는 지금까지 브리세이스에게 손끝 하나 대지 않았으며, 그녀에게 노예의 일을 시키지도 않았소!

그리고 경주에서 상을 탄 훌륭한 말 열두 필을 선사할 것이며 금그릇 스무 개와 청동 삼발이 일곱 개도 줄 것이오. 또 내게 는 딸이 셋 있소. 아킬레우스는 세 딸 중 하나를 골라 아내로 맞이해도 좋소. 이제껏 어떤 왕도 출가하는 딸에게 준 적이 없는 많은 지참금을 챙겨줄 것이오. 거기에 덧붙여 나는 그에 게 내가 소유한 가장 부유한 일곱 도시를 줄 것이오. 그가 이 제는 제발 화를 풀고 나와 화해를 하기만 한다면 말이오! 절 대로 용서할 줄 모르고 무자비한 자는 지하 세계의 신인 하데 스밖에 없소. 그래서 다른 모든 신들과 인간들까지도 그를 미 워하는 것 아니겠소!"

마침내 말을 마친 아가멤논은 이마에서 땀을 닦아냈다. 네 스토르가 그의 곁으로 다가가 어깨에 다정하게 손을 올렸다.

"당신은 정말로 내 마음에서 커다란 짐 하나를 덜어주었구 려, 아가멤논 왕이시여! 그렇다면 이제 우리는 한시도 더 지 체하지 말고 즉시 아킬레우스에게 사절단을 보내도록 합시 다."

네스토르는 주위를 둘러보았다. 그 옆에 한 노장이 위엄 있 는 모습으로 앉아 있었다. 그는 포이닉스로, 프티아 지방에서 부터 아킬레우스와 동행한 장수였다. 아킬레우스의 아버지

펠레우스가 전쟁 경험이 적은 어린 아들을 아트레우스의 아들들과 트로이 전쟁에 보낼 때 함께 딸려 보낸 사람이었다. 아킬레우스가 오랜 스승인 포이닉스를 존경하고 사랑한다는 것은 모두가 잘 알고 있는 사실이었다.

"고귀하신 포이닉스여." 네스토르가 말했다. "당신께서 당신의 제자인 아킬레우스를 현명하고 부드럽게 설득하시어 그가 마음을 돌리도록 애써주셨으면 합니다! 오디세우스와 큰 아이아스여, 당신들 역시 설득을 잘하기로 소문난 분들이며, 모든 아카이아인 중에서 특히 아킬레우스의 존경을 받는 분들입니다. 그러니 당신들도 할 수 있는 모든 방법을 동원하여 아킬레우스로 하여금 편안한 마음으로 화해에 임할 수 있도록 힘써주시기 바랍니다. 두 명의 병사들이 당신들과 동행할 것입니다."

장수들과 병사들은 곧 아킬레우스에게 갈 채비를 했다. 그들은 해변을 따라 아카이아 진영의 끄트머리에 자리 잡은 미르미돈인들의 막사와 함선이 있는 곳까지 갔다.

그곳에 다다르자 칠현금 타는 소리와 그 소리에 맞춰 부르는 노랫소리가 들려왔다. 어딘가 거칠면서도 슬픈 분위기가 감도는 음악이었다. 장수들과 병사들은 소리 나는 쪽으로 다가갔다. 오디세우스가 막사 앞에 서서 잠시 머뭇거리더니 커다란 자주색 장막을 들췄다.

아킬레우스가 손에 들고 있던 칠현금을 바닥에 내려놓으며 자리에서 벌떡 일어섰다. 그의 발아래 깔린 양탄자 위에 앉아 있던 파트로클로스 역시 깜짝 놀라 자리에서 일어섰다.

"어서들 오십시오." 아킬레우스는 약간 놀란 듯 말했다. 그러나 불친절한 기색은 보이지 않았다. "여러분의 총사령관과 나 사이에 불화가 있기는 하지만, 여러분과 나 사이에는 아무런 악감정이 없습니다. 제가 여러분께 손님 대접을 잘해드릴 수 있게 이리 가까이 오십시오. 여러분을 환영합니다. 무슨 일로 오셨는지 말씀하십시오."

장수들과 병사들이 값비싼 천으로 잘 꾸며진 막사로 들어가 자리를 잡고 앉았다. 파트로클로스가 고기와 빵, 그리고 포도주를 내왔다. 모두가 충분히 먹고 마시고 나자 오디세우스가 다시 한 번 잔에 포도주를 가득 따라 채우더니 아킬레우스를 향해 잔을 높이 들었다.

"신들께서 당신에게 행운과 명예를 내려주시길 기원합니다!"

오디세우스는 조심스럽게 말을 꺼냈다.

"우리가 왜 당신을 찾아 이곳으로 왔는지 굳이 말할 필요
는 없을 것이오. 우리가 지금 곤란에 처해 있다는 것을 당신
도 잘 알고 있을 테니 말이오. 오늘 전투에서 아카이아 병사
들은 두 번이나 트로이 병사들에게 쫓겨 후퇴했소. 크로노스
의 아들 제우스의 번갯불에 놀란 데다가, 헥토르가 무시무시
한 기세로 트로이 병사들을 이끌고 공격을 해왔기 때문이오.
트로이 병사들은 지금 우리들 중 어느 누구도 헥토르의 용기
와 강인함, 전쟁에서의 능수능란함을 당할 자가 없다고 떠벌
리고 다니오. 하지만 우리 병사들이 당신에 대해 그와 똑같은
생각을 하고 있다는 것을 당신도 잘 알 것이오. 우리 병사들
은 당신을 신처럼 존경하고 있소. 당신이 앞장서서 전쟁에 나
오는 모습을 보기만 해도 그들의 용기는 당장에 하늘 높은 줄
모르고 치솟소. 그런데 정작 당신은 전쟁에 나오지 않고 있
소! 당신이 아트레우스의 아들에게 화가 많이 나 있다는 것
은 잘 알겠소. 그런 당신의 분노에는 그럴 만한 충분한 이유
가 있다는 것도 잘 알고 있소! 그렇다고 해도 당신은 정녕 언
제나 당신의 친구였으며 당신을 그토록 사랑하는 우리 아카
이아 병사들이 모두 죽임을 당하는 것을 지켜보기만 할 작정
이오? 제발 우리의 간청을 들어주시오, 고귀하신 아킬레우스

여. 우리는 아가멤논이 당신에게 전하는 말을 말씀드리고자 이곳에 온 것이오!"

순간 아킬레우스는 화가 나서 벌떡 일어섰으나 오디세우스가 재빠르게 한 손을 들어 그를 저지했다.

"조금만 더 인내를 가지고 내가 말을 끝까지 마칠 수 있게 허락해주시오. 당신이 그와 화해하고 전쟁에 다시 임하기만 한다면, 그가 당신에게 무엇을 해줄 것인지 지금부터 말씀드리리다."

아킬레우스는 어깨를 으쓱하며 말했다.

"정 하고 싶다면, 그렇게 하시오!"

아킬레우스는 어두운 표정으로 아무 말 없이 오디세우스의 말을 계속 경청했다. 마침내 오디세우스가 말을 마쳤을 때, 아킬레우스는 고개를 가로저었다.

"당신은 헛수고를 하신 거요, 친구여! 나는 아가멤논을 하데스로 들어가는 문만큼이나 미워하고 있소. 나로 하여금 그런 그와 화해하도록 설득할 수 있는 사람은 아무도 없소! 나는 그를 위해 수많은 날을 싸웠고 수많은 밤을 뜬눈으로 지새웠소. 그를 위해 많은 도시를 정복했고 그의 발 앞에 전리품으로 빼앗은 금은보화를 가져다주었소. 그런 그가 그 모든 것들의 대가를 내게 어떤 식으로 지불했는지는 여러분이 더 잘 알지 않소! 우리는 그의 동생 메넬라오스와 트로이 사람인 파리스가 똑같이 사랑하는 헬레네라는 여자 하나 때문에 10년째 전쟁을 치르고 있는 것이 아닌지요? 그런데 아가멤논은 내가 사랑하는 여자를 빼앗아갔소. 언젠가 내 아버지의 성으로 돌아가 내 아내가 되어 함께 살아갈 여자를 말이오! 아트레우스의 아들더러 그의 보물, 그의 도시들, 그의 딸들을 그냥 그대로 가지라고 전하시오. 그리고……"

아킬레우스는 갑자기 말문이 막힌 듯 고개를 떨구더니 한순간 아무 말 없이 자기 앞을 응시하다가, 거만한 표정으로 다시 고개를 들었다. 그러나 그의 두 눈에 어린 깊은 슬픔의 기색은 감출 수가 없었다.

"그리고 브리세이스도 가지라고 하시오! 신들께서 내게 두 가지 운명을 내리시어 그중 하나를 선택할 수 있도록 하셨다고 합디다. 내 어머니인 테티스 여신께서 해주신 말이오. 내가 여기 트로이에 계속 머무른다면 내 삶은 짧게 끝나겠지만, 그 대신 명예로운 삶이 될 거라고 했소. 그러나 만약 지금 고향으로 돌아간다면 그곳에서 오래도록 장수하며 살되, 후대에 이름을 떨치지는 못할 것이라고 하더이다. 내가 어떤 삶을 선택할지, 아직 나도 잘 모르겠소. 어쩌면 당신들은 당장 내일 아침 일찍 여명이 채 가시기도 전에 나의 함선들이 저 멀리 헬레스폰토스 바다를 가르며 떠가는 모습을 보게 될지도 모르오! 그렇게 되면 아가멤논은 아카이아 병사들의 목숨을 구하기 위해서 다른 방도를 찾아야 할 것이오!"

말을 마친 아킬레우스의 눈길이 포이닉스에게 가서 멈추었다. 그러자 딱딱하게 굳어 있던 그의 얼굴이 살짝 풀어졌다. 아킬레우스는 천천히 포이닉스에게로 다가가 노인의 발아래 양탄자가 깔린 바닥에 앉았다.

"고귀하신 포이닉스여." 아킬레우스는 공손히 말했다. "간청드리건대, 오늘 밤 제 막사에 머물러주십시오. 파트로클로스가 스승님께 편안한 잠자리를 만들어드릴 것입니다. 내일 저와 함께 고향으로 돌아가시지요. 만약 그것이 신들의 결정이요, 스승님의 뜻이라면 말입니다."

포이닉스는 아킬레우스를 내려다보았다. 그의 두 눈에 눈물이 가득 고였다.

"아들이여, 내가 어떻게 자네 혼자 고향으로 돌아가게 내버려 둘 수 있단 말인가? 자네가 아직 어린아이였을 때, 자네는 나 없이는 아무것도 하지 않으려고 했네. 내가 곁에서 고기를 잘라주거나 물 잔을 들어 먹여주지 않으면, 자네는 아무 것도 먹으려고 하지 않았어. 나는 자네에게 말 타는 법, 칼 쓰는 법, 활 쏘는 법을 가르쳐주었지. 자네의 아버님이신 펠레우스께서 자네가 미르미돈인들과 함께 트로이로 원정을 떠날 때, 나더러 자네와 동행할 것을 명하셨네. 내가 내 아버지의 미움을 사서 고향에서 쫓겨났을 때, 자네 아버님은 나를 친절하게 받아들여 주셨지. 그에 대한 보답으로 난 자네를 내 친아들처럼 보살피고 보호하겠노라고 자네 아버님이신 펠레우스께 맹세드렸네. 하지만 지금은 자네 때문에 걱정이 참으로 많네! 신들께서도 가끔은 제물과 기도를 통해 인간들과 화해를 하네. 자네는 정녕 그런 신들보다도 더 냉정하고 무자비한 사람이 되고 싶단 말인가? 그러지 말고 아가멤논이 건네는 재물을 받아들이게. 그렇게 많은 재물을 내놓으며 도움을 청하는 이의 간청을 받아들이는 것은 장수의 가치를 한껏 더 높여주는 일이라네. 진심으로 부탁하건대, 이제 그만 분노를 거두게. 그렇게만 한다면 모든 아카이아인들이 자네에게 고마워할 걸세!"

"아트레우스의 아들을 위해 제게 그런 부탁을 하시다니 스승님답지 않으십니다!" 아킬레우스가 마음이 상하여 말했다.

그러나 그는 곧 마음을 누그러뜨렸다. "이제 그만 편안히 잠자리에 드시지요. 우리가 고향으로 돌아갈지, 아니면 여기 계속 머물지에 대해서는 날이 새거든 다시 의논드리겠습니다."

마침내 아이아스가 더 이상은 못 참겠다는 듯이 자리를 박차고 일어섰다. 여러 사람의 설득이 아무 소용이 없다는 것을 깨달았기 때문이다.

"그만 돌아갑시다, 오디세우스여!" 아이아스가 말했다. "다른 장수들이 우리 소식을 궁금해하며 기다리고 있을 것입니다. 우리가 이 소식을 전한다면 그들의 실망이 클 것입니다! 아킬레우스여, 당신은 정말이지 돌로 된 심장을 지니고 있는가 보구려. 당신은 정녕 트로이 병사들이 우리 막사와 함대에 불화살을 쏘아, 당신의 친구들이 모두 활활 타오르는 불길과 연기 속에서 죽어가는 모습을 보고 싶단 말이오? 우리가 이제까지 곤경에 처할 때마다 서로를 돕고 지내온 것을 벌써 잊었단 말이오? 당신은 당신의 막사에서 함께 먹고 마신 우리를 적이라도 되는 것처럼 대하는구려!"

아킬레우스는 아이아스를 쳐다봤다. 아이아스의 얼굴은 분노로 이글거리고 있었다.

"난 차라리 죽어버렸으면 하고 바랄 때가 많소." 아킬레우스가 조용히 말했다. "지금 이 상황은 내게 죽음보다도 더 끔찍합니다. 나도 정말이지 달리 어찌할 도리가 없단 말이오!"

그러자 밖으로 나가려던 아이아스가 아킬레우스의 어깨 위에 잠시 손을 얹었다. 아이아스 역시 지금 아킬레우스가 얼마나 힘든 상황인지 이해할 수 있었기 때문이다.

장수들과 병사들은 아가멤논의 막사로 돌아왔다.

아킬레우스의 막사에서 있었던 불편한 일에 대해서 더 이상 많은 말이 오가지 않았다. 장수들은 무거운 마음으로 뿔뿔이 흩어졌다. 다음 날 전투가 새롭게 시작되기 전에 다만 몇 시간이라도 잠을 자두기 위해서였다.

그러나 그날 밤 장수들은 편안히 잠을 청할 수 없었다. 다른 장수들이 막사를 떠나기가 무섭게 아가멤논은 밀려드는 피로를 무릅쓰고 다시 무장하기 시작했다.

"방벽 둘레에서 보초를 서고 있는 병사들이 혹시 피곤에 지쳐 잠들지 않았는지 돌아봐야겠다." 아가멤논은 혼잣말을 했다. "트로이인들이 어둠을 틈타 공격해 올지 누가 알 수 있단 말인가! 그리고…… 나는 다시 한 번 네스토르와 오디세우스, 디오메데스와 의논을 좀 해야겠다!"

아가멤논은 갑옷 위에 사자 가죽을 두른 뒤 창을 들고는 막사 밖으로 나왔다.

붉은 불빛이 어스름하게 막사와 함대 위를 비추고 있었다. 트로이 병사들이 막사를 둘러싸고 넓은 원을 그리며 지펴놓은 횃불이 아직도 활활 타오르고 있었기 때문이다. 그러나 정작 강기슭에 위치한 트로이인들의 막사는 이제 조용해져서 정적만이 감돌았다.

아가멤논은 먼저 함대가 정박해 있는 쪽으로 갔다. 그러다가 갑자기 발걸음을 우뚝 멈추고 창을 단단히 움켜쥐었다. 어디에선가 발자국 소리가 들려왔기 때문이다. 곧 함선을 괴고 있던 높이 솟은 버팀목 뒤에서 검은 형체 하나가 걸어 나왔다. 검은 형체가 들고 있는 창끝이 달빛에 반사되어 번쩍하고 빛났다.

"형님이셨군요!"

바로 그 순간 검은 형체에서 낯익은 목소리가 들려왔다. 아가멤논은 그 검은 형체가 메넬라오스라는 것을 곧 알아차렸다.

"너도 이 밤에 잠을 청할 수 없었던 거냐?" 아가멤논이 그다지 내키지 않는 웃음을 지으며 말했다. "자, 그럼 우리 함께

이 잠 못 이루는 밤을 유용하게 보내자꾸나! 너는 방벽에서 보초를 서고 있는 병사들을 둘러보아라. 그동안 나는…… 나는 다시 한 번 다른 장수들을 깨워야겠다. 그들의 조언이 필요하기 때문이야. 누가 내일 헥토르를 상대로 결투를 벌인단 말이냐? 헥토르는 이미 많은 아카이아 병사들을 때려눕혔다. 그가 우리 병사들을 더 이상 죽이지 못하게끔 하려면 누군가가 먼저 그를 죽여야만 한다. 그런데 누가, 누가 그 일을 한단 말이냐! 너는 내게 말해줄 수 있겠느냐? 혹시 디오메데스가 할 수 있을까? 그러다가 오히려 디오메데스가 죽임을 당할 수도 있지 않느냐. 텔라몬의 아들 아이아스나 오디세우스, 혹은 이도메네우스도 헥토르와의 결투에 흔쾌히 응하겠지만, 만일 헥토르를 이기지 못하는 날에는 우리는 가장 용맹스러운 장수들을 잃게 된단 말이다!"

"그렇지요."

메넬라오스는 그저 짤막하게 대답했을 뿐이다. 그 순간 그들 두 형제는 같은 생각을 하고 있었다. 그것은 바로 아카이아의 장수들 중 헥토르와의 결투에서 이길 수 있는 확률이 가장 높은 장수는 아킬레우스 단 한 사람뿐이라는 생각이었다.

그러나 아킬레우스는 분노에 휩싸여 꼼짝도 하지 않는데

그런 생각이 다 무슨 소용이란 말인가?

두 형제는 각자의 길로 헤어졌다. 메넬라오스는 보초병들이 있는 곳으로 갔고 아가멤논은 네스토르의 막사에 다다랐다.

나이 든 네스토르 역시 잠을 이루지 못하고 있었다.

"누가 밖에서 아무 말도 없이 살금살금 돌아다니느냐?"

막사 안에서 네스토르의 목소리가 어둠을 가르고 날카롭게 울려 나왔다.

"또다시 잠에서 깨우는 것을 용서하시오." 아가멤논이 미안한 마음에 머뭇거리며 말했다. "장수들의 조언이 필요해서 어쩔 수 없이 또 깨우게 됐소!"

네스토르는 잠시도 지체하지 않고 자리에서 일어나 무장했다. 그들은 곧이어 디오메데스도 깨웠다. 디오메데스는 자신의 막사 앞에서 병사들에게 둘러싸여 잠들어 있었다. 그들은 모두 무기를 바로 옆에 두고 방패를 베개 삼아 누워 있었다. 디오메데스는 곧 자리에서 일어나 오디세우스와 아이아스, 그리고 이도메네우스를 깨웠다. 잠시 후에 젊은 병사들이 보초를 서고 있는 방벽 아래로 모든 장수들이 모였다.

"트로이 병사들이 무슨 일을 꾀하고 있는지 알 수 있다면 좋으련만." 네스토르가 생각에 잠긴 듯 말했다. "트로이 진영으로 정탐을 하러 숨어 들어갈 용감한 척후병을 구하기가 쉽지 않구려. 분명 오늘 밤 헥토르 역시 장수들을 모아놓고 회의를 하고 있을 텐데 말이오. 그들의 회의 내용을 엿들을 수만 있다면……"

"내가 그곳에 다녀오겠소!" 디오메데스가 나섰다. "누군가 나와 함께 갈 사람이 한 명 더 있다면 좋겠소. 두 개의 눈과 귀보다는 네 개의 눈과 귀가 더 많은 것을 보고 들을 테니 말이오."

"분명 누군가 함께 갈 사람이 있을 거요."

네스토르가 이렇게 말하고 기대에 찬 눈으로 장수들을 죽 훑어보았다. 나머지 장수들이 거의 동시에 함께 가겠다고 자처하며 나섰다.

디오메데스가 웃으며 말했다.

"여러분 중 한 명만이 저와 함께 가실 수 있습니다. 오디세우스께서 함께 가주셨으면 합니다. 당신과 함께라면 불타는 도시라도 너끈히 빠져나올 용기가 생길 것 같습니다."

"좋소." 오디세우스가 대답했다. "그렇다면 지금 즉시 출발합시다. 이미 오늘 밤이 3분의 2가량 지나갔고 별들이 아침을 향해 기울기 시작했소."

디오메데스와 오디세우스는 무기를 챙겨 들고 방벽 앞에 파놓은 구덩이를 기어 내려갔다가 건너편으로 다시 기어 올라갔다. 그러고는 트로이 진영을 향해 조심스레 앞으로 나아갔다.

주변을 환하게 밝혀놓은 횃불 근처에 다다르자, 그들은 몸을 바닥에 바짝 엎드리고 뱀처럼 버들가지 수풀 사이를 기어갔다. 가는 길목마다 그날 전투에서 죽은, 아직 장사를 치르지 못하고 그대로 방치된 시신들이 널려 있었다. 디오메데스와 오디세우스는 시신들 사이를 기어서 트로이 보초병들의 눈에 띄지 않고 넓은 들판을 지나갈 수 있었다.

그들이 목적지를 향해 약 절반가량 기어갔을 때였다. 오디세우스가 갑자기 디오메데스의 팔을 꽉 붙잡고 낮은 목소리로 속삭였다.

"저기 강 쪽에서 누군가가 이쪽으로 오고 있소!"

그들은 즉시 꼼짝하지 않고 그 자리에 가만히 엎드려 있었다. 만약 누군가가 바로 옆을 지나간다 해도 그들을 길가에 널려 있는 시신들 중 하나로 여기게 하기 위해서였다.

알고 보니 트로이 진영에서도 그날 밤 아카이아 진영에서와 똑같은 일이 벌어지고 있었다.

헥토르 역시 모든 장수들을 막사로 불러 모아 바로 그 시각에 적들이 어떤 일들을 꾀하고 있을지 이리저리 궁리하며 회의를 하고 있었다. 적들이 내일 아침에 새로 전투를 개시해 올지, 아니면 밤의 어둠을 틈타 몰래 고향으로 돌아갈 채비를 하고 있을지 논의했다. 또 그들 중 누가 중상을 입고 후송되어 더 이상 전투에 임할 수 없게 되었는지도 궁금했다. 혹은 아카이아 병사들이 지금 사기가 충천해 있는지, 아니면 전의를 상실하고 실의에 빠져 있는지도 알고 싶었다.

그리고…… 그렇다! 다른 무엇보다도 아킬레우스가 전투에 다시 참가할지, 아니면 계속 저렇게 뒤로 물러나 있을지가 궁금했다!

헥토르의 막사 바로 앞에는 돌론이라는 병사가 보초를 서고 있었다. 그는 생김새가 보기 흉했으며 전쟁에서도 이렇다 할 공을 세우지 못했다. 사람들에게 인정받는 면이라곤 남보다 발이 빨라 달리기에 능하다는 것뿐이었다. 그는 욕심이 많고 떠벌리기 좋아하는 허풍쟁이였다.

돌론은 헥토르의 막사에서 들려오는 회의 내용을 엿들었고, 갑자기 욕심이 발동했다. 돌론에게는 오래전부터 낮이고 밤이고 그의 마음을 들뜨게 하는 주제넘은 소원이 하나 있었는데, 이제껏 어느 누구에게도 말한 적이 없었다. 남들이 들으면 모두 비웃을 것이 틀림없었기 때문이다. 그것은 바로 아킬레우스의 말과 전차를 차지하고 싶다는 것이었다. 아킬레우스가 황금 바퀴가 번쩍이는 전차에 올라타서 햇빛에 반사되어 등이 은빛으로 반짝이는 백마를 몰며 들판을 가로질러 달리는 모습을 볼 때면, 그 멋진 말과 전차를 갖고 싶다는 돌론의 욕심은 거의 참을 수 없는 지경에 다다르곤 했다.

그런데 바로 지금…… 그것을 손에 넣을 기회가 온 것이다!

돌론은 다급하게 막사의 문을 열고 안으로 들어갔다.

"고귀하신 헥토르여! 제가 자청하여 아카이아 진영에 다녀오겠습니다. 확실한 정보를 얻어 올 테니 저를 믿어주십시오." 거만할 정도로 우쭐대는 표정이 그의 못난 얼굴 위로 스쳐 갔다. "아카이아인들은 저를 잡을 수 없을 것입니다. 그들 중에 저보다 발이 빠른 자는 아무도 없기 때문입니다! 그런데 헥토르여, 그 대가로 제게 약속해주셨으면 합니다. 우리가 아카이아 병사들을 무찌르고 승리를 하면, 펠레우스의 아들 아킬레우스의 말과 전차를 제게 주십시오! 제게 맹세해주실 거지요? 그렇지요, 고귀하신 헥토르여?"

돌론은 눈을 번뜩거리며 되풀이해 졸랐다.

헥토르는 이맛살을 찌푸렸다. 아킬레우스의 말과 전차라면 헥토르 자신도 탐이 날뿐더러, 다른 장수들도 그것을 손에 넣기 위해서라면 어떤 대가도 마다하지 않을 것이 분명했기 때문이다. 그러나 지금은 아카이아 진영을 정탐하고 오는 일이 그 무엇보다도 시급했다.

헥토르는 말했다.

"좋다, 펠레우스의 아들이 가진 말과 전차를 네게 주마! 내 맹세하노라!"

헥토르의 이 맹세는 결국 지킬 수 없게 되고 말았지만, 그 순간에는 어느 누구도 잠시 후에 있을 일을 짐작하지 못했다. 돌론의 운명은 아킬레우스의 백마 고삐에 손끝 하나도 갖다 댈 수 없는 것으로 이미 정해져 있었던 것이다.

기쁨에 들뜬 돌론은 즉시 헥토르의 막사를 나와 정탐하러 떠날 채비를 했다. 갑옷 위에 털이 북슬북슬한 늑대 가죽을 걸치고, 수달 가죽으로 만든 투구를 쓴 다음, 날카로운 창을 들고 막사를 떠났다.

그는 가벼운 발걸음으로 어둠을 뚫고 넓은 들판을 달려 횃불이 밝혀져 있는 곳까지 다다랐다. 아직은 별다른 위험이 없었고, 그는 그저 즐거운 상상을 하며 길 위에 널려 있는 시신들을 뛰어넘어 갔다.

"오, 다른 사람들이 나를 얼마나 부러워할까!"

그는 너무도 기쁜 나머지 큰 소리로 말했다.

바로 그 순간 얼음장같이 차가운 공포가 그의 온몸을 훑고 지나갔다.

"거기, 앞에 가는 자여, 그 자리에 멈춰 서라!" 그의 뒤에서 낮게 명령하는 목소리가 들려왔기 때문이다. "즉시 그 자리에 서지 않으면 내 창이 너의 등을 뚫고 지나갈 것이다!"

공포에 질려 온몸이 뻣뻣하게 굳은 돌론은 뒤에서 들려오는 명령을 따를 수밖에 없었다. 그는 고개를 살짝 돌려 뒤를 보려 했다. 바로 그 순간 뭔가가 휙 소리를 내며 날아와 오른쪽 어깨를 넘어 뺨을 스쳐 가더니, 그가 서 있는 바로 앞쪽 바닥에 가서 푹 꽂혔다. 창이었다.

"이건 움직이지 말라는 경고다!"

뒤에서 다시 목소리가 들려왔고, 이제 그 목소리의 주인공이 가까이 다가왔다.

그사이 돌론은 다시 정신을 차렸다. 아카이아 병사의 손에 사로잡히다니! 그건 있을 수 없는 일이었다. 그런데 다행스럽게도 그는 혼자인 것 같았다. 이제 돌론의 빠른 발이 목숨을 구할 때가 된 것이다. 거꾸로 방향을 틀어 트로이 병사들의 막사를 향해 죽도록 달린다면 목숨을 건질 수 있을 것이다!

돌론은 번개처럼 빠르게 옆으로 몸을 날려, 마치 쫓기는 토끼처럼 방향을 홱 틀며 뛰쳐나갔다. 그러나 곧 아무것도 없는 것처럼 보였던 바닥에서 불쑥 튀어 오른 또 다른 남자와 쾅하고 부딪쳤다.

어둠 속에서 불쑥 나온 손이 강한 힘으로 돌론이 들고 있던 창을 빼앗아갔다. 바로 다음 순간, 돌론의 양손이 등 뒤로 돌려 비틀어졌고 손목 위로는 질긴 가죽끈이 칭칭 동여매어졌다.

"자." 오디세우스가 말했다. "이제 네가 왜 이 밤에 혼자서 여기 들판에 나와 헤매고 다니는지 우리에게 설명해보아라! 시신들에서 장비를 훔쳐가려고 했느냐? 아니면 헥토르가 정탐을 해오라고 보냈더냐? 그것도 아니면 혹시 너 혼자 독단적으로 아카이아의 막사로 숨어들어 함대와 막사 사이를 오가며 정탐할 마음을 먹고 온 것이냐? 충고하건대, 우리에게 거짓말할 생각일랑 절대로 하지 마라. 거짓말을 했다가는 정녕 화를 면치 못할 것이다!"

돌론은 그다지 용기가 많은 사람이 아니었다. 그나마 억지로 짜냈던 용기마저 이제는 완전히 사라져버리고 말았다.

"전부 다 소상히 말씀드리겠나이다." 돌론은 겁이 나서 이를 덜덜 떨면서 맹세했다. "당신들께서 어떤 계획을 세우고 있는지 정탐을 해오라고 헥토르 님께서 절 보내신 것입니다. 아카이아 병사들이 전쟁을 계속할 생각인지 아니면 도망할 생각인지, 함대는 경비가 삼엄한지, 병사들은 아직도 장수들의 명령에 잘 복종하는지 등을 알아오라고 하셨습니다. 헥토르 님께서는 당신네 장수들께서 서로 화합을 잘하고 있는지, 아니면 불화를 일삼고 있는지도 알고 싶어 하셨죠. 그 대가로 제게 아킬레우스의 말과 전차를 주기로 약속하셨습니다. 아킬레우스의 유명한 말과 전차를 가져보는 것이 아주 오래된 저의 간절한 소망이기 때문입니다!"

오디세우스는 웃었다.

"내가 보기에 너는 정말 엄청난 소원을 가졌구나. 그런데 설사 네 소원이 이루어진다고 해도 넌 아킬레우스의 백마에 별 재미를 못 느낄 것이다. 우리 죽을 수밖에 없는 인간들 중에서 그 말들을 길들여 다룰 수 있는 사람은 아킬레우스 말고는 거의 없기 때문이다. 자, 그건 그렇고, 이제 네가 우리에게 모든 걸 말해주어야겠다! 헥토르는 저 건너 강가에 어떤 병사들을 배치해놓았느냐? 종족별로 따로 떨어져서 진을 치고 있느냐? 그리고 그들은 각자 알아서 보초병들을 세워놓았느냐? 그들이 무기를 보관하고 있는 곳은 어디이며, 말과 전차를 세워둔 곳은 어디냐? 지금 이 시간에 헥토르와 장수들은 어디에 머물고 있느냐?"

"모든 장수들은 지금 헥토르의 막사에 모여 있습니다." 돌론은 열심히 보고하기 시작했다. "저 멀리 성에서 마주 보이는 강기슭에는 트로이인들과 다르다니에인들이 진을 치고 있습니다. 그 옆에 카리아인들과 카우코네스인들이 진을 치고 있고요. 바다 쪽으로 이어진 곳에는 리키아인들과 프리기아인들, 그리고 펠라스고이인들의 막사가 있습니다. 새로 온 트라케인들이 다른 무리들과 떨어져 맨 가장자리에 자리 잡았으며, 그들 사이에는 젊은 왕 레소스가 있습니다. 그들은 오늘에야 이곳에 당도했기 때문에 먼 길을 와서 아주 지쳐 있습니다. 지금은 시체처럼 곯아떨어졌습지요. 그들은 보초병도 세워두지 않았습니다. 훌륭한 말과 값비싼 전차를 끌고 왔는데도 말입니다." 돌론은 자랑스러운 듯이 덧붙였다. "당신들께서도 분명 레소스 왕의 유명한 은회색 말들에 대한 소문을 들어보셨을 것입니다. 그 말들이 지금 여기에 와 있습니다.

내일 아침 일찍 우리 트로이 병사들이 당신들을 공격하면, 아마 당신들 눈으로 직접 볼 수 있을 것입니다!"

이렇게 말하던 돌론은 갑자기 이 두 아카이아 병사들이 지금 겁도 없이 트로이 진영으로 숨어 들어간다면, 금세 붙잡혀서 죽임을 당할 것이 뻔하다는 생각이 떠올랐다. 그래서 하던 말을 멈추고 재빨리 말을 바꾸었다.

"만약에 당신들이 지금 우리 진영으로 간다면, 내가 말한 것들이 하나도 빠짐없이 모두 다 사실임을 당신들 눈으로 직접 확인할 수 있을 것입니다." 이렇게 말하고는 조금은 내키지 않는 목소리로 계속 말했다. "내 말을 정 못 믿겠으면 내 발까지 묶어서 날 여기 버려두고 가십시오. 다시 돌아오는 길에 날 풀어주면 될 것 아닙니까? 날 풀어주어도 우리 병사들을 이끌고 곧바로 당신들을 뒤쫓는 일 따위는 하지 않겠다고 약속하겠습니다. 절대로 그런 일은 없을 겁니다. 저는 당신들이 다시 아카이아 진영으로 돌아갈 때까지 시간을 충분히 드릴 겁니다!"

돌론은 어느새 평소 모습으로 돌아와 허풍을 떨며 신이 나서 말을 했다.

그가 말을 다 마치고 마침내 입을 다물자 사방이 쥐 죽은

173

듯이 고요해졌다. 갑작스러운 침묵이 어찌나 소름 끼치도록 어색했던지, 돌론은 등줄기가 오싹해지면서 불길한 예감에 사로잡혔다.

돌론의 등 뒤에 서 있던 디오메데스가 천천히 칼집에서 칼을 빼 들었다.

"네가 오늘 하려다가 실패한 일을 넌 분명 내일 또다시 하려고 들 것이다." 디오메데스가 냉정하게 말했다. "그래서 우리는 너를 살려둘 수가 없다!"

돌론은 시퍼런 칼날이 자기 목을 향해 내리꽂히는 것을 미처 보지 못했다⋯⋯

오디세우스와 디오메데스는 돌론의 시신에서 늑대 가죽과 투구, 갑옷을 벗겨내어, 그것들을 모두 무성하게 자란 위성류 덤불 위에 걸쳐놓았다.

"우리가 무사히 되돌아온다면, 이 장비들을 팔라스 아테나 여신께 감사의 제물로 바치도록 합시다."

오디세우스가 말했다. 그러고는 다시 바닥에 납작하게 엎드려 앞으로 기어 나갔다.

그들의 눈은 이제 어둠에 익숙해졌고 강가를 따라 지어놓은 막사들을 확실히 알아볼 수 있었다. 그곳들 중 한 곳에서 불빛이 흘러나오고 있었다.

"그 정탐꾼이 우리에게 사실을 말해준 것 같소." 오디세우스가 속삭였다. "저기 보이는 막사가 헥토르의 막사고, 아직도 장수들이 모여서 회의를 하고 있는 것 같구려. 회의 내용을 엿듣기 위해서 더 가까이 가는 것은 위험할 것 같소이다. 게다가 이제는 회의 내용을 엿들을 필요도 없지 않습니까. 그 정탐꾼에게서 충분히 들었으니 말이오. 뭔가 다른 일을 하도록 합시다. 나는 트라케의 왕이 오늘 몰고 왔다는 말들을 데려가고 싶소. 자, 오늘 행운의 여신이 우리 편인지, 한번 시험해봅시다!"

강기슭에는 온갖 종류의 수풀이 우거져 있었고, 오디세우스와 디오메데스는 수풀 사이를 고양이처럼 재빠른 동작으로 기어서 계속 강줄기를 거슬러 올라갔다.

마침내 그들은 트라케인들이 막사 주변에 빙 둘러 전차들을 세워놓은 곳까지 갔다. 그곳에서 걸음을 멈춘 오디세우스와 디오메데스는 사방을 둘러보았다. 잠든 병사들의 모습이 시커멓게 보였다. 그들은 땅바닥에 큰 원을 그리며 잠들어 있었다. 어디에서도 보초병은 보이지 않았고 움직이는 것이라고는 아무것도 없었다.

오로지 막사 중앙에서 낮게 움직이는 소리가 희미하게 들려올 뿐이었다.

"저기, 말들이 있습니다. 보이시오?" 디오메데스가 작게 속삭였다. "저 말들은 지금 이 고장의 모든 것이 낯설기 때문에 흥분해 있소. 그래서 잠을 못 이루고 저렇게 불안해하고 있는 거요. 한데 저 말들을 어떻게 끌고 나오려 하시오?"

"길을 터야지요!"

오디세우스가 짧게 대답했다.

디오메데스는 칼을 뽑아 들었다. 잠든 병사들은 칼날이 내리꽂히는 순간에 잠에서 깨어나 소리를 지를 겨를도 없었다. 죽은 병사들 중 하나가 번쩍이는 갑옷을 입고 머리에는 어둠 속에서도 금빛으로 번쩍이는 투구를 쓰고 있었다. 레소스 왕이로구나! 디오메데스는 생각했다. 순간 레소스 왕의 값비싼 장비들을 벗겨갈 시간적 여유가 없다는 것을 깨달은 디오메데스는 너무나 아까운 생각이 들었다.

오디세우스는 병사들의 시신을 신속하게 옆으로 옮겼다. 그러자 시신들 사이로 좁은 길이 트였다. 그렇게 하지 않으면 흥분해 있는 말들이 시신 위를 넘어가려 하지 않을지도 모를 일이었기 때문이다.

그다음부터는 모든 일이 번개처럼 빨리 진행되었다. 오디세우스는 말들에게로 달려가 말뚝에 묶어놓은 밧줄을 풀어서 한쪽 손에 칭칭 감아 움켜쥐었다. 그러고는 가장 가까이 있는 말에 올라탔다. 디오메데스도 다른 말 위에 올라탔다.

레소스 왕의 말들은 어리고 거친 수말이었다. 그 말들은 등에 탄 사람이 낯선 자란 것을 금방 알아차렸다. 말들이 등에 마귀라도 올라탄 양 사납게 날뛰는 바람에, 오디세우스와 디오메데스는 말 등에서 거의 떨어질 뻔했다. 둘은 양손으로 고삐와 말갈기를 움켜쥐고, 두 넓적다리로는 말의 몸통을 꽉 옥죄며 간신히 말 등에 붙어 있었다.

그런 와중에도 디오메데스는 앞으로 달리면서 위성류 덤불 위에 걸쳐놓은 돌론의 갑옷과 투구, 늑대 가죽을 재빠른 동작으로 낚아채는 데 성공했다. 저 앞에 트로이 병사들이 밝혀놓은 횃불이 보였다! 이제는 거의 다 타서 주변을 희미하게 밝힐 뿐이었지만, 그 대신 어느새 하늘에서 회색 빛줄기가 떠오르고 있었다. 날이 밝기 시작한 것이다! 벌써 아카이아 병사들의 막사를 둘러치고 있는 방벽과 그 너머로 막사의 형체들이 또렷하게 드러나 보였다.

오디세우스는 이를 악물었다.

"저 방벽을 넘어가기 전에 트로이 보초병들이 우리를 알아보는 날에는 모든 일을 그르칠 것이다!"

바로 그때 트로이 보초병 중 몇몇이 잠에서 깨어나 화들짝 놀라며 일어섰다. 말발굽 소리에 잠이 깬 것이다!

처음엔 별 의심을 하지 않았다. 말들이 트로이 진영에서 달려 나오고 있었기 때문이다. 그러나 바로 다음 순간 보초병 하나가 소리쳤다.

"저 말들은 트라케의 왕이 데려온 말들이다! 아카이아 놈들이 말들을 훔쳐가고 있다!"

화가 난 트로이 보초병들이 일제히 소리를 지르며 소란을 피웠다. 레소스 왕의 값비싼 말의 가치를 모르는 사람은 아무도 없었다. 보초병들은 저마다 무기를 손에 들고 오디세우스와 디오메데스를 뒤쫓았다. 그러나 그것은 너무도 무의미한 시도였다. 어느 누가 레소스 왕의 그 유명한 은회색 수말들을 따라잡을 수 있단 말인가? 보초병들은 창을 던져봤지만 아무 소용이 없었고, 활을 쏘아도 마찬가지로 빗나가기만 했다.

레소스 왕의 말들은 청동처럼 강한 힘줄로 근육을 팽팽하게 당기고 등을 꼿꼿하게 쭉 펴더니, 마치 용수철이 튕겨 나가듯이 발돋움을 하여 구덩이를 뛰어넘었다. 곧바로 또 한 번의 도약이 있었다. 이번에는 말발굽이 아카이아인들이 높게 쌓아놓은 방벽의 가장자리조차 스치지 않고 가볍게 뛰어넘었다. 그러고는 아카이아 진영의 막사 뒤쪽으로 이내 모습을 감추었다.

7

이른 아침, 보초병들이 잠든 병사들을 깨우러 막사의 골목
골목을 돌아다니기도 전에 아가멤논은 자리에서 일어났다.
그는 지난밤 한숨도 못 자고 뜬눈으로 밤을 새웠다.

처절하리만치 굳은 결심이 아가멤논의 온 마음을 뒤흔들었
다. 오늘, 그의 일생에 이제껏 단 한 번도 그랬던 적이 없었을
만큼의 격렬한 전투를 하리라. 저녁에 지는 해를 더 이상 보
지 못하고 눈을 감는 한이 있더라도!

그런 필사의 결심으로 아가멤논은 무장을 하기 시작했다.
그는 먼저 다리에 은으로 만든 정강이받이를 대고 나서 가슴
받이를 둘렀다. 그것은 금과 주석과 청동을 번갈아 가며 정교
하게 세공하여 만든 것으로, 빛을 받으면 무지개처럼 화려하

게 번쩍였다. 금장식이 달린 칼을 은으로 된 칼집에 넣어 어깨에 메고 말총 장식이 달린 투구를 썼다. 가장자리에 청동을 육중하게 두르고 불룩하게 튀어나온 부분은 주석으로 만든 거대한 방패를 왼손에 들고, 오른손에는 두 자루의 창을 한꺼번에 움켜쥐고 아가멤논은 드디어 막사를 나왔다.

마부가 전차를 대기해놓고 있었다. 그들은 즉시 전차에 올라 대열을 맞추어 서 있는 병사들 사이를 뚫고 달려, 가장 가까이에 있는 방벽의 문을 열고 들판으로 나갔다.

저 멀리 스카만드로스 강가에서는 트로이 병사들 역시 전투태세를 갖추고 열을 맞추어 서 있었다. 헥토르와 다른 장수들이 트라케 왕의 죽음과 그의 말들이 약탈당한 것에 대한 분노를 삭이지 못하고, 트로이 병사들에게 보복을 종용하며 전투에 임하도록 부추기고 있었다. 그러나 불사의 신들은 그날 아침 어느 누구도 전투에 참가하지 않았다.

끔찍한 불화의 여신인 에리스만이 새롭게 시작되는 전투에 신바람이 나서, 마주 서서 대치하고 있는 양쪽 진영의 병사들 사이를 이리저리 오가며 서로의 마음속에 증오를 불어넣고 있었다. 다른 신들은 올림포스의 궁전에 얌전히 앉아 기분이 좋으면 좋은 대로, 화가 나면 나는 대로 꾹 참고 구경만 할 뿐

181

이었다.

크로노스의 아들 제우스가 이미 모든 신에게 엄포를 놓았기 때문이다.

"나는 오늘 너희들이 마음에 들어 하든 들어 하지 않든, 아카이아인들을 거의 패배에 가까운 지경까지 몰고 갈 것이다. 테티스에게 이미 그렇게 하겠노라고 약속했기 때문이야. 그러니 내가 하는 일을 방해할 생각일랑 아예 꿈도 꾸지 마라!"

따라서 이제 트로이 병사들과 아카이아 병사들 사이에서 서로 뒤집고 뒤집히는 팽팽한 혈전이 벌어진다고 해도, 그들을 응원하는 신들은 좋든 싫든 양쪽 다 가만히 앉아서 지켜보아야만 했다.

아가멤논은 전쟁의 신 아레스마냥 용맹스럽게 전투에 임했다. 그가 탄 전차가 적들이 모여 있는 대열의 정중앙을 향해 돌진했다.

그러자 프리아모스 왕의 용감한 아들들인 이소스와 안티포스가 아가멤논을 막아서며 달려들었다. 곧 아가멤논이 창을 던져 그 둘을 모두 전차에서 떨어뜨렸다. 그다음에 그는 쌍둥이 형제 히폴로코스와 페이산드로스를 붙잡았다. 이들은 한 전차를 타고 함께 날랜 말들을 몰다가 고삐를 떨어뜨렸고, 때

마침 아가멤논이 덤벼들자 살려달라고 애원했다.

"저희를 살려주신다면 저희 아버지 안티마코스가 당신에게 엄청나게 많은 몸값을 치를 것입니다."

히폴로코스와 페이산드로스가 말했다.

"아하, 안티마코스가 너희들의 아버지냐? 그러니까 언젠가 파리스에게 헬레네를 돌려주라고 충고는 못할망정 오히려 내 동생 메넬라오스를 죽이라고 충동질했던 자가 바로 너희들의 아버지란 말이지? 그렇다면 자, 여기 아버지의 죗값을 너희들이 대신 받아라!"

아가멤논은 냉정하게 말하며 칼을 내리쳤다.

아가멤논은 그렇게 트로이 병사들 사이를 미친 듯이 헤집고 다녔다. 그가 지나간 길목마다 트로이 병사들의 시신이 즐비했다. 주인을 잃고 놀라서 날뛰는 말들이 이리저리 끌고 다니는 빈 전차들은 엄청난 소음을 내며 트로이 보병들을 마구 덮쳤다. 아가멤논의 난폭에 가까운 용맹에 자극을 받은 아카이아 병사들도 사나운 호랑이떼처럼 전투에 임했다.

수없이 많은 트로이 병사들의 목을 베는 와중에도 아가멤논은 끊임없이 아킬레우스를 생각했다. '우리 아카이아 병사들이 아킬레우스가 없어도 잘 싸울 수 있다는 것을 내가 끝내

증명해 보이리라! 아킬레우스여, 그렇게 계속 가만히 앉아서 어린아이처럼 고집만 부려라! 우리는 그대가 없어도 트로이를 정복할 것이며, 그렇게 되면 그대의 명예는 시들어가는 꽃처럼 스러져 먼 훗날 어느 누구도 그대의 이름을 영광스럽게 기억해줄 사람이 없을 것이다!'

그런 아가멤논의 상상은 곧 현실로 이루어질 것처럼 보였다. 트로이 병사들이 점점 후퇴하기 시작한 것이다. 아가멤논은 맹렬하게 추격했고, 트로이 병사들은 들판 한가운데를 가로질러 먼 옛날 트로이의 시조 일로스의 무덤을 지나서, 마침내 트로이 성 앞 스카이아이 성문 가까이에 있는 거대한 떡갈나무까지 후퇴해갔다.

그 시각, 저 아래 강가에 진을 치고 있던 헥토르가 그 모든 광경을 근심스레 지켜보고 있었다. 헥토르는 마부에게 전차를 몰아 성으로 올라가라고 명령했다.

"아가멤논이 있는 곳까지 가자. 난폭하게 날뛰는 아가멤논을 이제 그만 얌전하게 만들 때가 된 것 같구나!"

헥토르가 단호하게 말했다.

그러나 크로노스의 아들 제우스의 계획은 달랐다. 제우스는 신들의 전령인 이리스를 불렀다.

"저 아래 전쟁터로 내려가서 헥토르에게 아가멤논이 부상당할 때까지 전투에서 손을 떼고 기다리라고 전하라! 그다음에 다시 앞장서서 싸워도 좋다고 말하라!"

이리스는 제우스의 명령대로 했다. 잠시 후 이리스는 헥토르의 전차로 내려가 마부 옆에 섰고, 새털처럼 가벼운 손놀림으로 마부의 손에서 고삐를 빼앗아 들었다. 그러자 말들이 갑자기 방향을 틀더니, 조금 전까지 달려왔던 길을 되돌아 거꾸로 달려갔다.

"제우스께서 명하시기를, 아가멤논이 부상당할 때까지 공격을 잠시 멈추고 기다리라고 하신다."

이리스가 헥토르의 귀에 대고 속삭였다. 무슨 영문인지 모르는 마부는 그사이 계속 전차를 되돌려, 다시 트로이 성을 향해 달리려고 애썼으나 허사였다.

바로 그 순간 안테노르의 아들 이피다마스가 아가멤논과 맞붙어 싸우고 있었다. 그들은 동시에 창을 던졌다.

아트레우스의 아들이 던진 창은 빗나갔다. 이피다마스가 던진 창은 아가멤논의 가슴받이 아래 있는 은허리띠에 가 꽂혔지만, 그것을 뚫지는 못했다. 바로 다음 순간, 이피다마스가 옆으로 피할 새도 없이 아가멤논이 먼저 칼을 뽑아 들었다.

안테노르의 장남인 코온이 동생 이피다마스가 아가멤논의 칼에 맞아 쓰러지는 모습을 보았다. 코온은 아트레우스의 아들에게 달려들어 창으로 그의 팔을 찔렀다. 창끝이 팔을 뚫고 반대편으로 삐죽 튀어나왔다.

코온이 아가멤논의 팔에서 창을 다시 뽑아내자 상처에서 피가 솟구쳐 올랐다. 아가멤논은 화가 치밀어 올라 피가 나는 것도 몰랐다. 아직은 그다지 심한 고통이 느껴지지 않았기 때문이다. 그러나 피가 멎고 상처에 딱지가 앉기 시작하자 엄청난 고통이 밀려왔다. 시간이 좀더 지나자 아가멤논은 더 이상 전투를 할 수 없음을 깨달았다.

"나를 배로 데려다오!" 아가멤논은 고통에 찬 신음을 내며 마부에게 명령했다. "상처를 잘 치료하는 의사 마카온을 찾아야만 한다."

아가멤논은 이렇게 말하며 가까이에서 싸우고 있던 디오메데스와 오디세우스를 불렀다. 그들이 타고 있는 전차에는 레소스 왕의 말들이 매여 있었다.

"우리 아카이아 병사들이 용기를 잃지 않도록 당신들이 애써주시오!"

아가멤논이 디오메데스와 오디세우스에게 당부했다. 아가

멤논은 자기가 부상당하는 모습을 보고 아카이아 병사들이 깜짝 놀라며 당황하는 것을 눈치챘기 때문이다. 상처를 입고 고통에 휩싸여 배로 실려 가는 동안 아가멤논은 또다시 아킬레우스를 생각하지 않을 수 없었다. 아킬레우스가 여기 있었더라면, 아카이아 병사들은 내가 없어도 당황하거나 아쉬워할 겨를도 없이 그를 따라 계속 전투에 임했을 텐데! 그 생각을 하자 아가멤논의 마음속에는 상처보다도 더한 고통이 밀려왔다.

한편 디오메데스와 오디세우스는 아카이아 병사들을 안심시킬 기회조차 없었다. 아가멤논이 부상당하는 모습을 처음부터 끝까지 지켜보던 헥토르가 성난 멧돼지처럼 전투에 뛰어들었기 때문이다. 그와 동시에 그때까지 후퇴하기 바빴던 트로이 병사들이 새로운 용기를 내어 밀물처럼 밀려들기 시작했다.

헥토르가 먼저 오디세우스를 향해 돌진했고, 그 모습을 본 오디세우스는 은회색 수말들을 몰아 도망치기 시작했다. 디오메데스가 창을 들어 헥토르에게 던졌다. 창이 헥토르의 투구를 세게 맞혔고, 헥토르는 전차에서 거꾸로 떨어져 트로이 병사들 사이로 나뒹굴었다. 순간 헥토르의 눈앞이 캄캄해졌다. 그러나 튼튼한 세 겹의 투구는 엄청난 충격을 잘 견뎌냈고, 덕분에 헥토르는 부상 하나 입지 않고 무사할 수 있었다. 헥토르는 재빨리 다시 일어나 전차에 올라탔다.

너무나 화가 난 디오메데스가 으르렁거리며 소리쳤다.

"이 개 같은 놈아! 이번에도 죽음을 피해갔더냐? 하지만 조심하여라! 이제는 더 이상 피할 수 없을 것이다!"

디오메데스는 번개처럼 재빨리 두번째 창을 집어 들었다.

바로 그 순간 주인 없는 전차 한 대가 그의 전차를 향해 덜컹거리며 돌진해 왔다. 겁을 먹고 정신없이 날뛰는 말들과 그 앞에서 소리를 지르며 도망 다니는 보병들이 뒤엉켜, 결투를 벌이고 있는 헥토르와 디오메데스 사이에 끼어들고 말았다.

혼란한 와중에 디오메데스의 전차 바퀴 하나가 부서졌고, 저주의 욕설을 퍼부으며 디오메데스가 전차에서 뛰어내렸다.

그러는 사이 전세는 다시 기울어 성 앞까지 후퇴했던 트로이 병사들이 아카이아 진영 쪽으로 한참을 공격해 왔다. 전쟁터에서의 운이란 그렇게 이쪽저쪽으로 왔다 갔다 하는 법이다.

일로스 왕의 무덤까지 다시 밀려왔을 때 디오메데스는 열 명도 넘는 트로이 병사들에게 포위를 당했다. 트로이 병사들은 디오메데스를 공격할 틈을 노리며 굶주린 이리떼처럼 탐욕스럽게 둘러서 있었다.

그 무렵 일로스 왕의 무덤가에 세워진 기둥 뒤에 파리스가 숨어 있었다. 그곳은 전투를 피해 몸을 숨기기에 더없이 안전하고 훌륭한 장소였다. 파리스는 그 비밀스러운 장소에 몸을 숨긴 채로 가만히 화살 하나를 시위에 당겨놓고, 바로 옆에서 벌어지고 있는 아카이아의 유명한 영웅을 둘러싼 소동을 숨죽여 지켜보고 있었다. 용맹스러운 디오메데스는 달려드는 트로이 병사들을 거의 다 죽였거나 부상을 입힌 터였다. 그러자 갑자기 디오메데스와 무덤 사이에 텅 빈 공간이 생겼다.

그때 파리스가 활시위를 당겨 화살을 쏘았다. 화살은 둥근 곡선을 그리며 디오메데스를 향해 날아가더니 그의 발을 뚫으며 바닥에 꽂혔고, 디오메데스를 꼼짝없이 땅바닥에 붙들어 두었다. 디오메데스는 황급히 몸을 숙여 화살을 빼내려고 했지만 쉽지 않았다. 엄청난 고통이 밀려왔고, 몸을 움직일 수 없다는 사실에 너무나 화가 난 디오메데스는 거의 정신을 잃을 지경이었다.

파리스는 곤경에 처한 디오메데스를 기쁨에 가득 차서 바라보았다.

"하, 디오메데스!" 파리스가 소리쳤다. "내가 당신을 쏘아서 맞힌 것이 틀림없지요? 물론 내 화살이 원래 겨냥했던 곳은 당신의 심장이긴 했지만, 그래도 그 정도면……"

바로 그때 디오메데스가 견딜 수 없는 고통에도 불구하고 더 이상 분노를 참지 못해 고래고래 소리치며 파리스에게 욕을 퍼붓기 시작했다.

"이 비겁한 놈아! 이 여자 치마폭에만 싸여 지내는 놈아! 몰래 숨어서 화살을 쏘다니…… 그래, 그건 바로 네놈에게나 딱 어울리는 짓이지! 게다가 그렇게 쏜 화살이 심장도 아닌, 기껏 맞힌 곳이 발이더냐!"

멀리서 그 모든 광경을 본 오디세우스가 잡고 있던 전차의 고삐를 마부에게 넘겨주고, 친구 옆으로 한걸음에 달려와 발에 박힌 화살을 빼내주었다. 그러나 촉이 삼면으로 날이 선 날카로운 화살이 이미 디오메데스의 발가락 두 개를 절단하고 난 뒤였다. 그것은 디오메데스가 더 이상 걸을 수 없을 정도로 심한 부상을 입었다는 것을 뜻했다.

"배로 돌아가시오!"

오디세우스는 이렇게 말한 뒤, 디오메데스가 그들 옆으로 다가와 멈춰 선 전차에 올라타도록 도와주었다.

이번에는 오디세우스가 적들의 손아귀에 홀로 남게 되었

다. 적들은 곧 사방에서 오디세우스를 향해 달려들 기세였다. 다행히 오디세우스의 은회색 수말들만큼은 마부가 안전한 곳으로 피신시키고 난 뒤였다.

오디세우스는 주위를 둘러보며 혹시 다른 아카이아 장수들이 가까이에 있는지 찾아보았다. 아무도 없었다. 그들은 모두 멀리 떨어진 곳에서 전투를 하고 있는 모양이었다. 그렇다면 할 수 없는 노릇이었다. 만약 신들께서 오디세우스에게 그렇게 빨리 죽음의 운명을 내리신 것이 아니라면, 그는 혼자서라도 트로이 병사들로부터 자신의 목숨을 지켜내야만 했다!

제우스는 수많은 병사들의 목숨을 앗아간 그날의 끔찍한 전투를 계속 지켜보고 있었다. 그렇다고 지략이 뛰어난 이타케의 왕을 지금 당장 하데스로 보낼 수는 없는 노릇이었다. 아직은 그의 운명이 그렇게 결정지어지지 않았기 때문이다. 그러나 제우스는 어떻게든 오디세우스가 전투에 참가하지 못하게 손을 써야만 했다. 아카이아의 모든 장수들이 한 사람도 빠짐없이 전투에 참가하지 못하게 되어 나머지 병사들로 하여금 용기를 잃고 혼란에 빠져들게 만드는 것, 그것이 제우스의 계획이었다. 아가멤논과 디오메데스는 이미 부상을 당해서 전투에서 빠져 있었다. 이번에는 오디세우스의 차례였다.

모든 일이 제우스의 계획대로 진행되었다. 어디선가 날아온 창이 오디세우스의 방패와 갑옷을 뚫고 들어가 옆구리에 가서 박혔다. 갈비뼈를 헤집고 들어간 창이 무게를 못 이겨 아래로 처지면서 살을 찢고, 거기에 꽂힌 채 매달렸다.

오디세우스는 그것이 자신의 마지막인지 금세 분간할 수가 없었다. 그는 창을 직접 빼냈다. 상처에서 피가 분수처럼 솟구쳤다. 트로이 병사들이 그 모습을 쳐다보다가 재차 오디세우스를 향해 달려들었다. 그것은 마치 비겁한 이리떼가, 평소에는 그 힘이 두려워 다가설 엄두도 못 내다가 사자가 상처를 입자 그제야 달려드는 것과 같은 형국이었다.

"의사가 한시라도 빨리 이 피를 멈추게 하지 않는다면 나는 곧 정신을 잃고 쓰러질 것이다."

오디세우스는 혼잣말을 했다. 그리고 숨을 한 번 깊이 들이쉰 뒤에 큰 소리로 세 번을 외쳤다. 전투의 소음까지도 모두 덮어버릴 만큼 엄청난 소리였다.

텔라몬의 아들 아이아스와 함께 멀리 떨어진 곳에서 전투를 하던 메넬라오스가 오디세우스의 외침을 들었다.

"오디세우스가 큰 위험에 처했소!" 메넬라오스는 깜짝 놀라며 말했다. "분명 그는 멀리 떨어진 곳에서 혼자 외롭게 트로이 병사들을 상대로 싸우고 있을 것이오. 우리는 오디세우스를 도우러 가야 합니다!"

메넬라오스와 아이아스는 칼을 휘둘러 길을 터 가면서 병사들이 혼란스럽게 뒤엉켜 싸우는 전쟁터를 가로질러 달렸다. 곧 그들은 병사들의 머리 위로 상아와 검은 말총으로 장식된 오디세우스의 투구를 확인했다.

그런데 그 투구가 이리저리 흔들리고 있었다. 투구를 쓴 사람이 몸을 못 가누고 비틀거리는 것처럼 보였다. 아이아스가 거칠게 외마디 고함을 지르며 오디세우스를 둘러싸고 공격하는 트로이 병사들 무리로 뛰어들었다. 그중 몇몇은 아이아스의 방패에 맞아 쓰러졌고, 또 몇몇은 메넬라오스가 휘두르는 칼에 맞아 쓰러졌다. 나머지 병사들은 모두 뿔뿔이 흩어져 도망갔다.

아이아스와 메넬라오스는 오디세우스가 심각한 부상을 입은 모습을 보고 경악을 금치 못했다. 얼굴은 회색빛으로 변해 있었고 먼지로 뒤범벅된 지저분한 얼굴 위로 이마에서부터 흘러내린 땀이 깊은 골을 이루고 있었다. 상처에서는 아직도 피가 계속 흘러나왔다.

아이아스가 일곱 겹의 거대한 청동 방패로 오디세우스의

몸을 덮어 적의 공격으로부터 보호하는 동안, 메넬라오스는 때마침 옆으로 지나가는 전차를 멈춰 세웠다.

"오디세우스 왕을 즉시 배로 모셔가거라!" 메넬라오스가 마부에게 명령했다. "그리고 마카온을 찾아라. 그가 오디세우스의 상처를 치료할 수 있도록! 부디 네 목숨을 걸고 서둘러라!"

말을 마친 메넬라오스는 아이아스와 함께 오디세우스가 전차에 오르는 것을 도와주었다. 곧 전차는 그 자리를 떠나 바람처럼 달렸다.

그러나 치료에 능한 의사 마카온은 함선이 정박해 있는 곳에 있지 않았다. 그 시각 그는 네스토르의 전차에 함께 올라타고 저 아래 강가에서 벌어지고 있는 전투에 참가해 싸우고 있었다. 마카온은 훌륭한 의사였을 뿐 아니라 용감한 군인이기도 했기 때문이다.

제우스는 아카이아 병사들의 맨 앞줄에 서서 용감하게 싸우는 마카온과 백발의 영웅 네스토르를 지켜보고 있었다.

"네스토르만큼은 부상을 입게 해서는 안 된다!" 제우스는 신중하게 생각하며 혼잣말을 했다. "사실 마카온에게도 불행한 일을 겪게 하고 싶지는 않지만…… 하지만 아카이아인들이 마카온마저 부상당하는 모습을 본다면 상처를 치료해줄 사람이 아무도 없다는 것을 알고 두려움에 떨 것이고, 그들의 사기는 땅바닥으로 곤두박질칠 것이다!"

바로 그 시각, 건너편 트로이 진영에서는 파리스가 전차를 몰고 와서 세우던 참이었다. 파리스는 즉시 네스토르를 알아봤다.

"저 유명한 늙은 왕을 내 손으로 직접 쓰러뜨리는 모습을 병사들이 보면 그들은 곧 여기저기 소문을 퍼뜨릴 것이고, 그렇게 되면 내 명예는 하늘을 찌를 것이다!"

파리스는 이렇게 혼잣말을 한 뒤 활을 꺼내 당겼다. 곧 화살이 시위를 떠나 날아갔다. 그러나 파리스가 쏜 화살은 네스토르를 비껴가 마카온의 어깨에 꽂혔다.

이도메네우스가 그 모습을 보았다. 의사 마카온이 활을 맞고 비틀거리자 이도메네우스는 다급하게 네스토르를 불렀다.

"마카온을 즉시 함대가 정박해 있는 안전한 곳으로 옮겨야 합니다. 상처를 치료할 줄 아는 의사 한 명의 목숨을 구하는 것이, 다른 병사들 여럿을 구하는 것보다 더 중요하기 때문입니다!"

네스토르마저 전차를 돌려 아카이아 진영으로 후퇴해가는

모습을 보자, 승리의 기쁨에 도취된 트로이 병사들이 큰 소리로 환호성을 지르며 날뛰기 시작했다.

"이제 곧 아카이아의 모든 장수들이 하나도 빠짐없이 부상을 당하거나 죽게 될 것이다!"

트로이 병사들은 거칠 것이 없다는 듯 들뜬 마음으로 온 힘을 다해 아카이아의 방벽을 향해 돌진했다. 그러나 그 사이에 아이아스가 버티고 서 있었다. 아이아스는 어떤 창으로도 뚫을 수 없는 일곱 겹의 거대한 청동 방패를 들고 있었다.

트로이 병사들은 민첩한 동작으로 창을 들어 아이아스를 향해 일제히 던졌다. 그러나 그들이 던진 창은 대부분 그 주변으로 날아가 힘없이 바닥으로 떨어지거나 그의 방패에 가서 꽂혔다. 아이아스는 방패에 날아와 꽂힌 창을 뽑아 다시 트로이 병사들에게 던졌다.

아이아스가 던진 창은 정확히 트로이 병사들을 맞혔다. 아이아스는 힘이 센 장수였다. 그러나 아무리 힘센 장수라도 혼자서 많은 수의 트로이 병사들을 계속 상대할 수는 없는 노릇이었다.

오르메니온의 왕 에우리필로스가 고향에서 데려온 한 무리의 병사들을 이끌고 서둘러 아이아스 쪽으로 다가가 그에게 합세했다.

건너편 강기슭에서는 여전히 파리스가 전차에 올라탄 채로 재차 공격을 시도하고 있었다.

이다 산 위에서 크로노스의 아들 제우스 역시 전투를 지켜보고 있었다. 제우스는 에우리필로스가 전투에 합세하는 것을 보았고, 동시에 깃털 장식이 달린 조그마한 화살이 강기슭 쪽에서 그를 향해 날아가는 것도 보았다. 화살은 곧 에우리필로스의 오른쪽 넓적다리에 가서 박혔다. 그 모습을 본 제우스가 흡족하다는 듯이 고개를 끄덕였다.

에우리필로스는 넓적다리에서 화살을 뽑으려고 애썼지만 쉽지 않았다. 화살대가 꺾이는 바람에 화살촉이 그대로 상처에 박혀버린 것이다. 이내 다리의 감각이 마비되었고, 에우리필로스마저 후퇴할 수밖에 없었다. 그는 고통스러운 몸을 이끌고 가까스로 전차를 돌려 아카이아 진영을 향해 되돌아갔다. 다시 아이아스만이 홀로 남아서 몇몇 병사들과 함께 트로이 병사들이 쏟아붓는 창을 방패로 막았다.

그 시각, 아킬레우스는 높은 함대 위 갑판에서 이글이글 불타는 눈으로 저 아래에서 벌어지는 전투를 내려다보고 있었다. 친구들이 사력을 다해 전투를 하고 있는 동안, 자기는 아

197

무런 도움이 되지 못한 채 가만히 손 놓고 앉아 있어야만 한다는 사실 때문에 가슴이 찢어질 듯 아팠다. 그러나 그런 고통보다도 더 심한 분노가 여전히 그의 가슴을 옭아매고 있었고, 그 분노는 조금도 사그라질 줄 몰랐다.

아킬레우스는 아가멤논이 부상을 입고 아카이아 진영으로 후퇴하는 모습을 보았고, 뒤이어 디오메데스와 오디세우스가 부상당하는 모습도 보았다. 그리고 지금 막 네스토르의 전차가 막사 사이로 난 길을 달려가고 있었다. 전차에는 부상당한 남자가 몸을 웅크리고 쓰러진 채로 실려 가고 있었다.

그 모습을 본 아킬레우스는 깜짝 놀랐다.

"내가 보기에 저자는 마카온인 것 같다! 만약 마카온이 심한 부상을 당해 더 이상 상처 입은 병사들을 치료할 수 없게 된 것이라면, 그야말로 아카이아 병사들에게 심각한 사태가 아닐 수 없다!"

사실 마카온 말고도 아카이아 진영에는 또 한 사람의 의사가 있긴 했다. 그러나 그는 상처를 치료하는 일에는 관심이 없고, 오로지 전투에만 전념했기 때문에 의사로서는 있으나 마나 한 존재였다.

아킬레우스는 불안한 마음을 떨쳐버릴 수 없었다. 네스토르의 전차에 실려 간 부상당한 남자가 정말로 온 아카이아를 통틀어 의술이 가장 뛰어난 의사 마카온인지 알아내야만 했다. 정말로 그가 저 신과 같이 훌륭한 의사인 아스클레피오스의 아들이 맞다면 이 일을 어찌해야 하나!

아킬레우스는 황급히 갑판 위의 난간으로 달려가 파트로클로스를 불렀다. 곧 파트로클로스가 저 아래 자기 막사에서 달려 나왔다.

"자네에게 부탁이 있네!" 아킬레우스가 파트로클로스에게 말했다. "당장 네스토르에게 가서 지금 막 전쟁터에서 이곳으로 실려 온 부상당한 자가 누구인지 물어보게. 여기서는 그의 얼굴을 제대로 알아볼 수가 없네."

파트로클로스는 고개를 끄덕이더니 곧장 달려 나갔다. 달려가는 파트로클로스의 마음속에는 은근한 희망의 불씨가 일고 있었다. 드디어 아킬레우스가 전쟁이 시작된 이래로 늘 마음속에 품고 있던 그 엄청나고 끔찍한 고집을 조금씩 꺾기 시작했구나! 그동안 아킬레우스는 말도 거의 하지 않고 음식을 입에 대려고도 하지 않았다. 언제나 그는 저 배 위의 갑판 돛대에 몸을 기대고 서서 그저 전쟁터를 뚫어져라 내려다볼 뿐이었다. 어쩌면…… 오, 정말이지 어쩌면 아킬레우스는 마

199

침내 마음을 바꾸어 거의 패배할 지경에 처한 아카이아인들을 돕기 위해 전쟁에 참가하겠다고 할지도 모른다!

숨이 차서 헐떡이며 파트로클로스는 네스토르의 막사로 들어섰다. 나이가 지긋한 네스토르 왕이 그를 반갑게 맞아주었다. 네스토르는 무척 피곤한 기색이었고 얼굴에는 수심이 가득했다. 심한 부상을 당한 오디세우스가 침상에 누워 있는 모습도 보였다. 그 옆에서 마카온이 무릎을 꿇고 앉아 그를 치료하고 있었다. 마카온 역시 부상을 당해 피가 옷을 적시며 흘러나오고 있었지만, 그것을 신경 쓸 겨를이 없었다. 오디세우스의 끊어진 동맥에서 솟구쳐 나오는 피를 즉시 멎게 하지 않으면, 그가 죽을 수도 있다는 것을 잘 알고 있었기 때문이다.

"어서 오시오, 파트로클로스여!" 네스토르가 말했다. "이리로 앉으시지오."

파트로클로스는 고개를 가로저었다.

"아닙니다, 고귀하신 네스토르여! 전 빨리 되돌아가 아킬레우스에게 보고를 해야 합니다. 아킬레우스가 저를 이곳으로 보냈습니다. 당신께서 전쟁터에서 이곳으로 데려온 부상병이 누구인지 알아오라고 하더군요. 한데 그 사람이 누구인지 지금 제 눈으로 직접 보았습니다."

쓸쓸한 웃음이 네스토르의 얼굴 위로 스쳐 지나갔다.

"언제부터 아킬레우스가 우리들 중 누가 부상을 당하고 누가 죽임을 당했는지에 관심을 가졌단 말이오? 우리 모두가 전쟁에 패해 몰살당하든 말든, 아킬레우스는 오로지 자기 분노에만 신경 쓰지 않았던가요?"

네스토르는 말을 멈추고 잠시 머뭇거렸다. 또다시 아킬레우스에게 간청을 해야만 하는 일이 나이 든 장수에게 무척이나 힘들게 느껴졌기 때문이다.

"아킬레우스는 다른 모든 아카이아인들을 합한 것보다 더 많이 당신을 사랑하고 있소." 네스토르가 힘겹게 다시 말문을 열었다. "당신이 아킬레우스를 한 번 더 설득해보지 않겠소? 절친한 친구의 한마디 말은 대단한 위력이 있다오. 아니면, 적어도…… 만약 아킬레우스가 절대로 우리를 도와 전쟁에 참가할 수 없다고 한다면…… 그렇다면 적어도 당신과 미르미돈인들만이라도 우리를 위해서 싸울 수 있게 허락해줄 수는 있을 것 아니겠소."

네스토르는 잠시 하던 말을 멈추고 파트로클로스의 얼굴을 쳐다보며 뭔가를 이리저리 궁리했다.

"당신과 아킬레우스는 참으로 닮았구려! 키와 몸집뿐 아니라 머리카락 색깔도 거의 비슷하군요. 당신의 머리색이 아킬레우스보다 약간 더 짙을 뿐이오. 만약 당신이 아킬레우스의 갑옷과 투구로 무장하고 전쟁터로 나선다면 트로이 병사들은 분명 감쪽같이 속을 것이오. 아킬레우스가 나타나기만 하면 트로이 병사들은 벌벌 떨며 그 앞에서 도망가기 바빴다는 것을 당신도 잘 알고 있지 않소! 어쩌면 당신이 우리 모두를 구해낼 수 있을지도 모르겠소, 파트로클로스! 아킬레우스를 설득하여 그의 갑옷과 투구, 그리고 말과 전차를 빌려달라고 한 다음 아킬레우스를 대신해 미르미돈인들을 이끌고 전쟁터로 나가주시오! 트로이 병사들은 당신을 보고 깜짝 놀랄 것이며 그들이 제일 두려워하는 적장 아킬레우스가 다시 전쟁터로 나왔다는 것을 추호도 의심하지 않을 것이오. 내 말을 믿으시오! 그들은 주춤할 것이며 곧 혼란에 빠져들 것이오. 그렇게 되면 우리 병사들이 잠깐 한숨을 돌릴 시간이라도 벌 수 있을 것 아니겠소! 어쩌면 트로이 병사들을 우리 함선이 정박해 있고 막사가 세워져 있는 이곳까지 다가오지 못하도록 멀리 쫓아버릴 수 있을지도 모르는 일이지요!"

파트로클로스는 어안이 벙벙해서 나이 든 왕을 쳐다보았다. 네스토르가 말한 계획은 정말로 멋져 보였다. 계획이 성공하기만 한다면…… 누가 알겠는가!

"제가 아킬레우스에게 한번 말해보겠습니다!"

파트로클로스는 반가운 기색을 감추지 못하며 말했다. 그역시 아카이아 병사들이 처한 위험을 그저 두고 보는 것이 못내 마음에 걸렸기 때문이다.

파트로클로스는 네스토르에게 작별 인사를 한 뒤, 서둘러 미르미돈인들의 막사가 있는 곳을 향해 달리기 시작했다. 막사로 돌아가는 길에는 신들에게 제사를 지내기 위해 쌓아둔 제단이 있었다. 그곳을 지나갈 무렵 파트로클로스는 한 남자가 다리를 절뚝거리며 앞으로 몸을 질질 끌듯이 힘겹게 걸어가는 모습을 보았다. 파트로클로스는 그 남자가 누구인지 한눈에 알아보았다.

"에우리필로스여, 당신이 맞습니까?"

파트로클로스는 깜짝 놀라며 소리쳤다. 그러고는 단숨에 비틀거리는 그 남자 옆으로 달려가 재빨리 부축했다. 에우리필로스는 침침해진 눈을 들어 간신히 파트로클로스의 얼굴을 올려다봤다.

"신들께서 당신을 내게 보내주셨군요, 파트로클로스여……"
에우리필로스는 불분명한 어조로 웅얼거리듯 말했다. "제발 부탁하건대, 제 넓적다리에 박힌 화살을 좀 빼주시오. 혼자서는 도저히 빼낼 수가 없습니다."

파트로클로스는 피범벅이 된 에우리필로스의 상처 깊숙이 박혀 있는 부러진 화살을 쳐다보았다. 화살은 상처 밖으로 나와 있는 부분이 거의 없었다. 따라서 어느 누구도 상처에 박힌 화살촉을 빼낼 수가 없었다.

"같이 막사로 갑시다!"

파트로클로스는 에우리필로스에게 다급하게 말했다. 그러나 그 자신도 무엇을 어떻게 해야 할지 몰랐고 한없이 걱정만 될 뿐이었다. 마카온을 부를 수도 없는 노릇이었다. 그러면 오디세우스의 목숨이 위태로워질 것이기 때문이었다.

바로 그 순간 파트로클로스에게 한 가지 생각이 떠올랐다. 예전에 그는 켄타우로스족 사람들 중 가장 정직한 케이론에게서 온갖 종류의 지식을 배워두었던 것이다.

막사에 도착한 파트로클로스는 병사 한 명을 불러 한쪽에 부드러운 짐승의 가죽과 털로 침상을 꾸미고 그 위에 에우리필로스를 눕혔다.

파트로클로스의 손이 약간 떨리기는 했으나, 그는 침착하게 날카로운 칼로 살을 가르고 그 안에 박혀 있던 부러진 화살촉을 빼냈다. 그런 다음 미지근한 물로 상처의 피를 닦아내고, 온갖 종류의 약초가 들어 있는 가죽 부대에서 약초 뿌리 하나를 꺼내 손으로 비벼 그것을 상처 위에 발랐다. 그러자 곧 상처는 아물기 시작했고, 에우리필로스는 안도의 한숨을 내쉬었다. 약초 뿌리에는 엄청난 치유력이 있었고 상처의 고통마저 순식간에 사라지게 해주었기 때문이다.

잠시 후 에우리필로스가 잠들자, 파트로클로스는 곧장 막사를 나와 아킬레우스와 얘기를 나누기 위해 갑판 위로 올라갔다.

아킬레우스는 이전보다도 더 침울해져 있었고 파트로클로스가 다가와도 무뚝뚝한 말 몇 마디로 돌려보내려고 했다. 파트로클로스는 네스토르의 계획에 대해서 말 한마디 꺼내보지 못하고 돌아서야만 했다. 그러나 네스토르의 계획은 어쨌든 머지않아 곧 실현될 수밖에 없었다.

8

그러는 사이 아카이아 진영을 둘러싸고 있던 트로이 병사들의 포위망은 점점 더 좁혀지고 있었다.

아카이아 병사들 역시 밤사이 튼튼한 나무로 만든 문을 방벽 곳곳에 설치했고 각각의 문 위에는 굵은 각목으로 만든 탑을 쌓아두었다.

그 모습을 지켜보던 헥토르는 그저 웃을 뿐이었다.

"저래 봐야 아무 소용 없을 것이다." 헥토르는 전차에 함께 타고 있던 작전 참모 폴리다마스를 돌아보며 승리를 확신하는 듯 말했다. "두고 보거라. 저들은 후퇴해서 도망쳐 오는 아카이아 병사들을 받아들이기 위해 저 문을 곧 활짝 열 수밖에 없을 테니! 우리는 조만간 또다시 적군을 모두 그들의 진영

안으로 몰아넣을 거고, 이번엔 한 놈도 도망가지 못하도록 할 것이다."

"그렇게 확신하지 마십시오!" 절대로 냉정함을 잃는 법이 없는 폴리다마스가 경고하듯 말했다. "생각만큼 쉽지는 않을 것입니다! 어떤 말이나 전차도 저 구덩이를 뛰어넘을 수는 없습니다! 게다가 방벽은 양쪽 모두 경사가 가파르고 그 둘레에는 뾰족한 말뚝으로 울타리가 쳐져 있습니다. 우리 전차들은 구덩이 안으로 굴러떨어질 것이 분명하고, 우리가 구덩이 안에서 어찌할 바를 모르고 허우적대고 있는 동안 아카이아 병사들은 방벽 위에서 화살과 돌을 던져 우리를 몰살하려고 할 것입니다. 저들이 만든 문과 각목으로 만든 탑은 너무 튼튼해서 우리 힘으로 부수기란 거의 불가능합니다. 그렇다면 방벽은 어떨 것 같습니까? 레소스 왕의 말들이라면 저 방벽을 뛰어넘을 수 있겠지요. 하지만 그 말들은 이미 오디세우스가 빼앗아가지 않았습니까. 그 밖에도 아카이아 병사들은 방벽 위에다 방패와 십자로 엮은 장대를 이용해서 흉벽까지 쌓아두었습니다. 저 흉벽 뒤에 몸을 숨기고 있는 적군들이 방벽을 타고 올라가는 우리 병사들을 모두 창으로 찌르고 칼로 내리쳐서 한 사람도 빠짐없이 하데스로 보내버릴 텐데, 그렇게 되면 어느 누가 저 방벽을 허물 수 있겠습니까? 충고드리건대, 마부들에게 명령하시어 우리 전차들을 아카이아 진영에서 조금은 거리를 두도록 하십시오. 우리는 걸어서 저 구덩이를 지나 방벽을 무너뜨리러 가야 합니다! 그렇게 하면 방벽을 무너뜨릴 수 있을지도 모릅니다."

"과연…… 자네 말이 맞네!"

헥토르는 잠시 망설였지만, 결국 폴리다마스의 의견에 동의했다. 폴리다마스가 말한 방법만이 방벽을 무너뜨릴 수 있는 유일한 방법이라는 것을 그도 잘 알고 있었다. 그러나 헥토르가 보기에 폴리다마스는 가끔 너무 신중하다 못해 소심한 것 같기도 했다.

그날 헥토르는 승리의 자신감에 가득 차 있었다. 아카이아의 유명한 장수들이 거의 다 부상을 당했으며 헤아릴 수 없을 정도로 많은 병사들이 죽임을 당하지 않았던가! 게다가 트로이 병사들이 가장 두려워하는 장수인 아킬레우스는 여전히 전쟁터에 모습조차 보이지 않고 있지 않은가! 그것은 아킬레우스가 앞으로도 전쟁에 참가하지 않을 것이라는 의미가 아니고 무어란 말인가!

행운은 오늘 우리에게 기울어 있고, 우리는 그것을 놓치지 말고 꽉 잡아야 한다! 헥토르는 이렇게 생각하며 뭔가를 결심한 듯 전령들을 불러 명령을 내렸다.

그는 모든 전차들에 아카이아 진영을 둘러싸고 커다란 원을 그리며 대열을 맞추어 서서 명령을 기다리라고 했다. 횃불도 꺼뜨리지 말고 계속 불을 붙여놓으라고 명령했다. 모든 병사들이 역청을 묻힌 횃불을 각각 한 묶음씩 여벌로 준비해두었다. 트로이의 보병들이 달려들어 방벽 문을 부수는 즉시, 전차 부대의 마부들은 횃불을 들고 아카이아 병사들의 막사와 함선으로 전차를 몰아 달려 들어가라고 명령했다. 횃불을 던져 막사와 함선 들에 불을 지르기만 하면, 그것으로 아카이아인들은 끝장난다!

"그러려면 우리 모두 걸어서 저 방벽까지 가야 한다!" 헥토르가 말했다. "방벽에는 모두 다섯 개의 문이 있다. 그러니 우리 병사들도 모두 다섯 부대로 정렬해서 저들이 파놓은 구덩이를 건너가 각각 앞에 있는 방벽이나 각 부대가 맡은 문을 부순 다음, 함선이 있는 곳까지 가도록 해야 한다! 첫번째 부대는 폴리다마스와 내가 직접 이끌 것이다! 두번째 부대는……" 순간 헥토르는 조금 머뭇거렸다. "두번째 부대는 내 동생인 파리스가 이끌도록 하라!" 이제 헥토르는 머뭇거림

없이 우렁차게 외쳤다. "세번째 부대는 헬레노스와 데이포보스가 이끌라!"

헬레노스는 전쟁을 증오했지만, 그날은 그도 전투에 참가하기 위해 트로이 성에서 전쟁터로 내려와 있었다. 형 헥토르가 목숨을 걸고 전쟁을 이끌고 있는데, 자기만 가만히 성에 앉아 있는 것은 전쟁에 참가하는 일보다 더욱더 치욕스러운 일이라고 여겼기 때문이다.

네번째 부대는 아이네이아스가 이끌었다.

리키아인들로 구성된 다섯번째 부대는 그들의 지도자인 사르페돈과 글라우코스가 이끌었다. 사르페돈은 크로노스의 아들 제우스와 그가 한때 사랑했던 여인 라오다메이아 사이에서 태어난 아들이었다. 제우스는 아들 사르페돈을 모두가 예외 없이 저 어둠의 나라인 지하 세계로 내려가야만 하는, 즉 죽을 수밖에 없는 인간의 운명에서 구해내지는 못했지만 이번 전쟁에 참가한 그를 위해 여러 번 도움의 손길을 내밀었다.

헥토르는 전차 위에 올라타서, 열을 맞추어 정렬해 있는 트로이 병사들 앞을 달리며 다시 한 번 사열했다. 그리고 전투의 개시를 알리는 커다란 고함을 지르며 창을 머리 위로 높이 들더니 자리를 박차고 달려 나갔다. 그와 동시에 다섯 부대로 나뉘어 정렬해 있던 트로이 병사들이 마치 수천 개의 머리가 달린 거대한 괴물처럼 움직이기 시작했다. 그들은 곧 아카이아 진영으로 달려가 사람이고 짐승이고 할 것 없이 살아 움직이는 것은 모두 다 섬멸할 기세였다.

트로이 병사들이 내지르는 무시무시한 함성이 대기를 가르며 쩡쩡 울렸다. 그들은 그렇게 아카이아 병사들이 파놓은 구덩이를 향해 점점 더 가까이 다가가고 있었다. 어느 누구도 그들을 멈추게 할 수는 없었다. 대부분의 장수들을 잃고 전쟁의 피로와 혼란 속에서 어쩔 줄 몰라 하던 아카이아 병사들은 거세게 공격해 오는 트로이 병사들 앞에서 맥없이 뿔뿔이 흩어지며 후퇴했다.

그때까지 다행히 부상을 입지 않은 텔라몬의 아들 아이아스와 로크리스인인 아이아스, 그리고 이도메네우스가 아카이아 병사들을 격려하며 저항할 것을 명령했지만, 아무 소용이 없었다. 그들은 병사들이 떼를 지어 구덩이로 뛰어 내려갔다가 다시 반대편 방벽을 향해 기어 올라와 문을 통해 막사로 도망쳐 오는 모습을 그저 무기력하게 지켜보는 수밖에 없었다. 먼저 도착한 병사들은 흉벽에 올라서서, 후퇴하는 동료 병사들의 손을 잡아주고 있었다. 문을 지키고 있던 보초병들은 후퇴해 들어오는 아카이아 병사들이 문을 통과하기가 무섭게 다시 닫아버렸다. 트로이 병사들이 뒤따라 들어오지 못하게 하기 위해서였다.

아카이아 진영의 맨 가장자리에 있는 문 하나만이 활짝 열려 있었다. 문밖에서 아카이아 병사들이 공격해 들어오는 적군을 막기 위해 작은 무리를 지어 한창 전투를 벌이고 있었기 때문이다.

페르코테 지역에서 화려하고 멋진 전차와 한 무리의 병사들을 이끌고 참전한 트로이 연합군의 장수 아시오스는 걸어서 공격하라는 헥토르의 명령이 너무나 못마땅하던 차였다. 그럴 수 없었다! 그는 값비싼 말들을 두고 걸어서 공격할 마음이 전혀 없었다! 그러나 전쟁에서 운이란 너무도 뒤집어지기 쉬운 것이고, 전투에서는 바로 다음 순간에 무슨 일이 일어날지 전혀 알 수 없는 법이다.

아시오스는 마침 열려 있는 문을 보았고, 바로 그 순간 한 가지 생각이 번개처럼 머리를 스쳐 지나갔다.

"어서 저 문 안으로 돌진해 들어가자!" 그는 마부에게 소리쳤다. "우리는 아카이아 함대가 있는 곳까지 전차로 달려가서 함대에 불을 지르도록 하자! 그러면 우리는 영원한 명예를 얻을 수 있을 것이다!"

마부는 곧 채찍을 휘둘렀고, 말들은 전투에 몰두하고 있는 병사들 곁을 날 듯이 지나더니 열려 있는 문으로 단숨에 들어갔다. 문을 지키고 있던 보초병은 순식간에 일어난 일에 깜짝 놀란 나머지 문을 제때 닫지 못했다.

그러나 문간에서 몸집이 거인 같은 라피타이족 출신의 병사 두 명이 지키고 있다가 달려오는 말들을 향해 몸을 날려 고삐를 낚아챘다. 눈 깜짝할 사이에 아카이아 병사들이 아시오스의 전차를 빙 둘러쌌다. 아시오스는 창을 던졌지만 아무 소용이 없었다. 그를 향해 거칠게 달려드는 대여섯 명의 아카이아 병사들을 때려눕혔지만 그것도 소용이 없었다. 파멸이 예정된 그의 불행한 운명은 결국 그를 이도메네우스 앞으로 데려갔다.

아시오스는 곧 크레타의 왕인 이도메네우스를 알아보았고, 그 즉시 전차에서 뛰어내려 칼을 뽑아 들고 자기 말 앞에 버티고 섰다. 그렇다, 아시오스는 겁쟁이는 아니었다. 다만 허영심이 많고 바보 같았을 뿐이다. 그것이 그의 목숨을 앗아갔다.

그사이 아카이아 진영을 둘러싸고 있는 방벽 바깥쪽에서는 기이한 일이 벌어지고 있었다. 트로이 병사들의 대열 맨 앞줄에서 헥토르가 방벽 앞에 파인 구덩이를 향해 가까이 가던 바로 그 순간, 갑자기 하늘에 검은 그림자가 드리웠다. 병사들은 하늘을 쳐다봤다. 왼쪽 하늘에서 독수리 한 마리가 나타나 그들을 향해 날아오고 있었다. 독수리는 날카로운 발톱으로 크고 붉은 뱀 한 마리를 움켜쥐고 있었다. 뱀은 살아 있었다. 독수리의 발끝에 매달려 있던 뱀은 나무처럼 몸을 꼿꼿이 세우더니 독수리의 가슴팍을 물어뜯었다. 독수리는 움켜쥐고 있던 뱀을 놓아줄 수밖에 없었다. 뱀은 헥토르가 이끄는 병사들의 정중앙으로 떨어졌다. 병사들은 너무 놀라 뒷걸음질 쳤고 뱀은 병사들의 발치에서 똬리를 틀기 시작했다. 병사들은 어안이 벙벙해서 번쩍이는 비늘을 온몸에 두른 징그러운 뱀을 쳐다보고 있었다.

폴리다마스가 헥토르를 쳐다봤다.

"아아, 이 일을 어쩌면 좋습니까!" 폴리다마스가 낮은 목소리로 탄식했다. "이것은 나쁜 징조입니다! 이것이 무엇을 뜻하는지, 예언자라면 누구나 당신께 설명할 수 있을 정도로 분명한 징조입니다. 독수리가 뱀을 손안에 넣었지만 결국 놓치게 될 뿐 아니라, 그 뱀이 오히려 독수리를 물어 죽이는 것은 바로 우리 트로이와 아카이아의 관계를 말해주는 것입니다. 우리는 지금 아카이아 병사들을 수중에 넣었다고 믿고 있으나, 결국 저들은 도망칠 것이고 끝내 우리를 멸망시킬 것입니다."

분노와 쓰라린 실망의 감정이 헥토르를 엄습했다. 정말로 신들께서는 거의 다 쟁취한 것이나 다름없는 승리를 다시 빼앗아가고야 말 것인가?

"지금 자네가 한 말은 내 맘에 전혀 들지 않는군, 폴리다마스!" 헥토르는 침울하게 말했다. "나는 저 독수리가 오른쪽에서 날아들었든 왼쪽에서 날아들었든 관심 없네! 그저 단 한 가지에만 관심이 있을 뿐이야. 바로 내 아버님의 나라를 구하고 우리 부인들과 아이들을 구하는 것이라네! 그를 위해 트로이 병사들이 나를 배신하지 않기만 바랄 뿐이야!"

말을 마친 헥토르는 맨 먼저 구덩이 안으로 뛰어들었다. 그러자 다른 트로이 병사들도 거친 함성을 지르며 그를 따라 뛰어들었다. 아무리 불길한 징조가 병사들을 놀라게 했을지언정 그들을 이끄는 헥토르의 위력은 두려움보다 훨씬 더 큰 것이었다.

트로이 병사들은 방패를 머리 위로 들어 올려 온몸을 가려야만 했다. 방벽 위에서 아카이아 병사들이 쏘는 화살과 던지는 돌이 소나기처럼 쏟아졌기 때문이다. 그럼에도 많은 트로이 병사들이 구덩이 건너편으로 올라가 가파른 방벽을 기어오르는 데 성공했다. 그들은 울타리로 쳐놓은 뾰족한 말뚝을 뽑아 들고 방벽을 향해 돌진하기도 했다.

방벽은 여기저기 부서져 내리기는 해도 무너지지는 않았다. 게다가 아카이아 병사들은 흉벽 뒤에 안전하게 몸을 숨기고 방어하는 반면, 트로이 병사들은 몸을 숨길 곳이 없어 거꾸로 공격당하는 입장에 처했다.

헥토르는 이 모든 장면을 근심에 가득 차서 바라보고 있었다. 다른 부대들의 상황도 똑같이 나빴다.

문을 통해서 아카이아 진영으로 진격해 들어가는 것은 불가능해 보였다. 트로이 병사들이 뾰족한 말뚝이나 돌덩이로 방벽을 부술라치면, 곧 방벽 위에서는 창과 화살이 우박처럼 쏟아져 내려 아무런 방어벽도 없는 트로이 병사들은 부상을 입거나 죽임을 당하기 일쑤였다.

"아무것도 소용이 없소." 사르페돈이 글라우코스에게 말했다. 두 장수는 이미 전투에 지칠 대로 지쳐서 가쁜 숨을 몰아쉬고 있었다. "저 위에 서 있는 흉벽을 부수기 전에는 말이오! 아카이아 병사들은 저 흉벽 뒤에 몸을 안전하게 숨기고 우리를 계속해서 비웃기만 할 것이오! 다시 새롭게 공격을 시도해봅시다. 자, 우리 일단 저 멀리까지 물러나 봅시다. 그렇게 하면 도약할 수 있는 공간이 생길 것 아니오! 우리는 단한 번의 도약으로 저 방벽을 넘어야 하오. 두 번은 있을 수 없소. 두번째 시도를 하기도 전에 우리 둘 다 죽임을 당할 것이니 말이오. 이 모든 것을 당신도 나만큼이나 잘 알고 있을 거요!"

사르페돈은 진지하게 덧붙였다. 그는 또 몸을 돌려 뒤에 대기하고 있던 궁수 부대를 향해 말했다.

"너희들은 이제 너희들의 장수들이 얼마나 용기 있는 자들인지 보게 될 것이다. 그러나 우리는 너희들의 도움이 필요하다! 우리는 지금 이곳에서부터 달음박질을 해서 저 방벽을 넘을 것이다. 그러면 너희들은 저 위에서 우리를 공격하는 아카이아 병사들을 향해 활을 비 오듯 쏘아서 우리를 엄호해야 한다. 저들이 우리를 공격할 틈을 내지 못하도록 말이다. 그러니 조준을 정확히 잘하도록 하여라. 너희들이 쏘는 화살이 우리 뒷덜미에 와서 박히지 않도록!"

궁수 부대 병사들의 얼굴에 자신감 넘치는 옅은 웃음이 스쳐 지나갔다. 그 정도로 그들은 활을 잘 쏘는 병사들이었다.

그들은 침착한 동작으로 활시위에 화살을 얹어 당겼다.

사르페돈과 글라우코스는 구덩이 안에 나란히 섰다. 그들이 서 있는 곳에서 방벽이 있는 곳까지는 불과 몇 걸음 안 되는 좁은 공간이 전부였다. 양손이 자유롭도록 방패와 창은 바닥에 내려놓았다.

"자, 지금이다!"

사르페돈이 외쳤다. 그들은 동시에 달음박질을 했고 단숨에 방벽 아래에 도달했다. 그사이 그들 뒤에서 궁수 부대가 쏘아대는 화살이 구름떼처럼 머리 위를 날아 아카이아 병사들에게 가서 꽂혔다. 저 위 흉벽 뒤에 서 있던 보초병들은 모두 방패 뒤로 몸을 숨겨야만 했다.

사르페돈과 글라우코스는 방벽을 향해 높이 뛰어올랐다. 그들의 발은 이내 방벽 위로 튀어나온 돌을 찾았고, 그것을 발판 삼아 몸을 지탱하여 버틸 수 있었다. 손을 뻗어 흉벽을 받치고 있던 각목을 움켜쥐려는 순간, 방벽 위에서 화살이 하나 날아들었다. 그것은 곧장 글라우코스의 팔을 관통했고, 그 바람에 그는 힘없이 굴러떨어지고 말았다.

글라우코스는 비틀거리며 방벽에 등을 기대고 섰다. 곧바로 정신을 차린 그는 상처에서 화살을 뽑아내기는 했지만, 다시 방벽 위로 올라가지 못하고 그길로 열을 지어 서 있는 트로이 병사들 뒤로 후퇴할 수밖에 없었다.

사르페돈은 그 모든 것을 지켜보았지만, 부상당한 글라우코스를 돌볼 여유가 없었다. 그는 다시 양손으로 흉벽을 받치고 있는 각목을 움켜쥐고는, 힘줄이 끊어져라 온 힘을 다해 각목을 홱 잡아당겼다. 그러자 흉벽의 한 귀퉁이가 우지끈 소리를 내며 뜯겨져 나왔고, 그 뒤에 서 있던 보초병 몇몇이 방벽 너머 아카이아 진영 쪽으로 굴러떨어졌다.

그 자리에 다섯 걸음쯤 되는 너비의 큰 돌파구가 생겼다. 사르페돈이 이끌던 리키아인들이 그것을 보기가 무섭게 방벽 아래에서 사슴처럼 뛰어 올라왔다. 눈 깜짝할 사이에 열 명도 넘는 리키아인들이 사르페돈 옆에 우뚝 섰다. 당연히 아카이아 병사들도 뚫린 구멍을 다시 막기 위해 사방에서 뛰어들었다. 그리하여 방벽 위에서는 갑자기 그들 사이에 격렬한 전투가 벌어졌다. 그러나 아카이아 병사들은 리키아인들을 방벽 위에서 몰아낼 수 없었다. 마찬가지로 공격을 감행한 리키아인들 역시 아카이아 진영으로 곧장 뛰어들 수 없었다. 만약 누구든 방벽 아래로 뛰어내릴 엄두를 냈다면, 즉시 저 아래 땅 위에 거대한 고슴도치의 등에 난 바늘처럼 빽빽이 서 있는 창에 찔려 죽고 말 것이기 때문이었다.

순간 트로이의 용감한 두 장수의 공격은 거의 수포로 돌아가는 듯했다.

바로 그때, 헥토르가 폴리다마스와 함께 병사들을 이끌고 전투를 벌이던 저 아래 첫번째 문 쪽에서 쿵쾅거리며 부서지는 소리가 커다랗게 울려 퍼졌다. 곧이어 귀를 찢을 듯 날카로운 함성도 들려왔다.

방벽 위에 있던 병사들이고, 그 아래 진을 치고 있던 병사들이고 할 것 없이 모두가 놀라 그쪽을 쳐다봤다.

거기에선 놀라운 장면이 벌어지고 있었다. 방벽에 설치한 문의 문짝이 부서진 채로 돌쩌귀에 대롱대롱 매달려 있었다. 그리고 그 문을 통해 방벽 밖에 서 있던 트로이 병사들이 아카이아 진영으로 물밀 듯이 밀려 들어왔고, 그들의 맨 앞에는 헥토르가 쓰고 있는 투구의 붉은 장식이 번쩍이고 있었다.

마치 꽉 막혀 있던 물살이 어디에선가 갑자기 트인 물꼬를 만나 그리로 모두 휩쓸려 흘러나가는 형상이었다.

두번째 문을 통해서 파리스가 병사들을 이끌고 들어왔고, 그 뒤를 이어 헬레노스와 데이포보스, 그리고 아이네이아스도 진격해 들어왔다. 트로이 병사들이 질러대는 승리의 함성으로 대기가 쩡쩡 울렸다. 트로이 병사들은 빽빽하게 열을 지어 밀려 들어왔고, 저항할 수 없는 엄청난 힘으로 아카이아 병사들의 막사 사이를 행진했다. 아카이아 병사들은 함선 쪽으로 후퇴했다.

방벽을 지키던 보초병들은 방벽 위에서 모두 뛰어내렸다. 이미 자기 진영이 적들로 꽉 차 있는 마당에 방벽 위에서 보초를 서는 것이 더 이상 무슨 의미가 있단 말인가?

막사 사이로 난 길 위에서 처절한 전투가 벌어졌다. 리키아인들은 흉벽 사이로 난 돌파구를 통해 어렵지 않게 방벽을 넘어왔다. 그들은 도망치는 아카이아 병사들을 곧장 뒤쫓아갔다. 트로이 병사들은 천천히, 그러나 더 이상 거부할 수 없는 힘으로 아카이아 병사들의 함대를 향해 공격해 들어갔다.

헥토르는 그리 멀리 떨어지지 않은 곳에서 싸우고 있는 폴리다마스를 발견했다.

"불길한 징조에도 불구하고 신들께서는 우리에게 은총을 베푸시는 것 같구나!"

헥토르는 폴리다마스를 향해 소리쳤다.

폴리다마스는 헥토르의 얼굴을 잠시 쳐다봤다. 그의 얼굴은 전투에 몰두한 나머지 빨갛게 상기되어 있었고 두 눈은 번쩍이며 빛을 발했다. 바로 그 순간 갑자기 폴리다마스는 헥토르에 대한 일종의 동정심이 복받쳐 오르는 것을 느꼈다. 왜 그런 감정이 드는지 폴리다마스 자신도 알 수가 없었다.

조금 전 그는 헥토르가 모서리마다 뾰족하게 날이 선 커다란 바윗덩이를 땅바닥에서 들어 올려, 방벽에 설치된 문을 때려 부수는 모습을 공포에 떨며 지켜보았다. 그것은 인간의 힘으로는 도저히 불가능한 일이었다! 혹시 신들께서 헥토르를 가지고 장난치시는 건 아닐까? 먼저 그렇게 엄청난 힘을 주어 싸우게 한 다음, 그런 후에 죽여버리려는 잔인한 장난을……?

같은 시각, 숲이 울창한 사모트라케 섬의 가장 높은 산꼭대기 위에 바다의 지배자인 포세이돈이 앉아 있었다. 포세이돈은 아카이아인들의 함대가 정박해 있는 바닷가에서 벌어지는 격렬한 전투를 놀란 눈으로 지켜보고 있었다.

크로노스의 아들 제우스를 향한 분노가 포세이돈의 마음속에 치밀어 올랐다.

"정녕 제우스는 오만한 아킬레우스 한 사람의 복수를 대신해주기 위해 저 많은 사람들에게 그토록 큰 불행을 안겨주어야 한단 말인가? 그는 우리 신들에게 전투에 직접 참가하는 것을 금했지만, 전쟁터에 나선 내 모습만큼은 발견하지 못할 것이다!"

포세이돈은 이렇게 말하고 나서 몸을 일으켜 산을 내려왔다. 내려오는 발걸음이 분노에 찬 나머지 너무나 거칠어 섬 전체가 뒤흔들릴 정도였다.

그는 바닷속 깊은 곳에 있는 자신의 황금 궁전으로 들어갔다. 그곳에서 하얀 갈기를 가진 말들을 전차에 매고는, 앞으로 곧장 달려 회색빛 물살을 헤치고 나갔다. 바닷속 바위틈에서 괴물들이 튀어나왔고, 팔이 여러 개 달리고 형체가 불분명한 물체들이 한동안 지배자 포세이돈과 동행하며 헤엄쳤다. 은빛 물고기떼 역시 그를 따랐다.

테네도스 섬과 암초가 빙 둘러싸고 있는 임브로스 섬 사이의 바다 밑에 넓은 동굴이 하나 있는데, 포세이돈은 바로 그곳에 전차를 세워두었다. 그러고는 어떤 모습으로 변장해야 자기 동생이자 위대한 신인 제우스의 눈에 띄지 않고 아카이아 병사들에게 가장 효과적으로 용기를 불어넣을 수 있을지 곰곰이 생각하면서, 수면 위로 천천히 모습을 드러냈다. 드디어 그에게 좋은 생각이 떠올랐다.

아카이아의 함선 사이를 지나 누구의 눈에도 띄지 않고 육지로 올라갈 무렵, 포세이돈은 이미 예언자 칼카스의 모습으로 변해 있었다. 칼카스는 아카이아인들 사이에서 많은 존경을 받는 인물로, 포세이돈은 머리털 하나까지도 그와 똑같이 변장했다.

포세이돈은 서두르는 기색 없이 침착하게 함선까지 후퇴해 와서 몸을 숨기고 있는 아카이아 병사들 사이를 돌아다녔다. 아카이아 병사들은 트로이 병사들의 공격 때문에 당황하고 놀란 기색이 역력했다.

포세이돈이 맨 처음 만난 사람은 텔라몬의 아들 아이아스와 그의 동생인 테우크로스, 그리고 로크리스 출신의 아이아스였다. 그들은 전투에서 잠시 물러나 지금 막 휴식을 취하던 참이었다.

"여러 용맹스러운 장수들이시여! 여기서 이렇게 쉬고 계시면 어떻게 합니까?" 포세이돈은 그들에게 말을 걸었다. "도대체 아카이아 병사들은 얼마나 많이 후퇴를 해온 것입니까? 처음엔 저 위의 트로이 성 앞에서 싸우지 않았습니까? 그런데 지금은 트로이 병사들이 해안까지 우리를 공격해 왔군요. 이제 곧 헥토르의 병사들이 우리 함선에 불을 지르려고 하겠네요! 자, 우리 모두 병사들에게 다시 용기를 내라고 격려해주도록 합시다!"

그러더니 그는 곧바로 자리를 떠나 젊은 병사들이 모여 있는 곳으로 갔다. 젊은 병사들은 고귀한 집안 출신들로, 전쟁터에서 먼지를 잔뜩 뒤집어쓴 채 후퇴해 오는 길이었다. 그들의 얼굴은 땀이 비 오듯 흐르고 온몸은 피로에 잔뜩 지쳐 있었다. 그들 중 어느 누구도 바다의 지배자인 포세이돈이 재빨리 다른 사람으로 변장하고 다가오는 것을 알아채지 못했다. 이제 포세이돈은 방금 전까지 전쟁터에서 함께 싸운 젊은 병사로 변장해 있었다.

"친구들이여, 우리는 이토록 트로이 병사들로부터 치욕을 당한 채로 마냥 후퇴할 수만은 없소!"

포세이돈이 간절하게 호소하자 젊은 병사들은 부끄러운 심정으로 바닥을 내려다보았다. 그들은 다시 정신을 차리고 힘을 내어 다른 젊은 병사들을 불러 모아 전쟁터를 향해 새롭게 돌진했다.

잠시 후 포세이돈은 여러 병사들 틈에서 이도메네우스를 발견했다. 포세이돈은 토아스의 모습으로 변장하고 이도메네우스에게 다가갔다. 어느 누구도 그가 토아스임을 의심할 사람이 없을 정도로 똑같았다.

"당신에겐 이제 더 이상 병사들을 끌어 모아 전쟁터로 나갈 능력이 없단 말이오?" 포세이돈은 짐짓 화가 난 목소리로 말했다. "나는 수많은 크레타의 병사들이 함선 근처에 모여 아무것도 하지 않고 서 있는 것을 보았소. 그들은 어린애마냥 훌쩍이며 눈물을 훔쳐내고 있더이다! 헥토르에 대한 두려움이 정녕 아카이아 병사들을 모두 연약하게 만들어버린 모양이오!"

"내 병사들을 모욕하지 마시오!" 이도메네우스는 불쾌하다는 듯 소리쳤다. "그들은 지금껏 너무도 용감하게 잘 싸웠소. 한 번쯤은 숨을 돌릴 여유도 가져야 하지 않겠소!"

바로 그 순간 메리오네스가 뛰어왔다.

"더 이상 창이 없습니다!" 그가 소리쳤다. "하나는 부러져버렸고, 또 하나는 트로이 병사의 목에 박혀 있습니다. 빨리 막사에서 다른 창을 가져와야겠습니다!"

그사이 포세이돈은 계속 변장한 모습으로 병사들 사이를 오가며 그들을 격려하고 꾸짖고 으름장을 놓기도 했다. 불사의 신이 하는 말은 인간이 하는 말보다 훨씬 더 효과적이어서, 곧 아카이아 병사들의 두려움은 햇살 아래 눈이 녹듯이 사라져갔다. 그들은 자기 장수들을 중심으로 다시 모여들었고, 그길로 전쟁터를 향해 폭풍처럼 달려 나갔다.

프리아모스 왕의 아들들 중 하나인 데이포보스는 이도메네우스가 그날 있었던 전투에서 죽인 아시오스의 절친한 친구였다. 데이포보스는 이도메네우스가 친구 아시오스를 죽이는 모습을 먼발치에서 목격했다. 그런데 그 둘이 마침 전장 한복판에서 만나게 되었다.

"자, 이제 넌 내 친구를 죽인 대가를 치를 때가 된 것 같다!"

데이포보스가 소리치며 창을 던졌다. 이도메네우스는 재빨리 방패 뒤로 몸을 숙였다. 데이포보스가 던진 창이 그의 방패 언저리를 스치고 지나가자 청동 방패가 큰 소리를 내며 울렸다. 창은 계속해서 날아가 크레타의 왕 이도메네우스 바로 뒤에서 싸우던 젊은 장수의 이마에 꽂혔다.

"이제 더 이상 아시오스는 혼자서 하데스로 내려갈 필요가 없겠구나. 내가 그와 동행할 자를 보내주었으니 말이다!"

데이포보스가 기쁨에 들떠 소리쳤다.

그러나 바로 그 순간, 그 옆에서 싸우던 알카토오스가 이도메네우스의 창에 맞아 쓰러졌다. 알카토오스는 아이네이아스의 누나와 결혼한 자였다.

그 모습을 보고 이도메네우스를 공격한 두 명의 트로이 병사들도 얼마 못 가서 곧 쓰러지고 말았다.

"어떠냐, 데이포보스여! 우리의 계산법이 마음에 드는가? 너희가 한 사람을 죽이면 그 대가로 우리는 세 사람을 죽이는 계산법 말이다!"

이도메네우스가 전투에 몰두하고 있는 병사들 너머로 데이포보스를 향해 소리쳤다. 그들 사이에 이미 다른 병사들이 끼어들어 싸움을 벌이고 있었기 때문이다.

바로 그때 데이포보스가 가까운 곳에서 싸우고 있는 아이네이아스를 발견했다. 그는 아이네이아스에게 소리쳤다.

"자네 매형이 쓰러졌네! 그의 복수를 해주게! 이제는 정말 누군가가 나서서 저 크레타 놈을 쓰러뜨려야 하지 않겠나!"

그러나 아이네이아스 역시 이도메네우스를 쓰러뜨릴 수 없었다. 용감한 크레타의 왕 이도메네우스는 아이네이아스가 휘두르는 무시무시한 칼을 간신히 피했고, 그 와중에 방패가 산산조각 나기는 했지만 아카이아 병사들의 무리 속으로 몸을 숨기는 데 성공했기 때문이다. 데이포보스는 이도메네우스를 향해 다시 한 번 창을 던졌지만 그마저 빗나가고 말았다. 그런데 데이포보스의 빗나간 창이 이번에는 전쟁의 신 아레스의 아들 아스칼라포스에게 가서 맞았다.

그러나 아레스는 그 사실을 알지 못했다. 그 시각 올림포스의 궁전에 누워 전쟁에서 입은 상처를 치료하고 있었기 때문이다. 저 아래 전쟁터에 직접 나가서 날뛰는 것이 금지된 것에 화가 난 아레스는 거의 폭발 직전이었다.

메넬라오스는 맞은편에 서서 자신을 향해 활을 겨누고 있는 헬레노스를 보고 깜짝 놀랐다. 그러나 전쟁에 익숙한 아트레우스의 아들 메넬라오스는 헬레노스보다 동작이 빨랐다. 메넬라오스가 던진 창이 먼저 헬레노스의 손을 관통했고, 헬레노스는 그길로 전투에서 후퇴해야만 했다.

믿기 어려울 정도로 우연한 일이 있었는데, 바로 그와 거의 동시에 또 다른 창이 날아들어 데이포보스의 오른쪽 팔뚝을 관통했다. 메리오네스가 던진 창이었다. 메리오네스는 번개처럼 빠르게 데이포보스에게 달려들어 그의 팔뚝에서 창을 다시 뽑아냈다. 창은 이미 데이포보스의 팔뚝에서 굵은 동맥 하나를 끊어놓았고, 창을 뽑아낸 상처에서는 피가 분수처럼 뿜어져 나왔다.

프리아모스 왕의 막내아들인 폴리도로스가 황급히 양모를 꼬아서 만든 끈을 가져다가 형의 팔뚝을 칭칭 동여맸다. 더 이상 피가 흐르는 것을 막기 위해서였다. 응급 처치를 마친 폴리도로스는 데이포보스를 이끌고 전차가 있는 곳으로 후퇴해서, 마부에게 형을 트로이 성 안으로 데려가라고 명령했다.

아카이아 병사들은 이 모든 것을 흡족해하며 지켜보았다.

메넬라오스가 소리쳤다.

"트로이 병사들이여, 너희들은 아직도 이 전쟁이 지긋지긋하지 않단 말이냐? 인생에서 모든 것들은 언젠가 지겨워질 때가 있는 법이다. 춤도 노래도 맛있는 음식도, 심지어 달콤한 잠이나 사랑까지도 말이다! 그런데 너희들은 이 전쟁이 도무지 지겹지 않은 모양이로구나!"

그것은 메넬라오스의 착각이었다. 트로이의 병사들 역시 이미 오래전부터 도대체 이 전쟁이 얼마나 더 계속될 것인가를 생각하면 마음이 몹시 불편했다. 아무리 수차례 아카이아 병사들을 후퇴하게 만들어도 그들은 매번 다시 전열을 가다듬어 새롭게 공격해 왔기 때문에 전쟁은 끝날 줄을 몰랐다.

그러던 중 폴리다마스가 전투에 한창인 병사들 사이를 뚫고 헥토르에게 다가갔다. 헥토르는 함선에서 멀리 떨어진, 방벽이 서 있는 곳에서 전투에 열중하고 있었다.

"제가 드리는 충고를 당신께서는 그다지 달가워하지 않으시리란 것을 잘 알고 있기는 합니다만." 폴리다마스가 말을 꺼냈다. "하지만 다시 한 번 잘 생각해보시기 바랍니다. 신들께서는 죽을 수밖에 없는 한 인간에게 절대로 모든 재능을 다 내려주시지는 않습니다! 신들께서 헥토르 님께 강한 힘과 용기, 권력과 부를 내려주셨습니다. 어떤 이들에게는 춤이나 노래를 잘할 수 있는 재능을 주셨는가 하면, 다른 이들에게는 인간에게 도움이 되는 유용한 기술을 주시기도 했습니다. 그리고 제게는 좋은 충고를 할 수 있는 능력을 주셨다고 생각합니다. 그러니 제 충고를 좀 들어보시지요. 당신께서는 잠시 전투를 중단하고 여러 장수들을 불러 모아야 합니다. 제가 여기 있을 테니 모두들 이리로 모이라고 명령하십시오. 이제 정말이지 중대한 결정을 내려야만 할 때가 되었습니다! 우리는 이미 훌륭한 장수들을 많이 잃었습니다. 가장 훌륭한 장수들은 항상 대열의 맨 앞에서 싸우기 때문입니다. 게다가 아카이아 병사들의 세력은 점점 더 커지고 있습니다. 우리는 저들이 쌓아놓은 방벽에서부터 함선이 있는 곳에 이르기까지 넓은 전쟁터에 뿔뿔이 흩어져 싸워야 해서, 세력을 한곳으로 모을 수가 없는데도 말입니다. 저는 더 이상 우리가 여기 계속 머물러야 할지, 아니면 다시 성으로 돌아가야 할지도 잘 모르겠습니다. 만약 이대로 전쟁이 계속된다면, 우리 중에서 트로이

거리를 다시 볼 수 있는 사람은 몇 되지 않을 것입니다."

헥토르는 화를 벌컥 냈다.

"함선에 불을 지르면 될 것 아니냐!"

폴리다마스는 어깨를 한 번 으쓱했다.

"아카이아 병사들은 맨주먹과 생니만 남아 그것으로 싸우
는 한이 있더라도 함선만은 지키려고 애쓸 것입니다. 그리고
하나 더 있습니다, 헥토르여. 아킬레우스를 잊지는 않으셨겠
지요? 아킬레우스는 아직 전쟁터에 발을 들여놓지도 않았습
니다. 하지만 아카이아 병사들이 멸망할 위기에 처한다면, 그
것을 그가 가만히 두고 보지만은 않을 것입니다. 그러기 전에
반드시 전쟁터로 나올 것입니다. 맹세할 수 있습니다! 전쟁
터에 나온 그가 어떻게 싸울지에 대해서는, 제가 굳이 당신께
설명드릴 필요가 없겠지요!"

헥토르는 아무런 대꾸도 하지 않았다.

"장수들을 불러 모으겠다!"

이렇게 짤막하게 말하고는 그 자리를 벗어났다.

헥토르는 방벽을 따라 걸었다. 방벽 근처는 조용했다. 그는
트로이 장수들이 눈에 띄는 대로 불러 세웠다. 그러나 찌그러
지고 깨진 투구 아래서 먼지와 땀으로 뒤범벅된 장수들의 얼

굴을 구별해내기란 쉬운 일이 아니었다.

그러다 갑자기 가벼운 발걸음으로 그를 향해 걸어오는 한 병사를 보았다. 그의 멋진 갑옷에 달린 은빛 사슬은 짤랑거리는 소리를 내고 있었고, 투구 위의 새하얀 말총은 바람에 살랑살랑 날리며 반짝이고 있었다. 손에는 값진 활이 무심하게 들려 있었다.

걸어오는 병사가 누구인지 알아본 헥토르의 얼굴이 딱딱하게 굳었다.

"파리스, 너로구나? 내 그럴 줄 알았다! 넌 지금 목욕탕에서 나오는 길이냐, 아니면 전쟁터에서 오는 길이냐? 말해보거라, 우리의 형제인 헬레노스와 데이포보스는 지금 어디 있느냐? 어디에서도 그들을 볼 수가 없구나! 그리고 아시오스는 또 어디 있느냐?"

"아시오스는 이도메네우스가 하데스로 보내버렸습니다!" 파리스가 침울하게 대답했다. "우리 형제들은 모두 성안으로 실려 들어갔고요. 그들은 부상을 당해서 더 이상 싸울 수가 없습니다. 그런데…… 형님께서는 어째서 또 제게 모욕을 주시는 겁니까? 우리 어머니께서는 형님이 생각하시는 것처럼 절 그렇게 전쟁에 무능한 인간으로 낳지는 않으셨단 말입니다! 여기 보십시오, 제 화살통이 텅텅 비어 있지 않습니까! 우리가 저 아래 함선이 있는 곳에서 얼마나 용감하게 싸웠는지, 물론 형님께서는 직접 보실 수 없었겠지요!"

파리스는 뻔뻔스럽게 말했다. 헥토르는 파리스의 얼굴을 쳐다보며 고개를 절래절래 흔들었다. 그렇구나! 아무것도, 어느 누구도 파리스를 변화시킬 수 없구나…… 헥토르는 절망적인 심정으로 생각했다. 그들은 더 이상 아무 말도 하지 않고 폴리다마스에게로 갔다. 그곳에는 이미 다른 장수들이 모여 있었다.

회의는 그다지 오래 걸리지 않았다. 장수들 중 어느 누구도 전투를 포기하려는 사람이 없다는 것이 곧 밝혀졌기 때문이다. 아카이아 병사들이 함선이 있는 곳까지 후퇴한 마당에, 이제 와서 싸움을 그만둘 수는 없었다. 그들이 쌓아놓은 방벽도 더 이상 보호막이 될 수는 없었다. 방벽은 군데군데 무너져 내렸고, 방벽에서 떼어낸 돌을 전투에 사용한 까닭에 방벽을 쌓았던 돌들은 바다 곳곳에 흩어져 있었다.

여러 장수들의 의견을 모두 들은 헥토르는 고개를 끄덕일 뿐이었다.

"그렇다면 함선이 있는 곳으로 모두 내려가도록 합시다!"

헥토르가 명령했다.

장수들이 막사 사이를 걸어가는 사이, 사방에서 트로이 병사들이 모여들어 그들을 따랐다. 방벽 근처에서는 더 이상 전투가 없었기 때문이다. 그러나 저 아래 바닷가에서는 아직도 격렬한 전투가 계속되고 있었다. 누가 아군이고 누가 적군인지도 알아볼 수 없을 만큼 병사들이 서로 뒤엉켜서 싸우고 있었다.

그곳을 향해 헥토르가 전진했고, 트로이 병사들의 무리가 귀가 찢어질 듯한 전투의 함성을 지르며 그의 뒤를 따랐다.

여전히 아카이아 병사들 사이를 이리저리 바쁘게 오가던 포세이돈은 그 모습을 보고 깜짝 놀랐다. 이제껏 전투에 지치고 지친 아카이아 병사들이 저렇게 새로이 다가오는 적의 공격을 막아낼 수 있을까? 포세이돈은 이런저런 모습으로 빠르게 변장해가며 아카이아 병사들에게 열심히 용기를 불어넣었다. 도망가려는 병사를 발견하면 붙잡아서 다시 전쟁터로 밀어 넣기도 했다. 그러는 와중에 포세이돈은 혹시 크로노스의 아들 제우스에게 발각될까 봐 두려워 진땀을 흘렸다. 만약 제우스가 그의 모습을 알아본다면…… 그럼 정말 큰일이었다!

그러나 아직까지는 발각된 것 같지 않았다. 포세이돈은 번개처럼 모습을 바꿔가며 아카이아 병사들을 격려하고 협박하고, 계속해서 사정했다.

9

함선이 정박해 있는 곳에서 격렬한 전투의 소동이 벌어지는 소리를 들은 네스토르는 깜짝 놀라 자리를 박차고 일어났다. 그는 아직껏 막사에서 마카온을 간호하던 참이었다.

"전쟁터로 나가봐야겠다!"

네스토르는 다급하게 말하며 투구를 쓰고 무기를 집어 들었다. 시녀를 불러 부상당한 마카온을 잘 돌보라고 이른 뒤 막사를 나섰다.

네스토르는 하마터면 문밖에 서 있던 아가멤논과 부딪칠 뻔했다. 아트레우스의 아들 아가멤논의 얼굴은 백지장처럼 창백했고 눈동자는 마구 흔들리고 있었다. 열이 있는 것처럼 보였다.

네스토르는 아가멤논의 무릎이 덜덜 떨리는 것을 보았다. 그는 간신히 창에 의지하고 서 있었다.

"적들이 또다시 우리를 공격해 오는 모양입니다." 아가멤논이 입을 열었다. "헥토르가 기어이 그의 맹세를 행동으로 옮길 작정인 것 같습니다. 아카이아 병사들을 모두 몰살시키고 함선을 잿더미로 만들기 전에는 트로이 성으로 되돌아가지 않겠다고 했던 맹세를 말입니다."

아가멤논이 말하는 사이 오디세우스와 디오메데스도 왔다. 그들은 둘 다 무장을 하고 있었다. 네스토르는 안타까운 심정에 고개를 가로저었다. 디오메데스는 가련할 정도로 다리를 절뚝거리고 있었고, 오디세우스는 고통스러운 신음을 참기 위해 이를 악물고 있는 것이 한눈에 보였기 때문이다.

"고귀하신 장수들이여, 도대체 뭘 하려고 이러시오?" 네스토르가 말했다. "당신들께서는 모두 막사에 계셔야 합니다. 부상당한 사람들은 전투에 참가할 수 없는 법입니다. 제발 간청드립니다……"

"당신들이 전투에 참가한다고 해도 아무 소용이 없을 것이오." 아가멤논이 끼어들었다. "신들께서 우리의 멸망을 예정하신 모양이오. 우리 병사들과 함선들을 보호해줄 것으로 믿었던 방벽마저 무너졌소. 우리에게는 이곳에서 불명예스럽게 죽임을 당하거나 아니면 도망가는 일만 남았소. 그래서 나는 날이 어두워지는 대로 해변에 정박해 있는 배들을 바다로 끌어내라는 명령을 내리고자 하오. 노 젓는 노예들에게 항해 준비를 시키겠소. 밤이 되면 트로이 병사들도 전투를 중단할 것이오. 그러면 우리는 몰래 배 위로 올라갈 수 있소. 어두울 때 위험을 피해 달아나는 것이, 환하게 밝은 날 도망치는 것보다는 훨씬 덜 치욕스러울 것 아니겠소!"

말을 마친 아가멤논은 잠시 침묵하며 가쁜 숨을 몰아쉬었다. 오디세우스가 아가멤논을 믿을 수 없다는 듯이 노려보았다.

"아트레우스의 아들이여, 아무래도 열 때문에 헛소리를 하는 모양이구려!" 오디세우스는 화가 나서 말했다. "지금 말씀하신 것은 못 들은 걸로 하겠소이다. 당신은 정녕 그 방법만이 우리 병사들을 구할 수 있다고 생각하시는 거요? 병사들이 바다로 배를 끌어내는 사이 무슨 일이 벌어질 것 같으시오? 두려움에 떠는 병사들은 싸울 생각은 안 하고 바다 쪽만 바라볼 것이고, 그사이 트로이 병사들이 뒤에서 공격이라도 해온다면 우리 병사들은 모두 떼죽음을 당할 것이오!"

아가멤논은 피곤한 듯 식은땀이 맺힌 이마를 문질렀다.

"당신 말씀이 옳소이다." 아가멤논이 중얼거리듯 말했다. "당신들 중 누구라도 더 좋은 의견이 있다면 그 의견을 기꺼이 따르리다!"

"좀 전에 고귀하신 네스토르께서 옳은 말씀을 하셨습니다!" 디오메데스가 재빨리 말했다. "부상당한 사람은 전투에 참가할 수 없습니다. 하지만 제가 생각하기에 적어도 우리가 병사들 앞에 모습이라도 내보인다면 좋을 것 같습니다. 우리의 부상이 생각보다 깊지 않다는 것을 병사들이 알아본다면, 저들은 다시 용기를 낼 수 있을 것입니다."

바로 그때 포세이돈이 그들에게 다가왔다. 이번에는 아가멤논의 병기대장의 모습으로 변장하고 있었다. 그는 나이가 지긋한 사람으로, 젊은 병사들에게 활 쏘는 법과 창 던지는 법을 훈련시키는 일을 담당하고 있었다.

"여러 장수들이여, 부디 용기를 잃지 마십시오!" 포세이돈은 간청했다. "아직 전쟁에서 패한 것이 아니지 않습니까. 많은 신들이 우리 아카이아 편에 서 계십니다. 저는 그것을 잘 알고 있습니다. 저 아래 함선이 있는 곳으로 내려가십시오. 병사들이 당신들을 잘 볼 수 있게끔 말입니다. 저도 함께 가겠습니다!"

이렇게 말한 포세이돈이 어찌나 큰 목소리로 전투의 함성을 지르며 달려 나갔던지, 옆에 있던 장수들이 모두 두려움에 몸을 떨 정도였다. 포세이돈의 함성은 눈 깜짝할 사이에 벌써 저 아래 바닷가에서 울려 퍼지고 있었다.

헤라는 높은 올림포스 꼭대기에서 그 모습을 바라보며 미소 지었다. 헤라는 포세이돈을 금방 알아챌 수 있었고, 그가 아카이아 병사들을 돕느라 동분서주하며 애쓰는 모습에 흐뭇해했다. 그러나 그녀 역시 불안했다. 조만간 크로노스의 아들 제우스가 포세이돈을 알아볼 것이다. 만약 그렇게 된다면? 영리한 여신 헤라는 곧 해결책을 찾기 시작했다. 마침내 묘책이 떠오른 헤라는 딸 아프로디테 여신의 처소로 갔다. 아프로디테는 그사이 전쟁에서 입은 상처에서 말끔히 나아 있었다.

"사랑하는 내 딸 아프로디테야, 내 청을 하나 들어줄 수 있겠니?"

헤라는 짐짓 다정한 목소리로 말하며 아프로디테를 향해 간절한 눈길을 보냈다. 아프로디테는 거절할 수가 없어 그렇게 하겠노라고 대답했다.

"그렇다면 내 말을 잘 들어보아라." 헤라가 열심히 설명하기 시작했다. "난 지금 땅끝을 향해 여행을 떠나려고 한다. 내 아버지인 오케아노스와 어머니 테티스* 사이에는 오래전부터 불화가 있었단다. 그게 늘 마음에 걸렸었지. 그래서 이제 내가 두 분을 화해시켜드리기로 결심했다. 그런데 두 분이 다시 사랑하도록 하는 데에 내가 무슨 수를 쓸 수가 있겠니? 그건 내 능력 밖의 일이란다. 하지만 넌 신들과 인간들이 모두 복종할 수밖에 없는 사랑의 마법을 사용할 줄 알잖니. 오직 너만이 나를 도울 수 있단다!"

아프로디테가 웃으며 대답했다.

"그런 것쯤은 쉬운 일이지요!" 아프로디테는 허리에 묶고 있던 빛나는 허리띠를 풀어 헤라에게 건네주었다. "어머니도 아시다시피 사랑의 마법은 이 허리띠에 들어 있어요." 아프로디테가 말했다. "이 허리띠를 어머니께 빌려드리지요. 이것만 있으면 이 세상 어느 누구도 사랑의 힘을 거역할 수 없답니다. 맹세할 수 있어요!"

헤라는 너무나 기쁜 마음으로 아프로디테의 처소를 떠나 자신의 황금 방으로 갔다. 그 방은 헤라 외의 다른 신들은 어

---

* Tethys. 아킬레우스의 어머니는 Thetis이다. 헤라의 부모는 크로노스와 레아로 알려져 있다. 티탄 전쟁이 벌어지는 동안, 오케아노스와 테티스가 헤라를 맡아 길렀다는 설이 있다. 또 천병희 교수가 번역한 『일리아스』(숲, 2015)에 따르면 오케아노스는 우라노스와 가이아의 아들로 누이인 테티스와 결혼해 많은 자녀를 낳았고, 그래서 '모든 신들의 아버지'라고 불린다고 한다.

느 누구도 문을 열 수 없는 방이었다. 헤라는 그곳에 들어가 문을 잠그고 암브로시아*로 정성 들여 목욕을 한 다음, 그것을 온몸에 발랐다. 머리카락을 매만져 가닥가닥 곱실거리게 만들고 팔라스 아테나가 그녀를 위해 금실로 짜준 옷을 입었다. 불사의 신들은 누구나 영원한 젊음과 아름다움을 간직하고 있었으므로 헤라 역시 자신을 무척이나 아름답게 꾸밀 수 있었다. 헤라는 은거울에 비친 자기 모습을 한참 동안 흡족하게 바라보았다. 마지막으로 아프로디테의 허리띠를 두른 다음, 신들의 궁전이 있는 올림포스 산을 떠났다.

그녀는 이제 잠의 신을 찾아내야 했다. 다음 단계로 잠의 신의 도움이 필요했기 때문이다. 그러나 잠의 신이 어디에 거처하는지 정확하게 알 수가 없었다.

그래서 그녀는 피에리아 지방의 아름다운 들판을 샅샅이 뒤지며 눈 덮인 트라케 지방의 산맥을 넘어 아토스 근방의 바다 위를 떠다니다 마침내 렘노스 섬에 당도했다. 토아스** 왕이 지배하는 렘노스 섬에서 헤라는 마침내 잠의 신을 발견했

---

* 암브로시아는 원래 신들이 먹는 음식의 이름인데, 여기서는 신들이 바르는 향유를 말한다.
** 아카이아 편에서 트로이 전쟁에 참전한 아이톨리아의 왕 토아스와 다른 인물이다. 디오니소스와 크레타의 왕 미노스의 딸인 아리아드네 사이에서 태어난 아들이다. 렘노스 섬을 다스렸다.

243

다. 잠의 신은 성품이 온순했지만, 그의 능력 앞에서는 불사의 신이나 죽을 수밖에 없는 인간이나 모두 저항할 수 없었다. 그럼에도 불구하고 잠의 신은 신분이 높은 신들의 대열에는 끼지 못했다.

올림포스의 여주인 헤라의 갑작스러운 방문에 잠의 신은 깜짝 놀랐다. 그는 헤라를 잘 알고 있었다. 이번에는 도대체 무슨 꿍꿍이가 있어서 그를 찾아온 것일까?

헤라가 그에게 말을 걸었다.

"자네가 날 좀 도와주어야겠네."

헤라가 은근한 목소리로 얘기를 꺼내자 잠의 신은 뭔가 석연치 않은 느낌이 들었다.

"아무런 대가 없이 해달라는 건 아닐세." 헤라는 재빨리 덧붙였다. "내 아들 헤파이스토스에게 부탁해서 자네를 위해 황금 왕좌를 하나 만들어달라고 하지. 자네에게 선물로 주려고 말이야. 자네는 거기 앉아 마음껏 즐기며 편히 쉴 수 있을 거야. 그 대가로 자네는 그저 자네가 이때까지 해오던 일을 하기만 하면 돼. 바로 누군가를 깊은 잠에 빠뜨리는 일이지."

잠의 신은 어안이 벙벙해서 헤라를 쳐다봤다.

"예…… 그런데 누구를요?"

헤라는 활짝 웃으며 대답했다.

"바로 크로노스의 아들 제우스라네!"

잠의 신은 깜짝 놀랐다.

"그건 안 됩니다, 고귀하신 여신이여!" 그가 소리쳤다. "다른 사람은 다 돼도 크로노스의 아들 제우스만은 안 됩니다! 언젠가 한 번 당신의 청을 들어주다 혼난 적이 있었지요. 그 옛날 제가 제우스를 잠들게 한 사이, 당신은 그분의 아들이신 헤라클레스에게 나쁜 마음을 품고는 바다 위에 사나운 돌풍을 일으켜 그를 코스 섬에 표류하게 했지요! 기억나시지요? 잠에서 깨어난 제우스께서 엄청나게 화를 내시면서 저를 잡아 죽이겠다고 여기저기 이 잡듯이 뒤지셨지요. 아무리 찾아도 발견하지 못하자 화가 머리끝까지 치민 제우스께서는 저 대신 다른 신들을 모두 궁전의 홀에다 집어 던지셨고, 그 일로 올림포스의 바윗덩이들이 무너져 내리기까지 했습니다."

"그 일은 나도 잘 알고 있네!" 헤라가 참을성을 잃고 말했다. "하지만 그 모든 위험을 무릅쓰고 다시 한 번 날 도와준다면 자네에게 아주 큰 상을 내리지. 자네는 내가 거느리고 있는 여신들 중 제일 막내인 파시테아를 사랑하고 있지? 내 요구를 들어준다면 파시테아를 자네에게 아내로 주겠네!"

헤라의 제안을 들은 잠의 신은 두려움과 이루고 싶은 사랑 사이에서 잠시 고통스러운 갈등을 했다.

"제게 파시테아를 아내로 주시겠다는 것을 불사의 신으로서 맹세할 수 있으신지요?"

마침내 잠의 신은 조심스럽게 말문을 열었다.

헤라는 곧 하늘과 땅과 바다와 지하 세계의 티탄족과, 타르타로스를 흐르는 스틱스의 강물을 두고 맹세했다. 불사의 신들이 하는 맹세는 그만큼 무시무시한 것이었다. 그렇게 해서 헤라와 잠의 신은 안개에 몸을 감추고 이다 산을 향해서 함께 길을 떠났다.

크로노스의 아들 제우스는 이다 산 맨 꼭대기에 있는 거대한 전나무 아래 앉아 있었다. 잠의 신은 제우스의 눈을 피해 전나무 위의 빽빽한 나뭇가지 사이로 가서 자리를 잡고 앉았다. 반면 헤라는 우아한 몸짓을 뽐내며 남편 옆으로 다가갔다. 한껏 부드럽고 애교 넘치는 목소리로 제우스에게 인사를 건네며, 그녀는 제우스의 어깨를 부드럽게 감쌌다.

깊은 생각에 잠겨 있던 제우스는 깜짝 놀라 헤라를 쳐다봤다.

"헤라, 당신이오?" 제우스는 당황한 듯 말했다. "말도 마차도 없이 이곳까지 무슨 일로 왔소?"

헤라의 모습을 바라보던 제우스의 낯빛이 점점 환해지며 묘한 표정을 지었다.

"게다가…… 당신의 모습이…… 당신이…… 당신, 정말 아름답구려! 당신이 이렇게 아름다워 보인 적은…… 아마 내 기억으로는 당신이 내 아내가 되던 날, 그러니까 모든 신의 여주인이 되던 날 이후로 처음인 것 같소! 자, 이리 와서 내 옆에 가까이 앉으시오. 우리는 참으로 오랫동안 다정한 시간을 가지지 못했던 것 같구려. 저 아래에서 전쟁이 시작된 이래로 우리 둘은 계속 싸우기만 했으니 말이오. 하지만 지금 이 순간만큼은 그 모든 것을 잊고 싶소!"

이렇게 말한 제우스는 꽃이 만발한 풀밭 위에 몸을 쭉 뻗으며 편안한 자세로 누웠다.

헤라는 번쩍이는 두 눈을 긴 속눈썹 아래로 재빨리 감추었다. 그녀는 몰래 허리에 차고 있던 아프로디테의 허리띠를 손으로 쓰다듬었다. 허리띠의 마법이 그 능력을 발휘하는 순간이었다!

"나의 주인이시여, 나는 내일 먼 여행을 떠나려고 해요." 헤라가 조심스럽게 말을 꺼냈다. "당신께 작별 인사도 없이 떠나기가 싫어 이렇게 왔어요. 나중에 당신이 그 사실을 알면 화를 내실지도 모르잖아요!"

그러고는 다시 한 번 유창한 말솜씨로 아프로디테에게 말한 것과 똑같이, 자신이 꾸며낸 이야기를 제우스에게 했다. 그사이 잠의 신은 저 위의 전나무 가지 사이에 앉아서 기회를 엿보다가, 적당한 시간이 되자 검은 구름을 아래로 내려보내 크로노스의 아들 제우스의 눈을 덮어버렸다.

남편이 깊은 잠에 빠져든 것을 확인한 헤라는 나무 위에 있던 잠의 신에게 속히 전쟁터로 내려가라고 명령했다. 서둘러 포세이돈에게 가서 올림포스의 지배자께서 깊은 잠에 빠졌으니, 이제 아무 염려 말고 아카이아인들에게 아낌없이 도움을 주어도 된다는 말을 전하라고 했다.

"하지만 그 모든 일을 가능한 한 서두르라고 전하라." 헤라가 덧붙였다. "제우스가 언제 다시 잠에서 깨어날지 아무도 모르기 때문이야."

잠의 신은 곧장 하늘을 날아 전쟁터로 떠났고 헤라는 깊이 잠든 남편 옆에 앉아 있었다. 그녀의 마음은 한편으론 흐뭇했고 다른 한편으론 불안했다.

'제우스가 잠에서 깨어나 내가 포세이돈과 아카이아인들

248

을 돕기 위해 자기를 속인 것을 알면 노발대발할 것이 분명한
데……' 헤라는 생각했다. '난 제우스의 마음을 누그러뜨리기
위해서 무슨 짓이라도 해야 해. 그렇지 않으면 제우스는 정말
로 끔찍한 일을 벌일지도 모르니……'

헤라가 이런 생각에 잠겨 있는 사이, 벌써 저 아래 전쟁터
에서는 수천 명의 병사들이 한꺼번에 지르는 듯한 포세이돈
의 엄청난 함성이 들려오고 있었다. 헤라의 마음이 슬그머니
불안해지기 시작했다. 아래를 내려다보니 포세이돈이 두 개
의 창을 움켜쥐고 트로이 병사들을 향해 폭풍처럼 돌진하는
모습이 보였다.

곧 포세이돈이 질러대는 무시무시한 고함을 듣고 새롭게
전투에 임할 용기를 얻은 한 무리의 아카이아 병사들이 그의
뒤를 따랐다. 그리고 전쟁터에서 늘 그러하듯이, 그들은 용기
를 내지 못하고 뒤에 서서 머뭇거리던 다른 병사들을 격려해
함께 달려 나갔다. 이제 아카이아 병사들은 돌연히 발생한 회
오리바람처럼 떨치고 일어나, 이미 전쟁에서 이겼다고 굳게
확신하고 있다가 갑작스러운 반격에 당황하는 트로이 병사들
을 덮쳤다.

헥토르마저도 뼈아픈 실망과 분노에 휩싸였다. 때마침 맞

249

은편에 서 있는 아이아스를 본 헥토르는 그를 향해 있는 힘껏 창을 내던졌다. 창은 아이아스의 가슴으로 곧장 날아갔다. 그러나 아이아스는 은으로 가장자리를 두른 단단한 방패와 칼집을 가슴 앞에서 교차시키며 창을 막았고, 결국 청동으로 된 뾰족한 창끝은 방패와 칼집을 비집고 들어갈 수 없었다.

가까스로 창을 피한 아이아스는 번개처럼 빠른 동작으로 몸을 숙여 바닥에 있던 무거운 돌덩이를 들어 올렸다. 돌덩이는 바람처럼 날아가, 방패를 넘어 엄청난 힘으로 헥토르의 가슴과 목 사이를 때렸다. 헥토르는 비틀거리며 그 자리에서 한 바퀴 빙 돌았다. 그러더니 벼락을 맞은 사람처럼 이내 쓰러졌다. 아카이아 진영에서는 기쁨의 함성이 격렬하게 울려 퍼진 반면, 트로이 병사들은 자신들의 지도자가 쓰러지는 모습을 어이없이 바라보며 그 자리에 얼어붙은 듯 꼼짝도 못 하고 서 있었다.

갑자기 아카이아 병사들이 던지는 창이 우박 쏟아지듯 날아들기 시작했다. 아이네이아스와 폴리다마스, 사르페돈과 글라우코스가 어느새 그의 곁으로 달려가서 저마다 방패로 헥토르를 엄호했다. 몇몇 병사들이 서둘러 헥토르를 들고 전쟁터 밖으로 나와 전차 쪽으로 갔다. 헥토르의 두 눈은 굳게 감겨 있었다. 그는 의식을 잃었고 어느 누구도 그가 살았는지 죽었는지 알 길이 없었다. 병사들은 헥토르를 강가 근처의 풀밭 위로 데려다가 눕히고 물을 퍼다가 끼얹었다. 그러자 곧 헥토르의 의식이 돌아왔다.

헥토르는 몸을 일으키려고 애썼다. 그러나 곧 다시 쓰러졌고, 또다시 의식을 잃고 말았다.

그사이 트로이 병사들은 앞다투어 함대가 있는 해변과 막사가 있는 전쟁터에서 도망치기 시작했다. 그들은 여러 개의 문을 통해 다 쓰러져가는 방벽을 서둘러 통과한 다음, 구덩이를 기어 내려갔다가 다시 기어 올라와 저 바깥에 세워둔 전차가 있는 곳까지 가서야 비로소 하나둘씩 발걸음을 멈추기 시작했다. 의식을 잃은 헥토르는 그렇게 병사들이 후퇴하는 모습을 더 이상 볼 수 없었다.

바로 그때 크로노스의 아들 제우스가 잠에서 깨어났다. 깨어나자마자 제우스는 전쟁터를 먼저 내려다봤다. 헤라는 그의 낯빛이 삽시간에 어둡게 변하는 것을 보았다. 그녀의 심장이 불안하게 뛰기 시작했다. 제발 아프로디테의 마법의 허리띠가 제대로 능력을 발휘해야 할 텐데…… 만약 그렇지 않으

251

면……

제우스가 천천히 헤라를 향해 몸을 돌렸다.

"그래, 그랬구려!" 제우스의 얼굴에 옅은 조롱의 빛이 떠올랐다. "내 이럴 줄 알았소! 당신의 갑작스러운 아양에 뭔가 꿍꿍이가 있다는 것을 미리 알아차렸어야 하는 건데! 저 아래 헥토르가 부상을 당해 누워 있고, 트로이 병사들은 함선과 막사가 있는 곳에서 도망을 쳤고, 포세이돈은 아카이아 병사들 사이를 이리저리 휘젓고 다니며 무시무시한 고함을 질러 그들에게 용기를 불어넣고 있구려! 모두가 내 명령을 무시한 채 말이오! 그러니까 그대들은 내가 금지했음에도 불구하고, 정녕 그대들이 아끼는 인간들을 돕는 일을 그만두지 못하겠단 말이지!"

너무도 겁이 난 헤라는 스스로를 변명하기 위해 잠시 포세이돈을 배신하는 말을 하고야 말았다.

"당신에게 맹세코, 저는 포세이돈에게 전쟁에 끼어들라고 말한 적이 없어요! 포세이돈은 아마도 아카이아인들에 대한 동정심에서 자기 혼자 저런 짓을 꾸민 걸 거예요. 전 그저……"

"당신은 그저 내가 포세이돈이 하는 짓을 보지 못하게 날

한동안 깊은 잠에 빠뜨렸을 뿐이지." 제우스가 화가 나서 헤라의 말을 가로챘다. "포세이돈이 돕는 바람에 아카이아인들이 트로이 병사들을 방벽에서 쫓아내지 않았소! 하지만 당신에게 나를 잠재우는 대가로 잠의 신에게 어떤 선물을 약속했느냐고 묻지 않으리다. 그리고 당신이 저지른 이 모든 일에 대한 벌도 내리지 않으리다. 오늘은 웬일인지 마음이 아주 평온하여 뭐든 용서하고 싶은 마음이 들기 때문이오. 무슨 까닭인지는 모르겠지만……"

헤라는 안도의 한숨을 내쉬었다. 그러면서 손가락으로는 그가 눈치채지 못하게 반짝이는 마법의 허리띠를 계속 문질렀다.

"그러나 당신에게 부탁 하나 하리다." 제우스가 다시 엄한 목소리로 말을 이었다. "이 길로 곧장 신들의 궁전으로 서둘러 달려가서 이리스와 포이보스 아폴론을 이곳으로 보내시오. 그리고 두 번 다시는 날 속일 생각일랑 마시오! 언젠가 내가 당신의 두 발에 무거운 쇳덩이를 달고 양손은 꽁꽁 묶어서 하늘과 땅 사이를 둥둥 떠다니게 만들어놓지 않았소!"

헤라는 그 끔찍했던 일을 떠올리며 서둘러 올림포스를 향해 날아갔다. 신들의 궁전에 당도한 헤라는 불편한 심기로 아무 말 없이 자리에 가서 앉았다.

신들의 식사를 담당하는 여신인 테미스가 헤라에게 넥타르가 담긴 잔을 가져다주며 무슨 일로 그리 상심해 있는지 호기심에 차서 물어보았다.

"아아." 헤라가 괴로운 듯 말했다. "우리가 제우스를 속일 수 있다는 생각은 얼마나 가련하고 바보 같은지…… 그는 언제나 우리보다 더 똑똑하고 더 강한 신이니 말이야."

이렇게 말하고는 전쟁의 신 아레스를 흘끔 쳐다봤다. 그는 지금 저 아래에서 벌어지는 전쟁을 바라보며, 거기에 참견할 수 없다는 것에 너무도 화가 나 있었다.

"저기 있는 아레스 역시 제우스에게 들키지 않고 자기 마음대로 끔찍한 전쟁을 일으킬 수 있다고 생각하는 모양이다만, 정작 그는 자기 아들 아스칼라포스가 죽임을 당해 아직도 저 들판 위에 쓰러져 있다는 사실조차 모르고 있지 않느냐!"

헤라가 말했다.

이 말을 들은 아레스는 깜짝 놀라 고통에 찬 비명을 질렀다.

"세상에, 그렇게 끔찍한 일이 일어났다니! 아스칼라포스를 대신해서 내가 복수하고야 말겠다! 크로노스의 아들 제우스가 금지한 일이, 도대체 나와 무슨 상관이란 말인가?"

아레스는 곧장 문밖으로 뛰쳐나가 큰 소리를 질러 전차를 준비시키고 다급하게 무장을 했다. 그러자 팔라스 아테나가 뒤쫓아가서 그의 손에서 창과 방패를 빼앗고 머리에 쓴 투구도 벗겼다.

"지금 정신이 있는 거요, 없는 거요?" 아테나가 화가 나서 물었다. "당신은 지금 당신 자신과 우리 모두를 파멸시키려고 이러는 거요? 당신도 알다시피 크로노스의 아들 제우스는 눈 하나 깜짝하지 않고 우리를 단숨에 처치할 수 있는 분입니다! 이번 전쟁에서 많은 병사들이 죽었고 아스칼라포스 역시 그런 병사들 가운데 하나일 뿐이에요. 그 때문에 당신이 운명을 거역하고 파멸을 자초하다니요!"

그사이 헤라는 이리스와 포이보스 아폴론을 불러 명령했다.

"너희들은 지금 당장 이다 산으로 가거라! 제우스께서 그곳에서 너희들을 기다리고 계신다!"

이리스와 아폴론은 곧 자리를 떠나 폭풍처럼 날아서 이다 산의 맨 꼭대기로 향했다. 잠시 후 그들은 신들의 지배자 앞에 당도했다.

"저기 저 아래에 있는 포세이돈이 보이느냐? 그는 지금 제정신을 잃고 날뛰며 아카이아 병사들을 전쟁터로 몰고 있다." 제우스가 막 도착한 이리스에게 말했다. "그에게 가서 즉시 올림포스로 돌아오든지, 아니면 바다 깊숙한 곳으로 다시 들어가라고 일러라. 전쟁터에서 돌아다니는 모습이 한 번만 더 내 눈에 띄는 날에는 내가 직접 나서서 그와 싸울 것이며, 그때는 정녕 화를 면치 못할 것이라고 전하라!"

제우스의 명령을 받은 이리스는 산꼭대기에서 계곡을 향해 급강하하며 날아가는 독수리같이 빠르게 전쟁터로 향했다.

신들에게 소식을 전하는 이리스 여신이 자신에게 다가오는 것을 알아차린 포세이돈은 심기가 몹시 불편해졌다. 큰 소리로 외쳐대던 전투의 고함도 갑자기 멈춰버렸다.

"무슨 일이냐?"

자신에게 불리한 소식을 전하러 온 것을 예감한 포세이돈이 퉁명스럽게 물었다.

"크로노스의 아들 제우스께서 당신에게 명령하기를, 지금 당장 전쟁터를 떠나 두 번 다시 이곳에 발을 들여놓지 말라고 하십니다!"

이리스가 진지하게 말했다.

"도대체 누가 내게 그런 명령을 할 권리를 제우스에게 주었단 말이냐?" 포세이돈이 벌컥 화를 냈다. "우리 형제들이

아버지인 크로노스를 꺾었을 때, 세 아들들은 모두 공평하게 이 세상을 나누어 가졌다. 제비를 뽑아 나는 바다의 지배권을 가졌고, 동생 하데스는 땅속 깊은 곳에 있는 어둠의 세계인 타르타로스를 가졌고, 제일 막내인 제우스는 하늘을 다스리기로 결정되었다.* 하지만 나머지 육지와 올림포스 산은 우리 모두가 함께 다스리기로 되어 있단 말이다! 그러니 이 땅 위에서 나는 내가 하고 싶은 대로 할 것이다."

이 말을 들은 이리스는 걱정스러운 듯 머리를 가로저었다.

"제가 지금 들은 말씀을 제우스께 그대로 전해도 될까요? 힘이 더 약한 분께서 더 강한 분의 명령을 거역하는 것은 그리 현명한 처사가 아닌 것 같습니다, 바다의 지배자시여!"

포세이돈은 잠시 생각에 잠겨 앞을 멍하니 쳐다보았다. 이리스의 말이 틀리지 않다는 것을 포세이돈도 잘 알고 있었다.

"정 그렇다면…… 내가 여기를 떠나면 될 것 아니냐!" 제우스의 명령에 따르는 것이 너무도 내키지 않았지만, 포세이돈은 어쩔 수 없이 자신의 뜻을 꺾고 말았다. "하지만 가서 한 가지 사실만은 전하라. 만약 나보다 힘이 센 내 동생 제우스

* 천병희 교수가 번역한 『일리아스』에 따르면, 호메로스에서는 포세이돈이 제우스의 아우로 나온다. 호메로스에서는 제우스가 첫째, 포세이돈이 둘째, 하데스가 막내로 되어 있다(천병희 옮김, 『일리아스』, 436쪽: 729쪽 참조). 다만 이 책은 일반적인 신의 위계를 따랐다.

가 마침내 트로이인들에게 승리를 안겨준다면 나는 그와 영원히 원수지간이 될 거라고 말이다!"

이리스는 포세이돈에게 잘 알았다는 듯이 고개를 끄덕인 다음, 눈 깜짝할 사이에 그 자리에서 사라졌다.

잠시 후 아카이아 병사들은 갑자기 불안해진 심정으로 주변을 휘휘 둘러보았다. 순식간에 사방이 이상하리만치 조용해졌기 때문이다! 이제껏 그들에게 용기를 불어넣던 어마어마한 전투의 함성이 뚝 그쳤고, 병사들의 마음속에 생겨났던 용기도 그와 함께 급작스럽게 사라져버렸다.

그사이 포세이돈은 자신의 전차를 세워두었던 곳에 도착해 동굴에서 전차를 끌어낸 다음, 회색빛 물살을 헤치고 궁전으로 돌아가고 있었다. 그렇게 떠나는 포세이돈의 심기는 한없이 언짢았다.

반면 포이보스 아폴론은 이다 산을 내려와 전쟁터로 향했다. 제우스가 이렇게 명령을 내렸기 때문이다.

"헥토르가 부상을 당해 정신을 잃고 있다. 하지만 오늘은 그의 죽음이 예정된 날이 아니다. 나는 그를 트로이 병사들이 아카이아 함선에 불을 지를 때까지는 살려둘 생각이야. 그래야 또다시 아카이아인들이 아킬레우스에게 사정을 하게 될 것 아니냐. 그런 상황이 벌어져야만 펠레우스의 아들 아킬레우스의 마음이 누그러질 것이고, 아카이아인들을 불쌍히 여겨 전쟁터로 다시 나올 것이며, 결국 아카이아인들이 전쟁에서 승리하게 될 것이다. 그러니 지금 당장 헥토르에게로 가 그를 일으켜 세워 새 힘을 불어넣도록 하라!"

제우스가 아카이아인들에게 승리를 안겨주려는 계획이 비록 아폴론의 마음에 들지는 않았지만, 지금으로서는 그의 명령에 복종하는 수밖에 없었다. 게다가 그 순간 헥토르를 다시 살려놓는 것이 그에게는 무엇보다 시급한 일이었다.

헥토르는 여전히 정신을 잃고 있었다. 아폴론이 그의 곁에 자리를 잡고 앉자, 헥토르는 조금씩 정신이 돌아오면서 눈앞에 기이한 안개가 덮인 느낌이었다. 그는 자기를 쳐다보고 있는 아폴론의 빛나는 눈을 보았고 목소리를 들었다.

"일어나라, 프리아모스의 아들이여! 그렇게 힘없이 앉아 있지만 말고 일어나서 다시 전쟁터로 나가거라!"

헥토르는 있는 힘을 다해 가까스로 몸을 일으켰다.

"아무래도 다시 전투에 참가할 수 없을 것 같습니다!" 헥토르가 힘겹게 말했다. "아이아스가 제게 어찌나 큰 돌을 던졌던지, 저는 제 영혼이 육신을 떠나 이미 어두운 그림자의 세계로 내려간 줄 알았습니다. 그런데 지금……" 말을 멈춘 헥토르는 놀란 듯 주변을 휘휘 둘러보았다. "그런데 지금은 갑자기 몸이 다 나은 것같이 느껴집니다! 더 이상 아프지도 않고 새로 힘이 솟는 것 같습니다."

포이보스 아폴론이 미소 지었다.

"자, 그럼 이제 그만 일어나라! 내가 계속 네 옆에서 널 돕겠다. 무기를 집어 들고 전차에 올라타라! 마부들에게 명하여 모두들 횃불에 불을 붙이도록 하라. 그리고 모든 전차들로 하여금 각 방향에서 동시에 출발하여 구덩이와 방벽을 뛰어넘도록 명령하라. 마침내 아카이아인들의 함선에 불을 질러야 할 때가 왔도다!"

헥토르가 자리에서 벌떡 일어섰다.

"전능하신 신이시여, 당신이 누구신지는 모르겠으나, 당신의 명령을 따르겠습니다!"

헥토르는 투구를 쓰고, 전리품으로 빼앗아서 강가에 쌓아 두었던 무기 더미에서 두 개의 창과 단단한 방패 하나를 골라 집어 들었다. 그러고는 날쌘 발걸음을 옮겨 그리 멀지 않은 곳에 세워둔 전차에 올라탔다.

트로이 병사들은 자신들이 잘 알고 있는 눈에 익은 전차가 대열 앞을 달려가는 모습을 보고 눈을 의심하지 않을 수 없었다. 분명 죽었다고 여긴 헥토르가 생생하게 살아서 전차에 타고 있었기 때문이다! 그의 투구에 달린 붉은 말총 장식이 마치 횃불처럼 번쩍이고 있었다.

저 건너 아카이아 진영에서 그 모습을 가장 먼저 본 사람은 토아스 왕이었다.

"아니, 이게 어찌 된 일인가? 끔찍한 기적이라도 일어났단 말인가?" 토아스가 소리쳤다. "헥토르가 또다시 죽음의 여신의 손을 빠져나왔다니! 저기 구덩이 건너편을 달리며 전차들을 정렬시키고 있구나! 저기를 보라, 마부들이 우리 함선에 불을 지르기 위해 횃불에 불을 붙이고 있는 모습을! 그런데 아무래도…… 저 트로이 병사들은 정신이 나간 것이 분명해! 아직도 깊은 구덩이와 뾰족한 울타리와 방벽이 서 있는데 어떻게 전차를 몰고 이곳까지 올 생각을 한단 말이냐! 어떤 말이나 전차도 저 방벽을 뛰어넘을 수는 없다!"

그러나 그것은 토아스의 착각이었다. 바로 그 순간 안개와 먼지로 몸을 감추고 헥토르의 바로 옆에 서 있던 포이보스 아폴론이 이렇게 말했기 때문이다.

"저 방벽과 구덩이에 대해서는 아무 걱정도 하지 말거라!

내가 저것들을 모두 평평하게 만들어줄 테니!"

그러고는 트로이 병사들의 전차가 출발함과 동시에 은빛 활을 든 신은 쏜살같이 방벽을 향해 날아갔다. 방벽을 따라 날아가며 그는 아직 무너지지 않은 방벽이 보이는 대로 발끝으로 가볍게 톡 쳤고, 그러자 방벽은 그 자리에서 무너져 내렸다. 무너진 방벽의 돌덩이들이 구덩이 아래로 굴러떨어져 구덩이를 평평하게 메웠고, 뾰족한 울타리도 그와 함께 덮어버렸다.

능력 많은 신들은 인간이 열심히 땀 흘려 만들어놓은 것들을 그렇게 순식간에 허물어뜨릴 수 있었다.

트로이 전차들이 삐거덕거리는 소리를 내며 무너진 방벽을 넘어 달려와 막사 사이로 난 길을 질주하자, 아카이아 진영에서는 공포에 찬 비명이 울려 퍼졌다.

"함선이 있는 곳으로! 함선이 있는 곳으로 가라!"

아카이아의 장수들과 보초병들이 병사들의 대열 사이를 달리며 소리 질렀다. 그러나 그들은 그렇게 소리 지를 필요도 없었다. 모두가 함선 쪽으로 달려가야 한다는 사실을 잘 알고 있었다. 만약 함선을 지키지 못한다면, 그들 중 어느 누구도 고향 아카이아로 돌아갈 수 없었기 때문이다!

눈 깜짝할 사이에 아카이아 병사들은 함선이 있는 곳으로 달려가서 배를 둘러싸고 섰다. 그들 뒤편으로 검은 함선의 선체가 우뚝 서 있고 배 위의 갑판에서는 활 쏘는 궁수 부대가 달려와 난간 주변에 둘러섰다. 노 젓는 노예들은 해전이 벌어질 때 배에서 배로 던지는 무겁고 긴 창을 들고 나왔다.

트로이 병사들을 향해서 화살과 창이 우박처럼 쏟아져 내렸다. 전차를 몰던 마부들이 뒤로 넘어지며 바닥으로 나뒹굴었고, 그들이 들고 있던 횃불은 병사들 사이로 떨어졌다. 상처 입은 말들이 이리저리 사납게 날뛰었고, 서로 엉겨 붙은 양쪽 보병들의 육박전으로 함선 주위는 순식간에 아수라장으로 변하며 끔찍한 살육이 시작되었다.

트로이 병사들은 저마다 손에 타오르는 횃불을 하나씩 들고 끊임없이 함선으로 달려들 시도를 했다. 오랜 기간 동안 정박해 있던 배의 몸체는, 나무는 바짝 마른 데다 그 이음새마다 송진이 발려 있었다. 불이 붙기만 하면 순식간에 타오를 기세였다. 다만 아무리 용감한 트로이 병사라 해도 그 배에 다가가지는 못했다. 비 오듯 쏟아지는 화살이나 길고 무거운 창에 맞아 배에 다가가기도 전에 바닥에 쓰러지곤 했다.

해변의 전투는 밀려왔다 밀려가는 파도처럼 좀처럼 승부가 나지 않았다. 아카이아 병사들은 함선에서 단 한 발자국도 물러서지 않았고, 트로이 병사들 역시 선 자리에서 조금도 후퇴하지 않았다.

최고의 병사들만 이끌고 공격하는 장수들인 헥토르나 아이네이아스, 폴리다마스도 적의 대열을 뚫을 수 없었다. 아카이아 병사들은 바다 한가운데에서 아무리 거친 파도가 밀어닥쳐도 끄떡없이 서 있는 바위처럼 방어했다.

헥토르는 아이아스가 거대한 해전용 창을 손에 들고 이쪽 갑판에서 저쪽 갑판으로 뛰어다니는 모습을 이를 갈며 쳐다봤다. 아이아스의 두 눈은 온 사방을 동시에 감시하는 것 같았다. 만약 어디에선가 트로이 병사들 중 하나가 횃불을 들고 함선 쪽으로 몰래 기어가기라도 할라치면, 바로 그 순간 아이아스가 배 위의 난간에 어김없이 나타나 그를 향해 창을 날렸기 때문이다.

반면 그사이 막사와 방벽이 서 있던 곳은 조용해졌다. 막사의 맨 가장자리, 미르미돈인들의 천막과 함선이 서 있는 곳에도 역시 정적이 흐르고 있었다. 전투가 아직 그곳까지 번져가지 않았기 때문이다.

검은 배의 갑판 위에서 아킬레우스가 안절부절못하며 이리저리 서성이고 있었다. 그의 머릿속에는 언제나 똑같은 생각만이 떠올랐다. 가슴속은 여전히 분노로 가득했으며 그의 얼굴은 나날이 굳어지기만 했다.

아킬레우스는 숨을 죽이고 해안에서 벌어지고 있는 전투를 지켜보았다. 함선과 아주 가까이에 있는 헥토르의 붉은 투구 장식이 눈에 띄었다. 저 끔찍한 트로이의 장수를 막을 수 있는 병사는 아무도 없었다, 아무도! 단지 아킬레우스만이 할 수 있었다! 아킬레우스는 그것을 잘 알고 있었다. 그러나 그는 아무것도 하지 않고 있지 않은가! 아킬레우스는 손으로 칼집을 거세게 움켜쥐었다. 어찌나 세게 움켜쥐었던지, 칼집에 달려 있던 금장식 하나가 부서져 나갈 정도였다. 마치 신음과도 같은 한탄이 그의 입술을 뚫고 새어 나왔다. 아카이아 병사들을 그토록 사랑하는 아킬레우스가, 아카이아 병사들이 신처럼 존경하는 바로 그 아킬레우스가 지금 이 순간 엄청난 위기에 처해 있는 아카이아 병사들을 외면하고 있는 것이다! 그러나…… 그러나 그는 아무것도 할 수가 없었다! 그는 아가멤논이 자신을 그토록 심하게 모욕한 사실을 용서할 수도, 잊을 수도 없었다. 그리고…… 그는 브리세이스를 잊을 수가 없었다! 도대체 신들께서는 어쩌자고 아킬레우스를 이런 엄청

265

난 갈등에 빠뜨리셨단 말인가!

아킬레우스는 이를 악물었다. 만약 횃불이 허공을 가르고 날아서 저 함선들 중 한 척의 갑판 위로 떨어지기라도 한다면! 그렇다면 물론 아카이아 병사들은 다급하게 그곳으로 달려가 횃불을 주워서 다시 바닷속으로 집어 던지거나, 적군을 향해 던질 것이다. 그러나 언젠가는 아카이아 병사들도 힘이 떨어져 재빠르게 대처하지 못할 것이다. 여러 해 동안 정박해 있었던 탓에, 함선을 이루는 나무들은 바짝 말랐고 송진에는 쉽게 불이 붙는다.

갑자기 저쪽에서 헥토르가 자기 발아래 쓰러진 몇몇 병사들을 뛰어넘어 앞으로 달려 나가는 모습이 보였다.

높이 솟은 검은 함선 바로 앞까지 달려 나간 헥토르는 번개같이 빠른 동작으로 몸을 휙 돌렸다. 그러자 그의 바로 등 뒤로 함선이 있고, 방패를 들고 몸을 가리고 서 있는 앞쪽으로는 아카이아 병사들이 대치하는 상황이 벌어졌다. 한순간 공포에 질려 멈칫하던 아카이아 병사들은 곧 성난 사냥개 무리처럼 헥토르를 향해 달려들었다.

그러면서도 그들은 두려웠다. 모두가 죽었으리라고 여긴 헥토르가 어떻게 다시 멀쩡하게 살아서, 저기 선 채로 이전과

266

똑같이 싸울 수 있단 말인가?

"어느 신이 헥토르 옆에서 그를 돕고 계신 것이 틀림없다!"

여기저기서 이런 말이 들려왔고, 아카이아 병사들은 자기들도 모르는 사이에 조금씩 후퇴하고 있었다. 어쩌다 병사 하나가 용기를 내어 헥토르를 향해 달려들기라도 하면, 그는 이내 번개같이 내려치는 헥토르의 칼에 맞아 죽고 말았다.

헥토르의 방패에는 수없이 많은 창이 빽빽하게 꽂혀 있었다. 함선을 등지고 서 있는 헥토르의 둘레로 창이 빽빽하게 꽂혔고 그의 발밑 땅바닥에도, 쓰러진 병사들의 시신 위에도 수없이 많은 창이 꽂혔지만, 정작 헥토르 자신은 손끝 하나 다치지 않고 멀쩡히 서 있었다.

시간이 흐를수록 헥토르 앞에 점점 더 넓은 공간이 생겨났다. 아카이아 병사들 중 어느 누구도 그에게 대적할 용기를 내지 못했기 때문이다. 헥토르 앞에는 죽은 병사들의 시신만이 누워 있었다.

아이아스와 그의 동생인 테우크로스가 옆에 있는 함선 위에 서서 그 모습을 지켜보고 있었다. 테우크로스가 화살을 꺼내 활시위에 놓고 당겼다. 평평하고 검은 함선의 벽 앞에 홀로 서 있는 헥토르는 화살을 쏘아 맞히기에 아주 좋은 표적이었다! 옆의 함선에서 비스듬하게 쏜 화살이 헥토르에게 날아가 방패로도 가려지지 않는 목에 맞는다면……

그러나 크로노스의 아들 제우스는 다시 한 번 헥토르를 구해주기로 마음먹었다.

테우크로스가 활시위를 한껏 당기는 순간, 그가 바로 그날 아침에 새로 엮은 실로 바꾸어 매어놓았음에도 불구하고 시위의 줄이 끊어져버리고 말았다. 그와 동시에 승리를 확신하는 헥토르의 고함이 전쟁터 위로 크게 울려 퍼졌다.

"용맹스러운 트로이의 병사들이여! 모두 내가 있는 곳으로 모이거라! 이제 횃불로 함선에 불을 지르자! 아카이아인들은 더 이상 우리 트로이 병사들을 막을 수 없도다!"

그리고 그 순간에는 그의 말이 정말 현실로 다가오는 것처럼 보였다.

10

막사에 있던 병사들은 누구나 헥토르가 외치는 소리를 들었다. 에우리필로스 곁에서 그를 간호하던 파트로클로스 역시 그 소리를 듣고 자리에서 벌떡 일어났다. 이제 전쟁에서 패할지도 모르는 엄청난 위기가 닥쳐왔다는 것을 금세 알아차릴 수 있었다.

"당신 곁을 떠나야 하는 것을 용서하시오!" 파트로클로스는 에우리필로스에게 다급하게 말하며 시종을 불렀다. "나는 이제 아킬레우스에게 가봐야겠소! 만약에 지금도 그가 아카이아 병사들을 돕지 않는다면, 우리는 모두 파멸하고 말 것이오!"

파트로클로스는 막사를 뛰쳐나와 곧장 아킬레우스가 서 있는 배를 향해 달려갔다. 아킬레우스는 양손으로 갑판의 난간을 움켜쥐고 전쟁터를 내려다보고 있었다. 그의 얼굴에 절망의 빛이 비쳤으나 여전히 눈썹 하나 까딱하지 않았다.

그 모습을 본 파트로클로스는 절친한 친구인 아킬레우스를 향한 참을 수 없는 엄청난 분노를 느꼈다. 단숨에 갑판 위로 뛰어 올라간 그는 두 팔로 아킬레우스를 움켜잡았다.

"자네는 계속 여기 서서 아카이아 병사들이 죽어가는 모습을 지켜보고만 있을 작정인가?" 파트로클로스가 소리쳤다. "정말이지, 자네 가슴속에는 돌로 된 심장이 들어 있는 것이 분명한 모양일세! 자네의 아버지와 어머니는 펠레우스와 테티스가 아니라…… 굳은 바위와 사나운 파도가 자네를 만들어낸 게 틀림없네! 우리 우정을 걸고 자네에게 간청하겠네. 정 그렇게 자네가 아카이아 병사들을 직접 돕지 못하겠다면, 적어도 나와 미르미돈인들만큼은 전쟁에 참가하도록 허락해주게! 내게 자네의 갑옷과 무기, 그리고 자네의 말과 전차를 빌려주게. 내가 자네 옷을 입고 자네 전차를 타고 나간다면, 분명 트로이인들은 자네가 다시 전쟁에 참가한다고 믿고 깜짝 놀라서 잠시나마 후퇴할 걸세. 그렇게 되면 전쟁에 지친 우리 아카이아 병사들이 한숨이라도 돌릴 시간을 벌 수 있지 않겠나! 트로이 병사들 역시 싸움에 지쳐 있고 많은 수가 부상을 당했네. 하지만 우리 미르미돈인들은 이제껏 편히 쉬지 않았나. 그러니 분명 우리 병사들은 적들을 함선에서 쫓아낼 수 있을 걸세!"

그런 간청이 곧 자신의 죽음을 초래하리라는 것을 짐작도 못 한 파트로클로스는 열심히 부탁했다.

아킬레우스는 천천히 고개를 돌려 파트로클로스를 쳐다보았다. 아킬레우스의 얼굴이 어찌나 괴로워 보이던지, 그를 본 파트로클로스의 마음에 분노의 감정이 눈 녹듯 사라지고 말았다.

"나 역시 아카이아 병사들의 파멸을 원하지는 않네." 아킬레우스가 힘겹게 말했다. "난 그저 아가멤논이 내게 얼마나 나쁜 짓을 했는지를 깨달았으면 할 뿐이야. 그는 나를 마음 놓고 모욕해도 되는 무뢰한처럼 경멸하고 무시했네. 그러나 지금은 몹시 위급한 상황인 것도 사실이네. 안심하게, 파트로클로스! 나 역시 우리 함선이 불타는 모습을 보고 싶지는 않다네. 내 갑옷과 무기, 말과 전차를 자네에게 빌려주겠네. 그리고 미르미돈인들에게 자네와 함께 전쟁에 나가서 싸워도 된다고 명령하겠네. 다만 한 가지만 내게 약속해주게. 자네는 함선에서 그들을 몰아내는 즉시 되돌아오게. 절대로 약속을 어기고 그들을 추격할 생각일랑 말게! 함선이 무사하다는 것이 확인되는 즉시, 자네는 병사들을 이끌고 이곳으로 다시 돌아와야 하네. 그다음에 아카이아 병사들과 트로이 병사들이 서로를 하데스로 보내버리든지 아니면 전쟁을 그만두고 평화 조약을 맺든지, 그건 내 알 바가 아니네!"

이 말을 들은 파트로클로스는 너무 기쁜 나머지, 깊이 생각할 겨를도 없이 아킬레우스에게 그렇게 하겠노라고 약속했다. 아킬레우스와 파트로클로스는 갑판에서 내려와 미르미돈인들이 있는 막사로 달려갔다.

그사이 아이아스는 혼신의 힘을 다해 싸운 탓에 완전히 지쳐버리고 말았다. 잠시 정신을 차려 주위를 둘러보니 배 위에서 싸우는 이는 오로지 자신뿐이었다. 적들이 던진 창이 어찌나 많이 투구로 날아와서 맞았던지, 아이아스는 머리가 어지러웠다. 더 이상 무거운 방패를 들고 있을 수조차 없을 정도로 왼쪽 어깨가 아파오기 시작했다. 숨이 차서 헐떡였고 땀이 비 오듯 쏟아져 내렸다. 아이아스는 비틀거리며 갑판의 난간을 붙잡았다. 순간 횃불 하나가 그의 얼굴 앞을 홱 날아 지나가더니 갑판 위로 떨어졌다. 그는 몸을 숙여 횃불을 집어 들어서 바다를 향해 던졌다. 그러나 그것이 그가 할 수 있는 마지막 일이었다. 아니다, 하나 더 있었다! 저 아래 배를 등지고 기대서 있는 헥토르가 보였다. 단지 몇 발자국 떨어지지 않은 가까운 곳이었다. 헥토르를 죽일 수만 있다면……

아이아스는 마지막 힘을 짜내 창을 집어 들고 배에서 뛰어내렸다. 순간 그의 머리 위로 불이 붙은 횃불들이 바짝 마른 함선 위로 날아들었다. 그러나 배 위에는 이제 그 횃불을 집어서 멀리 던져버릴 사람이 더 이상 없었다.

아이아스가 배 아래로 있는 힘을 다해 뛰어내리는 사이, 갑판 위 여기저기에서 낮게 타닥거리며 불이 붙는 소리가 들리기 시작했다.

아이아스와 헥토르는 이제 창 두 개 정도의 거리를 두고 마주 서게 되었다. 마주 선 것도 잠시, 곧 아이아스가 앞으로 뛰어나가며 창을 던졌다. 그러나 그 창은 헥토르를 맞히지 못했다. 헥토르가 번개처럼 빠른 동작으로 칼을 휘둘러 창을 두 동강 냈고, 창끝이 쨍그랑 소리를 내며 어디론가 떨어져 나갔기 때문이다.

그와 동시에 아카이아 병사들의 대열에서 다급하게 외치는 소리가 들렸다.

"배가 불타고 있다!"

잠시 동안 해변의 전쟁터가 물을 끼얹은 듯 조용해졌다. 마치 모든 병사들이 갑자기 돌로 변해버린 것 같았다. 모두가 갑판 위를 쳐다봤다. 갑판 위에는 이미 여기저기에서 시뻘건 불길이 솟아올랐고 불길은 엄청난 속도로 번져가고 있었다.

그 배는 오래전 용맹스러운 장수인 프로테실라오스가 트로이로 원정을 떠날 때 타고 온 배였다. 그는 아카이아 장수들 중 가장 먼저 배에서 내렸으며, 후에 아이네이아스에게 목숨을 잃은 자였다.

바로 그 배가 엄청난 화염에 휩싸이는 모습을 이다 산 꼭대기에 앉아서 바라보던 크로노스의 아들 제우스는 그제야 천천히 자리에서 일어났다. 그는 파트로클로스가 아킬레우스를 찾아가서 도움을 청하는 모습을 보았고, 이어서 아킬레우스가 미르미돈 병사들에게 무기를 들고 전쟁에 참가하라고 명령하는 것도 보았다.

"자, 이제부터는 모든 운명을 트로이인들과 아카이아인들의 손에 맡겨야겠다!" 제우스는 올림포스로 되돌아가면서 혼잣말을 했다. "이것으로 내가 테티스에게 한 약속은 지켜진 셈이니까. 아직 아킬레우스가 전쟁에 참가하지는 않았지만 그는 이미 마음을 바꾸기 시작했고, 이제 얼마 안 있어 그를 직접 전쟁에 참가하도록 만들 사건이 벌어질 것이다! 그렇게 되면 아가멤논은 아킬레우스에게 여자와 명예를 돌려줄 것이다."

아직도 병사들은 불타는 함선을 바라보고만 있었다. 바로 그 순간 아카이아 진영의 맨 가장자리에 위치한 미르미돈인들의 막사에서 무슨 소리가 들리기 시작했다. 전차가 덜그럭거리며 달리는 소리였고, 엄청난 말들이 달릴 때 나는 말발굽 소리였고, 무장한 병사들이 무기를 쩔렁이며 행진하는 소리였다.

여기저기 흩어져 있던 병사들이 주변을 두리번거렸다. 그러다가 트로이 병사들과 아카이아 병사들이 동시에 소리를 질러댔다.

"미르미돈인들이 온다! 아킬레우스, 아킬레우스가 전쟁에 다시 참가하러 온다!"

적군이고 아군이고 할 것 없이 그들은 미르미돈 병사들을 이끌고 맨 앞에서 달려오는 황금 전차를 잘 알고 있었다. 그들은 모두 아킬레우스의 백마를 잘 알고 있었으며, 아킬레우스의 전차 위에서 언제나 그와 동행하는 마부 아우토메돈도 잘 알고 있었다. 그들은 번쩍이는 갑옷을 입고 흰 말총으로 장식된 투구를 쓰고 청동으로 멋지게 세공한 값진 방패를 든 아킬레우스를 보았다.

트로이 병사들은 그만 용기를 잃고 공포에 휩싸이고 말았다. 미르미돈 병사들은 이제껏 충분히 휴식을 취한 반면, 트로이 병사들은 너무나 지쳐 있었다. 그러니 어떻게 미르미돈인들에게 대적할 수 있단 말인가? 게다가 아킬레우스까지…… 오 신들이시여, 아킬레우스가 전쟁에 참가하는 것은 아주, 아주 많은 병사들의 죽음을 의미하옵니다!

트로이 병사들이 도망치기 시작했다. 전차 부대와 보병들은 너 나 할 것 없이 절망적인 심정으로 앞다투어 막사를 거슬러 올라가 방벽 쪽으로 후퇴했다. 말들이 서로 뒤엉켜 쓰러졌고 전차의 몸체와 바퀴가 부서져 나갔으며, 그런 와중에 부상을 당한 병사들은 무너진 방벽조차 기어 넘지 못해 구덩이 안으로 처박혔다. 용케 들판까지 도망간 병사들은 서둘러 트로이 성을 향해 내달렸다. 그러나 미르미돈 병사들이 훨씬 빨랐다. 미르미돈 병사들은 길을 앞질러 달려가서 도망가는 트로이 병사들의 길목을 막은 다음, 병사들을 다시 뒤쪽으로 몰았다.

헥토르는 전차 위로 뛰어올랐다. 그러나 당황한 말들이 갑자기 미쳐 날뛰기 시작했다. 말들은 앞발을 들며 허공을 향해 버둥거렸고 그 바람에 고삐가 풀려나갔다. 마부가 계속해서 소리를 지르며 진정시키려 했지만, 사납게 날뛰는 말들은 말을 듣지 않았다. 말에 매인 전차가 이리저리 흔들리더니, 곧 말들은 방벽과 구덩이를 뛰어넘어 스카이아이 성문을 향해 언덕을 달려 올라갔다.

후퇴하는 트로이 병사들 뒤를 미르미돈 병사들은 오랫동안 굶주린 이리떼처럼 따라갔고, 그 모습을 보고 다시 용기를 낸 아카이아 병사들도 함께 뒤따랐다.

아카이아 병사들은 파트로클로스를 곧 알아봤다. 그러나 아킬레우스의 갑옷을 입은 파트로클로스는 갑옷 주인의 힘과 전투의 기술까지도 모두 빌린 것 같아 보였다. 아카이아 병사들은 파트로클로스가 적군들 사이에서 용감하게 싸우는 모습을 감탄하며 쳐다보았다. 트로이 병사들 중 용기를 내어 파트로클로스에게 달려드는 자는 누구나 그의 창과 칼을 맞고 그자리에 쓰러져 죽임을 당했다. 그렇게 죽어가는 트로이의 병사들은 마지막 순간에 이르러서야 자기를 죽인 장수가 아킬레우스가 아니라 파트로클로스란 사실을 알 수 있었다.

그런데 그런 파트로클로스에게 자신의 파멸을 초래할, 끔찍한 도취의 감정이 생겨나기 시작했다.

정신없이 도망가는 트로이 병사들, 바람같이 달리는 아킬레우스의 백마, 아킬레우스가 어느 누구에게도 빌려준 적이 없는 칼, 마치 아킬레우스를 따르듯이 감탄하고 감격하며 그를 따르는 아카이아 병사들…… 이 모든 것이 파트로클로스에게는 길지 않았던 지난 삶에서 한 번도 겪어보지 못한 멋진 감동으로 다가왔다. 어쩌면, 오 어쩌면 신들께서는 파트로클로스에게 모든 아카이아인들을 파멸에서 구해내는 영광을 선사하실 계획을 갖고 계신지도 모른다. 그렇다면 그것은 파트로클로스에게 영원한 명예를 안겨줄 것이다!

이런 생각에 젖어 파트로클로스는 불이 붙은 함선이 있는 곳을 힐끗 돌아다봤다. 함선에 붙은 불은 이미 꺼진 지 오래였고, 연기에 까맣게 그을린 돛대가 하늘을 향해 우뚝 서 있을 뿐이었다. 트로이 병사들은 단 한 척의 배에 불을 붙이는 데 성공했을 뿐, 다른 배들은 모두 멀쩡했다! 아카이아 병사들은 파트로클로스에게 진심으로 고마워했다. 만약 파트로클로스가 아킬레우스에게 간청하지 않았다면, 그래서 미르미돈인들을 이끌고 전투에 참가하지 않았다면 지금쯤 모든 함선과 막사 들은 무시무시한 불길에 휩싸였을 것이다!

파트로클로스가 계속 그런 생각에 잠겨 있는 사이 아우토메돈이 말의 고삐를 당겨 급히 전차를 정지시켰고, 그 바람에 파트로클로스는 하마터면 앞으로 고꾸라져 전차에서 떨어질 뻔했다.

바로 그때 전차 한 대가 옆으로 휙 지나갔다. 전차를 끄는 말들은 미친 듯이 날뛰었고 고삐는 바닥에 떨어진 채 질질 끌려가고 있었다. 마구 흔들리는 전차 위에 타고 있는 두 남자는 제대로 서 있기조차 힘든 것처럼 보였다.

파트로클로스는 그 전차 위에서 붉은 말총 장식이 달린 투구를 보았다. 순간 그의 마음속에서 모든 조심스러운 생각이 사라져버렸다. 아킬레우스가 절대로 트로이인들을 추격하지 말고 함선 가까이에만 머물라고 경고했던 것도 까맣게 잊었다.

"헥토르다!" 파트로클로스가 소리쳤다. "빨리 달리게, 아우토메돈! 우리는 헥토르를 추격해야만 하네!"

그러나 파트로클로스의 전차는 헥토르를 추격할 수 없었다. 어디에선가 또 다른 전차가 달려와서 그들의 전차를 가로막아 서며 길을 차단했기 때문이다.

거기에는 사르페돈과 글라우코스가 타고 있었다. 그들의

얼굴을 알아본 파트로클로스는 오른손에 창을 들고 전차에서 뛰어내렸다. 사르페돈도 전차에서 뛰어내려 파트로클로스를 공격할 준비를 했다. 모든 신의 아들들이 그러하듯 빛나는 갑옷을 입은 사르페돈은 말할 수 없이 아름답고 강해 보였다.

"만약 내가 너를 죽여서 내 발 앞에 쓰러뜨린다면, 그렇게도 많은 나의 병사들을 죽인 네 정체를 마침내 밝힐 수 있을 것이다!" 사르페돈이 분노에 차서 큰 소리로 외쳤다. "네가 정말 아킬레우스냐, 아니면 다른 장수냐?"

이렇게 말한 사르페돈이 파트로클로스를 향해 창을 던졌으나 그만 빗나가고 말았다. 창은 파트로클로스의 어깨를 지나 뒤로 날아가서 땅바닥에 꽂혔다.

올림포스에 있는 신들의 궁전에서 크로노스의 아들 제우스가 저 아래 전쟁터에서 사르페돈과 파트로클로스의 결투 장면을 목격하고는 깜짝 놀라 흥분했다.

"내가 내 아들을 죽을 수밖에 없는 인간의 운명에서 구할 수 없다는 사실을 잘 알고 있지만……" 제우스는 근심에 차서 말했다. "사르페돈이 파트로클로스의 손에 죽임을 당할 운명을 타고난 것도 사실이지만…… 하지만 난 내 아들을 위험에서 구해내 잠시나마 목숨을 연장해주고 싶구나……"

"그러시면 불공평한 처사가 됩니다!" 제우스의 말을 들은 헤라가 말했다. "저 아래 전쟁터에서 수없이 많은 인간들과 신의 아들들이 싸우다가 죽어갔습니다. 그러나 그들 중 어느 누구도 자신의 운명을 거스르며 단 하루라도 목숨을 연장한 자는 없었습니다!"

제우스는 헤라의 말이 옳다는 것을 잘 알고 있었다. 그래서 더 이상 아무 말도 못 하고 두 손으로 머리를 감싸며 괴로워할 뿐이었다.

사르페돈은 가슴 정중앙에 파트로클로스가 던진 창을 맞고, 마치 밑동이 잘려 넘어가는 거목처럼 그 자리에 쓰러졌다.

글라우코스가 그 모습을 비통한 심정으로 지켜보았다. 그는 사르페돈을 돕고 싶은 마음이 간절했으나 그럴 수가 없었다. 화살을 맞은 팔의 상처에서는 아직도 피가 흐르고 있었고, 자주 눈앞이 캄캄해지면서 의식을 잃어 전차 위에서 말고삐를 잡고 있기도 힘든 상황이었다. 아카이아 병사들이 사르페돈의 시신에서 값비싼 갑옷과 무기를 벗겨내는 모습을 바라보던 글라우코스는 전차를 돌려 트로이 성으로 후퇴하고 말았다.

한편 헥토르를 태우고 질주하던 말들은 스카이아이 성문 앞까지 가서야 가까스로 발걸음을 멈추었다. 입에서는 거품이 뚝뚝 떨어졌고 온몸은 땀에 젖어 짧은 털 위로 검은 얼룩이 여기저기 생겼다.

헥토르는 주변을 둘러보았다. 트로이 병사들이 모두 후퇴하고 없었다. 그는 일단 병사들을 성문 앞으로 모두 집결시켜야 할지 아니면 다시 공격하라고 명령해야 할지, 결정을 내릴 수가 없었다. 잠시 고민에 잠겨 있던 헥토르는 두 대의 전차가 언덕을 달려 올라오는 모습을 보았다. 한 대는 왼쪽에서, 다른 한 대는 오른쪽에서 달려오고 있었다. 한 대의 전차에 글라우코스가 타고 있는 모습을 보고 헥토르는 경악했다. 도대체 사르페돈은 어디에 있을까?

곧이어 다른 전차를 바라보았을 때…… 오, 헥토르는 그 전차를 잘 알고 있었다! 전차와 말들, 그리고 그 말을 모는 마부 아우토메돈까지 너무나 잘 알고 있었다. 그리고 흰 말총 장식이 달린 투구와 은빛 갑옷도…… 그러나 그 갑옷을 입고 있는 장수가 누구인지는 도무지 알 수 없었다. 어쨌든 그 장수가 아킬레우스는 아닐 거라는 이상한 느낌만은 지울 수 없었다. 그가 아무리 펠레우스의 아들처럼 용감하게 싸울지라도……

바로 그때 글라우코스가 헥토르를 향해 소리쳤다.

"사르페돈은 죽었소. 아카이아 병사들이 그에게서 갑옷과 무기를 빼앗아갔소! 헥토르여, 사르페돈의 원수를 갚아주시오! 난…… 안타깝게도 더 이상 싸울 수가 없소!"

헥토르는 너무도 가슴이 아파 고통에 찬 비명을 질렀다. 사르페돈은 트로이 편에서 싸우는 장수들 중 최고였고, 헥토르의 절친한 친구이기도 했다. 헥토르는 전차가 있는 곳으로 뛰어갔다. 그의 마부인 케브리오네스가 그사이 끊어진 고삐를 다시 묶고, 놀라 날뛰던 말들을 진정시켰다.

헥토르는 갑자기 누군가가 자신을 뒤따라오는 것을 느꼈다. 곧 손 하나가 뻗어 나와 그의 어깨를 강한 힘으로 잡았다.

"병사들을 다시 전쟁터로 이끌도록 하라!" 명령하는 목소리가 그의 귓전에 울렸다. "너는 다른 아카이아 병사들은 신경 쓰지 말고 파트로클로스와 결투를 벌이도록 하라!"

헥토르는 뒤를 돌아보았다. 그러나 이미 그곳에는 아무도 없었다. 포이보스 아폴론이시다! 헥토르는 생각했다. 그는 곧 전차 위로 뛰어올랐다. 이제야 알겠다. 저렇게 병사들 사이에서 날뛰고 있는 장수는 바로 파트로클로스였구나!

포이보스 아폴론은 어느새 파트로클로스의 전차 위에 올라

타 있었다. 아폴론은 한 손으로 살짝 파트로클로스가 들고 있
는 방패를 건드렸다. 그러자 파트로클로스는 강한 힘으로 얻
어맞은 듯이 그 자리에서 비틀거렸다.

"너는 정녕 구제 불능의 바보로다!"

파트로클로스는 신의 목소리를 들었다.

"네 운명은 트로이 성 안의 땅을 밟도록 정해져 있지 않다.
너의 운명에도, 아킬레우스의 운명에도 트로이 땅을 밟을 운
명은 들어 있지 않아! 트로이 병사들을 추격하지 말라고 아킬
레우스가 경고하지 않았더냐?"

그제야 파트로클로스는 그 약속을 기억하고 두려움에 떨기
시작했다.

오, 아킬레우스가 얼마나 화를 낼 것인가!

"서둘러 미르미돈 병사들을 불러 모으게, 아우토메돈!" 파
트로클로스가 침통한 목소리로 말했다. "다시 함선이 있는
곳으로 되돌아가야겠네!"

그러나 그들은 되돌아갈 수 없었다. 아우토메돈이 말을 돌
려 방향을 바꾸기가 무섭게, 헥토르의 전차가 옆에서 번개처
럼 다가와 눈 깜짝할 사이에 그들의 길을 가로막았다.

파트로클로스는 곧 전차에서 뛰어내렸다. 그것은 파트로

클로스가 오랫동안 간절히 바라 마지않던 마지막 결투였다. 왼손에는 창을, 오른손에는 뾰족하게 모가 난 커다란 돌을 들고 헥토르를 향해 힘껏 던졌다.

돌은 헥토르의 마부인 케브리오네스의 이마에 맞았고 그는 전차에서 굴러떨어졌다. 다음 순간 헥토르가 전차에서 뛰어내려 마부 곁에 섰다. 트로이 병사들과 아카이아 병사들이 사방에서 동시에 달려들었다. 시신에서 갑옷과 무기를 약탈하려는 자들과 그것을 지키려는 자들 사이에 격렬한 전투가 일어났다. 마침내 아카이아 병사들이 승리했다. 곧 케브리오네스는 양모로 된 속옷만 입고 땅 위에 길게 뻗은 신세가 되었다. 이제 그를 두고 전투를 벌이는 병사는 아무도 없었다.

한편 파트로클로스와 헥토르는 점점 더 가까이 간격을 좁혀갔다. 한 치도 경계심을 풀지 않은 채 서로가 서로를 예의주시했다.

"파트로클로스, 당신이었단 말이오?" 헥토르가 말했다. "아킬레우스가 전투에 나오지 않으니, 당신이 대신 나서서 날 이기고 내 도시를 멸망시키려고 했단 말이오? 바보 같은 사람이로군! 당신은 곧 우리 성문 앞에서 독수리 밥이 되고 말 것이오!"

파트로클로스는 아무 대답도 하지 않았다. 대신 창을 들고 있던 그의 왼팔이 번개처럼 공중을 향해 올라갔다. 그러나 포이보스 아폴론이 더 빨랐다. 아폴론은 파트로클로스 바로 뒤에 서 있다가 손으로 그의 등을 살짝 밀었다.

그러자 갑자기 파트로클로스의 온몸이 마비되는 것 같았다. 곧 파트로클로스는 어지러워 비틀거렸다. 마치 온 혈관 속의 피가 일시에 흐르기를 멈추고 굳어버린 것만 같았다. 파트로클로스는 옴짝달싹할 수가 없었다.

그 끔찍한 순간에 다르다니에인들의 젊은 장수인 에우포르보스가 측면에서 달려나와 창으로 파트로클로스의 등을 찔렀다.

파트로클로스는 비틀거리며 병사들 쪽으로 후퇴하려고 애썼다. 그러나 더 이상 후퇴도 불가능했다. 헥토르의 창이 엄청난 힘으로 날아와서 그의 가슴을 정면으로 뚫었기 때문이다. 파트로클로스는 천천히 바닥에 주저앉았다.

헥토르는 그 자리에 서서 쓰러져가는 적의 장수를 지켜보았다. 파트로클로스는 다시 한 번 몸을 일으키려고 안간힘을 썼다.

"헥토르여, 이제 당신은 나를 죽인 것이 기뻐 날뛰겠지요."

파트로클로스가 힘겹게 말했다. "하지만 정말로 날 죽인 이는 당신이 아니라 포이보스 아폴론 신이오. 에우포르보스도 내 목숨을 앗아가는 데 한몫 거들었구려. 당신은 고작 세번째일 뿐이오. 그럼에도 당신은 내 장비를 벗겨가려고 하겠지요. 잘 알고 있소이다. 그러나 당신은 그 장비를 그리 오래 지니고 있지는 못할 거요. 당신의 등 뒤에도 이미 어두운 운명의 그림자가 드리워져 있기 때문이오. 아킬레우스가 곧 당신을 상대로 내 죽음에 대한 무시무시한 복수를 할 테니 말이오."

간신히 말을 마친 파트로클로스는 그대로 쭉 뻗었고 그것으로 모든 것이 끝나버렸다. 헥토르는 머뭇거리며 그의 시신 위로 몸을 숙였다. 헥토르의 얼굴 위에 이상하리만치 긴장한 빛이 떠올랐다.

"방금 뭐라고 하였소?" 헥토르가 낮은 목소리로 물었다. "당신이 어찌 그리 앞일을 잘 안단 말이오? 이 손으로 직접 아킬레우스를 어둠의 세계로 보내버릴 수도 있는 일 아니오?"

헥토르는 절박한 심정으로 파트로클로스의 대답을 기다렸다. 그러나 죽은 이는 말이 없는 법이다.

바로 그 시각 메넬라오스가 부상을 입은 것도 아랑곳하지 않고 전쟁터로 다시 나오고 있었다. 아직은 상당히 멀찍한 곳에서 전차를 몰고 들판을 가로질러 달려오고 있었다.

메넬라오스는 그 순간 벌어진 끔찍한 일을 저 멀리서 지켜보아야만 했다.

"빨리 달려라!" 메넬라오스가 마부에게 소리쳤다. "우리는 파트로클로스를 구해야 한다!"

채찍이 사정없이 말의 등짝을 내리쳤다. 그러나 안타깝게도 그들은 너무 늦게 도착했다.

메넬라오스는 아무 도움도 되지 못한 자신이 한스러워 분노의 한숨을 내쉬었다. 더 이상 파트로클로스의 모습이 보이지 않았다. 그의 시신을 둘러싸고 격렬한 전투가 벌어졌기 때문이다. 메넬라오스는 트로이 병사들과 미르미돈 병사들이 파트로클로스가 입고 있는, 그러나 원래는 아킬레우스의 것인 값비싼 갑옷과 무기들을 두고 싸우는 것임을 잘 알고 있었다. 오 신들이시여, 펠레우스의 아들이 그가 가장 사랑하는 친구의 죽음을 알게 된다면 너무도 슬프고 고통스러운 나머지 도대체 무슨 일을 벌이게 될는지요?

메넬라오스는 전차를 멈춰 세웠다. 칼을 뽑아 들고 전차에서 뛰어내린 그는 무서운 기세로 칼을 휘두르며 병사들을 헤쳐 나갔다.

메넬라오스는 곧 파트로클로스의 시신 앞에 당도했다. 그는 아직 은빛 갑옷을 입은 채 누워 있었다. 흰 말총 장식이 달린 투구는 벗겨져 머리 옆에서 뒹굴었다. 시신의 왼쪽에서 헥토르가 한 무리의 성난 미르미돈 병사들에게 둘러싸여 싸우고 있었다. 병사들은 파트로클로스의 시신에서 헥토르를 쫓아내기 위해 안간힘을 다하고 있었다. 그러나 사방에서 트로이 병사들이 달려들었다. 작은 무리의 미르미돈 병사들은 점점 수를 더해가는 트로이 병사들의 공격을 얼마나 오래 막아낼 수 있을 것인가?

메넬라오스는 다급하게 주위를 둘러보았다. 그는 아군의 지원을 요청해야만 했다! 저 건너편에서 텔라몬의 아들 아이아스가 싸우는 모습이 보였다. 그의 어마어마하게 큰 몸집이 전투를 벌이고 있는 다른 병사들 사이로 우뚝 솟아 있어, 멀리서 보아도 얼른 눈에 띄었다. 다른 장수들은 보이지 않았다. 곳곳에서 전투가 벌어졌고 서로 너무 멀리 떨어져 있었기 때문이다. 그러나 어쩌면 그들은 메넬라오스가 외치는 소리를 들을 수 있을지도 모른다!

메넬라오스는 몇 발자국 떨어지지 않은 곳에 있는 낮은 언덕 위로 뛰어 올라가서 큰 소리로 외쳤다.

"아이아스와 아카이아의 다른 장수들이여! 여기 내가 있는 곳으로 와주시오! 파트로클로스가 죽었소! 헥토르가 그에게서 갑옷과 무기를 빼앗고 그의 시신을 트로이 개들에게 먹이로 던져주기 위해 성문 앞으로 끌고 가려고 하고 있소! 만약 그렇게 되면 아킬레우스가 우리 모두를 가만두지 않을 것이오!"

곧 아이아스가 그 소리를 들었다. 거대한 몸집의 아이아스는 지체 없이 전차에 올라타서 바람같이 빠른 속도로 달려왔다. 하지만 그 역시 너무 늦게 도착했다.

메넬라오스는 바로 등 뒤에서 울려 퍼지는 엄청난 승리의 함성을 듣고는 황급히 뒤를 돌아보았다. 헥토르가 흰 말총 장식이 달린 투구를 머리 위로 번쩍 들고 마구 흔들고 있었고, 트로이 병사들은 그사이 번개처럼 빠른 동작으로 파트로클로스의 몸에서 갑옷과 다른 무기들을 벗겨내고 있었다. 메넬라오스는 이를 갈며 그 모습을 지켜보았다. 미르미돈 병사들은 트로이 병사들을 더 이상 막을 수 없었다. 성한 몸으로 서 있을 수 있는 병사가 거의 없었기 때문이다.

트로이 병사들은 파트로클로스의 몸에서 벗겨낸 장비들을 전차에 실은 다음, 곧장 그 값진 전리품들을 트로이 성 안으로 운반해갔다.

그러나 헥토르는 그 자리를 떠나지 않고, 다시 파트로클로스 쪽으로 다가갔다. 파트로클로스는 이제 양모로 된 속옷만 입은 채 너무도 가련하고 비참한 모습으로 땅바닥에 누워 있었고, 그 모습을 본 메넬라오스의 눈에서는 눈물이 차올랐다. 그렇다, 파트로클로스의 시신에 이제 더욱 끔찍한 패배자의 운명이 다가가고 있었다. 그것은 바로 패배자의 시신이 승리자의 전차에 매달려서 성벽 둘레를 질질 끌려 다녀야 하는 것이었다!

그러나 그 일만은 일어나서는 안 되었다!

아이아스가 엄청난 괴성을 지르며 전차에서 뛰어내렸다. 어떤 창이나 칼, 어떤 화살도 뚫을 수 없는 일곱 겹의 청동 방패를 앞에 들고서 그는 시신 옆에 바짝 다가섰다. 다른 쪽에서는 메넬라오스가 자기 때문에 일어난 전쟁에서 죽임을 당한 파트로클로스의 원수를 갚기 전에는 절대로 죽을 수 없다는 각오로 다가가고 있었다.

그 모습을 본 헥토르는 주춤했다. 그러고는 뭔가 다른 생각이라도 떠올랐다는 듯이 황급히 자리를 떠나 전차에 올라타더니 곧장 트로이 성을 향해 달려 올라갔다. 스카이아이 성문 앞에 다다랐을 때는 먼저 출발한 다른 전차들을 앞지를 정도였다.

그사이 저 아래 아카이아 병사들 사이에서는 파트로클로스가 죽었다는 소식이 들불과도 같이 빠른 속도로 번져갔다. 이도메네우스가 달려왔고 그와 동시에 메리오네스와 로크리스의 아이아스가 다른 쪽에서 달려왔다.

한편 성안으로 들어간 헥토르는 트로이 병사들에게 명령했다.

"파트로클로스의 시신을 내게 가져오너라. 그러면 너희들에게 이때까지 내린 상보다 훨씬 더 큰 상을 주겠다!"

이 말을 들은 트로이 병사들은 떼를 지어 파트로클로스의 시신을 향해 달려 나갔다. 그때까지만 해도 수많은 병사들의 죽음으로 그 대가를 치러야 한다는 사실을 짐작한 이는 아무도 없었다.

갑자기 트로이 병사들 사이에 이상한 정적이 감돌기 시작했다. 앞으로 던지기 위해 높이 쳐들었던 창은 스르르 아래로 내려왔고 거세게 휘두른 칼은 허공에서 멈춰버렸다. 움직여야 한다는 사실을 갑자기 잊어버린 사람들인 것마냥, 전투의 함성도 뚝 그쳐버렸다. 그러더니 거역할 수 없는 어떤 힘에 이끌리듯, 여기저기 흩어져 있던 병사들은 하나둘씩 천천히 몸을 돌려 일제히 성을 향해 돌아가기 시작했다.

스카이아이 성문 쪽에서 헥토르의 전차가 내려오고 있었다. 헥토르는 마부와 함께 나란히 서 있었다. 그는 흰 말총 장식이 달린 투구를 쓰고 은빛 갑옷을 입고 청동 방패를 들고 있었다. 모두가 조금 전까지만 해도 파트로클로스가 지니고 있던 갑옷과 무기였다.

한순간 아카이아 병사들은 돌로 변한 것처럼 그 자리에 꼼짝 않고 서 있었다. 그러나 잠시 후 참을 수 없는 분노의 고함이 여기저기에서 터져 나왔다. 적군의 장수가 자기들이 신처럼 존경하는, 그들의 우상과도 같은 존재인 아킬레우스의 갑옷을 입고 있었기 때문이다! 아카이아 병사들은 심한 모욕과 수치심을 느꼈다!

이윽고 그들은 성난 짐승과도 같이 새로이 트로이 병사들을 향해 돌진했고, 그로써 또다시 격렬한 전투가 일어났다. 아카이아 병사들 중 어느 누구도 단 한 발자국도 후퇴하려 하지 않았다. 그 와중에 텔라몬의 아들 아이아스가 메넬라오스에게 소리쳤다.

"우리는 여기서 파트로클로스 때문에 싸우고 있건만, 아킬레우스는 아직도 자신의 절친한 친구가 죽었다는 사실조차 모르고 있소! 그도 이 사실을 알아야만 하오! 안틸로코스를 찾아보시오! 만약 아직도 그가 살아 있다면, 그를 아킬레우스의 함선으로 보내 이 소식을 전하도록 합시다!"

메넬라오스는 얼마 지나지 않아 네스토르의 아들인 안틸로코스를 찾아냈다. 안틸로코스는 메넬라오스와 조금 떨어진 곳에서 병사들 무리에 뒤섞여 싸우고 있었다. 메넬라오스는 병사들을 헤치고 그가 있는 곳으로 갔다. 그사이 벌어진 일에 대해 들은 안틸로코스는 깜짝 놀랐다. 그는 자기를 둘러싼 전투에 너무 열중한 나머지, 다른 장수들을 둘러보거나 그들의 소식을 들을 여유가 없었기 때문이다.

"신들이시여, 하필이면 제가 아킬레우스에게 그런 끔찍한 소식을 전해야만 하다니요! 그러나…… 힘들긴 하겠지만 제가 그 일을 하겠습니다!"

이렇게 말한 안틸로코스는 마침 그를 향해 돌진해 온 적군 하나를 단숨에 베어버리더니, 사슴처럼 날렵한 동작으로 전차에 올라타고 언덕을 달려 내려갔다.

안틸로코스는 젊고 강한 사람이었다. 그는 큰 힘을 들이지 않고 재빨리 아카이아의 막사가 있는 곳까지 간 다음, 미르미돈인들의 함선이 정박해 있는 곳을 향해 막사 샛길을 달리기 시작했다.

달리는 안틸로코스의 마음은 너무도 괴로웠다.

아킬레우스는 여전히 검은 배 위의 갑판에 서 있었다. 언제부터 그곳에 서 있었는지는 아무도 알 수 없었다. 그는 트로이 성을 올려다보고 있었다. 그러나 아무것도 명확하게 볼 수가 없었다. 들판 여기저기에서 벌어지고 있는 전투 때문에 성벽 주변에 뿌연 먼지가 구름처럼 일어나 시야를 가리고 있었다.

그렇다, 아킬레우스는 아주 오래전부터 그곳에 꼼짝 않고 서 있었다. 딱 한 번 그 자리를 비웠을 뿐이다. 막사 안에 있는 궤짝에서 무거운 은잔을 가져오기 위해서였다. 그 잔은 오직 아킬레우스만 사용하는 것으로, 모든 신들 가운데 크로노스의 아들 제우스께 제주를 바칠 때에만 사용하는 잔이었다.

그는 그 잔을 꺼내다가 제우스께 제주를 바치며, 이전에 한 번도 그래 본 적이 없을 만큼 간절한 기도를 올렸다.

"모든 신과 인간의 아버지시여, 파트로클로스가 무사히 돌아오도록 해주시옵소서!"

그러고는 한없이 기다렸다.

함선을 둘러싼 전투는 이미 오래전에 끝났고 아카이아의 보초병들이 해변 곳곳에서 보초를 서고 있었다.

그런데 어째서 파트로클로스는 돌아오지 않는 걸까?

아킬레우스는 이미 스스로도 예감하고 있는 사실을 믿으려 하지 않았다. 그렇게도 경고했건만 친구는 도망가는 적을 추격하고 싶은 유혹을 이기지 못하고 기어이 적을 따라가고야 만 것이다.

그리고 지금은 어떻게 되었을까?

아킬레우스는 갑자기 안틸로코스가 다가오는 것을 보았다. 순간 온몸을 타고 흐르는 불길한 예감에 몸을 움츠려야만 했다.

아킬레우스는 서둘러 배에서 뛰어내렸다. 그리고 몇 걸음 안 되어서 안틸로코스와 마주 섰다. 아킬레우스는 아무것도 묻지 않았다. 젊은 병사인 안틸로코스의 당혹해하는 얼굴을 보는 순간, 무슨 일이 일어났는지 알 수 있었다.

안틸로코스는 있는 힘을 다해 용기를 냈다.

"당신께 이렇게 나쁜 소식을 전하게 된 것을 용서해주십시오, 고귀하신 아킬레우스여!" 안틸로코스는 침통하게 말했다. "파트로클로스는 죽었고 헥토르가 갑옷과 모든 무기를 빼앗아갔습니다. 메넬라오스와 메리오네스, 그리고 두 아이아스가 그의 시신을 지키기 위해 전투를 벌이고 있습니다. 하지만 그들이 파트로클로스의 시신을 무사히 이곳으로 데려올 수 있을지는 저도 잘 모르겠습니다. 헥토르와 트로이 병사들이 파트로클로스의 시신을 빼앗기 위해 이리떼처럼 달려들어 싸우기 때문입니다." 그는 트로이 성 쪽을 쳐다보며 계속 말했다. "저기, 보이십니까? 산비탈에서 병사들이 서로 뒤엉켜 싸우는 모습 말입니다!"

안틸로코스는 의기소침해서 말을 마쳤다.

그러나 아킬레우스는 더 이상 안틸로코스의 말을 듣지 않았다. 그의 가슴 깊은 곳에서 신음이 터져 나왔다. 그러더니 바닥에 주저앉아 두 팔로 머리를 감싸 안았다.

깜짝 놀란 안틸로코스가 그 옆에 무릎을 꿇었다.

"고귀하신 아킬레우스여, 제발 진정하십시오……"

안틸로코스가 안타깝게 말했다.

한참 뒤에 아킬레우스가 고개를 들었다. 그의 얼굴이 어찌나 비탄에 젖어 있던지, 그 모습을 본 안틸로코스의 두 눈에서 하염없이 눈물이 솟아올랐다. 아킬레우스의 금발은 엉망으로 엉클어졌고, 바닥에 있던 먼지와 검댕이가 묻어 옷도 더

러워졌다.

마침내 그가 입을 열어 말했을 때, 마치 넋이 나간 사람이 혼잣말을 하는 것 같았다.

"내가 그를 전쟁터로 내보낸 것이다. 직접 싸우고 싶지 않다는 이유로 말이야. 그런데 그가 죽었다. 그가 다시는 돌아올 수 없는 운명이라는 것을 알아차렸어야 했는데! 우리 어머니께서 언젠가 내게 예언을 하신 적이 있었지. 미르미돈의 병사들 중 가장 훌륭한 병사 하나가 나보다 먼저 죽게 될 거라고! 이미 그런 운명이었는데, 그것도 모르고 그에게 함선 곁을 떠나지 말고 절대로 적을 추격하지 말라고 경고한 것이 이제 와서 다 무슨 소용이 있단 말이냐? 난 정말이지 지금 이 순간 그를 따라서 죽고 싶구나! 그러면 그의 영혼은 어둠의 세계로 혼자서 외롭게 내려가지 않아도 될 것 아니냐! 아, 불쌍한 내 신세여, 이제 난 가장 사랑하는 친구를 잃고 말았구나! 그보다 더 훌륭한 친구는 이 세상에 둘도 없는데 말이다!"

이렇게 말하는 아킬레우스의 목소리는 고통과 슬픔에 잔뜩 쉬어 있었다.

바다 밑 깊은 곳에서 바다의 요정 테티스가 아들의 슬픈 탄식을 들었다. 테티스는 곧장 미르미돈인들의 함선 사이를 지나 뭍으로 올라와서는 아킬레우스 옆에 자리를 잡고 앉았다.

"어째서 그렇게 슬퍼하느냐, 내 아들아?" 테티스는 이미 무슨 일이 일어났는지 잘 알고 있었음에도 아들에 대한 동정심에 이렇게 물었다. "크로노스의 아들 제우스께서 네 소원을 들어주시지 않았더냐? 아카이아 병사들이 너에게 와서 곤궁에 처한 자기들을 구해달라며 간절하게 애원하지 않았더냐? 아가멤논이 너를 모욕한 대가로 엄청난 재물을 내어놓지 않았더냐? 게다가 네가 사랑하는 그 여자까지 손끝 하나 건드리지 않고 그대로 돌려주겠노라고 약속하지 않았더냐!"

"어머니, 어머니께서 말씀하시는 것은 모두 사실입니다." 아킬레우스가 절망적인 심정으로 대답했다. "하지만 지금 제게 그런 것이 다 무슨 소용입니까? 파트로클로스가 죽었습니다. 그리고 헥토르는 지금 제 갑옷을 입고 뽐내고 있답니다. 언젠가 신들께서 직접 아버지께 선물로 내려주신 그 갑옷을 입고 말입니다! 어머니, 제겐 지금 딱 한 가지 소원밖에 없습니다. 헥토르를 죽여 파트로클로스의 원수를 갚는 일입니다!"

테티스는 아들의 목에 팔을 감으며 그를 꼭 안아주었다. 그녀의 두 눈에서도 눈물이 솟구쳐 뺨을 타고 흘러내렸다.

"오, 내 아들아, 너도 알다시피 헥토르가 죽고 나면 너도 즉시 어둠의 세계로 내려가야 하는 것이 네 운명이지 않느냐!"

"그래도 상관없습니다!"

아킬레우스는 소리쳤고, 테티스는 그의 두 눈에서 또다시 무시무시한 분노가 이글거리는 모습을 깜짝 놀라 바라보았다. 그런 아킬레우스의 분노야말로 끊임없이 그에게 불행을 안겨주는 씨앗이었다.

"저는 이 배 위에서 하는 일 없이 가만있으면서 파트로클로스를 홀로 전쟁터에 내보내는 것으로 그를 죽음에 이르게 했습니다. 하지만 어머니, 어머니께 맹세코 전 그를 타르타로스의 어둠 속을 혼자서 헤매도록 만들지는 않을 것입니다! 먼저 헥토르가 그를 따라가야 하고, 그다음에 죽음의 운명이 저를 쏘아 맞히라지요! 어머니, 절 전쟁터로 보내주세요!"

테티스는 아킬레우스를 붙잡았다.

"네 결심이 정 그렇다면 지금 곧바로 전쟁터에 나가지는 않겠다고 약속해다오!" 테티스가 다급하게 말했다. "네 갑옷과 무기를 헥토르가 가져갔다는 사실을 잊지 말거라. 너는 지금 갑옷도 무기도 없지 않느냐. 너는 다른 모든 아카이아 병사들보다 몸집이 크고 어깨가 넓기 때문에 네게 맞는 갑옷을 구할

수 없을 것이다. 내일 아침까지만 기다려다오. 내가 헤파이스
토스를 찾아가서 오늘 밤 안으로 즉시 너를 위해 새로운 갑옷
과 무기를 만들어달라고 부탁하마!"

말을 마친 테티스는 그길로 곧장 사라져버렸다.

그와 동시에 신들의 전령 노릇을 하는 여신 이리스가 올림
포스를 떠나 매처럼 빠르게 날아 내려와 아킬레우스 옆에 자
리를 잡고 앉았다. 아킬레우스는 곧 누군가가 자신의 어깨 위
에 손을 얹는 것을 느꼈다. 신기할 정도로 가벼운 손길이었
다. 그러나 그 손이 주는 느낌은 말 없는 명령과도 같아서 거
역할 수 없는 것이었다.

"일어나라, 아킬레우스여! 헤라께서 크로노스의 아들 제우
스 몰래 나를 네게로 보내셨다." 이리스는 아킬레우스의 귀
에다 대고 속삭였다. "헥토르가 트로이 병사들과 함께 네 친
구의 시신을 손에 넣기 위해서 아카이아 병사들을 거세게 공
격하는 모습이 보이지 않느냐? 그들은 이미 저기 구덩이가
있는 곳까지 공격해 와서 전투를 벌이고 있다! 아직은 텔라몬
의 아들 아이아스와 이도메네우스, 그리고 로크리스의 아이
아스가 미르미돈 병사들과 함께 파트로클로스의 시신을 지
키고 있다. 하지만 그들도 그리 오래지 않아 체력이 바닥나고

301

말 것이다! 너는 정녕 헥토르가 네 사랑하는 친구의 시신을 전차에 매달아 트로이 성벽 둘레를 끌고 다니는 모습을 보고 싶으냐?"

그 말을 들은 아킬레우스가 자리에서 벌떡 일어났다.

"그렇게 되느니 차라리 맨주먹으로 나가서 싸우겠습니다!" 그는 이를 갈며 말했다. "여신께서도 보다시피 내게는 아무런 무기도 없지 않습니까!"

"팔라스 아테나께서 네 옆에서 널 도울 것이다!"

이리스는 이렇게 속삭이고는 그의 곁을 떠났다. 아킬레우스는 이제 아무것도 생각할 겨를이 없었다. 그는 막사 사이를 헤치고 방벽이 있는 곳을 향해 달리기 시작했다. 절대로 안 된다, 파트로클로스의 시신이 절대로 트로이인들의 수중에 들어가면 안 된다! 아킬레우스는 오로지 그 생각뿐이었다.

그는 파란 하늘 위로 번쩍이는 번개가 스쳐 지나가는 것도 보지 못했다. 바로 그 순간 그의 눈에는 크로노스의 아들 제우스의 무시무시한 방패를 어깨에 메고 미끄러지듯 그의 옆으로 다가오는 여신도 보이지 않았다.

저 앞에 방벽이 서 있었다. 아킬레우스는 그곳을 향해 서둘러 달려갔다. 저 방벽만 지나면 구덩이가 있는 곳에서 거친 전투가 벌어지고 있을 것이다.

아킬레우스는 곧바로 메넬라오스와 메리오네스가 파트로클로스의 시신을 안고 있고 그 주위를 미르미돈 병사들이 여러 겹으로 둘러싸고 서 있는 모습을 발견했다. 그러나 그 수는 점점 줄어가고 있었다.

두 명의 아이아스와 이도메네우스가 거세게 달려드는 트로이 병사들을 막고 서 있기는 했지만, 그들의 힘은 이제 거의 다 바닥난 듯이 보였다.

아킬레우스는 무시무시한 고함을 지르며 방벽 위로 뛰어올라 갔다. 바로 그 순간 맞은편에서 헥토르가, 파트로클로스를 죽인 바로 그 헥토르가 자신의 갑옷을 입고 서 있는 모습이 보였다!

그와 동시에 아킬레우스는 또 다른 장면도 보았다. 시신의 다리를 잡고 있던 메리오네스가 그만 발을 헛디뎌서 구덩이로 굴러떨어지고 말았다! 순간 시신은 그의 손에서 미끄러져 떨어졌고, 헥토르가 번개처럼 빠른 동작으로 시신을 향해 달려들었다.

그 모습을 본 아킬레우스가 어찌나 큰 소리로 고함을 질렀던지, 트로이 병사들은 깜짝 놀라 다리가 박혀버린 듯 제자리에 멈춰 섰고, 파트로클로스의 시신을 향해 막 손을 뻗치던 헥토르마저도 흠칫 놀라 뒷걸음질 쳤다.

아킬레우스가 서 있는 방벽 위에서 세 번의 무시무시한 고함이 울려 퍼졌다. 아킬레우스는 갑옷도 입지 않았고 아무런 무기도 들고 있지 않았다. 그러나 두 눈만큼은 분노로 이글이글 타오르고 있었다. 그런 그의 모습은 분노에 찬 신처럼 무시무시한 동시에 아름답기까지 했다. 팔라스 아테나가 방패로 그의 몸을 덮었다. 그러자 잔뜩 겁에 질린 트로이 병사들의 눈에는 아킬레우스의 살갗에서 불길이 솟아오르며 활활 타오르고 있는 것처럼 보였다.

트로이 병사들은 창을 들어 아킬레우스에게 던질 엄두조차 내지 못했다. 두려운 동시에 감탄하는 마음으로 아킬레우스를 올려다볼 뿐이었다. 아킬레우스 말고 도대체 어느 누가 아무런 무장도 하지 않고, 그럼에도 조금의 두려움도 없이 방벽 위에 우뚝 서 있을 용기를 낼 수 있단 말인가?

"우리는 이제 죽었다!"

트로이 병사들은 서로에게 이렇게 말하며 아킬레우스의 갑옷을 입고 있는 헥토르를 겁먹은 눈으로 쳐다보았다.

"저 펠레우스의 아들이 다시 전쟁에 나오기라도 한다면 우리는 모두 죽은 목숨이다! 그를 한번 쳐다보라. 그의 몸에서 마치 불사의 신의 몸에서 솟아오르는 듯한 불길이 활활 타오르고 있지 않느냐! 그의 분노가 우리 모두를 멸망의 구렁텅이로 몰아넣을 것이다!"

너무도 당황한 트로이 병사들은 파트로클로스도, 아카이아 병사들도 모두 까맣게 잊고 있었다. 헥토르마저도 당황한 나머지, 잠시 동안 그들의 존재를 까맣게 잊었다.

그 틈을 타서 메리오네스와 메넬라오스는 파트로클로스의 시신을 다시 구덩이에서 들고 나와, 무너진 방벽 사이를 지나 안전한 곳으로 옮겨놓는 데에 성공했다.

곧이어 아이아스와 다른 아카이아 병사들도 갈라진 방벽 틈으로 몸을 피한 다음, 트로이 병사들이 더 이상 뒤쫓을 수 없게 길을 막아버렸다. 그러자 헥토르는 너무 실망한 나머지, 손에 들고 있던 칼을 떨어뜨렸다. 신들께서 정녕 헥토르의 손에서 파트로클로스의 시신을 빼앗아가기로 결정하셨다면, 그 결정에 복종하는 수밖에 없었다!

헥토르는 다시 한 번 방벽 위를 올려다보았다. 그러나 아킬레우스는 이미 방벽 저 너머로 뛰어내리고 없었다. 헥토르가 주위를 둘러보자 그 앞에 폴리다마스가 서 있는 것이 보였다.

폴리다마스는 매우 피곤해 보였고 근심에 가득 차 있었다.

"헥토르여, 저의 충고를 들어보시렵니까?" 폴리다마스가 물었다. "주변을 한번 둘러보시지요! 또다시 많은 병사들이 죽어 쓰러졌습니다. 살아남은 병사들도 모두 부상을 당했거나 피로에 지쳐 있습니다. 게다가 이제 곧 밤이 됩니다. 내일 우리는 분명 아킬레우스를 상대로 싸워야 할 것입니다. 그것이 무얼 의미하는지 당신께서도 잘 알고 계시겠지요. 그래서 당신께 이렇게 충고를 드리는 것입니다. 이제 우리 모두 성안으로 후퇴해 들어가서, 성벽 안 안전한 곳에서 편안하게 잠을 청하도록 합시다. 내일 아침 일찍 날이 밝는 대로 아킬레우스는 분명 그의 전차를 몰고 스카이아이 성문 앞에 와 있을 것입니다. 내기를 해도 좋습니다. 그때 우리는 성벽 위의 망루에 올라가 수많은 화살과 창을 던져 그를 쫓아 보내거나 죽일 수 있을 것입니다. 제발 저의 충고를 들어주십시오, 헥토르여! 그렇게 되면 아킬레우스는 트로이 성문 안으로는 절대로 단 한 발자국도 들여놓을 수 없을 것입니다. 그러기 전에 그는 우리 성문 앞에서 독수리 밥이 되고 말 것입니다!"

헥토르는 분노에 가득 차서 폴리다마스를 쳐다보았다.

"그것은 비겁한 자나 할 수 있는 충고다! 나는 그런 충고를

306

따를 마음이 추호도 없다! 나는 내일 아침 아킬레우스와 결투를 벌일 것이다. 그리고 결투가 끝나면 우리 둘 중 하나는 죽을 것이다. 살아남은 자가 누구든, 그에게 영원한 명예가 주어질 것이다!"

그 말을 들은 폴리다마스가 슬픈 심정으로 자리를 떠났다. 다른 트로이 장수들은 모두 헥토르의 말에 동의하는 함성을 질렀다.

"병사들은 여기 들판에서 오늘 밤을 보내도록 하고 보초병들을 여럿 세워두어라!" 헥토르가 명령했다. "모두가 오늘 하루 힘들게 싸웠으니 다시 힘을 낼 수 있도록 넉넉하고 풍성한 저녁 식사를 준비하도록 하라! 그러고 나면 내일 아침에 해가 뜰 때까지 푹 잘 수 있을 것이다. 내일 뜨는 그 해가 다시 서쪽으로 기울기 전에 트로이의 운명이 결정될 것이다! 그리고 그 운명은 분명 우리에게 유리할 것이다!"

헥토르는 진지한 음성으로 덧붙였다.

그날 밤 아카이아 병사들의 진영에서는 오래도록 죽은 자를 애도하는 울음소리가 끊이지 않았다. 미르미돈 병사들은 파트로클로스의 관 주변에서 보초를 섰다.

아킬레우스는 죽은 친구의 옆에 서서 그의 가슴 위에 두 손을 얹고 있었다. 가끔씩 아킬레우스는 죽은 친구에게 그가 살아 있기라도 한 것처럼 말을 건넸다.

"파트로클로스, 이제 우리 둘 다 고향으로 돌아갈 수 없게 되었네. 자네도 나도 갈 수 없네. 이 낯선 땅의 흙이 우리 둘을 모두 덮게 될 걸세. 그러나 내가 자네를 따라 어두운 그림자의 세계로 내려가기 전에 난 자네를 위한 복수를 하고야 말 것이네. 난 헥토르를 죽일 걸세. 하지만 그것만으로는 부족하네. 내가 자네를 불길 속에 건네어 화장하기 전에, 트로이의 가장 고귀한 장수 열둘을 죽여 자네 발 앞에 데려다 놓을 것이네. 그때까지만 자네는 여기 이 함선 곁에서 편히 쉬고 있게나."

밤이 깊었을 때 아킬레우스는 거대한 청동으로 된 삼발이를 불 위에 얹고 항아리에 물을 가득 담으라고 명령했다.

그들은 파트로클로스의 시신을 정성 들여 닦아 몸에 묻어 있는 먼지와 피를 씻어냈다. 그리고 향기로운 향수를 바르고 9년 묵은 기름을 상처에 부었다. 그런 다음 새하얀 아마포로 시신을 감싸고 양탄자로 그 위를 덮었다.

11

테티스는 올림포스 신들의 궁전을 샅샅이 뒤지며 헤파이스
토스를 찾고 있었다. 마침내 그녀는 청동으로 멋지게 꾸며놓
은 헤파이스토스의 궁전에서 그를 찾아냈다.

그는 지금 스무 개의 삼발이를 만드는 일에 열중하고 있었
다. 스무 개의 삼발이는 거의 다 완성되었고 손잡이를 만들어
붙이는 일만 남아 있었다.

헤파이스토스는 자기가 만든 삼발이에 마법의 힘까지 불어
넣었다. 삼발이에는 여기저기로 굴러다닐 수 있게끔 황금 바
퀴가 달려 있었는데, 헤파이스토스가 명령하기만 하면 바퀴
가 저절로 굴러서 이쪽으로 오고 손짓 한 번만 까딱하면 다시
저쪽으로 굴러갔다. 절름발이인 헤파이스토스는 세상에 없는

신기한 물건을 만들어내는 재주가 무궁무진한 신이었다!

헤파이스토스의 아내인 카리스가 테티스를 보고는 밖으로 뛰어나와 상냥한 인사와 함께 그녀를 집 안으로 반갑게 맞아들였다. 카리스는 바다의 요정인 테티스를 손님을 맞이하는 홀로 안내하고 나서 헤파이스토스를 부르러 대장간으로 갔다.

헤파이스토스는 모루에서 쓰던 연장들을 옆으로 치워놓고 자리에서 내려와, 다리를 심하게 절뚝거리며 물이 담긴 양동이가 있는 곳으로 힘겹게 갔다. 그는 해면으로 얼굴, 팔, 목, 털이 북슬북슬하게 난 가슴을 닦아서 먼지와 지저분한 얼룩을 말끔하게 씻어냈다. 그러고 나서 깨끗한 윗옷을 걸친 다음, 문가에 서 있던 두 명의 하녀에게 손짓을 했다.

그들은 참으로 신기한 하녀들이었다. 헤파이스토스가 황금으로 만든 하녀들로, 정말로 살아 있는 사람처럼 보였다. 그들은 스스로 움직이며 헤파이스토스의 명령을 따랐다.

황금으로 만든 하녀들은 헤파이스토스가 손짓하자 즉시 그에게로 와서 그의 강한 두 팔을 받쳐 들었다. 헤파이스토스는 황금으로 된 하녀들의 부축을 받으며 절뚝절뚝 테티스가 기다리고 있는 홀로 갔다.

"테티스여, 어인 일로 여기까지 오셨습니까?" 헐떡거리는 숨을 몰아쉬며 은으로 만든 의자로 가서 앉은 헤파이스토스가 물었다. "이제 보니 당신 얼굴에 수심이 가득한 것 같습니다! 제가 뭐라도 할 수 있는 것이 있다면 기꺼이 도와드리지요!"

"아아, 헤파이스토스여, 불사의 신들 중에서 저보다 더 불행한 신은 없을 것입니다!" 테티스가 슬픈 목소리로 말했다. "당신께 간청이 있습니다. 제 말씀 좀 들어보세요. 저는 지금 당신의 도움이 절실하게 필요하답니다!"

이렇게 말한 테티스는 지금까지 일어난 일을 소상하게 설명했다.

"그래서 지금 아킬레우스는 헥토르를 죽여 파트로클로스의 복수를 하겠다고 맹세한 상태입니다! 그런데 무기가 하나도 없으니 어떻게 싸움을 할 수 있단 말입니까!"

말을 마친 테티스가 간청하는 눈길로 헤파이스토스를 바라보았다.

불과 대장간의 신인 절름발이 헤파이스토스는 심성이 고운 신이었다.

"말하자면 당신께서는 지금 제가 아킬레우스를 위해 새로운 무기를 만들어주기를 바라고 계시는군요!" 헤파이스토스가 말했다. "기꺼이 만들어드리지요. 그리고 그 무기들이 당신 아드님의 생명을 구하는 데 도움이 되기를 바라겠습니다. 하지만 당신도 잘 알다시피 그의 목숨을 좌지우지하는 일은 제 소관이 아닙니다. 어쨌든 저는 지금 당장 무기를 만들기 시작하여 내일 아침까지 완성할 수 있도록 애써보겠습니다."

황금으로 된 하녀들이 다시 소리 없이 다가와서는 헤파이스토스가 홀을 떠나 대장간으로 가는 것을 도와주었다.

대장간으로 간 헤파이스토스는 곧 부지런히 무기를 만들기 시작했다. 벽에는 예술적으로 멋들어지게 만든 스무 개의 풀무*가 걸려 있었다. 헤파이스토스가 그 풀무들을 재주 많은 손끝으로 가볍게 건드렸다. 그러자 곧 풀무들은 저절로 벽에서 미끄러져 내려와 대장간의 화덕 옆으로 가서 불을 둘러싸고 자리를 잡았다. 각각의 풀무는 정확하게 자기 자리를 알고 있었고 곧 엄청난 힘으로 불꽃을 향해 바람을 불어 넣었다. 그러자 돌로 된 도가니** 주위로 불꽃이 활활 타올랐다. 헤파이스토스는 각각의 도가니 안에 청동과 주석, 금과 은 등의 여러 가지 금속을 집어넣었다.

엄청난 열로 달구어진 금속들이 빨갛게 변하며 녹기 시작

---

* 바람을 불어 넣어 불을 일으키는 기구의 일종.
** 금속을 녹이는 데 쓰는 우묵한 그릇.

할 무렵, 헤파이스토스는 그것으로 어마어마하게 큰 다섯 겹의 방패를 만들었다. 그러고는 작업대 위에 모루를 세운 다음 망치와 집게도 준비해놓았다.

헤파이스토스는 방패 가장자리에 세 겹으로 청동 테두리를 두르고, 그 테두리에 금과 은으로 된 그림들을 빈틈없이 새겨 넣어가며 장식했다.

가장 먼저 대지와 하늘과 바다와 지칠 줄 모르는 태양과 만월을 만들었다. 그리고 하늘을 장식하는 온갖 별들을 새겨 넣었는데, 그 별들은 밤하늘에 떠 있는 별자리와 한 치의 오차도 없이 정확히 일치했다. 그다음으로 작게 축소된 인간들의 두 도시를 아름답게 새겨 넣었다.

한 도시에는 결혼식이 한창 벌어지고 있는 모습을 담았다. 그리고 다른 한 도시는 무서운 전쟁에 휩싸인 모습을 그렸다. 거기에 그는 또 들판에서 씨 뿌리는 모습, 추수하는 모습, 흥겹게 포도를 따는 모습도 새겨 넣었다. 그리고 사자 두 마리에게 쫓기는 소떼들도 새겨 넣었다. 그 뒤를 목동과 사냥개가 뒤쫓고 있었다. 재판이 벌어지고 있는 광장과 손에 손을 잡고 윤무를 즐기는 젊은 남녀들도 새겨 넣었다. 둥그렇게 원을 그리며 춤을 추는 그들 무리의 정중앙에는 칠현금을 연주하며 노래를 부르는 가수의 모습도 보였다.

그렇게 절름발이 신은 방패 위에 인간의 모든 삶을 표현하는 그림들을 새겨 넣었다.

방패가 완성되자 그는 잠시도 지체하지 않고 다른 무기들을 만들기 시작했다. 다음으로는 금과 은으로 된 갑옷을 만들었는데, 어찌나 반짝거리는지 그것을 입고 조금만 움직여도 사방에서 불꽃이 튀는 것처럼 보였다. 정강이받이는 부드러운 주석으로 만들었고, 투구에는 정성 들여 꼬아 만든 가는 황금 술을 한 묶음 매달았다. 그 황금 술로 된 투구 장식은 바람에 나부끼는 말총처럼 보였다.

헤파이스토스가 마지막으로 엄청난 위력을 지닌 칼을 완성해 손에서 내려놓았을 무렵, 땅 위에서는 어스름한 여명이 밝아오기 시작했다.

"죽을 수밖에 없는 운명을 가진 인간들 중 아킬레우스 말고는 이 무기들을 사용할 수 있는 자가 없을 것입니다. 그리고 이 갑옷은 그의 몸에 대고 재단한 것처럼 딱 맞을 것입니다."

헤파이스토스는 밤새워 완성한 갑옷과 무기들을 테티스에게 건네주며 말했다.

바다의 요정 테티스는 너무도 아름답고 멋지게 만들어진

무기들을 감탄하며 바라보았고 헤파이스토스에게 진심으로 감사하며 작별을 고했다.

테티스는 서둘러 올림포스를 떠나 아카이아 진영으로 내려왔다. 막사 앞에 있는 친구의 관 옆에 앉아 밤을 꼬박 새운 아킬레우스가 보였다. 아킬레우스의 상심한 얼굴을 본 테티스의 두 눈에서 또다시 눈물이 왈칵 쏟아졌다. 테티스는 아무 말 없이 아킬레우스 옆에 헤파이스토스가 만들어준 값진 무기들을 내려놓았다.

깊은 시름에 잠겨 있던 아킬레우스는 무기가 쩔그렁거리는 소리를 듣고 깜짝 놀라 정신을 차렸다.

"어머니, 오셨습니까?"

아킬레우스는 피곤한 목소리로 말했다. 그러나 그의 눈길이 무기에 가서 머문 순간, 갑자기 생기를 되찾은 듯 보였다. 그는 깊은 한숨을 한 번 내쉬더니 자리에서 일어났다.

그의 두 눈은 빛을 발했고, 핏기가 가신 듯 창백했던 얼굴에는 약간의 혈색이 돌아오고 있었다.

테티스가 아킬레우스의 손을 잡았다.

"네가 아무리 슬프더라도 이제 친구의 육신이 편히 쉴 수 있도록 혼자 내버려둘 때가 된 것 같구나." 테티스가 진지하게 말했다. "이미 지나간 운명에 대해서 그토록 한탄한들 지금에 와서 무슨 소용이 있겠느냐? 자, 그러니 이리 와서 헤파이스토스께서 너를 위해 만들어주신 갑옷과 무기들로 무장하여라! 그런 다음 모든 아카이아 병사들을 한자리에 불러 모아 아가멤논과 화해하여라! 그는 네게 브리세이스를 다시 돌려줄 것이며, 왕의 엄청난 재물로 네게 주었던 모욕에 대한 대가를 지불할 것이다!"

"예, 어머니!" 아킬레우스는 그 모든 것에 관심이 없다는 듯이 건성으로 대답했다. "그러고 나면 저는 헥토르와 결투를 벌일 것이고 그를 죽일 것입니다!"

아킬레우스는 소리쳤다. 그러더니 갑자기 말을 멈추고 천천히 고개를 돌려 죽은 파트로클로스를 쳐다봤다.

"그런데 어머니……" 아킬레우스는 목소리를 낮춰 말했다. 잔뜩 겁을 내고 있는 듯한 목소리였다. "이 더운 날씨에 파트로클로스의 시신이 부패할까 봐 걱정입니다. 그렇게 되면 저는 정말 견딜 수 없을 것 같습니다!"

테티스는 고개를 가로저었다.

"그런 걱정은 하지 마라! 내가 그렇게 되지 않도록 손을 쓰겠다! 네가 파트로클로스를 화장하기 전까지는 그가 살아 있는 것과 다름없게 해줄 것을 약속하마!"

아킬레우스는 곧 무장을 했고, 그사이 테티스는 넥타르와 암브로시아와 불사의 신의 모든 능력을 동원하여 파트로클로스의 시신이 부패하지 않도록 손을 쓰기 시작했다.

잠시 후 아킬레우스는 몇몇 미르미돈 병사들과 함께 막사를 떠나, 장수들이 앉는 의자와 제단이 놓여 있는 회의장으로 향했다.

그는 전령을 불러서 아카이아 진영으로 보냈고, 곧 사방에서 병사들이 모여들었다. 병사들은 커다랗게 환호성을 지르며 아킬레우스에게 인사했다. 그들은 아킬레우스의 뒤를 따르며 그의 웅장한 모습에 감탄했다. 아킬레우스가 병사들 앞에 나타나기만 하면 언제나 그랬다. 병사들의 사기는 하늘을 찌를 듯했고, 아킬레우스와 함께라면 타르타로스의 깊은 지하 세계까지도 따라갈 기세였다.

"아킬레우스다! 아킬레우스가 다시 우리와 함께 전쟁터로 나갈 것이다! 그것은 바로 트로이의 멸망을 의미하는 것이다!"

조금이라도 거동이 가능한 사람들은 모두 다 회의장으로 모였다. 부상당한 병사들도 동료들의 부축을 받아 그곳에 나왔다. 노를 젓는 노예들도 배에서 뛰어내려 모였고 시종들도 잠시 하던 일을 멈추고 병사들을 따라 나왔다.

아가멤논과 다른 장수들도 이미 모여 있었다. 심한 부상을 당한 오디세우스와 디오메데스, 메넬라오스까지 모두 모였다.

아킬레우스가 천천히 아가멤논을 향해 다가가자 회의장에는 물을 끼얹은 듯한 정적이 감돌았다. 한순간 두 장수는 아무 말도 하지 않고 서로 마주 보았다. 그러다가 아킬레우스가 먼저 말을 꺼냈다.

"그렇소. 우리 둘 사이의 불화가 당신에게도 나에게도 전혀 도움이 되지 않았소, 아트레우스의 아들이여! 당신은 수많은 장수와 병사 들을 잃었음에도 트로이를 함락하지 못했소. 또 나는 가장 사랑하는 친구인 파트로클로스를 잃었소. 그 무엇도 다시 그를 내게 돌려줄 수 없소. 그러나 나는 수많은 아카이아 병사들이 그를 뒤따라 하데스로 내려가는 것도 더 이상 원치 않소. 그래서 당신에게 화해를 요청하는 바이오, 아가멤논! 우리 지나간 과거는 모두 잊고 함께 힘을 모아 적을 무찌르도록 합시다."

아가멤논은 잠시 머뭇거리더니, 다시 고개를 들고 속마음을 솔직하게 털어놓았다.

"내가 조금이라도 일찍 분노를 털어버렸더라면, 그렇게 많은 아카이아 병사들이 목숨을 잃지 않아도 되었을 것이오. 하지만 아마도 신들께서는 내게 그런 능력을 주시지는 않은 모양이오."

아가멤논이 자리에서 일어났다. 펠레우스의 아들이 하는 말을 듣고 있던 그의 마음속에는 형용할 수 없는 기쁨이 솟아올랐지만, 그런 기쁨을 애써 억누르며 침착하고도 진지하게 연설하기 시작했다.

"여러 친구들과 병사들이여! 내 말을 잘 들으시오. 정말이지 신들께서는 죽을 수밖에 없는 우리 인간의 마음을 직접 조종하고 계신 것이 틀림없는 듯하오. 크로노스의 아들 제우스께서 내 마음의 눈을 잠시 멀게 하시어 내가 그만 아킬레우스를 심하게 모욕하고 말았소! 그 때문에 당신들이 날 얼마나 많이 책망했었소! 하지만 하데스에 맹세코, 그동안 내 자신을 나보다 더 심하게 책망한 이는 없을 것이오! 인간은 언제나 큰 불행을 당한 뒤에야 비로소 정신을 차리는 법인가 보오!"

이렇게 말한 아가멤논은 아킬레우스를 쳐다보며 말을 이었다.

"이미 오디세우스가 내 부탁을 받고 당신에게 말한 바와

319

같이 아직 내겐 당신에게 사죄의 재물을 드릴 일이 남아 있소. 지금 즉시 명령을 내려 재물을 이리로 가져오라고 하겠소. 물론 브리세이스와 다른 처녀들도 당신의 막사로 가게 될 것이오!"

그러나 아킬레우스는 그에 대해 바로 대답하지 않았다.

그는 깊은 생각에 잠겨 딴 세상에 있는 것처럼 보였고 아가멤논의 말에 귀를 기울이지 않고 있었다.

"그건 당신 생각대로 아무렇게나 하시오, 아트레우스의 아들이여."

마침내 아킬레우스는 아가멤논이 주겠다는 재물이나 처녀들에 대해서는 아무 관심도 없다는 듯 무성의하게 대답했다. 갑자기 감정이 북받쳐 오른 듯 그의 얼굴이 또다시 분노와 고통으로 일그러졌다.

"나는 파트로클로스에 대한 복수 외에는 더 이상 아무것도 바라지 않소!" 아킬레우스가 소리쳤다. "당신들 앞에서 맹세하건대, 나는 헥토르를 죽이기 전에는 먹지도, 마시지도, 잠을 자지도 않을 것이오! 그러니 나와 함께 전쟁터로 나가기를 원하는 병사가 있다면 지금 당장 무장하기 바라오! 이제 곧 트로이 병사들에게 큰 불행이 닥칠 것이고, 헥토르에게는 그것의 세 배가 되는 불행이 닥칠 것이오! 헥토르는 오늘 떠오르는 태양이 서쪽으로 지는 모습을 더 이상 보지 못할 것이오!"

이러한 아킬레우스의 무시무시한 분노 앞에서 그동안 전쟁에 익숙해진 병사들조차 두려워서 몸을 움츠리며 떨 정도였다. 바로 그때 언제나 분별력을 잃지 않는 영리한 장수 오디세우스가 젊은 병사들에게 손짓해서 아가멤논의 선물을 가져오도록 시켰다. 그들은 곧 명령대로 그 자리를 떠났다.

오디세우스가 아킬레우스에게 다가갔다.

"나는 당신이 전쟁터에서 나보다 훨씬 더 용맹하고 날쌘 장수라는 사실을 잘 알고 있소." 오디세우스는 쉽게 화를 내고 자만심도 강한 아킬레우스의 성격을 잘 알고 있었으므로 되도록 그를 자극하지 않으려고 애쓰며 조심스럽게 말을 꺼냈다. "그렇지만 나는 당신보다 나이도 많고, 그래서 경험도 많은 사람이니 내 충고를 들어주었으면 하오. 전투에 임하는 사람의 속이 비어 있으면 잘 싸울 수 없고 곧 지쳐버리고 말 것이오. 게다가 오늘은 우리 모두 힘든 전투를 앞두고 있소. 그러니 병사들은 모두 전쟁터로 나가기 전에 식사를 충분히 해야만 하오. 그리고 힘을 돋우기 위해 약간의 포도주를 마시는 것이 좋을 것이오. 당신 역시 그리하도록 하시오, 고귀하신 아킬레우스여! 죽은 자에 대한 슬픔으로 우리 자신을 돌보지 않는다면 안 되지 않겠소!"

아가멤논은 꾀 많은 이타케의 왕이 하는 말을 듣고 감사하는 마음으로 그를 쳐다보았다. 그러나 아킬레우스는 끝내 고개를 가로저었다.

"다른 병사들이 먹고 마시고 싶다면 그렇게 하라고 하시오! 하지만 복수도 끝나지 않은 채 파트로클로스가 저렇게 내막사 앞에 누워 있는 동안에는 내 입안으로 단 한 입의 음식도 들어가지 않을 것이며 목구멍으로는 단 한 방울의 포도주도 넘어가지 않을 것이오!"

그러자 오디세우스는 자기가 애써 설득한 말이 아무 소용이 없음을 깨달았다.

그러는 사이 젊은 병사들이 아가멤논이 보낸 재물을 가지고 왔다. 청동으로 된 삼발이, 손잡이가 두 개씩 달린 항아리, 금그릇과 은그릇 들, 가죽 부대에 담긴 금 열 탈란톤 등이었다. 그들은 모든 재물을 아킬레우스의 발 앞에 내려놓았다. 그러나 아킬레우스는 그 재물들에 눈길 한번 주지 않았다. 지금 막 그곳으로 끌고 온 열두 필의 귀한 말 역시 거들떠보지 않았다.

아킬레우스는 꼼짝 않고 그 자리에 서서 아가멤논의 거대한 자줏빛 막사 쪽을 올려다봤다.

아가멤논의 막사 입구에 일곱 명의 젊은 처녀들이 나타났다. 그들은 모두 요정처럼 아름답고 우아한 자태를 하고 있었다. 처녀들은 조금 머뭇거리더니 이내 앞으로 걸어갔다. 빽빽이 서 있는 병사들 사이를 지날 때 병사들은 말없이 양옆으로 길을 비켜주었고, 그러자 처녀들은 마치 좁은 골목길 사이를 걸어가는 것처럼 보였다.

바로 그때 다시 한 번 아가멤논의 막사에서 자줏빛 장막이 들춰졌다. 순간 아킬레우스는 숨이 멎은 듯 장막 밖으로 나온 브리세이스를 쳐다봤다. 그녀의 두 눈은 슬픔에 빛을 잃고 흐려져 있었다.

아킬레우스는 얼른 눈을 감아버렸다.

처녀들은 아킬레우스 앞을 천천히 걸어서 지나갔다. 브리세이스는 아킬레우스 앞에 다다르자 그 자리에 멈춰 설 것처럼 아무도 눈치채지 못하게 발걸음을 늦추었다. 그러다 갑자기 그녀의 마음에 두려움이 떠올랐다. 어째서 아킬레우스는 저렇게 뻣뻣하게 서서 그녀를 쳐다보려고도 하지 않을까? 그의 모습에서 뭔가 서먹함이 느껴졌다. 그는 그녀에게서 멀리, 아주 멀리 떠나버린 것 같았다. '아니다, 아킬레우스 앞에 멈춰 서면 안 될 것 같다.' 브리세이스는 생각했다. 그녀는 아킬레우스 앞에 멈춰 서서 양손으로 아킬레우스의 슬픔에 가득 찬 얼굴을 쓰다듬으며 그를 위로하고 싶은 마음이 간절했지만, 이내 포기했다.

그녀는 다른 처녀들을 뒤따라 미르미돈 병사들의 막사로 천천히 걸어갔다. 그곳에 다다르자 나무 그늘 아래 파트로클로스를 눕혀놓은 관이 보였다. 브리세이스는 파트로클로스의 관 옆에 무릎을 꿇고 앉아서, 잠이 든 것같이 조용히 눈을 감고 있는 그의 얼굴을 들여다보았다.

"그래요, 이제 당신은 영원히 잠드셨군요." 브리세이스는 낮은 목소리로 파트로클로스에게 말했다. "당신은 아카이아인들 중에서 가장 마음이 따뜻하고 친절한 분이셨어요. 아카이아인들이 리르네소스에서 벌어진 전투에서 나의 세 오빠를 죽인 다음, 나를 포로로 잡아서 끌고 갈 때 당신은 우는 내 모습을 보고 너무나 마음 아파하셨지요. 당신은 내게 이 세상에서 가장 용맹한 영웅의 막사로 데려다주겠다고 약속했어요. 그 영웅께서 나를 아내로 맞아줄 거라고 하면서요. 당신은 그 약속을 지키셨어요. 당신은 언제나 내게 친절하셨고 나를 위해 마음을 써주셨어요. 이제 당신이 돌아가셨으니 나는 두 번이나 버림받은 거예요. 당신도 내 곁을 떠났고 아킬레우스마저 날 쳐다보려고도 하지 않아요. 그의 생각은 날 떠나서 멀리, 아주 멀리 다른 곳으로 가버렸어요."

브리세이스는 이렇게 애통해하며 울었고, 다른 처녀들도 함께 젊고 마음씨 고운 파트로클로스의 죽음을 애도하며 울었다.

아카이아 병사들은 전투를 하기 위해 재빨리 무장하기 시작했다.

아킬레우스가 전차에 뛰어올라 마부 아우토메돈 옆에 우뚝 서자, 아카이아 병사들 사이에서 수천 명이 한꺼번에 내지르는 듯한 기쁨의 환호성이 울려 퍼졌다. 아킬레우스의 방패는 떠오르는 태양 빛을 받아 활활 타오르는 불처럼 번쩍였고, 투구에 달린 황금 술은 바다에서 불어오는 바람에 눈부시게 휘날렸다.

아킬레우스의 백마 크산토스와 발리오스는 앞발을 들며 힘차게 발돋움했다. 명령이 떨어지면 곧 자리를 박차고 바람처럼 달려 나갈 기세였다. 하지만 아직은 아우토메돈의 강철같이 단단한 손아귀가 고삐를 틀어쥐고 그들이 나아가지 못하게 붙들고 있었다.

아킬레우스가 전차 난간 너머로 몸을 숙여 앞에 서 있는 말들을 쳐다봤다.

"어이, 거기 너희 둘!" 아킬레우스가 두 필의 백마에게 말을 건넸다. "파트로클로스가 탔을 때보다 좀더 주의해서 나를 잘 보호해다오! 전투를 마치고 무사히 돌아올 수 있도록 말이다!"

아킬레우스의 말들에 대해서는 예전부터 신기한 소문이 떠돌고 있었다. 바로 아킬레우스의 아버지인 펠레우스가 그 말들을 신들에게서 선물 받았고, 아킬레우스가 트로이로 원정을 떠날 때 펠레우스는 말들을 다시 아들에게 내어주었다고 했다. 그 말들은 절대로 상처 입지 않으며 인간과 똑같이 생각할 수 있는 머리와, 심지어 인간의 언어를 구사할 줄 아는 능력까지 가지고 있었다.

크산토스는 주인의 말에 화가 난다는 듯 머리를 마구 흔들었다. 그 바람에 멍에 아래로 길고 풍성하게 자라난 갈기가 휘날렸다.

갑자기 크산토스가 인간의 말을 하기 시작했다.

"주인님의 친구분께서 돌아가신 것은 우리 잘못이 아닙니다. 그분의 운명이 그렇게 정해져 있었기 때문이란 말입니다! 그러나 우리는 주인님을 오늘 안에 반드시 이곳으로 다시 모셔올 것입니다. 물론 주인님의 운명 또한 이미 정해져 있기는 합니다. 주인님은 한 분의 신과, 죽을 수밖에 없는 운명을 가진 한 인간에 의해서 죽임을 당하실 것입니다!"

그 말을 들은 아킬레우스는 순간 몸을 움츠리며 당황하는 빛을 보였다. 그러나 이내 다시 용기를 내어 고개를 번쩍 들었다.

"어째서 너는 지금 나의 종말을 알려주는 것이냐?" 아킬레우스는 못마땅하다는 듯이 소리쳤다. "나는 이미 오래전부터 두 번 다시 미르미돈인들의 나라인 내 고향으로 돌아가지 못하리라는 것을 알고 있었다! 자, 이제 출발하자, 아우토메돈!"

12

올림포스 위에서 크로노스의 아들 제우스는 다시 한 번 모든 불사의 신을 한자리에 불러 모았다.

제우스는 이미 오래전부터 트로이에서 벌어지고 있는 전쟁 때문에 불사의 신들 사이에 보이지 않는 불화가 눈덩이처럼 커지고 있는 것을 못마땅하게 지켜보고 있었다. 어떤 신들은 아카이아 병사들 편에 서 있었고, 또 다른 신들은 트로이인들에게 승리를 안겨주기를 은근히 바라고 있었다.

모든 신과 인간의 아버지인 제우스는 이제야말로 그런 바람직하지 못한 상황에 종지부를 찍을 때가 되었다고 생각했다.

포세이돈은 한껏 심기가 불편해져서 황금 왕좌에 앉아 있는, 자기보다 더 많은 권력을 가진 동생을 아래위로 훑어보며 노골적으로 그를 조롱했다.

"당신은 아직도 저 아래에서 벌어지고 있는 전쟁을 어떻게 끝내야 할지 몰라 또다시 그렇게 쩔쩔매는 것입니까?"

포세이돈이 말했다.

제우스는 분노에 찬 눈초리로 포세이돈을 노려보았다.

"그렇소, 당신 말이 옳소!" 제우스는 마지못해 대답했다. "나는 이 전쟁에 더 이상 아무런 관여도 하고 싶지 않소! 저 죽을 수밖에 없는 모든 인간들과 교만하기 짝이 없는 도시의 운명이 끝장날 날이 그리 머지않았소. 그러니 이제부터 당신들 하고 싶은 대로 하시오. 어느 쪽 인간들을 돕든지 내 알 바 아니오. 어차피 곧 모이라*가 당신들이나 저 인간들의 손에서 운명의 결정권을 빼앗아갈 테니 말이오!"

아아, 제우스의 말을 들은 고귀하신 신들께서 허둥지둥 그들의 왕좌에서 일어나 달려 내려오는 모습이란! 눈 깜짝할 사이에 그들은 두 무리로 편을 갈라섰다. 아카이아인들 편에는 헤라와 아테나, 포세이돈 그리고 절름발이 신인 헤파이스토스가 있었고, 트로이인들 편에는 아프로디테와 포이보스 아폴론, 그의 여동생인 아르테미스 그리고 전쟁의 신인 아레스

---

* 운명의 여신.

329

가 있었다. 아폴론과 아르테미스 남매가 쏘는 화살은 그 어떤 인간이나 짐승도 피할 수 없었다. 그리고 전쟁의 신인 아레스는 트로이인들에게 별 관심은 없었지만, 운명을 미리 점쳐보니 아무래도 그들 편에 서야 전쟁이 좀더 격렬해지고 자기 마음대로 한껏 그들을 부추겨가며 전쟁을 즐길 수 있을 것 같아 보였기 때문에 그쪽 편에 섰다.

한편 크로노스의 아들 제우스는 홀로 올림포스의 맨 꼭대기로 올라가 버렸다. 기분이 몹시 상한 제우스가 걸음을 뗄 때마다 끔찍한 폭풍우가 휘몰아쳤다. 양쪽으로 편을 가른 다른 신들은 곧장 땅 위의 전쟁터로 쏜살같이 달려 내려갔다.

이제 자기 동생에 대한 두려움에서 벗어나 마음이 한껏 가벼워진 포세이돈은 맨 먼저 바다의 파도를 거세게 일으켰다. 곧 사방에서 무시무시한 힘으로 거친 파도가 일었고 해변을 부술 듯이 육지를 향해 휘몰아쳤다. 그러자 땅이 흔들리고 집들도 흔들리기 시작했으며 산 위에서는 바위들이 계곡으로 굴러떨어지며 온 대기를 쩡쩡 울렸다.

심지어 어둠의 지배자인 하데스까지도 저 아래 땅속 깊숙한 타르타로스의 암흑세계에서 그 소리를 듣고 공포의 비명을 지를 정도였다. 그는 땅이 갈라져 곰팡이가 가득한 자기 왕국의 무시무시한 모습이 순식간에 햇빛에 환하게 드러날까 봐 겁이 났던 것이다. 그렇게 되면 신들과 인간들이 자기를 더욱더 혐오하게 될 것이 뻔했다.

포이보스 아폴론은 아킬레우스가 헥토르를 향해 들판을 가로질러 무섭게 달려가는 모습을 보았다.

아무리 능력이 많은 아폴론 신이라 할지라도 트로이 최고 장수인 헥토르의 운명을 바꿀 수는 없었다. 다만 그는 헥토르에게 조금이나마 더 오래 태양 빛을 누릴 수 있는 시간을 주고 싶었다. 그러기 위해서는 그동안 다른 트로이 장수들이 펠레우스의 아들을 상대로 싸워야만 했다!

은빛 활을 가진 신은 주위를 둘러보며 아이네이아스를 찾았고, 그를 발견하자마자 그의 전차로 가서 옆에 올라탔다.

"저기 아킬레우스가 보이느냐?" 아폴론은 아이네이아스의 귀에 대고 속삭였다. "너는 그동안 포도주를 마실 때마다 언젠가는 아킬레우스와 결투를 벌이고 싶다고 얼마나 자주 떠벌렸느냐! 자, 오늘이 바로 그날이다! 너는 고귀하신 여신 아프로디테의 아들이 아니더냐? 그러나 아킬레우스의 어머니는 불사의 신들 중에서도 신분이 낮은, 한낱 요정에 불과한 테티스니라! 그러니 마음 놓고 그에게 결투를 신청하거라!

능력이 많은 신들께서 네 옆에 서서 널 도울 것이다!"

그러나 아이네이아스는 마음이 썩 내키지 않았다. 언젠가 밤에 아킬레우스가 미르미돈 병사들을 이끌고 이다 산의 목초지에서 풀을 뜯고 있던 트로이의 소들을 약탈하러 간 적이 있었다. 그때 아킬레우스를 막으려고 나섰던 아이네이아스는 펠레우스의 아들이 휘두르는 칼을 피해 허겁지겁 도망쳐야만 했다. 불과 얼마 전의 일이었다. 그다지 내키지 않았음에도 불구하고 아이네이아스는 어찌 된 일인지 자기 귓가에서 속삭이는 말을 거역할 수 없었다. 아무리 버티려고 해도 소용이 없었다. 그렇게 신들은 죽을 수밖에 없는 인간들의 마음을 제멋대로 조종할 수 있었다.

바로 그 순간 헤라가 전쟁터의 한 귀퉁이에서 곧장 아킬레우스를 향해 달려가고 있는 아이네이아스의 전차를 보았다. 아킬레우스는 한 무리의 트로이 병사들을 상대로, 마치 떼를 지어 달려드는 사나운 사냥개들의 공격을 받는 한 마리 사자처럼 용감하게 싸우고 있었다.

"아이네이아스가 펠레우스의 아들을 상대로 결투를 벌일 작정이로구나." 헤라가 불안하게 말했다. "포이보스 아폴론이 그를 부추긴 것이 틀림없다! 아직은 아킬레우스가 죽을 운명이 아니지만, 그래도 우리는 그가 다른 트로이 병사들과의 전투에서 험한 일을 당하지 않도록 계속 지켜보아야 한다!"

그리하여 아카이아인들의 편에 선 여러 신들은 '헤라클레스의 언덕'이라고 일컫는 높은 구릉으로 가서 자리를 잡고 앉아, 사람들의 눈에 띄지 않도록 구름으로 몸을 감쌌다.

한편 저 건너편의 시모에이스 강가에 우뚝 솟은 칼리콜로네라고 불리는 언덕 위에는 아폴론과 아르테미스 그리고 아레스가 아이네이아스가 위험에 빠지는 즉시 공격을 취할 태세를 갖추고 앉아 있었다.

아이네이아스가 전차에서 뛰어내렸다. 그가 소리를 크게 지르자, 아킬레우스를 공격하던 트로이 병사들이 곧 아이네이아스에게 자리를 내어주었다. 이제 아이네이아스는 아킬레우스와 마주 섰다. 그들은 단지 창 몇 개의 길이만큼 거리를 두고 서로 떨어져 있었다.

아킬레우스가 조롱하는 말을 퍼붓기 시작했다.

"어쩐 일이시오, 아이네이아스! 당신이 감히 다른 병사들과 멀리 떨어져 혼자서 나와 싸우겠다는 거요? 혹시 나를 이기면 트로이의 다음 왕이라도 될 것 같아서 내게 결투를 청하는 거요? 하지만 그런 헛된 망상일랑 집어치우시오! 아직도 프리아모스에겐 아들들이 많소! 그게 아니라면 당신이 나를 처치하면 농지나 포도밭, 혹은 많은 재산을 주겠다고 누가 약속이라도 했단 말이오? 당신에게 경고하건대, 이 결투를 포기하시오! 저 이다 산의 목초지에서 나를 피해 도망가던 당신의 발이 얼마나 빠르게 움직였는지, 벌써 잊었단 말이오? 당신에게 더 큰 화가 미치기 전에 내 충고를 들어, 어서 당신의 병사들에게로 돌아가시오!"

"당신이 나를 어수룩한 어린아이 취급을 하며 겁을 주어 쫓아낼 수 있다고 생각한다면 그건 큰 오산이오!" 아이네이아스가 화가 나서 소리쳤다. "나는 당신과 말로 싸우러 온 것이 아니라 무기를 들고 싸우러 왔소! 당신은 나의 혈통을 잘 알고 있고 나 또한 당신의 혈통을 잘 알고 있소! 우리처럼 고귀한 혈통을 가진 이들이 어째서 서로에게 모욕을 주며 말싸움을 해야 한단 말이오! 이 청동 무기들이 우리의 말을 대신해줄 것이오!"

말을 마친 아이네이아스가 온 힘을 다해 먼저 창을 던졌다. 창은 아킬레우스의 방패에 깊이 박히며 두 겹을 뚫고 금으로 된 세 겹째에 이르러서야 가까스로 멈추었다.

그러나 창이 손에서 떠나기가 무섭게 아이네이아스는 다급히 몸을 숙여야 했고, 그것이 그의 목숨을 구했다. 아킬레우스 역시 아이네이아스와 동시에 창을 던졌기 때문이다. 아킬레우스가 엄청난 힘으로 던진 무거운 창은 그 어떤 방패나 갑옷으로도 막을 수가 없었다. 아킬레우스의 창은 아이네이아스의 방패 윗부분을 부수며 그의 어깨를 종잇장 하나 차이로 휙 하고 스쳐 지나가서 땅속에 깊숙이 박혔다. 창이 날아갈 때 기다란 창대가 아이네이아스의 몸을 거세게 때리고 지나갈 정도로 위험한 순간이었다.

아이네이아스는 발밑의 땅이 흔들리는 것을 느끼고는 깜짝 놀랐다. 한순간 눈앞이 어지러워지면서 비틀거렸다. 그 모습을 본 아킬레우스가 승리의 함성을 지르며 칼을 뽑아 들고 앞으로 달려 나왔다. 그때 이미 아이네이아스도 몸을 숙여 바닥에 있는 큰 돌덩이 하나를 손에 집어 들고 있었다. 돌덩이가 아킬레우스의 머리를 부숴놓든지, 아니면 펠레우스의 아들의 칼이 아이네이아스를 두 동강 내든지 하게 될 일촉즉발의 순간이었다. 어떻게 결론이 날지 도대체 어느 누가 예견할 수 있단 말인가?

포세이돈은 더 이상 그 모습을 가만히 지켜보며 앉아 있을 수 없었다.

"바보들 같으니!" 포세이돈은 거칠게 소리를 지르며 자리에서 벌떡 일어섰다. "도대체 저 둘은 무엇 때문에 결투를 한단 말이냐? 아킬레우스는 아직 죽을 운명이 아니다. 아이네이아스 역시 죽으면 안 된다. 그는 멸망해가는 트로이에서 살아남은 사람들을 이끌고 도망 나와, 그들의 종족이 지상에서 영원히 사라지는 것을 막기 위해 다른 나라로 가서 새로운 나라를 세울 운명으로 선택된 자가 아니더냐? 그러니 저 둘 중 어느 누구도 상대방을 죽여서는 안 된단 말이다!"

포세이돈은 번개처럼 빠르게 날아서 두 사람이 결투하고 있는 곳으로 갔다. 그는 아킬레우스의 얼굴에 먼지를 한 줌 흩뿌린 뒤 아이네이아스를 번쩍 안아 들었다. 깜짝 놀란 아이네이아스는 손에 들고 있던 돌덩이를 그 자리에 떨어뜨렸다. 포세이돈은 아이네이아스를 힘껏 집어 던졌고, 그는 한창 전투 중인 병사들의 머리 위를 날아서 한쪽에 세워둔 그의 전차 옆으로 가 떨어졌다. 포세이돈은 재빨리 바닥에 박혀 있던 창을 뽑아 아킬레우스의 발 앞에 가져다 놓았다.

그러고 나서 그는 곧장 아이네이아스에게 달려갔다.

"네가 아킬레우스와 결투를 하다니, 도대체 지금 제정신이란 말이냐?" 포세이돈은 아이네이아스를 마구 질책했다. "아킬레우스를 죽일 자는 네가 아니라 다른 인간 한 명과 또 한 명의 신이란 말이다! 네게 충고하건대, 앞으로는 제발 아킬레우스를 피해 다니거라! 그는 너보다 훨씬 강한 장수이며 전능하신 신들께서 그를 돕고 계시니 말이다!"

한편 눈에 들어간 먼지를 모두 털어낸 아킬레우스는 간신히 눈을 떴다.

"맙소사, 이게 도대체 어찌 된 일이란 말인가? 기적이라도 일어났단 말인가?" 어안이 벙벙해진 아킬레우스가 혼잣말을 했다. "내 창은 여기 있는데 앞에 서서 싸우던 사람은 사라지고 없다니? 흠…… 하는 수 없다! 다른 트로이 병사들이나 하데스로 보내야겠다. 그러다 보면 언젠가 헥토르를 만날 수 있겠지!"

트로이 병사들은 이번 전투에서 자신들이 죽을 수밖에 없는 인간을 상대로 싸우는 것이 아니라 무시무시하고 못된 신과 싸우는 것 같다는 느낌이 들었다. 아킬레우스는 그렇게 그들을 상대로 무섭게 싸웠다. 가장 용맹한 트로이 병사들이 아킬레우스에게 달려들었으나, 어느 누구도 산 채로 그의 손을 벗어나지 못했다.

가끔 아킬레우스와 헥토르는 아주 가까이에서 싸우기도 했다. 전투가 한창인 병사들의 머리 위로 헥토르의 붉은 투구 장식과 펠레우스의 아들의 투구에서 휘날리는 황금 술이 서로 가까이에 있는 것이 보였다. 그러나 전투의 소동 속에서 그들은 곧 다시 멀어지곤 했다.

한 번은 헥토르 앞에 넓은 빈 공간이 생기면서 바로 맞은편에 아킬레우스가 서 있었다. 헥토르는 곧 창을 머리 위로 높이 들어 그를 향해 던질 자세를 취했다. 그러나 바로 그 순간 강철같이 강한 손이 뒤에서 그를 붙잡았다.

"병사들이 빽빽하게 서 있는 곳에서만 싸우도록 하여라. 아킬레우스가 너를 보고 창을 던져 맞히거나 칼을 휘둘러 베지 못하도록 말이다!"

아폴론의 목소리가 헥토르의 귀에 울렸다.

헥토르는 몹시 못마땅했지만 그의 명령을 따랐다. 그러나 잠시 후에 그는 아킬레우스가 자기 동생인 폴리도로스를 죽이는 모습을 고통과 분노 속에서 지켜보아야만 했다. 폴리도로스는 프리아모스 왕의 막내아들로 헥토르가 가장 사랑하는 동생이었다. 그 모습을 본 헥토르는 아폴론의 명령을 까맣게 잊어버렸다. 헥토르는 앞으로 뛰어나가면서 길을 막아서는 병사들을 거칠게 옆으로 밀쳐냈다. 헥토르를 본 아킬레우스가 재빨리 언덕 위로 올라갔다. 곧 그 둘은 서로 마주 보고 섰다.

무시무시한 적장 아킬레우스의 얼굴을 본 순간 헥토르의 마음속에 두려움이 일었다.

아킬레우스가 말했다.

"이제야 내 앞에 나타난 거요? 난 당신을 오랫동안 기다려 왔소! 당신은 내가 이 세상 어느 누구보다 가장 사랑하는 내 친구를 죽였소. 이제 내가 당신을 죽일 차례요!"

"신들께서 정하신 운명을 우리 인간들은 어느 누구도 알 수 없는 법이오!" 헥토르는 이렇게 침착하게 말한 뒤 창을 높이 들었다. "어쩌면 나의 이 창이 당신의 목숨을 앗아갈지도 모르오!"

창은 아킬레우스를 향해 날아갔고, 제대로 맞았더라면 아킬레우스의 이마를 관통했을 터였다. 그러나 팔라스 아테나가 아킬레우스 바로 뒤에서 입김을 부는 바람에 창은 더 이상 날지 못했다. 마치 돌로 된 방벽에 맞아 다시 튕겨 나가듯이 갑자기 방향을 바꾼 창이 헥토르의 발 앞에 가서 떨어졌다.

이번에는 아킬레우스가 달려들었다. 그러나 그는 거칠게 내지르던 분노에 찬 고함을 뚝 그쳐야만 했다. 조금 전까지만 해도 헥토르가 서 있던 자리에는 아무도 없었고 희뿌연 안개 기둥만이 피어오르고 있었다.

아킬레우스는 이를 갈며 세 번이나 창을 들어 안개 기둥 속을 찌르고 헤집었지만 세 번 모두 허공을 가를 뿐이었다. 결국 아킬레우스는 포기하고 말았다.

"개처럼 비겁한 자여, 이번에도 내 손아귀를 벗어났단 말이오?" 아킬레우스가 소리쳤다. "당신은 분명 나로부터 목숨을 구해달라고 포이보스 아폴론께 간청한 것이 틀림없소! 나는 신들께서 자신들이 사랑하는 인간을 보호해주고 싶어 하는 속성을 가지고 있다는 것을 잘 알고 있소! 하지만 그런 신들도 당신을 구하지는 못할 것이오! 내 창이 결국 당신의 피를 마시게 될 것이기 때문이오! 그리고…… 나 역시 당신을 따라 곧 하데스로 내려가게 될 것이오!"

아킬레우스는 다시 한 번 미친 듯이 전쟁터를 뛰어다니며 트로이 병사들을 공격했다. 그런 그의 모습은 전쟁의 신 아레스처럼 무섭고 끔찍했다. 트로이 병사들은 두려움에 떨기 시작했다. 이미 많은 수가 성안으로 도망쳐 들어갔다. 용맹스러운 병사들은 한동안 저항하며 버텼지만 그리 오래가지는 않았다. 트로이 병사들은 더 빠른 속도로 더 멀리 후퇴하기 시작했다. 그들은 한 떼의 양 무리를 몰듯이 그들을 앞으로 몰며 쫓아오는 끔찍한 추격자를 홀린 듯이 바라보았다. 오오, 사람들이 그에게 '발 빠른 자'라는 별명을 붙여준 것은 과장이 아니었다! 그는 이쪽에서 번쩍, 저쪽에서 번쩍 나타나며 칼을 휘두르고 또 휘둘렀다.

그러다 갑자기 아킬레우스에게 쫓기던 한 무리의 트로이 병사들은 도망갈 길이 막히고 말았다. 앞에는 강이 흐르고 있었고 뒤에는 아킬레우스가 있었다! 그러자 곧 그들은 강물에 뛰어들기 시작했다. 그러는 편이 덜 위험해 보였기 때문이다.

그러나 그것은 착각이었다.

아킬레우스 역시 강물로 뛰어들었고, 강물에 뛰어든 아킬레우스는 물속에서도 육지에서와 마찬가지로 빠르고 거세게 움직였다.

곧 칼에 맞아 죽어가는 병사들이 흘린 피로 강물이 시뻘겋게 물들어갔다. 그러던 중 젊은 병사 하나가 아킬레우스의 팔에 매달렸다. 그는 아직 소년에 불과했고 죽고 싶지 않다며 애원했다.

"아킬레우스여, 우리를 모두 죽여 없앨 작정이신가요?"

그가 울부짖었다. 아킬레우스는 냉정하게 그를 밀쳐내며

말했다.

"파트로클로스가 죽기 전에는 나도 가끔 트로이 병사들을 불쌍히 여겨 살려주기도 했다. 그러나 파트로클로스는 내게 너희들 모두의 목숨을 합한 것보다도 더 소중한 사람이다. 그럼에도 그는 죽어야만 했다. 그리고 나 자신도 곧 죽을 운명이다. 그러니 어째서 너라고 해서 꼭 살아 있어야만 한단 말이냐?"

한편 강물 저 밑바닥에서 강의 신 스카만드로스가 이 끔찍한 광경을 지켜보고 있다가 더 이상의 살육을 막기로 결심했다. 스카만드로스는 자기 왕국과 아주 가까운 곳에 자리 잡고 살고 있는 자존심 강한 트로이인들과 그들의 빛나는 도시를 사랑하는 신이었기 때문이다.

그는 강물 위로 올라와 아킬레우스 옆으로 다가갔다.

"이제 잔인한 살육은 그만두어라, 펠레우스의 아들이여!" 강의 신이 엄하게 꾸짖었다. "강물이 이미 수많은 시신으로 막혀서 바다로 흘러가지 못할 지경이 되었다. 네가 정녕 트로이인들을 죽여야 한다면, 그들을 모두 뭍으로 끌고 올라가거라. 나는 더 이상 내 강에서 너희들이 싸우는 모습을 보고 싶지 않단 말이다!"

아킬레우스는 못마땅하다는 듯이 어깨를 으쓱하며 말했다.

"당신께서는 불사의 신들 중 한 분이시니 어쩔 수 없이 전 당신의 명령을 따라야 할 것입니다. 그러나 당신께서 그렇게 말씀하신다고 해서 제가 저들 중 단 한 명의 목숨이라도 살려줄 것이라고 생각하신다면 오산입니다!"

이렇게 말한 아킬레우스는 무시무시한 소리를 지르며, 강물에 빠져 허우적거리고 있는 트로이 병사들을 강기슭으로 몰아가기 시작했다.

그사이 스카만드로스는 포이보스 아폴론이 지나가는 모습을 보고 그를 불러 세웠다.

"당신은 트로이인들을 수호하는 신이 아니셨던가요? 트로이인들이 당신을 위해 페르가모스에 황금 신전을 세우지 않았던가요? 당신께서는 저 끔찍한 살인마 아킬레우스가 트로이 병사들을 떼로 도륙하는 것을 가만히 두고 보기만 할 작정이십니까?"

마침 아킬레우스가 스카만드로스의 말을 들었다. 순간 분노가 치밀어 오른 아킬레우스는 강의 신이 내린 명령을 까맣게 잊고 말았다. 그는 물살 한가운데로 다시 헤엄쳐 들어가 칼을 휘두르며, 아직도 물속에서 허우적대고 있는 트로이 병사들을 모조리 죽이기 시작했다.

그 모습을 본 스카만드로스는 엄청나게 화가 났다. 그는 강물의 물살을 휘저어 거센 풍랑을 일으켰다. 물결이 높게 소용돌이치고 하얀 거품이 일면서 아킬레우스를 둘러싸고 출렁였다. 다른 한편에서는 강한 물결이 강기슭을 향해 쏴쏴 몰아치며, 물속에 가라앉았던 트로이 병사들의 시신을 강물 밖 들판으로 내던졌다.

순간 아킬레우스는 공포에 휩싸였다. 갑작스레 몰려온 물살에 더 이상 발이 강바닥에 닿지 않았고, 거센 물결은 그를 물 밑으로 잡아당기며 강바닥에 쌓여 있는 시신들과 진흙, 이리저리 굴러다니는 죽은 병사들의 무기 더미 사이로 함께 묻어버리려는 듯 그의 목숨을 위협했다. 마지막 순간에야 겨우 아킬레우스는 강기슭에 무성하게 자라 강물 위로 가지를 뻗고 있는 느릅나무 한 그루의 가지를 두 팔로 휘감아 잡는 데 가까스로 성공했다.

그러나 또다시 거센 물결이 밀려와 강기슭의 흙을 쓸어내더니, 이번에는 아예 아킬레우스가 붙잡고 있던 느릅나무를 뿌리째 뽑아버렸다. 뿌리가 뽑힌 나무는 강물 위로 쓰러져 넘어졌고, 그 바람에 아킬레우스는 거센 물살 속으로 깊이 빠져들고 말았다.

반쯤 익사 상태에 빠진 아킬레우스는 간신히 정신을 차려 강물에 떠 있는 나뭇가지를 붙잡고 물 위로 오른 다음, 나무줄기를 타고 기어서 강기슭 위로 올라왔다. '마침내 무시무시한 강물에서 벗어났구나!' 하고 생각하며 아킬레우스는 방패를 등 뒤로 돌려 메고, 있는 힘을 다해 앞으로 달리기 시작했다.

그러나 스카만드로스는 거기에서 그치지 않고 계속 아킬레우스를 뒤쫓았다. 강물에서 넘쳐 나온 물살이 거듭거듭 밀어닥치며 다급하게 도망가는 아킬레우스를 뒤따랐다. 물살이 엄청난 힘으로 아킬레우스의 등에 매달린 방패를 후려쳤고, 그 바람에 아킬레우스는 앞으로 넘어지고 말았다. 가까스로 정신을 차려 일어나는 아킬레우스를 향해 다시 한 번 물살이 덮치더니, 이번에는 거센 물살이 그의 어깨를 짓눌렀다. 그러자 아킬레우스의 주변이 깊이를 알 수 없는 수렁으로 변해버렸고, 곧이어 그는 진흙탕 속으로 빠져 들어갔다. 더 이상 저항할 힘을 잃은 아킬레우스는 그 자리에서 허우적거리며 이제 마지막 순간이 다가왔음을 느꼈다. 그 순간 절망적인 심정이 된 아킬레우스는 크로노스의 아들 제우스의 이름을 부르기 시작했다.

"아버지 제우스여! 불사의 신들 중에서 아무도 저를 이 비참한 죽음에서 구해주실 분이 없단 말입니까? 아아, 불쌍한 내 신세여, 그렇다면 어머니께서는 제게 거짓말을 하신 것입니다! 어머니가 예언하시기를, 저는 트로이 성문 앞에서 아폴론의 화살에 맞아 죽을 운명이라고 하셨습니다! 적어도 그 전에 헥토르와 명예로운 결투를 해서 그를 죽일 수 있는 기회조차 주지 않으시려는 것입니까! 경솔하게 계곡을 건너려다가 급류에 휩쓸려 죽어가는 멍청한 돼지치기처럼 여기서 이렇게 물에 빠져 죽어야 한단 말씀이십니까!"

그러나 아킬레우스는 물에 빠져 죽지 않았다. 포세이돈과 팔라스 아테나가 곤경에 처한 그를 보고 급히 달려왔기 때문이다.

"강의 신에게 목숨을 잃는 것은 네 운명이 아니니라." 포세이돈이 아킬레우스를 위로했다. "너는 헥토르를 죽일 것이고 큰 명예를 얻어 네 함선이 있는 곳으로 돌아갈 것이다."

"우리는 곧 스카만드로스를 진정시키도록 하겠다."

팔라스 아테나가 이렇게 약속하고는 포세이돈과 함께 그 자리를 떠났다. 새로운 힘과 믿음을 얻은 아킬레우스는 계속 전투에 임했다.

스카만드로스는 아킬레우스가 자기 손아귀를 벗어난 것을 알아차리고, 끝내 그를 놓쳐버릴지도 모른다는 걱정이 들기 시작했다. 그래서 그는 시모에이스 강의 신에게 도움을 요청했다. 시모에이스 강의 신은 곧 갈색 물살을 일으켜 돌과 나무뿌리, 그리고 강가에 널려 있던 모든 조약돌을 들판 위에 쏟아놓았다.

"형제여, 잘하고 있네." 스카만드로스가 만족해서 말했다. "우리가 저 못된 놈을 잡아서 강바닥에 묻어버리세. 그렇게 하면 아카이아인들이 아무리 그의 뼈를 찾으려 해도 찾지 못할 걸세. 될 수 있는 한 깊디깊은 진흙탕 속에 묻어버리고 그 위를 모래와 돌덩이로 덮어버리세!"

새롭게 시작된 강의 신의 공격에 아킬레우스가 다시 모든 희망을 잃어버릴 무렵, 곧 신기하고도 끔찍한 일이 벌어졌다.

아킬레우스를 걱정하며 두려움에 떨던 헤라가 결국 아들인 헤파이스토스를 불러 도움을 청한 것이다.

"서둘러라, 나의 절름발이 아들이여." 헤라가 다급하게 말했다. "너는 불의 신이다. 불은 물을 이길 수 있느니라. 너는 될 수 있는 한 빨리 스카만드로스를 꼼짝 못 하게 해야만 한다. 그렇지 않으면 아킬레우스가 위험해지기 때문이야."

"스카만드로스는 아무 짓도 못 하게 될 겁니다, 어머니. 우리는 저렇게 신분이 낮은 강의 신보다 훨씬 더 강한 신들이기 때문입니다."

헤파이스토스가 이렇게 대답하고는, 곧 그의 능력을 발휘하기 시작했다.

그는 바람처럼 빠르게 강기슭의 들판을 이리저리 날아다녔다. 그러자 곧 사방에서 무시무시한 불길이 너울너울 솟아올랐다. 잡풀, 갈대, 연꽃 들이 불타올랐고 타닥거리는 소리를 내며 불기둥이 공중을 향해 솟구쳤다. 진흙탕으로 변한 땅에 불이 붙으며 바짝 말라서 다시 먼지와 재로 변했고 시신들도 불에 탔다. 강기슭에 자라던 느릅나무, 버드나무, 내버들에도 불이 붙어 거대한 횃불처럼 불길이 이글거렸다. 곧 강물이 끓어올랐다. 고통을 견디지 못한 물고기들이 공중으로 솟구쳐 올랐고, 강물 깊숙한 곳에 숨어 있던 스카만드로스도 뜨거워서 더 이상 견딜 수가 없었다. 그러자 그는 마침내 헤라에게 빌기 시작했다.

"제발 부탁드립니다, 당신의 고귀하신 아드님을 다시 불러들여주십시오! 저는 더 이상 트로이인들의 편에 서서 손끝 하나도 까딱하지 않을 것을 맹세하겠습니다!"

헤라는 흡족해하며 스카만드로스의 간청을 들어주었다.

"우리는 죽을 수밖에 없는 인간을 위해서 불사의 신들을 너무 심하게 괴롭힐 마음은 없다네."

헤라는 너그럽게 말하며, 헤파이스토스에게 이제 그만 불길을 끄라고 명령했다.

한편 아레스는 점점 더 커져가는 분노를 삭이며, 화려하고 멋진 무기들을 지니고 언덕 위에 서 있는 팔라스 아테나를 바라보고 있었다. 무엇보다도 그녀는 자기 아버지의 무시무시한 방패인 아이기스를 자랑스럽게 어깨에 메고 있었다.

아테나에 대한 분노 때문에 거의 숨도 쉬지 못할 지경이 된 아레스는 칼리콜로네의 언덕을 박차고 공중으로 붕 뛰어올랐다.

아테나는 그런 아레스의 모습을 계속 지켜보고 있었다.

"하, 당신은 정말 뻔뻔스럽기 짝이 없고 파리보다도 못한 신이오!" 아레스가 소리쳤다. "당신이 디오메데스의 창의 방향을 바꾸어 내 몸에 날아와 박히도록 만든 것을 기억하시오? 이제 그에 대한 대가를 치를 때가 되었소!"

이렇게 말한 아레스가 있는 힘껏 무시무시한 창을 아테나에게 던졌다. 그러나 크로노스의 아들 제우스의 번개조차 뚫을 수 없는 아이기스를 어찌 한낱 창이 뚫을 수 있단 말인가? 아테나는 재빨리 몸을 숙여 땅에 박혀 있던 뾰족한 바윗덩이를 뽑아 들었다. 그 바윗덩이는 땅의 경계를 표시하기 위해서 인간들이 세워놓은 이정표였다. 아테나는 그 돌덩이를 화가 나서 날뛰는 신을 향해 힘껏 던졌다.

아레스는 돌을 맞고 밑동이 잘려 옆으로 넘어지는 거목처럼 그 자리에 쓰러졌다. 그 모습을 본 아테나가 웃으며 말했다.

"내가 당신보다 훨씬 더 강한 신이란 것을 아직도 깨닫지 못했단 말이오? 무지막지하게 힘만 세다고 해서 뭐든 다 할 수 있다고 생각한다면 큰 오산이오!"

그 둘의 싸움을 아프로디테도 지켜보고 있었다. 아프로디테는 오빠 아레스를 돕기 위해 재빨리 날아왔다. 그녀는 신음하고 있는 아레스가 몸을 일으키는 것을 도와, 그를 데리고 얼른 자리를 피하려고 했다.

그 모습을 본 헤라는 기분이 몹시 언짢아졌다. 팔라스 아테나가 철없는 전쟁의 신을 상대로 심한 장난을 치는 것을 그녀 역시 너무나 즐거워하며 바라보고 있던 차였기 때문이다.

"저 둘이 너무 쉽게 도망치게 두지 말거라."

헤라가 매서운 눈초리로 아프로디테를 노려보고 있던 아테나를 부추겼다. 아테나는 아름다움의 여신인 아프로디테에게 단 한 번도 친절한 적이 없었다. 아테나에게는 다른 어떤 여신도 가져보지 못한 최고의 지혜가 주어졌건만, 그녀는 아프로디테의 아름다움을 남몰래 시샘하고 있었다. 그것은 죽을 수밖에 없는 여자들이 서로의 아름다움을 질투하는 것과 전혀 다를 바가 없었다. 헤라의 허락을 받은 아테나는 즉시 도망가는 두 신을 뒤쫓아갔다. 그녀는 아프로디테와 아레스를 강한 힘으로 내리쳤고, 그 둘은 땅바닥에 넘어져 먼지 속을 뒹굴었다.

"트로이인들을 돕는 자들은 모두 이런 대접을 받을 것이다!"

아테나는 이렇게 거만하게 말한 뒤 그들을 향해 등을 홱 돌렸다.

"당신 말이 백번 옳소!"

포세이돈 역시 아테나의 말에 동의했다. 바로 그 순간 포세이돈은 그들과 조금 떨어진 곳에서 쑥대밭이 된 전쟁터 사이를 이리저리 달리고 있는 포이보스 아폴론을 발견하고 그를 불러 세웠다.

"이 바보 같은 자여, 나는 지금 당장 당신을 흠씬 두들겨 패고 싶은 마음뿐이오! 당신은 트로이인들을 돕는 것 말고는 그렇게도 할 일이 없단 말이오? 당신은 예전에 우리 둘이서 크로노스의 아들 제우스의 명령에 따라 1년 동안 트로이의 왕이었던 라오메돈의 신하 노릇을 해야만 했던 때를 벌써 잊었단 말이오? 1년의 시간이 지나자 라오메돈은 우리에게 약속한 상을 주기는커녕 오히려 못된 말로 우리를 쫓아버렸소. 심지어 그는 손과 발을 묶어 우리를 먼 나라로 팔아넘기겠다는 협박까지 했소. 게다가 팔아넘기기 전에 우리의 두 귀를 칼로 잘라버리겠다고도 했소. 그런데 당신은 지금 그런 트로이를 위해 싸우고 있다니요!"

"죽을 수밖에 없는 인간들을 위해서 우리 신들끼리 싸우는 것은 현명한 처사가 아니지요." 아폴론이 모든 것을 인정한다는 듯이 다소곳하게 말했다. "아무짝에도 쓸모없는 인간들을 위해서 말입니다. 인간들은 세상에 태어나 잠시 목숨이 붙어 있는 것에 즐거워하다가 곧 스러져버리고 마는 무가치한 존재들입니다. 그래요, 그런 멍청한 인간들이 이 전쟁을 자기들 힘으로 끝내도록 우리는 그냥 두고 보기만 합시다!"

아폴론은 이렇게 말하고 그 자리를 벗어났다. 그는 자기가 존경하는 한편, 조금은 두려워하는 신인 포세이돈과 싸우고 싶지 않았기 때문이다.

아폴론은 그 자리를 모면하기 위해서 포세이돈의 마음에 드는 말을 하기는 했지만, 트로이인들을 돕지 않고 곤경에 빠뜨릴 생각은 조금도 없었다. 그는 넘치는 강물과 이글거리는 불길을 헤치고 살아남은 트로이 병사들을 미친 듯이 뒤쫓고 있는 아킬레우스의 모습을 근심에 가득 차서 바라보았다.

아킬레우스는 트로이 병사 열두 명을 잡아서 그들의 허리띠로 서로를 칭칭 묶어놓았다. 아킬레우스는 그들을 파트로클로스의 장례 때 함께 불태울 작정이었다. 두 명의 미르미돈 병사가 그들을 함선 쪽으로 끌고 갔다.

그렇다, 이제 트로이 병사들에게 전쟁은 너무도 불리해져버리고 말았다. 사방에서 트로이 병사들이 떼를 지어 성을 향해 도망쳤고 그 뒤를 아카이아 병사들이 쫓고 있었다. 트로이 병사들은 완전히 지쳤고, 그저 안전하게 몸을 숨길 수 있는 성벽에 다다르기 위해 사력을 다할 뿐이었다.

프리아모스 왕이 트로이 성의 탑 위에서 후퇴하는 병사들을 근심과 두려움에 가득 차서 바라보고 있었다.

"우리 병사들이 안전하게 들어올 수 있도록 성문을 열 준비를 하라!" 프리아모스 왕이 보초병들에게 지시했다. "하지만 우리 병사들이 들어오자마자 곧바로 성문을 닫아야 한다. 그렇지 않으면 그들을 뒤쫓아오는 장수도 함께 들어오게 될 테니 말이다. 저기 달려오는 아킬레우스가 보이느냐? 만약 저자가 우리 병사들을 따라 이곳으로 들어오는 날에는 트로이 성 안에서의 살육은 끝이 없을 것이다."

그러나 후퇴하는 트로이 병사들과 그 뒤를 쫓는 아킬레우스 사이에는 불과 얼마의 거리도 떨어져 있지 않았다. 병사들은 갈증과 피로로 지쳐 있었고 얼굴은 먼지와 재로 엉망이었다. 대다수가 좀더 빨리 달리기 위해서 무기를 버린 지 이미 오래였다.

보초병들은 문을 활짝 열었다. 그와 동시에 트로이 병사들이 곧바로 밀어닥쳤다. 그들은 모두 비틀거리며 성문을 넘어왔다. 마지막으로 아킬레우스가 공포스러운 함성을 지르며 박차를 가해 달려왔다.

보초병들은 그들의 힘만으로는 아킬레우스 바로 앞에서 성문을 닫지 못했을 것이다. 다행히 그곳에는 포이보스 아폴론 신이 있었다. 그는 평범한 트로이 장수의 모습으로 변장하고 성문 위에 서 있다가, 아킬레우스가 달려오는 바로 그 순간 그의 앞을 가로막으며 뛰어내렸다!

성문은 삐거덕 소리를 내며 닫혀버렸다. 아킬레우스는 분하다는 듯이 성난 고함을 질렀다.

성문 밖에서 아킬레우스 앞을 막아선 또 한 명의 트로이 장수가 있었다. 바로 안테노르의 아들인 아게노르였다. 그는 아무도 모르게 성문 바로 앞에 서 있는 커다란 떡갈나무 뒤에 숨어 있었다. 거대한 떡갈나무 가지 아래에는 그늘이 짙게 드리워져 있었다. 아게노르는 숨을 헐떡이고 있었다. 그가 지금 하는 일이 얼마나 무모한 짓인지 그 자신도 잘 알고 있었다! 하지만 달리 방도가 없었다. 그는 모든 트로이 병사들의 끔찍한 적수인 아킬레우스를 상대로 끝까지 싸우는 수밖에 없었다. 그것이 아무리 그의 죽음을 의미한다 할지라도!

아킬레우스는 떡갈나무 뒤에서 갑자기 튀어나온 아게노르를 어리둥절해하며 쳐다보았다.

아게노르가 창을 번쩍 치켜들었다. 창은 아킬레우스의 무릎에 가 맞았다. 그러나 그곳에는 헤파이스토스가 주석을 빚어서 만들어준 튼튼한 정강이받이가 대어져 있었다. 정강이받이에 맞은 창은 힘없이 바닥으로 떨어지고 말았다.

이제 두 장수는 동시에 칼을 뽑아 들고, 서로에게 달려들

준비를 했다.

바로 그 순간 정말로 기이한 일이 벌어졌다. 그러나 빽빽한 나뭇가지가 드리운 짙은 그늘 때문에 아킬레우스는 아무것도 눈치채지 못했다. 아킬레우스가 휘두른 칼을 가슴에 정통으로 맞은 아게노르가 나무 뒤로 나뒹굴었고, 아게노르가 있던 자리에 포이보스 아폴론이 나타났던 것이다. 아폴론은 그를 공격하는 대신, 곧장 몸을 돌려 스카만드로스 강의 기슭을 향해 도망치기 시작했다.

아킬레우스는 영문을 몰라 어리둥절해하며 그를 쫓아갔다. "아게노르여, 당신은 갑자기 싸울 용기를 잃어버린 거요?" 아킬레우스가 쫓아가며 소리쳤다. "이 세상 어느 누구도 달리기에 있어서는 나를 당할 자가 없다는 것을 당신도 잘 알고 있지 않소!"

어느 누구도 당할 자가 없는 달리기 선수인 아킬레우스는 사슴처럼 속도를 내어 앞으로 달렸다.

그러나…… 이게 도대체 어찌 된 일이란 말인가? 아킬레우스가 아무리 빨리 달려도 아게노르는 몇 발자국 앞서 있었고, 결코 아킬레우스에게 잡히지 않았다!

그렇게 해서 그들은 강물이 있는 곳까지 다다랐다.

그때 포이보스 아폴론이 갑자기 멈춰 섰고, 그 바람에 뒤쫓아 달려오던 아킬레우스가 아폴론과 쾅 하고 부딪쳤다. 얼음장 같은 공포가 아킬레우스의 온몸을 타고 흘렀다. 그자는 아게노르가 아니었다!

아폴론은 천천히 아킬레우스를 향해 얼굴을 돌렸다. 그는 웃고 있었다.

"펠레우스의 아들이여, 너는 정말로 아무것도 눈치채지 못했느냐? 죽을 수밖에 없는 인간들 중에는 너보다 빨리 달릴 수 있는 자가 단 한 명도 없다는 것쯤은 알아야 하지 않느냐? 그런데 너는 어째서 네가 다른 모든 인간들을 죽인 것처럼 그렇게 죽일 수도 없는 신을 뒤쫓아 달렸단 말이냐!"

이렇게 빈정대는 아폴론의 말을 들은 아킬레우스는 솟구치는 분노를 참을 길이 없었다.

"그러니까, 은빛 활의 신이신 당신이었군요? 당신이 아게노르로 변장해서 나를 트로이 성벽에서 한참 떨어진 이곳까지 유인해 온 것이로군요? 그사이 트로이 병사들이 성문 안으로 몸을 숨겨 목숨을 구할 수 있게 말입니다! 당신의 속임수는 내 명예를 크게 훼손하였소. 당신이 내 앞길을 막아서지만 않았던들, 나는 아카이아 병사들에게 트로이의 성문을 안에서 열어줄 수 있었을 것이오! 이건 장담할 수 있소!"

신을 향해 실컷 분풀이를 한 아킬레우스는 다시 등을 돌려 성문을 향해 뛰어갔다.

그사이 전쟁터에 남아 있던 트로이 병사들은 모두 성문 안으로 들어가 안전하게 몸을 숨길 수 있었다. 그러나 수많은 병사들이 동료 병사들의 후퇴를 엄호하면서, 혹은 열린 성문을 사수하려다 성문 바로 앞에서 아카이아 병사들에게 죽임을 당하기도 했다.

이제 성문은 굳게 닫혔다. 아카이아 병사들은 성문 앞 비탈길 위에 여기저기 흩어져, 서 있던 바로 그 자리에 그대로 몸을 던져 드러누웠다. 그들 역시 전쟁을 치르느라 몹시 지쳤기 때문이다.

스카이아이 성문 바로 앞에서 창에 몸을 기대고 외롭게 서 있는 사람이 딱 한 명 있었다. 그가 쓰고 있는 투구의 붉은 장식은 더러워진 채로 갈가리 찢겨 있었다. 갑옷에는 먼지가 뽀얗게 앉았고 얼굴은 피로로 주름투성이가 되어 있었다.

아카이아 병사들은 감히 그의 얼굴을 쳐다볼 엄두도 내지 못했다. 어째서 헥토르는 저기 저렇게 혼자서 우뚝 서 있는 것일까? 그는 마치 누구를 기다리는 듯이 서 있었다. 혹시 아킬레우스를 기다리고 있는 것일까?

그러나 아카이아 병사들 중 어느 누구도 헥토르를 공격하는 사람은 없었다. 그들은 강에서부터 이어지는 언덕을 올라오는 아킬레우스를 보았다. 그 순간 그들은 곧 두 장수의 결투가 있을 것임을 알아차렸다.

헥토르는 성벽에 방패를 세워놓고 있었다. 그는 손으로 가끔씩 이마를 훔치며 눈이 따갑도록 흘러내리는 땀을 닦아냈다. 원인을 알 수 없는 끔찍한 슬픔이 헥토르의 영혼을 가득 채웠다. 그의 마음속에는 지금 슬픔만이 꽉 차서 다른 어떤 생각도 할 수 없었고, 그 슬픔은 영영 가실 것 같지 않았다.

그는 탑 위를 쳐다보지 않았다. 거기에는 아버지 프리아모스 왕과 어머니인 헤카베 왕비가 서 있다는 것을 잘 알고 있었기 때문이다. 그들은 울면서 헥토르에게 제발 경솔하게 목숨을 내놓는 짓을 하지 말라고 애원했다.

"내 아들들 중 거의 모두가 이 전쟁에서 목숨을 잃었다. 그러나 너를 잃게 된다면 그들 모두를 다 잃은 것보다도 훨씬 더 끔찍할 것이다! 제발 네게 간청하건대, 성으로 들어오너라!"

이렇게 외치는 아버지의 말을 들은 헥토르의 가슴은 찢어

질 듯 아팠고, 어머니의 슬퍼하는 목소리는 끝내 그의 두 눈
에서 눈물이 솟구치도록 만들었지만…… 그래도 헥토르는 한
발짝도 움직이지 않고 그대로 서 있었다.

안드로마케는 그곳에 없었다. 아마도 사람들이 그녀에게
소식을 전할 엄두를 내지 못한 모양이었다. 헥토르는 안드로
마케와 어린 아들에 대해서 생각하지 않으려고 애썼다. 안 된
다! 그들을 생각하면 절대로 안 된다! 만약 그들을 생각하면
헥토르는 그 자리에 서서 아킬레우스를 기다릴 용기를 끝내
잃어버리고 말 것이기 때문이었다.

한순간 헥토르는 고개를 돌려 굳게 닫힌 성문을 바라보았
다. 그가 문을 열라고 소리를 지르기만 하면, 문은 번개처럼
다시 열려 그를 받아들일 것이다. 그 안에는 헥토르가 사랑하
는 병사들이 성문의 빗장을 열고 그를 열렬하게 받아들여, 기
쁜 마음으로 그를 품에 안기를 간절히 소망하며 기다리고 있
다는 것을 헥토르는 누구보다도 잘 알고 있었다.

그러나 헥토르는 문을 열라고 소리칠 수 없었다. 이제는 더
이상 성으로 돌아갈 수 없었다. 그 안에는 남편과 아버지와
아들 들을 전쟁에서 잃은 여자들과 어린아이들, 백발이 성성
한 노인들이 살고 있었기 때문이다.

"헥토르가 오만방자하게 자기 힘만 믿었기 때문에 우리 남편과 아버지와 아들 들이 목숨을 잃을 수밖에 없었다. 그는 우리 종족 모두를 멸망의 구렁텅이로 빠뜨리고 만 것이다!"

그들은 모두 이렇게 말할 것이고, 헥토르는 그것을 견딜 수 없을 것 같았다!

헥토르는 폴리다마스를 생각했다. 폴리다마스는 헥토르에게 아킬레우스가 다시 전투에 참가하기 전에 군대를 이끌고 성으로 후퇴하라고 충고했었다. 그의 말을 듣기만 했어도 얼마나 많은 트로이 병사들이 목숨을 구할 수 있었을 것인가!

"하지만 난 그렇게 하지 않았다!" 헥토르는 자신을 끔찍할 정도로 책망하며 스스로에게 똑똑히 들리도록 말했다. "그 대신 나는 내 친구들을 비겁한 자라고 몰아세웠고, 죽음을 무릅쓰고 기꺼이 나를 따르는 병사들을 상대로 내가 가진 권력을 휘두르며 우쭐해했다!"

그렇게 헥토르는 지나간 일들을 생각하며 애끓게 스스로를 괴롭히고 슬퍼했다. 그러면서 그는 계속 성문 바로 앞의 움푹하게 들어간 자리에 우뚝 서서 아킬레우스를 기다렸다.

헥토르가 서 있는 곳 옆으로 튀어나온 성벽에 가려, 그는 성벽을 따라 자신을 향해 다가오는 아킬레우스를 볼 수 없었다. 마치 벗어날 수 없는 운명이 그를 향해 눈에 보이지 않게 한 발 한 발 다가오는 것 같았다.

마침내 헥토르가 아킬레우스를 발견했을 때는 이미 세 발자국도 떨어지지 않은 곳까지 다가와 있었다. 헥토르의 목숨 외에는 다른 어떤 것도 바라지 않는 끔찍한 아킬레우스의 얼굴은 돌로 조각해놓은 것처럼 딱딱하게 굳어 있었고 그 위로 잔인한 빛이 떠올랐다. 서슬 퍼런 아킬레우스의 모습을 본 헥토르는 말로 이루 다 형용할 수 없는 두려움에 사로잡혔다. 이제껏 어떤 결투도 두려워해본 적 없는 용감한 헥토르였건만, 그만 옆에 세워둔 방패를 낚아채듯 집어 들고는 도망치기 시작했다.

헥토르는 엄청난 속도로 달렸고 포이보스 아폴론이 함께 달리며 그에게 힘을 불어넣어 주었다. 그래서 발이 빠른 아킬레우스마저도 그를 따라잡을 수가 없었다.

두 장수는 전력을 다해 달리며 성벽 둘레를 돌았다. 마치 두 달리기 선수가 황소 가죽이나 제물로 바칠 짐승을 걸고 그것을 상으로 받기 위해서 시합을 하는 듯했다. 그러나 그것은 삶과 죽음을 내건 끔찍한 달리기 시합이었다.

두 장수는 돌로 만든 초소와 거대한 무화과나무를 지나 스카만드로스 강의 두 물줄기가 합류하는 지점에 다다랐다. 한 물줄기에서는 뜨거운 물이 솟아오르고 있어서 그 주변이 항상 구름 같은 안개로 뒤덮여 있었고, 다른 물줄기에서는 겨울이고 여름이고 차가운 물이 흘러 마치 얼음 동굴에서 물이 솟아오르는 것 같았다.

두 장수는 주변이 움푹하게 들어간 강가를 계속 달렸다. 그곳은 평화로웠던 시절에 트로이의 아낙네들이 빨래를 하던 장소였다.

또다시 둘은 스카이아이 성문 앞에 다다랐다. 아카이아 궁수 부대의 몇몇 병사들이 달려 나와 활을 당겼다. 그 모습을 본 아킬레우스는 고개를 저어 그들을 저지했다. 안 된다, 어느 누구도 두 장수의 결투에 끼어들어서는 안 되었다!

헥토르와 아킬레우스는 그렇게 트로이 성을 세 바퀴나 돌았다. 성벽과 탑 위에서는 트로이 병사들이, 저 아래 비탈길 위에서는 아카이아 병사들이 숨죽이며 그 모습을 지켜보고 있었다.

올림포스의 궁전에서 황금 왕좌에 앉아 있는 신들마저도 긴장한 상태로 말없이 그 모습을 내려다보고 있었다.

두 장수가 네번째로 스카만드로스의 강가에 다다랐을 때,

크로노스의 아들 제우스가 운명의 저울을 꺼내서 두 사람의 운명을 저울판 위에 얹어 점쳐보았다. 한쪽 접시에는 헥토르의 운명을, 다른 쪽 접시에는 아킬레우스의 운명을 얹었다.

헥토르의 운명이 아래로 기울었다.

포이보스 아폴론이 그것을 너무도 슬픈 눈으로 바라보면서 그제야 지금껏 그가 사랑하고 보호해왔던 인간 헥토르의 곁을 떠났다. 포이보스 아폴론도 운명의 힘 앞에서는 아무런 저항을 할 수 없었기 때문이다.

헥토르는 드디어 달리던 걸음을 멈추고 그 자리에 서서 몸을 돌렸다. 무언가 알 수 없는 힘이 그의 내면에서 그렇게 하라고 명령하고 있었다. 그렇다, 그는 더 이상 도망치지 않을 작정이었다! 그는 이 결투에 정정당당하게 맞설 것이며, 신들께서 그에게 부여한 운명을 겸허하게 받아들일 것이다.

두 장수 사이에 잠깐 동안 침묵이 흘렀다.

아킬레우스는 헥토르를 쳐다봤다. 그의 두 눈에는 여전히 무시무시한 분노가 이글거리고 있었다. 아킬레우스의 눈길이 천천히 헥토르가 입고 있는 갑옷을 훑었다. 예전에는 자기 것이었고, 헥토르가 파트로클로스를 죽이던 순간에는 파트로클로스가 마지막으로 입고 있던 갑옷이었다.

헥토르는 알 수 없는 전율에 몸을 움츠렸다.

"나는 당신이 다시 올 것을 알고 있었기에 당신을 기다리고 있었소." 헥토르가 차분한 음성으로 말했다. "그럼에도 불구하고 난 당신 앞에서 도망을 쳤소. 하지만 더는 도망가지 않겠소. 어쨌거나 우리가 결투를 시작하기에 앞서 당신과 협정을 맺고 싶소. 만약 내가 당신을 죽이면 난 당신의 갑옷과 무기를 전리품으로 가질 것이오. 그것이 내 권리일 테니 말이오. 그러나 당신의 시신만은 아카이아 병사들 손에 넘겨주리다. 그들이 당신의 시신을 데려다가 온갖 정성과 존경을 다해 장사지낼 수 있도록 말이오. 만약 당신이 나를 죽이면 내게도 그와 같이 하겠다고 약속해줄 수 있겠소?"

"내게 그따위 소리는 집어치우시오!" 아킬레우스가 냉정하게 대답했다. "사자와 인간 사이가 그렇듯 우리 사이에 협정이라니 가당치 않소. 그러기에는 당신은 내게 너무도 끔찍한 짓을 저질렀소. 이제 그에 대한 복수의 시간이 온 것이오!"

말을 마친 아킬레우스가 번개같이 빠른 동작으로 팔을 공중으로 높이 들었다. 그러자 무거운 창이 쉭쉭거리는 소리를 내며 공기를 가르고 날아갔다.

그러나 헥토르는 창을 피해 안전할 수 있었다. 바닥으로 몸을 바짝 구부렸던 것이다. 창은 헥토르의 머리 위를 날아 성벽에 가서 맞더니, 다시 튕겨 나와 아킬레우스에게로 날아왔다. 아킬레우스는 빠른 동작으로 창을 다시 잡아 들었다.

이번에는 헥토르가 창을 던졌다. 창은 아킬레우스를 정확히 겨냥했으나, 헤파이스토스가 만들어준 방패 한가운데에 박혔으니 아무리 조준을 잘한들 무슨 소용이 있단 말인가? 신이 만든 방패는 그 어떤 인간의 무기로도 뚫을 수가 없는 것이다!

방패가 무서운 소리를 내며 울렸고 창은 쨍그랑 소리와 함께 저 멀리 바닥으로 가서 떨어지고 말았다.

헥토르는 이를 악물었다. 이제 그에게 남은 무기는 칼뿐이었다! 헥토르는 칼을 뽑아 들고 아킬레우스에게 달려들었다.

바로 그 순간, 아킬레우스는 무언가를 보았다. 아킬레우스에게 너무 익숙한, 헥토르가 입고 있는 갑옷 윗부분에서 어깨와 목 사이에 벌어진 좁은 틈을 본 것이다. 아마도 헥토르 역시 펠레우스의 아들만큼 덩치가 크다고는 하나, 아킬레우스의 갑옷이 헥토르의 몸에 꼭 맞지는 않았던 모양이다.

아킬레우스는 창으로 바로 그 틈을 겨냥했다. 두 장수는 이제 서로를 향해 돌진하고 있었다.

헥토르의 칼이 아킬레우스에게 채 닿기도 전에 아킬레우스의 기다란 청동 창이 먼저 헥토르의 갑옷 사이에 난 틈을 비집고 들어가 그의 목을 찔렀고, 그 바람에 목을 지나가는 굵은 동맥이 끊어져 심장에서부터 피가 솟구쳐 올랐다.

헥토르는 그 자리에 쓰러졌다. 그는 곧 그것이 자기의 죽음을 의미한다는 것을 알아차렸다. 헥토르는 바로 그 순간 자신의 삶이 그렇게 끝나리라는 것을 이미 오래전부터 알고 있었음을 깨달았다.

헥토르는 몸을 일으키려고 애썼다. 그는 아킬레우스를 올려다보았다. 이미 눈앞에는 짙은 안개 같은 것이 덮이기 시작했고, 상처에서는 피가 끊임없이 솟구쳐 흘러나왔다.

"다시 한 번 당신에게 간청하겠소. 내 시신을 아카이아 함선으로 끌고 가서 독수리 밥으로 만들지 말고 내 병사들로 하여금 고향인 트로이 성으로 데려가게 해주시오."

헥토르는 가까스로 힘겹게 말했다.

아킬레우스는 싸늘한 시선으로, 죽어가는 헥토르를 내려다봤다. 아킬레우스의 두 눈동자는 빛을 잃고 검게 푹 꺼진 두 눈은 깊은 동굴 속에 들어가 있는 것 같았다. 그는 승리에 도취되지도 않았지만, 그렇다고 마음속에 털끝만큼의 동정심이 일지도 않았다.

"입 다무시오!" 아킬레우스는 쉰 목소리로 소리 질렀다. "그 입 다물란 말이오! 당신이 아무리 간청해도 절대로 들어줄 수 없소이다!"

헥토르는 마지막 희망을 포기하고 말았다. 그는 다시 한 번 힘겹게 입을 열었다.

"당신은 정말이지 돌로 된 심장을 가슴에 품고 있구려! 하지만 펠레우스의 아들이여, 당신도 몸조심하시오! 내 동생 파리스가 포이보스 아폴론의 도움을 받아 바로 이곳, 스카이아 이 성문 앞에서 당신이 나를 죽인 것과 같이 당신을 죽일 날이 머지않았소."

아킬레우스는 늘 그가 하던 버릇대로 거만하게 고개를 쳐들었다.

"이제 그만 당신은 하데스로 내려가시오!" 아킬레우스는 소리를 질렀다. "내 운명은 내가 알아서 받아들일 테니!"

그러나 헥토르는 더 이상 아킬레우스가 하는 말을 듣지 못했다……

헥토르의 숨이 완전히 끊어진 것을 확인한 아킬레우스는 그의 상처에서 창을 뽑아내고, 이상하리만치 머뭇거리며 그의 갑옷을 벗겨내기 시작했다. 본디 자기 것이었던 그 갑옷은 우연이라고 하기에는 너무도 많은 곡절을 겪은 끝에 자기 손으로 다시 돌아왔다. 갑옷을 모두 벗겨내자 헥토르는 흰 양모로 만든 속옷만 입은 채로 아무 말 없이 그 자리에 누워 있었다. 이제 그의 몸에는 그가 한때 트로이인들의 우상이었으며, 아카이아인들에게 공포의 대상이었다는 사실을 상기시켜주는 그 무엇도 없었다. 트로이 성벽과 탑 위에서 그들의 영웅이 숨을 거두는 모습을 지켜보던 트로이인들 사이에서 비탄에 찬 비명이 울려 퍼졌다.

아킬레우스는 그 무엇에도 마음을 쓰지 않았다. 그는 딱 한 번 고개를 들어 성벽 위를 쳐다봤다. 그의 머리 바로 위에서 프리아모스 왕이 성벽 난간 위로 몸을 뻗어 밑으로 떨어질 것처럼 아슬아슬하게 난간에 몸을 지탱하며 아래를 내려다보고 있었다. 아킬레우스는 프리아모스 왕의 눈처럼 하얗게 센 머리카락과 고통과 슬픔에 일그러지고 눈물로 뒤범벅된 늙은 얼굴을 보았다. 헤카베 왕비도 그 옆에 있었다. 그녀는 아들의 죽음이 너무도 고통스러운 나머지, 머리에 쓰고 있던 값비싼 장신구가 달린 베일을 벗어 아래로 던져버렸다. 반짝이는 보석이 박힌 황금 머리띠의 장식이 낮게 짤그랑 소리를 내며 아킬레우스가 서 있는 바로 옆으로 떨어지는 모습을 보고, 약간 몸을 움츠렸을 뿐이다.

그 사이 미르미돈 병사들이 무리를 이루며 달려와 아킬레우스를 둘러싸고 승리를 축하하며 기쁨의 환호성을 질렀다. 그러나 아킬레우스는 그들의 환호성에도 귀를 기울이는 것 같지 않았다.

아우토메돈이 전차를 몰고 그의 곁으로 다가왔다. 병사들이 죽은 헥토르의 발을 가죽으로 된 끈으로 묶어서 전차 뒤에 매달았다. 다음 순간 아킬레우스가 전차에 뛰어올라 아우토메돈의 손에 들려 있던 고삐와 채찍을 낚아채더니, 직접 두 필의 백마를 몰기 시작했다.

"앞으로 달려라!" 아킬레우스가 말들에게 소리쳤다. "아래로 달려가 함선이 있는 곳으로 가자! 아카이아의 병사들이여, 승리의 노래를 불러라! 크나큰 명예가 우리 것이 되었다!"

그러나 투구에 달린 황금 술이 펄펄 휘날릴 정도로 언덕을 바람처럼 날쌔게 달려가는 아킬레우스의 얼굴은 폭풍 전의 음산한 날씨처럼 침울하게 변해 있었다. 아킬레우스는 병사들의 발자국에 짓이겨진 전쟁터 바닥의 먼지 사이로 전차에 매달려 질질 끌려오는 헥토르의 시신에 눈길 한번 주지 않았다.

한때는 자신들의 지도자였던 장수가 죽어서 처참한 몰골로 끌려가는 모습을 본 트로이 병사들이 내지르는 통탄의 비명이 대기를 쩡쩡 울릴 정도로 점점 커져갔다.

궁전 안에서 베틀 앞에 앉아 있던 안드로마케가 병사들의 비명을 듣고 깜짝 놀라 자리에서 벌떡 일어났다. 방금 전 그녀는 하녀들에게 불 위에 큰 삼발이를 얹어놓으라고 일렀다. 헥토르가 전쟁터에서 돌아오면 따뜻한 물로 몸을 씻을 수 있게 하기 위해서였다.

자리에서 벌떡 일어난 안드로마케의 얼굴에 핏기가 싹 가셨다. 그녀의 떨리는 손끝에서 옷감을 짜고 있던 실패가 바닥으로 떨어지며 자주색 실이 마구 풀려 나갔다.

한동안 그녀는 그 자리에 망연자실해하며 서 있었다. 양손으로 관자놀이를 짚으며 불안한 생각에 빠져들었다.

"어째서 병사들이 저렇게 비명을 지르는 걸까? 오, 신들이시여, 어째서 병사들이 저토록 처절한 비명을 지르는 것입니까?" 안드로마케는 소리를 질렀다. "이제야 알겠다! 헥토르에게 무슨 일이 생긴 것이다! 분명 그는 아킬레우스와 결투를 벌인 것이 틀림없어! 내가 이러고 있을 때가 아니지……"

그녀는 문을 박차고 뛰쳐나갔다. 깜짝 놀란 시녀 두 명이 그녀의 뒤를 따랐다.

안드로마케는 서둘러 성벽을 따라 스카이아이 성문 쪽으로 한걸음에 달려갔다. 성문 위로 올라가는 계단을 날 듯이 뛰어 올라갔다.

마치 안개 속을 들여다보듯 불분명하게 많은 사람들이 그곳에 서 있는 모습이 시야에 들어왔다. 왕이 돌로 된 의자 위에 피곤한 듯 몸을 웅크리고 앉아 양손으로 머리카락을 움켜쥐고 있었다. 왕의 여러 며느리들도 그곳에 있었는데, 그들은 울고 있는 왕비를 둘러싸고 있었다. 며느리들까지 모두 무슨 일로 여기에 나와 있을까? 안드로마케는 혼란스러워하며 생각했다.

안드로마케는 천천히 성벽 난간으로 다가갔다. 성벽 위의 사람들은 이제 쥐 죽은 듯이 조용해져서 남자고 여자고 할 것 없이 모두 그녀를 안쓰러운 표정으로 조심스레 쳐다보았지만, 안드로마케는 그것도 눈치채지 못했다. 그녀의 두 눈은 잔뜩 공포에 질려 전쟁터를 더듬으며 뭔가를 찾기 시작했다. 사방에서 아카이아 병사들이 떼를 지어 트로이 성을 등지고 언덕을 내려가고 있었다. 그들이 부르는 승리의 노래가 대기를 뒤흔들었다. 전차들도 질주하며 자기네 진영으로 돌아가고 있었다.

아카이아 병사들이 열을 지어 내려가는 맨 앞으로, 한 대의 전차가 두 필의 새하얀 말에 매달려 달려가고 있었다. 높은 황금 전차 바퀴가 태양 빛을 받아 번쩍였다. 안드로마케는 그 전차를 잘 알고 있었다.

그녀는 너무 멀어 얼굴은 또렷하게 볼 수 없었지만, 그 위에 타고 있는 남자도 잘 알고 있었다. 그가 쓰고 있는 투구 위에서 황금 술 장식이 타오르는 불꽃처럼 휘날리고 있었다. 모든 것이 너무 멀어서 안드로마케의 눈에는 전부 희미하게 보일 뿐이었다. 그러나 그것은 아킬레우스가 분명했다. 그리고 그 전차 뒤에 매달린 것은……

성벽 위에 있던 여자들이 한꺼번에 달려들어 안드로마케를 붙들었다. 안드로마케는 신음 한번 내지 못한 채 그 자리에 기절해 쓰러지고 말았던 것이다.

안드로마케는 이내 정신을 차렸다. 그리고 바로 그 순간, 무슨 일이 벌어졌는지 환히 알 수 있었다. 잠시 후 그녀는 말을 하기 시작했다. 그녀의 목소리는 너무도 가련하고 처연했다.

"이제 당신은 떠나셨군요. 하데스의 궁전으로 내려가 버리고 말았어요. 당신은 우리를 홀로 남겨두고 떠나신 거군요. 당신의 어린 아들과 저를 이렇게 남겨두고 말이에요. 앞으로 어느 누구도 우리를 보호해주지도, 우리의 고통을 덜어주지도 못할 거예요. 아스티아낙스는 이제 아버지 없이 자라야만 해요. 그런데 트로이인들은 당신을 명예롭게 장사지내드리지도 못하게 되고 말았어요. 내가 여러 날을 베틀에 앉아 짠 곱디고운 아마포로 당신을 덮어드리지도 못하게 되었고요. 당신은 옷이 벗겨진 채로 장사도 못 지내고 아카이아인들의 함선 옆에 누워 있게 되었어요. 어느 누구도 당신을 귀한 장례 재물과 함께 화장하고, 그 위에 높은 무덤을 쌓아드리지도 못하게 되었어요……"

안드로마케는 간장이 끊어지도록 비통하게 탄식을 했고 그 무엇도 그런 그녀를 위로할 수 없었다.

헥토르가 죽었다는 소식은 바람처럼 빠른 속도로 퍼져나갔고, 그 소식을 들은 트로이인들 중에서 안드로마케와 함께 헥토르의 죽음을 애도하며 슬피 울지 않는 사람은 아무도 없었다. 트로이인들의 가장 위대한 영웅이 죽은 것은 곧 트로이성 전체의 몰락을 의미한다는 끔찍한 공포가 모든 트로이 종족에게 엄습했다.

그날 밤, 어린아이들과 노인들만이 잠을 청할 수 있었다. 트로이 성 안의 모든 곳에서는 헥토르의 죽음을 애도하는 구슬픈 울음소리가 밤새 끊이지 않았다.

13

아카이아 진영에서도 아무도 잠을 이룰 생각을 하지 않았다. 병사들은 모두 막사로 흩어져 갑옷을 벗고 전쟁터에서 뒤집어쓴 먼지와 더러움을 씻어내고 상처를 치료했다.

아킬레우스는 미르미돈 병사들에게 명령했다.

"이제부터 우리는 파트로클로스의 명예를 회복하는 의식을 치를 것이다."

그들은 아킬레우스의 전차에서 말들을 풀지 않고 그대로 죽은 파트로클로스의 막사를 천천히 세 바퀴 돌았다. 그런 다음 헥토르의 시신을 파트로클로스가 누워 있는 관 옆에 얼굴이 땅바닥을 향하도록 엎어놓았다.

전쟁이 아카이아인들에게 유리해진 것에 말할 수 없는 기뿜을 느낀 아가멤논이 부하들을 시켜 아킬레우스에게 따뜻한 물과 향기로운 기름 등을 보냈다.

그러나 아킬레우스는 그들을 그대로 돌려보냈다.

"파트로클로스의 장례를 치르기 전에는 그런 사치스러운 것들로 내 몸을 치장할 수 없소!" 아킬레우스는 아가멤논의 부하들에게 자기 말을 왕에게 그대로 전하라고 시켰다. "당신의 부하들에게 명령하시어 내일 아침 일찍 숲에서 나무를 베어 이곳으로 가져오라고 하시오. 내 친구를 화장할 수 있도록 말이오."

이어서 아킬레우스는 장례를 위해 풍성한 음식을 장만하게 한 뒤 병사들을 모두 초대했다. 성대한 장례 만찬은 자정이 지나서야 끝이 났다. 만찬이 모두 끝난 뒤 아킬레우스는 전투로 지친 몸을 이끌고 막사로 들어가 자리에 누웠다. 마음속에는 알 수 없는 슬픔이 가득했다. 새벽이 그다지 멀지 않은 시각이었다.

마침내 잠이 들려고 하는 순간, 아킬레우스는 누군가가 막사 안으로 들어오는 인기척을 느꼈다.

"아킬레우스, 잠들었나?"

들려오는 목소리에 아킬레우스는 깜짝 놀라 자리에서 벌떡 일어났다. 그는 눈을 크게 뜨고 어둠 속에서 자기 앞에 뚜렷한 형상으로 서 있는 사람을 바라보았다. 다정한 얼굴, 빛나는 눈동자, 아킬레우스의 머리카락만큼이나 밝은 금발, 떡 벌어진 넓은 어깨……

"파트로클로스, 자네인가?" 아킬레우스는 놀라움과 반가움이 동시에 밀려와 크게 소리쳤다. "자네, 날 찾아오는 길인가?"

파트로클로스의 형상은 슬픈 표정으로 고개를 끄덕였다.

"나는 저 아래 타르타로스의 무시무시한 강가를 정처 없이 떠다녀야만 했네. 나를 강 건너로 건네줄 나룻배에 몸을 실으려고 하면, 어두운 그림자들이 나를 배에서 밀쳐내며 못 타게 막곤 했네. 내 시신이 아직 땅에 묻히지 못했기 때문일세. 자네에게 간청하건대, 속히 내 시신을 화장해주게. 내가 저승에서 편안히 쉴 수 있도록 말일세! 한 가지 부탁이 더 있네. 자네도 곧 나를 따라 저승길로 가게 될 걸세! 그렇게 되면 병사들에게 일러 자네와 내 뼈를 자네 어머니께서 예전에 자네에게 선물로 주신 손잡이가 둘 달린 황금 항아리에 함께 넣어달라고 하게. 내 소원을 들어줄 수 있겠나?"

"그렇게 하겠다고 자네에게 맹세하지!" 이렇게 대답하는 아킬레우스의 두 눈에서 눈물이 넘쳐흘렀다. 아킬레우스는 파트로클로스를 향해 손을 뻗었다. "이리 가까이 오게, 다시 한 번 자네를 안을 수 있도록 말일세!"

그러나 그 순간 아킬레우스가 그토록 사랑하는 친구의 형상은 스르륵하는 낮은 소리와 함께 연기처럼 사라지고 말았다. 아킬레우스는 벌써 저 바깥 하늘에 회색빛 여명이 밝아오는 것을 보았다.

잠시 후 병사들이 이다 산으로 나무를 베러 가기 위해 짐을 실어 나를 노새들과 도끼, 짚으로 꼬아 만든 동아줄 등을 가지고 왔다.

해가 중천에 떴을 무렵, 그들은 막사 가장자리에 있는 낮은 언덕 위에 거대한 장작더미를 쌓아 올렸다. 아카이아 병사들이 아무 말 없이 그 둘레에 빽빽이 둘러서 있었다.

모든 준비가 끝나자 아킬레우스가 죽은 친구의 시신을 두 팔에 안아 들고 장작더미에 걸쳐놓은 가파른 사다리 위로 올라갔다. 그는 장작더미 위의 정중앙에 시신을 조심스럽게 내려놓았다. 그곳에 시신을 놓아야 나중에 장작불이 다 꺼지고 난 뒤 뼈를 쉽게 찾을 수 있었기 때문이다. 아킬레우스가 시신의 머리맡에 자리를 잡고 섰다.

"파트로클로스, 난 자네와의 약속을 지켰네." 아킬레우스가 말했다. "내 칼로 트로이 병사 열둘을 죽여서 그들을 하데스로 내려가는 자네와 동행하도록 하였네."

말을 마친 아킬레우스가 노예들에게 손짓하자, 노예들은 곧 트로이 병사 열둘의 시신을 가지고 와서 장작더미 가장자리에 빙 둘러 올려놓았다.

"그리고 자네 말들과, 자네가 예뻐하던 강아지들도 두고 가면 안 되겠지."

아킬레우스가 이렇게 말하자 병사들이 죽은 짐승들을 파트로클로스 시신 둘레에 놓았다. 여러 항아리에 담은 기름과 꿀, 양과 소의 고기와 기름도 함께 파트로클로스 옆에 갖다놓았다.

모든 것을 풍속과 관습에 알맞은 방식으로 격식을 차려 준비한 뒤에, 아킬레우스는 마지막으로 친구의 시신을 한 바퀴 돌았다. 그러더니 그 자리에 꼼짝 않고 서서 고요하게 잠들어 있는 친구의 얼굴을 바라보았다. 사랑하는 친구의 죽음으로 인한 고통스러운 마음과, 그 친구를 죽인 자에 대한 분노가 다시금 아킬레우스를 온통 뒤흔들어놓았다.

"마지막으로 자네에게 하나 더 해주고 싶은 일이 있네, 파트로클로스!" 아킬레우스가 울분을 억누르며 말했다. "아마 어두운 죽음의 나라에 있는 자네도 이 말을 들으면 기뻐할 걸세. 난 헥토르의 시신을 화장하지 않겠네. 아니, 절대로 그럴 수 없네. 난 그의 시신을 개가 물어뜯도록 하겠네!"

마지막 말을 마친 아킬레우스가 몸을 돌려 사다리를 타고 장작더미에서 내려왔다.

누군가가 그에게 횃불을 건네주었다. 아킬레우스는 고개를 돌린 채 횃불을 장작더미 아래에 있는, 불이 잘 붙도록 바짝 마른 덤불에 갖다 댔다.

곧 불길이 위로 치솟기 시작했다.

한편 막사 사이에 아무렇게나 내버려져 있는 헥토르의 시신에는 어느 누구도 신경을 쓰지 않았다.

그때 포이보스 아폴론과 아프로디테가 사람들의 눈을 피해 헥토르의 시신 옆으로 다가갔다. 그들은 넥타르와 암브로시아를 헥토르의 온몸에 바른 뒤, 그 위에 부패를 막아주는 향유를 시신의 머리끝부터 발끝까지 꼼꼼하게 발랐다.

그럭저럭하는 사이 또다시 밤이 되었다. 개들이 막사 주변을 어슬렁거리다가 시신의 냄새를 맡고 다가왔다. 그러나 어찌 된 일인지 개들은 더 이상 시신 가까이에 다가설 엄두를 내지 못했다. 그저 낮게 낑낑거리는 소리를 내면서 먼발치에서 시신을 빙 돌아 지나갈 뿐이었다.

아킬레우스는 병사들을 모두 돌려보내고 밤새 홀로 장작더미 둘레를 돌며 직접 보초를 섰다. 그는 여러 번 죽은 친구의 이름을 소리 내어 부르며 슬퍼했다.

아침이 밝아올 무렵 장작더미의 불길은 서서히 잦아들었다. 피곤에 지친 아킬레우스는 불타버린 장작더미 옆에 누워 잠이 들었다.

아킬레우스가 잠에서 깨어났을 때 장수들과 병사들이 그를 둘러싸고 서 있었다. 장작더미는 모두 불타서 무너졌고 불씨들만이 남아 깜박이고 있었다. 아킬레우스는 포도주를 부어 불씨를 모두 꺼뜨리라고 명령했다.

그는 막사에서 어머니로부터 선물 받은 손잡이가 둘 달린 황금 항아리를 가져오라고 시킨 다음, 가장 가까운 부하들에게 명하여 파트로클로스의 뼈를 추려내어 항아리에 담도록 했다.

"이 항아리의 뚜껑은 아직 완전히 봉하지 않을 것이며 돌로 된 비석도 아직은 세우지 않을 것이다." 아킬레우스가 말했다. "나중에, 나 역시 하데스의 나라로 내려가게 되면 너희들은 내 뼈를 이 항아리에 함께 넣도록 하라. 그리고 우리 둘을 위한 커다란 봉분을 쌓도록 하라. 너희 중에 누구든 그때까지 살아남는 자가 있다면 말이다."

아킬레우스는 낮은 목소리로 마지막 말을 덧붙였다.

병사들은 파트로클로스의 뼈를 담은 항아리를 임시로 흙속에 파묻고 그 위에 봉분을 만든 다음, 죽은 자에 대한 예를 갖추기 위한 전투 경기를 벌일 준비를 했다.

맨 먼저 전차 경주가 개최되었다. 이 경주에는 최고의 마부들과 가장 빠른 말들이 참가했다.

디오메데스는 바로 얼마 전에 아이네이아스에게서 빼앗은 멋진 말들을 몰고 경기에 참가했다. 그가 이 경기에서 우승하리란 것을 어느 누구도 의심하지 않았다.

안틸로코스는 아버지에게서 물려받은 말들을 고삐에 매어 몰고 나왔다. 그 말들은 저 유명한 필로스에서 태어난 말들이었다. 안틸로코스는 이미 어린 시절부터 전차 모는 솜씨가 탁월하기로 이름을 떨치던 장수였다. 그의 솜씨는 타고난 듯했다.

메넬라오스는 한 쌍의 날랜 말들을 전차에 매고 참가했으니, 아가멤논의 암말 아이테와 자신의 말 포다르고스였다.

메넬라오스의 전차 역시 수많은 경기에서 우승을 거둔 바 있었다.

네번째 참가자는 에우멜로스로, 그는 자기가 모는 말들이 아직껏 그 어떤 경기에서도 져본 적이 없다고 자랑했다. 그러나 그는 실속 없는 허풍쟁이에 불과했다.

마지막 참가자는 메리오네스였다. 그는 그저 전차 달리는 것이 좋아서 참가했을 뿐, 상을 받는 것에는 그다지 관심이 없었다.

아킬레우스가 전차 경주를 위해 직접 정한 경기 구역은 전차로 달리기 쉽지 않았다. 아카이아 진영을 둘러싸고 크게 한 바퀴를 도는 코스로, 달리는 길마다 나무 그루터기와 돌덩이, 언덕과 웅덩이가 곳곳에 있었다.

그러나 결승점에는 값진 상품들이 유혹하듯 기다리고 있었다. 1등에게는 아름답고 재주가 많은 노예 여인 한 명을, 2등에게는 갈기와 꼬리털이 새하얀 색으로 길게 자란 금갈색의 암말 한 마리를 내놓았다. 그 말은 아름다움과 빠르기에 있어서 다른 말들과는 비교할 수 없을 정도로 훌륭했다. 3등에게는 청동 삼발이를, 그리고 마지막 4등에게는 두 탈란톤의 황금을 줄 예정이었다. 심지어 꼴찌인 5등에게도 위로의 뜻으로 은그릇을 주기로 했다.

병사들은 눈 깜짝할 사이에 경주에 참가하지 않는 장수들이 앉아서 경기를 관람할 수 있는 구조물을 만들었다. 아킬레우스도 그 위에 자리를 잡고 앉았다. 그가 경기에 참가하는 것은 그다지 어울리지 않았기 때문이다. 전차가 달릴 길 양쪽으로 병사들이 빽빽하게 늘어섰다.

다섯 대의 전차가 어깨를 나란히 하고 한 줄로 섰다. 말들은 벌써 흥분해서 신이 난다는 듯 귀를 쫑긋거리며 제자리에서 경쾌한 걸음으로 몸을 흔들었다. 마부들은 고삐를 팽팽하게 당겨 쥐고는 온몸의 근육을 긴장시키며 출발을 알리는 신호를 기다리고 있었다.

아킬레우스가 팔을 높이 들었다가 힘차고 빠른 동작으로 획 하며 아래로 내렸다. 그와 동시에 전차들이 앞으로 달려 나가기 시작했다.

경주는 너무도 흥미진진하게 진행되었다.

맨 처음 한동안은 허풍쟁이 에우멜로스가 정말로 승리를 하는 데에 아무도 이의를 제기할 수 없을 것 같아 보였다. 그의 말들이 다른 말들을 제치고 바람처럼 앞질러 나갔기 때문이다. 말발굽이 거의 땅에 닿지 않는 것 같아 보였다.

그 뒤를 디오메데스가 바짝 따랐다. 디오메데스가 모는 암말들이 뱉어내는 뜨거운 숨을 에우멜로스가 목 뒤에서 느낄 수 있을 정도로 가까운 거리였다.

잠시 후에 두 전차의 말들은 나란히 달렸다. 병사들이 기쁨의 환호성을 질러댔다. 병사들은 은근히 마음속으로 디오메데스가 에우멜로스를 따라잡기를 바랐기 때문이다. 그러나 디오메데스가 막 에우멜로스를 따돌리려는 순간, 포이보스 아폴론이 번개처럼 디오메데스의 전차 위로 뛰어올라 그의 손에서 채찍을 빼앗아 멀리 던져버렸다. 아폴론은 디오메데스가 전에 벌어진 전투에서 자기를 공격하려고 달려들었던 것 때문에 그에게 화가 많이 나 있었다.

더 이상 채찍으로 때리며 달리라고 재촉하는 사람이 없자 말들은 그만 그 자리에 멈춰 서버렸다. 그 바람에 에우멜로스가 점점 더 멀리 앞으로 달려 나갔고, 그 모습을 바라보면서 화가 난 디오메데스는 저주의 욕설을 퍼부었다.

그러나 에우멜로스도 승리를 장담하기에는 너무 일렀다.

팔라스 아테나가 포이보스 아폴론의 못된 짓을 지켜보고 있다가, 바닥에 떨어진 채찍을 재빨리 주워서 디오메데스에게 다시 던져주었다. 그런 다음 곧바로 앞으로 날아가 에우멜로스가 모는 전차의 멍에를 두 동강 내버리자, 놀란 말들이 거칠게 날뛰더니 전차의 끌채를 질질 끌면서 사방으로 흩어졌다.

에우멜로스는 바닥으로 곤두박질쳤다. 얼굴과 손이 온통 벗겨지며 상처를 입은 그는 간신히 바닥에서 일어나 도망가는 말들을 뒤쫓아갔다. 분노가 치밀어 올랐고 두 눈에서는 눈물이 솟구쳤다. 그의 왼쪽으로 디오메데스가 승리를 뽐내며 전속력으로 질주했고, 오른쪽으로는 안틸로코스가 무시무시한 목소리로 길을 비키라고 소리 지르며 그의 곁을 스쳐 지나갔다. 어찌나 가깝게 스쳐 지나갔던지, 안틸로코스가 모는 전차 바퀴에 에우멜로스의 몸이 살짝 부딪칠 정도였다.

잠시 후 메넬라오스가 키가 똑같은 두 마리의 말이 이끄는 전차를 몰고 지나갔다.

앞서 달려가는 세 대의 전차 앞에 꽤 길고 곧은길이 펼쳐졌다. 세 대의 전차는 이제 거의 나란히 달리고 있었다. 그들이 몰고 가는 전차 뒤로 먼지가 구름처럼 일어났다. 말발굽에서 튀겨 나온 모래가 전차를 모는 장수들의 머리 위로 쏟아져 내렸다. 거세게 달리는 전차 바퀴가 가끔은 공중으로 붕 떴다가 다시 삐거덕거리는 소리를 내며 웅덩이 안으로 곤두박질쳤다.

갑자기 길이 좁아지기 시작했다. 좁은 길가 한쪽으로는 뾰족한 바윗덩이들이 여기저기 흩어져 있었고, 다른 쪽에는 봄에 눈이 녹아내려 생긴 물길이 깊은 도랑을 이루고 있었다.

그사이 디오메데스는 다른 두 대의 전차를 전차 한 대만큼의 거리를 두고 또다시 앞지르고 있었다. 흰 암말 두 마리는 아무도 따를 수 없는 속도로 좁은 길을 달려가더니 마지막 결승점을 향해 총력으로 질주해 들어갔다. 아무도 그 말들을 이길 수 없었다.

메넬라오스와 안틸로코스도 마지막 관문인 좁은 길을 향해 나란히 달렸다. 그러나 그 길은 두 대의 전차가 나란히 달리기에는 너무 좁았다!

메넬라오스는 눈앞에 펼쳐진 좁은 길을 보고 깜짝 놀랐다.

"조심해!"

메넬라오스가 소리쳤다. 좁은 길은 이제 창 하나의 거리 정도만을 남겨놓고 있었고, 그때까지도 두 대의 전차는 서로 바퀴가 맞닿을 듯이 나란히 앞을 향해 달리고 있었다. 계속 달리다가는 전차 두 대 모두 길가 바윗덩이들에 부딪쳐 박살이 나거나, 도랑 속으로 처박히면서 쿵쾅거리는 소리와 함께 부서질 찰나였다.

마지막 순간에 하는 수 없이 메넬라오스는 이를 갈며 몸을 뒤로 홱 젖혀서 고삐를 당기고 말았다.

메넬라오스의 말들이 순간적으로 자리에 멈춰 서는 동안, 안틸로코스는 그 기회를 이용해서 말들에게 채찍을 더 세게 내리쳤다. 안틸로코스는 소년 시절의 무모하리만치 대담한 성격이 아직 그대로 남아 있었고, 필로스의 수말들은 그런 주인의 실력을 믿고 있었다.

길가의 바위들과 메넬라오스의 전차로부터 손가락 하나 굵기만큼의 간격을 두고 그 사이를 질주해서 안틸로코스의 전차는 좁은 길을 뚫고 지나갔다. 결국 안틸로코스는 전차 두 대 길이만큼의 거리를 두고 디오메데스에 이어 두번째로 결승점에 다다랐다. 화가 잔뜩 난 메넬라오스가 바로 뒤를 따랐다.

"당신은 나를 가지고 놀았소, 안틸로코스!" 메넬라오스가 소리쳤다. "당신은 우리 둘 다 말과 전차와 함께 저 바위에 부딪쳐 죽임을 당하기 전에, 내가 먼저 포기하고 전차를 멈출 것이라는 걸 알았던 거요!"

"당신이 나보다 용기가 없는 것은 내 탓이 아니지 않소." 안틸로코스는 메넬라오스에게 따지듯 말했다. "내가 2등으로 결승점에 도달했으니 저 암말은 내 것이오!"

안틸로코스와 메넬라오스가 이렇게 2등 상을 놓고 다투는
동안 에우멜로스가 네번째로 도착했다. 사방으로 달아나던
말들을 다시 잡아서 끌고 온 것은 거의 신기에 가까웠다. 에
우멜로스는 아직도 다리를 절뚝거렸고 생채기가 난 그의 얼
굴은 고통스럽게 일그러져 있었다.

마지막으로 메리오네스가 편안하게 경주를 즐기는 모습으
로 나타났다. 그는 상으로 주어진 은그릇을 만족한 표정으로
받아 들었다.

"꼴등에게 주는 상의 좋은 점은 어느 누구도 그 상을 두고
탐내거나 다투지 않는다는 것이오!" 메리오네스가 웃으며 말
했다. "보시오, 아무도 내게 싸움을 걸어오는 자가 없지 않소!"

한편 안틸로코스는 진지하게 다시 생각했다. 상으로 주어
지는 아름다운 암말이 탐나기는 했지만, 그래도 어쩐지 자기
는 그 상을 받을 자격이 없는 것 같다는 생각이 들었다. 만약
메넬라오스가 자기처럼 무모하게 좁은 길로 전차를 몰아 돌
진했더라면 어떻게 되었을까?

안틸로코스는 본디 그의 아버지로부터 정정당당함을 물려
받은 터라 결국 메넬라오스에게 다가갔다.

"당신도 알다시피 나는 당신보다 나이가 훨씬 어립니다.

390

그래서 가끔 통찰력이 부족합니다." 안틸로코스는 솔직하게 인정하며 말했다. "당신은 저보다 훨씬 더 사려 깊게 행동했습니다! 당신이 전차를 세우지 않았더라면, 아마도 우리는 지금쯤 둘 다 부서진 전차 밑에 깔려 있었을 것입니다."

그러나 메넬라오스 역시 생각이 깊은 장수였다. 그는 안틸로코스를 다정하게 바라보며 고개를 가로저었다.

"당신과 당신의 아버지는 나를 위해 이 전쟁에 참가하셨소. 그리고 너무도 많은 것들을 참고 견뎌야만 했소. 당신이 저 암말을 가진다고 해도 그에 대한 보답을 하기에는 너무도 부족하오."

그리하여 모두가 자기에게 주어진 상을 흔쾌한 마음으로 받게 되었고, 전령들은 다음 경기를 위해 병사들을 불러 모았다.

아킬레우스는 튼실한 노새 한 마리를 데려오라고 한 다음, 그것을 권투 시합에서 이긴 자에게 주겠노라고 했다.

곧바로 한 병사가 앞으로 나오며 경기에 참가하겠다는 의사를 밝혔다. 모두가 그를 놀란 눈으로 쳐다보았다. 그는 말 그대로 걸어 다니는 거대한 고깃덩어리라고 해도 좋을 만큼 덩치가 컸다. 그러나 얼굴에서 총기라고는 전혀 찾아볼 수가 없었다.

그는 솥뚜껑만큼 크고 못생긴 손을 노새의 엉덩이에 척 올려놓더니, 되는대로 지껄이기 시작했다.

"내 생각에, 이 노새는 벌써 내 차지나 다름없는 것 같소. 하지만 누구든지 이 노새가 탐나는 사람이 있으면 앞으로 나오시오!"

오 맙소사, 그의 주먹맛을 보고 싶은 사람은 아무도 없었다. 그러나 잠시 후에 결국 에우리알로스가 앞으로 나섰다. 저 멍청한 얼굴에 몸집만 큰 거인에게 아무도 결투를 신청하는 자가 없다는 것은 참으로 창피한 일이란 생각이 들었기 때문이다.

그는 곧 자신의 결정을 후회할 수밖에 없었다. 경기는 아주 단시간에 끝나버렸고, 거구의 병사는 의식을 잃고 바닥에 쓰러져 있는 에우리알로스를 짚단처럼 간단하게 번쩍 들어 올려 황급히 달려온 그의 친구들에게 건네주었다. 친구들은 불쌍한 에우리알로스를 경기장에서 데리고 나갔다.

그다음으로 레슬링 경기가 벌어졌다. 텔라몬의 아들 아이아스가 일어섰고 곧바로 지략이 뛰어난 오디세우스도 일어섰다. 거의 동시에 일어선 두 장수는 서로를 쳐다보며 웃었다.

유명한 두 장수가 경기장 안에서 마주 서자 병사들은 모두

물을 끼얹은 듯 조용해졌다.

힘에 있어서는 아이아스가 조금 앞설지 모르나 오디세우스
는 그 누구보다도 레슬링 기술이 뛰어났다. 그리하여 두 장수
의 레슬링 시합은 우열을 가리지 못하고 오래 지속되었다. 두
장수의 가슴과 등에서 땀이 빗물처럼 흘러내렸고 두 팔로 서
로를 힘껏 끌어안자 갈비뼈에서는 우두둑 소리가 났다. 한 사
람만 바닥으로 쓰러져도 둘은 함께 뒹굴었다. 쓰러지는 사람
이 다른 사람을 꼭 붙들고 쓰러졌기 때문이다. 그래서 둘은
땅바닥에서 한참을 뒹굴었다.

한 사람이 다른 사람을 바닥에서 번쩍 안아 올리면, 들어
올려진 사람은 안아 올린 사람의 무릎을 발로 힘껏 걷어찼다.
그러면 또다시 둘은 쿵 하는 소리와 함께 바닥으로 쓰러졌다.
두 장수는 한 치의 양보도 없이 서로의 몸을 머리끝부터 발끝
까지 멍과 긁힌 자국으로 시퍼렇고 뻘겋게 울긋불긋 물들여
놓았다.

경기를 관람하던 병사들이 술렁거리기 시작했다. 그때 아
킬레우스가 자리에서 일어났다.

"그만들 멈추시오!" 그가 소리쳤다. "두 분 장수 모두 실
력이 출중하여 우열을 가리기가 힘드니, 두 분 모두에게 상을

드리겠소!"

그러고는 두 개의 똑같은 청동 삼발이와 멋진 장식이 붙은 항아리를 가져오라고 명령했다.

다음으로는 달리기 경주였다. 로크리스의 아이아스와 안틸로코스, 그리고 지칠 줄 모르는 오디세우스가 또다시 경기에 참가하겠다고 신청했다.

아이아스는 발이 무척 빠른 장수였다. 그러나 그는 안타깝게도 경주가 시작되기 전에 신들에게 우승을 비는 기도를 올리는 것을 깜박 잊고 말았다. 그래서 경기 중에 큰 불행을 겪어야 했다. 모든 달리기 선수들이 널따란 풀밭 위에 마련되어 있는 결승점 가까이에 다다랐을 때였다. 그 풀밭에서는 조금 전까지 소들이 풀을 뜯고 있었다. 아이아스는 마침 소들이 싸놓은 한 무더기의 질척한 똥을 밟고 말았다.

그것으로 우승은 아이아스의 곁을 영영 떠나고 말았다. 소똥을 밟은 아이아스는 자리에서 미끄러져 넘어졌고, 곧 다시 일어서기는 했으나 한동안 온 얼굴과 손에 묻은 똥을 급한 대로 닦아내야만 했다. 그 모습을 본 모든 관중들은 웃음을 참지 못했다.

승리의 상은 오디세우스에게 돌아갔다. 그는 경기 전에 팔라스 아테나에게 기도드리는 것을 잊지 않았기 때문이다.

"고귀하신 여신이여, 제게로 오셔서 제 발이 잘 뛸 수 있도록 도와주시옵소서!"

이제 창던지기를 할 차례였다. 디오메데스와 텔라몬의 아들 아이아스가 경기에 참가하겠다고 신청했을 때, 주변에 둘러서 있던 병사들 사이에서 염려의 목소리가 터져 나왔다. 병사들은 두 장수가 얼마나 대단한 실력자들인지 잘 알고 있었기 때문이다.

"경기는 두 참가자 중 한 사람이 가벼운 상처를 입어 피를 흘릴 때까지만 하기로 한다!"

아킬레우스가 경기 규칙을 선포했다. 그러나 이 경기가 단순히 가벼운 상처로만 끝나지 않을 것임을 모두가 알고 있었다.

디오메데스와 아이아스는 세 번이나 서로를 향해 돌진했다. 그러나 아이아스는 그 어떤 창도 뚫을 수 없는 일곱 겹의 거대한 청동 방패를 들고 있었다.

디오메데스는 방패 너머로 창을 던져 공격하기로 마음먹었다. 그러나 만약 창이 아이아스의 목에라도 가서 꽂히는 날에는 그것은 곧 그의 죽음을 의미했다.

네번째 시도에서 디오메데스의 창이 간발의 차로 아이아스의 목젖을 스쳐 지나갔다. 그 모습을 본 병사들이 술렁거리더니, 이내 경기를 중단하라고 소리쳤다. 곧 아킬레우스가 병사들을 향해 고개를 끄덕이고는 팔을 높이 들었다. 경기는 경기로만 끝나야지 목숨을 건 싸움이 되어서는 안 되었기 때문이다!

상으로 파트로클로스가 전리품으로 빼앗아온 사르페돈의 값비싼 갑옷과 무기들이 주어졌다. 아이아스는 사르페돈의 은으로 만든 갑옷과 투구, 그리고 정강이받이를 차지했고, 디오메데스는 방패와 창, 그리고 금장식이 붙은 칼집과 칼을 차지했다.

이제 많은 병사들이 원반던지기 시합이 있는 곳으로 몰려갔다. 병사들은 무거운 쇳덩이로 된 원반을 던지는 시합을 특히 좋아했다. 이 경기에서는 폴리포이테스라는 이름을 가진 젊은 병사가 우승을 차지했다.

마지막으로 아카이아의 가장 훌륭한 활쏘기의 명수들에게 실력을 뽐낼 수 있는 기회가 주어졌다. 이 활쏘기 시합에는 테우크로스와 메리오네스가 참가했다. 경기 규칙은 가는 실에 발이 묶인 비둘기가 공중으로 날아올라 날갯짓을 할 때 그 비둘기를 쏘아 맞히는 것이었다.

날아가는 비둘기를 화살로 쏘아 맞히는 것이 얼마나 고도의 기술을 요하는지 모든 병사들은 잘 알고 있었다.

테우크로스가 먼저 쏘았다. 그러나 그는 은빛 활을 가진 신에게 자신이 승리를 하면 감사의 제물을 바치겠다는 맹세를 하지 않았다. 계속 트로이 병사들 편에 서서 그들을 돕는 아폴론에게 화가 나 있었기 때문이다.

그래서 그는 그에 대한 대가를 치러야 했다.

아카이아인들 중에서 최고의 궁수인 테우크로스는 비둘기를 맞히지 못했다. 그의 화살은 비둘기의 발에 묶여 있던 실에 가서 맞았고, 그 바람에 실이 끊기면서 비둘기는 번개처럼 하늘 높이 날아가 버렸다. 분노를 이기지 못한 테우크로스가 내뱉은 저주의 욕설이 날아가는 비둘기와 함께 공중으로 흩어졌다.

한편 영리하게 앞일을 내다본 메리오네스는 양 한 마리를 미리 잡아놓고 포이보스 아폴론에게 자기가 승리할 수 있게 도와준다면 그 양을 제물로 바치겠노라고 맹세를 했다.

또 한 마리의 비둘기가 실에 묶여 공중으로 날려졌다. 비둘기는 겁을 잔뜩 집어먹은 채 공중에서 이리저리 파닥거리며 날갯짓을 했다.

메리오네스는 시위에 화살을 놓아 비둘기를 조준한 다음 힘껏 당겼다. 비둘기는 마지막으로 크게 한 번 날갯짓을 하더니 마치 돌덩이처럼 아래로 뚝 떨어졌다. 메리오네스는 승리의 상으로 양날 도끼 열 자루를 받았다. 그러고 나서 약속했던 양을 포이보스 아폴론의 제단에 올려놓았다. 메리오네스는 약속을 소중하게 생각하는 진실한 사람이었기 때문이다.

14

이제 모든 전투 경기가 끝나고 병사들 무리도 제각각 각자의 처소로 흩어졌다.

땅거미가 지기 시작했고 서쪽 하늘에서는 벌써 샛별이 떠올랐다. 밤이 천천히 다가오고 있었다. 육지와 바다에 깊은 정적이 감돌았다. 마치 이 세상에는 전쟁도 증오도 적개심도 없는 것처럼 그렇게 고요한 시간이 흘렀다.

병사들은 막사에서 모두 잠들었다.

아킬레우스만이 잠들지 못하고 깨어 있었다. 그는 막사 안을 서성이다 어둠 속을 뚫어져라 쳐다보기도 하며, 다시는 돌아오지 않을 파트로클로스를 생각했다.

사방이 고요해지자 그의 마음 깊은 곳에 숨어 있던 고통과 분노가 또다시 배가 되어 그를 괴롭혔다. 저 바깥 병사들의 천막 사이에 사랑하는 친구를 죽인 헥토르가 누워 있다! 갑자기 억누르기 힘든 증오심이 그의 마음속에 불끈 솟아올랐다.

마치 못된 악마가 그를 충동질하는 것만 같았다. 그는 자리에서 벌떡 일어나 바깥으로 나갔다.

아킬레우스는 막사 안 한쪽 구석에 웅크리고 있던 브리세이스를 쳐다보지도 않았다. 아가멤논의 막사에서 아킬레우스에게로 다시 돌아온 후로 브리세이스는 내내 그곳에 있었다. 슬픔을 억누를 길이 없었지만, 그래도 그녀는 꾹 참고 기다렸다. 그러나 아킬레우스는 그녀가 거기 있다는 사실조차 모르는 것 같았다. 이제 그녀의 존재를 영영 잊은 것처럼 보였다.

지금도 아킬레우스는 그녀 앞을 무심하게 지나 막사 밖으로 나가버린 것이다. 막사를 나온 아킬레우스는 미르미돈 병사들이 막사 둘레에 높은 말뚝을 박아 만든 울타리로 둘러싸인 안마당을 지나 바깥문을 열었다.

조금 떨어진 곳에 그의 전차가 세워져 있었고 그 옆에서 말들이 누워 잠을 자고 있었다. 아킬레우스는 낮은 목소리로 크산토스와 발리오스를 깨웠다. 말들은 즉시 자리에서 일어나 그의 곁으로 다가왔다.

아킬레우스는 말들을 전차에 매고 헥토르의 시신이 있는 곳으로 갔다. 그는 지금 악몽 속에서 볼 수 있거나 혹은 완전히 정신이 나간 사람들이 하는 행동을 하고 있었다.

그는 헥토르의 시신을 전차에 매달고 막사를 벗어나 파트로클로스의 무덤으로 갔다. 무덤은 컴컴한 밤하늘 아래 시커멓게 우뚝 서 있었다. 아킬레우스는 말들을 아주 천천히 몰아 무덤을 세 바퀴 돌았다. 그러고는 막사가 있는 곳으로 돌아와 시신을 전에 있던 자리에 다시 풀어놓았다. 시신은 흙으로 뒤범벅이 되었다.

포이보스 아폴론이 아킬레우스의 잔인한 짓을 모두 지켜보고 있었다. 참을 수 없이 화가 난 아폴론은 그길로 올림포스로 달려가 잠들어 있는 다른 신들을 흔들어 깨웠다.

"당신들은 도대체 지금 잠이 온단 말이오?" 아폴론이 소리쳤다. "저 잔인하기 짝이 없는 인간 아킬레우스가 성난 사자처럼 동정심이라고는 손톱만큼도 없이, 죽은 헥토르를 계속 욕보이는 것을 가만히 두고 보기만 할 거요? 당신들이 트로이인들을 미워한다는 그 이유만으로 말이오?"

헤라와 아테나는 아무런 대답도 하지 못했다. 아폴론이 하는 말이 모두 옳았기 때문이다. 그들은 파리스 때문에 트로이인들을 마음속 깊이 미워하고 있었다. 헬레네를 얻고 싶은 욕심에 눈이 먼 파리스가 자기들이 아닌 아프로디테에게 가장 아름답다는 판정을 내렸기 때문이다. 그날 이후로 트로이인들에 대한 두 여신의 미움은 가실 줄을 몰랐다. 여신들도 그렇게 허영에 찬 자존심을 내세우는 존재들이었다.

아폴론의 말에 결국 제우스가 대답했다.

"나는 트로이 종족을 미워하지 않는다. 그리고 헥토르는 더더욱 미워하지 않는다. 그는 죽을 수밖에 없는 인간들 중 몇 안 되는 최고의 장수였다. 지금 아킬레우스가 하는 짓은 내 마음에도 전혀 들지 않는다. 게다가 그런 행동은 그 자신의 명예를 위해서도 아무런 도움이 되지 않는다. 내 그의 어머니인 테티스를 불러, 아들이 더 이상 못된 짓을 하지 못하게 막으라고 명령을 내릴 것이다."

말을 마친 제우스는 신들의 전령인 이리스에게 손짓했다. 제우스의 명령을 받은 이리스는 쏜살같이 아래로 날아가서 바다 깊은 곳으로 잠수해 들어갔다. 바다의 요정 테티스는 궁전 안에서 슬픔에 젖어 앉아 있었다. 아들의 마지막 날이 하루하루 다가오고 있었기 때문이다.

이리스의 전언을 들은 테티스는 지체 없이 신들의 산으로 이리스를 따라 올라갔다.

제우스는 테티스에게 다정한 목소리로 말했다. 테티스가 겪어야 할 고통이 안쓰러웠기 때문이다.

"너를 이리로 오라고 한 까닭은 너에게 부탁할 것이 있어서다." 제우스는 매우 진지한 목소리로 말했다. "나는 네 아들이 분노를 통제하지 못하고 헥토르와 자기 자신을 욕되게 하는 걸 더 이상 두고 볼 수가 없다. 아킬레우스에게 가서 헥토르의 시신을 트로이인들에게 돌려주어 그를 명예롭게 장사 지낼 수 있게끔 하라는 나의 명령을 전하거라! 프리아모스에게는 내가 따로 전령을 보내 많은 선물을 가지고 아킬레우스를 찾아가서, 그에게 아들의 시신을 돌려달라고 빌도록 손을 쓸 것이다."

테티스는 제우스에게 작별의 인사를 한 뒤 땅으로 내려왔다. 테티스가 아카이아 함선이 있는 곳에 당도했을 무렵, 하늘에는 첫새벽의 여명이 밝아오고 있었다.

그녀는 아킬레우스의 막사로 들어갔다. 아킬레우스는 밤을 꼬박 새워 무척 피곤한 기색이었다.

"너는 얼마나 더 네 자신을 그렇게 학대하려고 하느냐?" 테티스는 초췌한 아들의 모습을 보고 가엾은 마음에 이렇게 물었다. "네 생명이 얼마 남지 않았다는 것을 너도 잘 알고 있지 않느냐! 크로노스의 아들 제우스께서 네게 무척 화가 나셨다. 네가 헥토르에 대한 증오심을 조금도 누그러뜨리지 않기 때문이야. 제우스께서 네게 내리시는 명령을 받아왔으니 잘 들어보아라. 너는 프리아모스 왕이 찾아와서 너에게 간청하는 즉시 헥토르의 시신을 그에게 넘겨주어야 하느니라!"

이 말을 들은 아킬레우스는 제우스의 명령에 반항하기라도 하듯 자리에서 벌떡 일어섰다. 그러나 그는 지금까지와는 다르게 의외로 분별력을 발휘했다.

"제가 어떻게 제우스께서 내린 명령을 거역할 수 있겠어요?" 아킬레우스는 메마른 목소리로 말했다. "트로이인들더러 헥토르를 데려가라고 하세요. 막지 않겠습니다. 제가 더 이상 어찌할 수 없다는 것을 파트로클로스도 잘 알 테니 그 친구도 절 용서해줄 거예요!"

그와 같은 시각에 이리스는 트로이의 궁전에 발을 들여놓았다.

이리스가 궁전의 안뜰에 들어서자, 신들을 모신 제단 앞에서 온몸을 쭉 펴고 바닥에 엎드려 있는 프리아모스 왕이 보였다. 그의 얼굴은 바닥을 향하고 있었고 머리카락에는 온통 재가 뿌려져 있었다. 그는 너무도 큰 고통에 잠겨 있었던 것이다.

이리스가 낮은 목소리로 그의 이름을 부르자, 프리아모스는 깜짝 놀라며 몸을 일으켰다. 이리스는 그의 옆으로 가서 앉았다.

"두려워하지 말거라, 프리아모스 왕이여!" 이리스는 그의 귀에 대고 속삭였다. "너에게 제우스께서 보내신 반가운 소식을 전하러 왔노라! 네가 많은 선물을 가지고 아킬레우스를 찾아가서 부드러운 말로 간청하며 그의 마음을 감동시킨다면, 헥토르의 시신을 네게 돌려줄 것이다. 그러니 지금 당장 아카이아 진영으로 내려가거라! 선물을 싣고 갔다가 나중에 돌아올 때는 헥토르의 시신을 싣고 올 짐수레 하나와 네가 탈 마차 한 대, 그리고 짐수레를 몰 나이 든 하인 한 명만을 데리고 가라. 아카이아 병사들은 널 무사히 통과시켜줄 것이다. 제우스께서 친절한 헤르메스 신을 보내시어 너와 동행하게 하실 것이기 때문이다. 일단 네가 펠레우스의 아들의 막사에 발을 들여놓으면 아킬레우스가 절대로 깰 수 없는, 손님으로서 대접받아야 할 신성한 권리가 너를 보호해줄 것이다!"

이리스는 곧 사라져버렸다.

프리아모스는 자리에서 일어났다. 꿈을 꾼 것일까? 그러나 꿈인들 어쩌하랴. 꿈도 신들께서 보내주시는 것일진대!

핵토르가 죽은 이후로 프리아모스는 처음으로 조금이나마 마음의 위안을 얻을 수 있었다. 그리고 자신이 들은 바를 곧바로 행동에 옮기기로 결심했다.

궁전으로 들어간 그는 하인들을 불러 모아 마차에 말들을 매고 노새들이 끌 벽이 높은 커다란 짐수레도 하나 따로 준비하라고 명령했다. 그런 다음 보물 창고로 가서 커다란 궤짝에 들어 있는 열두 장의 값비싼 양탄자와 고운 아마포로 만든 열두 벌의 겉옷, 그리고 양모로 만든 열두 벌의 속옷을 꺼냈다.

멋진 장식이 있는 수많은 항아리와 삼발이, 술잔 들 중에서 가장 값지고 아름다운 것들로만 골라낸 뒤 거기에 열 탈란톤의 금도 보탰다. 트로이 왕들에게 대대로 내려오는 보물을 보관해두는, 삼나무 널빤지로 천장과 벽을 댄 보물 창고 안에서 프리아모스 왕이 분주하게 보물을 고르고 있을 때, 헤카베 왕비가 들어왔다.

헤카베 왕비는 깜짝 놀라 남편을 쳐다보며 물었다.

"지금 당신께서 무슨 일을 하고 계신지 제게 말씀이라도 해주시면 안 될까요?"

프리아모스 왕은 방금 전에 막 골라서 양손에 들고 있던 금그릇을 이미 골라놓은 다른 보물들 위에 얹었다.

"여기 있는 이 보물들을 가지고 잠시 후에 내가 직접 아카이아 진영으로 가려고 하오!"

그가 대답했다.

헤카베 왕비는 남편의 말을 믿을 수가 없었다. 왕께서 헥토르의 죽음을 너무 슬퍼한 나머지, 정신이 이상해진 것이 아닐까?

프리아모스가 계속 다급하게 설명했다.

"신들께서 알려주시길, 내가 직접 아킬레우스를 찾아가서 간청하면 헥토르를 되돌려줄 거라고 하시는구려. 그래서 내가 지금 그러려는 것이오!"

"세상에 맙소사, 당신이 마침내 정신을 잃으셨군요!" 왕비는 울면서 말했다. "아카이아인들은 당신이 아킬레우스의 얼굴을 보기도 전에 당신을 포로로 잡아가거나, 그 자리에서 죽일 거예요!"

프리아모스는 단호하게 고개를 가로저었다.

"나를 말릴 생각일랑 하지 마시오. 당신이 아무리 말려도 소용없소! 모든 일은 이미 한 치의 오차도 없이 정해져 있소!"

왕비는 하는 수 없이 더 이상 말리지 않았다.

하인들이 와서 프리아모스가 골라놓은 보물들을 짐수레에 실었다. 나이 든 하인이 노새가 끄는 짐수레를 몰았다. 곧 프리아모스가 탄 마차와 보물을 가득 실은 짐수레가 스카이아이 성문을 빠져나왔다. 그들이 저 아래 들판에 도착했을 때는 이미 날이 어두워지고 있었다.

프리아모스는 말들에게 박차를 가했다. 나이 든 하인은 노새가 끄는 짐수레를 몰고 프리아모스의 마차를 따라가기가 너무나 힘들었다. 하인은 두려움에 가득 차서 사방을 둘러보며 하필이면 자기를 선택한 왕의 명령을 저주했다. 지금 그들은 하데스를 향해서 곧장 가고 있는 것이 아니고 도대체 무엇이란 말인가?

그들이 일로스의 무덤을 지나갈 무렵, 늙은 하인은 젊은 남자가 가벼운 발걸음으로 그들을 향해 다가오는 모습을 보고 깜짝 놀랐다. 저 남자는 어디에 숨어 있다가 갑자기 나타난 것일까?

늙은 하인은 노새를 재촉하여 앞으로 달려 왕의 마차 옆으로 바짝 다가갔다. 그는 젊은 남자에게 겁을 주어 혹시라도 몰래 다가와 못된 짓을 하지 못하게끔 쫓아버리려고 했다.

그러나…… 한발 늦었다!

그 낯선 남자는 벌써 왕의 마차로 가서 말들 앞에 서 있었다. 그는 아름다웠으며 매우 친절해 보였다. 게다가 손에 황금 지팡이 하나만을 들고 있을 뿐, 아무런 무기도 지니고 있지 않았다.

말들이 저절로 그 자리에 멈춰 섰다. 그러다 갑자기 어리둥절해서 쳐다보던 늙은 하인의 두 눈이 거의 튀어나올 뻔했다! 낯선 남자가 왕의 마차로 다가가더니 매우 부드러운 몸짓으로 왕의 손을 다정하게 잡고는 그에게 말을 걸었기 때문이다.

"고귀하신 노인이여, 어인 일로 이 밤중에 외롭게 이곳을 지나가십니까? 아카이아 병사들이 두렵지도 않으십니까? 당신과 당신의 하인은 두 분 모두 나이가 많으셔서 스스로를 지키기도 힘드실 텐데 말입니다. 게다가 저렇게 많은 보물을 어디로 가져가시는 길입니까? 위험에 처한 트로이 성에서 안전한 곳으로 옮겨놓으려고 하십니까? 아니면 당신들의 가장 용맹스러운 영웅께서 돌아가시고 나자 서둘러 트로이 성을 떠나시는 겁니까?"

젊은이의 말을 들은 프리아모스는 깜짝 놀랐다.

"자네는 마치 헥토르를 잘 알고 있는 것처럼 말을 하는구

먼!”

낯선 젊은이가 어둠 속에서 빙긋 웃었다.

“저는 헥토르 님을 전쟁터에서 자주 뵈었습니다. 그리고 지금은…… 저는 지금 막 아카이아 진영에서 오는 길입니다. 그곳에서도 헥토르 님을 보았습니다.”

젊은이는 조심스럽게 말했다.

프리아모스는 또다시 깜짝 놀랐다.

“어서 말을 해주게, 젊은 친구. 아킬레우스가 여전히 분노를 이기지 못해 헥토르의 시신에 못된 짓이라도 하지 않았나?”

왕이 다급하게 물었다.

“예, 아킬레우스께서는 밤에 헥토르 님의 시신을 끌고 친구 분의 무덤을 빙빙 돌기는 했습니다만.” 낯선 남자는 진지하게 말했다. “그러나 신들께서 헥토르 님의 시신을 거두어 훼손된 곳을 다시 멀쩡하게 돌려놓으셨습니다. 온몸에 난 상처는 모두 깨끗하게 아물었고 지금은 마치 잠들어 있는 것처럼 보이십니다!”

프리아모스는 안도의 숨을 내쉬었다. 그러고는 갑자기 좋은 생각이 떠오르기라도 한 듯 재빨리 짐수레로 가서 황금 잔을 하나 꺼내더니, 젊은이에게 내밀며 말했다.

"자네가 아카이아 진영에서 오는 길이라고 하니, 자네는 분명 펠레우스의 아들의 막사가 어디에 있는지도 잘 알 것 같네. 간청하건대, 우리를 그의 막사로 좀 데려가 주게! 그 대가로 이 값진 황금 잔을 자네에게 주겠네!"

마구 기뻐할 줄 알았던 젊은이의 얼굴에 옅은 미소가 떠올랐다. 프리아모스 왕은 젊은이의 예기치 못한 반응에 당황했지만, 침착하게 그의 대답을 기다렸다.

"노인의 호의에 감사드립니다." 어둠 속에서 매우 진지한 목소리가 들려왔다. "하지만 제가 하는 일의 대가로 선물을 받는 일은 금지되어 있습니다. 어쨌든 기꺼이 당신을 아킬레우스 님께 모셔다 드리겠습니다. 인간과 안전하게 동행하는 일은 제게 큰 기쁨입니다."

젊은이가 말했다.

젊은이는 서둘러 마차 위로 뛰어 올라와 왕의 손에서 채찍을 받아 들었다. 말들이 바람처럼 달리기 시작했다. 프리아모스는 어둠 속에서 말을 모는 기이한 젊은이의 옆모습을 바라보며, 그가 도대체 누구일까 골똘히 생각했다.

갑자기 그의 머릿속에 한 가지 생각이 떠올랐다.

"제우스께서 친절한 헤르메스 신을 보내시어 너와 동행하게 하실 것이다!"

올림포스의 전령인 이리스 여신께서 이렇게 말했었다.

눈 깜짝할 사이에 그들은 아킬레우스의 막사에 다다랐다.
어떻게 아카이아 보초병들의 눈에 띄지 않고 무사히 여기까
지 올 수 있었을까?

프리아모스는 낯선 젊은이가 왼손에 들고 있던 황금 지팡
이를 공중으로 치켜들고 여러 번 동그라미를 그리며 흔드는
것을 보지 못했다. 젊은이가 지팡이를 흔들자 방벽 위에서,
전차 옆에서, 그리고 막사 앞에서 보초를 서던 보초병들이 일
제히 깊은 잠에 빠져들고 말았던 것이다.

"저기 보이는 곳이 펠레우스의 아들이 거처하는 막사입니
다." 젊은이가 말했다. "지금부터는 홀로 저 막사 안으로 들
어가셔야 합니다. 저는 더 이상 당신과 동행할 수 없습니다.
불사의 신들이 인간의 처소에 직접 들어가는 일은 극히 드물
기 때문입니다."

젊은이는 곧 사라졌고 프리아모스는 다시 용기를 잃고 혼
자 버려진 듯한 느낌에 사로잡혔다. 그러나 얼른 정신을 차리
고 용기를 내어 막사 가까이로 다가갔다. 막사 안에서 낮은
목소리가 흘러나오고 있었다.

막사 입구에는 보초병도 서 있지 않았다. 프리아모스는 막사 입구에 쳐놓은 장막을 들추고 조심스럽게 발을 들여놓았다. 언뜻 보기에 그곳에는 아무도 없는 것 같았다. 그러나 곧 무슨 소리가 들렸다. 프리아모스 왕 바로 앞에 몸이 가냘프고 어두컴컴한 형상 하나가 다가와서 섰다. 그 어두운 형상은 막사 한쪽 구석 바닥에 몸을 웅크리고 있던 여자였다. 그녀는 마치 프리아모스가 내실로 들어가지 못하게 막으려는 것 같았다. 그녀 뒤편의 내실에서는 흐릿한 불빛이 새어 나오고 있었다. 프리아모스의 얼굴을 확인한 여자는 그가 누구인지 알고 있는 눈치였다. 낮은 비명과 함께 흠칫 놀라 뒤로 물러섰다. 그리고 이내 그 자리에서 사라졌다. 아마도 시녀인가 보다고 생각한 프리아모스는 곧 그녀의 존재를 잊었다.

숨을 한 번 깊게 들이쉰 뒤 그는 내실 앞에 쳐놓은 커튼을 옆으로 젖혔다. 세 명의 남자가 안쪽에 있는 탁자에 둘러앉아 있었다. 두런두런 나누던 대화를 일시에 멈추고 모두 프리아모스를 뚫어져라 쳐다봤다. 죽음의 나라에서 온 사자라도 보듯 놀란 눈빛이었다.

아킬레우스가 자리에서 일어나 천천히 프리아모스에게로 다가왔다.

"어떻게 아카이아 진영으로 직접 왕림하실 용기를 내셨습니까?" 아킬레우스는 자기 눈을 못 믿겠다는 듯이 놀라며 말했다. "분명 어느 신께서 당신을 보호하신 모양이군요. 그게 아니라면 당신께서는 밧줄에 꽁꽁 묶여 아가멤논의 막사로 호송되었거나, 당신의 몸에 이미 수십 개의 창이 꽂혀 있었을 텐데 말입니다!"

프리아모스는 아무런 대답도 하지 않았다. 그의 마음속에 엄청난 갈등이 일고 있었다. 그 앞에는 지금 이 세상 그 어느 누구보다도 자신에게 큰 고통을 안겨준 사내가 서 있다. 그런데 그는 그 사내에게 간청을 해야만 한다.

프리아모스는 아킬레우스 가까이 한 발 더 다가가 그의 앞에 무릎을 꿇고 그의 두 손을 잡았다. 이 손이 내 아들 헥토르를 죽였구나! 고개를 숙인 프리아모스의 이마 위로 백발이 쏟아져 내렸다.

"아킬레우스여! 나를 보시오!" 프리아모스가 말을 하기 시작했다. 한 마디 한 마디 내뱉기가 이루 말할 수 없이 힘들고 고통스러웠다. "아마 이 세상 인간들 중 그 누구도 자기 아들을 죽인 자 앞에서 무릎을 꿇은 사람은 없었을 것이오! 그러니 내가 여기 이렇게 당신 발 앞에 무릎을 꿇고 있는 것을 제발 가벼이 여기지 말아주시오! 나만큼 나이가 많이 드셨을 당신의 아버님을 생각해서라도 말이오! 나는 아들이 많았소. 그러나 거의 모두 이번 전쟁에서 목숨을 잃었소! 그중에서도 헥토르는 제일 훌륭하고 자랑스러운 아들이었는데 바로 당신이 내게서 아들을 빼앗아갔소. 당신에게 간청하건대, 내 아들을 다시 내게 돌려주고 그 대가로 저 바깥의 수레에 실려 있는 선물을 받아주시오! 혹여 선물이 모자라서 마음에 차지 않는다면 얼마든지 더 요구하시오. 원하는 만큼 드리리다!"

프리아모스 왕이 말을 마쳤을 때, 아킬레우스는 그 자리에 꼼짝 않고 서 있었다.

그는 노인의 백발을 내려다보았다. 아킬레우스의 손을 꽉 움켜쥐고 있는 노인의 두 손이 심하게 떨렸고, 그 떨림은 아킬레우스에게 고스란히 전해졌다.

아킬레우스는 더 이상 노인이 자기 발 앞에 무릎을 꿇고 엎드려 있는 것을 두고 볼 수가 없었다. 파트로클로스가 죽은 이후 처음으로, 백발이 성성한 이 늙은 왕이 자신보다 훨씬 더 많은 고통을 감내해야 했으리라는 생각이 아킬레우스의 마음속에 떠올랐다.

바로 그 순간 아킬레우스의 마음을 굳게 닫고 있던 빗장이

풀렸다. 커다란 동정심이 그의 마음 깊은 곳에서 솟아났고 선량하고 따뜻한 인정이 차갑던 그의 내면을 채웠다. 아킬레우스가 아주 오랜 세월 동안 가져보지 못한 마음이었다.

아주 부드러운 동작으로 프리아모스 왕의 손에서 자기 손을 빼낸 아킬레우스는 왕을 천천히 일으켰다.

"간청드리건대, 여기 의자에 앉으시지요!" 그는 예의를 갖추어 매우 공손하게 말했다. "당신은 그동안 너무도 많은 불행을 겪으셔야만 했습니다! 신들께서 우리에게 내리시는 운명이 무엇이든 간에, 우리는 그대로 받아들일 수밖에 없습니다. 당신께는 많은 아드님이 계시지요. 그들 중 이미 여럿을 잃으셨습니다. 제 아버님에게는…… 오직 단 한 명의 아들밖에 없습니다. 그게 바로 접니다! 그런데 저 역시 고향으로 돌아가서 늙은 아버님을 돌볼 수 있는 운명이 아닙니다! 그러나 지금 당신께서는 저와 함께 먹고 마셔주시기 바랍니다. 모든 고통을 잠시 접어두고 그렇게 해주시기를 간청드립니다. 그러고 나서 저와 함께 제 막사에서 잠을 주무시는 영광을 제게 베풀어주시기 바랍니다! 내일 아침, 첫새벽이 밝는 대로 당신은 아드님을 데리고 트로이로 돌아가실 수 있을 것입니다."

프리아모스 왕은 아킬레우스의 제안을 말할 수 없이 반가운 마음으로 받아들였다.

아킬레우스는 밖으로 나가 하인들과 시녀들을 불러 프리아모스 왕이 가져온 선물을 막사 안으로 들여놓으라고 명령했다. 선물 중에서 값비싼 양탄자 두 개와 흰 아마포로 만든 겉옷 하나를 따로 두었다가, 헥토르의 시신을 씻기고 향유를 바른 뒤에 그 시신에 옷을 입히고 양탄자로 덮으라고 지시했다.

모든 것이 명령대로 되고 나자 아킬레우스는 자기가 직접 헥토르의 시신을 안아서 선물을 싣고 온 짐수레에 눕혔다.

잠시 후 아킬레우스가 다시 막사로 들어갔을 때, 하인 하나가 횃불을 들고 나와서 그의 앞을 비추었다. 그때 아킬레우스는 브리세이스를 보았다. 그녀는 막사 구석에 몸을 웅크리고 앉아서 아킬레우스를 올려다보고 있었다. 얼굴은 야위었으며 두 눈은 슬픔에 빛을 잃었다.

그녀의 모습을 바라보며 아킬레우스는 마음이 푸근해지는 것을 느꼈다. 행복이라고 해도 좋을 것 같은 느낌이었다. 예전에 그녀가 항상 그의 곁에 있을 때의 바로 그 느낌이었다. 그녀 앞을 지나면서 아킬레우스는 그녀의 머리카락을 쓰다듬었다. 브리세이스는 재빨리 머리카락을 쓰다듬는 아킬레우스의 손을 잡았다. 야윈 얼굴에 수줍은 미소가 떠올랐다.

한편 병사들은 고기와 빵, 포도주를 준비해놓았다. 모두가 먹고 마시고 나자, 아킬레우스가 말했다.

"프리아모스 왕이시여, 헥토르의 장례를 모두 치를 때까지 며칠이나 걸릴 것 같습니까? 장례 절차를 끝마칠 때까지 아카이아 병사들로 하여금 전투를 멈추라고 하겠습니다!"

"고맙소!" 프리아모스가 대답했다. "당신께서 허락해주신다면, 아흐레 동안 헥토르의 죽음을 애도하는 시간을 가졌으면 합니다. 그동안 병사들을 시켜 이다 산에서 나무를 베어오게 하고 바윗돌을 깎아 비석을 만들게 할 작정입니다. 그래서 열흘째 되는 날 헥토르를 화장하고, 열하루째 되는 날 무덤의 봉분을 쌓겠습니다. 열이틀째 되는 날 전투를 다시 시작할 수 있을 것입니다. 우리가 전투를 꼭 해야만 하는 운명이라면 말입니다."

그날 밤 프리아모스 왕은 헥토르가 죽은 후 처음으로 잠을 잘 수 있었다. 그는 트로이인들이 가장 두려워하는 적장의 보호를 받으며 자신의 궁전에서와 같이 편안한 마음으로 잠을 청했다.

그러나 새벽하늘에 여명이 비추기가 무섭게 친절한 헤르메스 신이 프리아모스를 깨웠다.

"어서 일어나 서둘러 트로이 성으로 돌아가라! 아킬레우스는 너를 보호해주었지만, 아가멤논이나 다른 장수들이 아킬레우스처럼 너에게 친절을 베풀 것이라고 생각한다면 큰 오산이다!"

프리아모스와 늙은 하인은 또다시 헤르메스의 도움으로 아카이아 병사들의 눈에 띄지 않고 무사히 막사를 빠져나올 수 있었다. 그들은 서둘러 성을 향해 올라갔다.

스카만드로스 강기슭에 다다랐을 때, 헤르메스는 프리아모스에게 작별을 고하고 다시 올림포스 산으로 되돌아갔다.

프리아모스 왕의 마차가 스카이아이 성문으로 들어서는 모습을 본 트로이 사람들이 성벽과 망루 위, 그리고 도시의 골목골목에서 쏟아져 나왔다. 마차가 지나가는 길목마다 헥토르의 죽음을 애도하는 구슬픈 울음소리가 터져 나왔다. 말과 노새가 지나가도 앞을 막아선 사람들의 무리는 비켜설 줄을 몰랐다.

마침내 프리아모스 왕은 궁전의 안뜰에 도착했다. 사람들은 헥토르의 시신을 황금 기둥이 있는 홀 안으로 옮겨, 앞으로 아흐레 동안 안치하게 될 화려한 침대에 눕혔다. 대기하고 있던 가수들이 침대에 빙 둘러서서 애도의 노래를 부르기 시작했다.

가장 먼저 안드로마케가 죽은 남편의 곁에 다가갔다.

"이렇게 젊은 나이에 우리 곁을 떠나가시다니요!" 안드로마케는 울면서 말했다. "당신 아들이 아직 다 자라지도 않았는데 당신은 날 혼자 남겨두고 떠나셨어요. 아아, 불쌍한 우리 트로이인들이여, 이제 아무도 트로이를 멸망에서 구할 수 있는 사람이 없구나! 적군은 우리를 포로로 끌고 갈 것이고, 우리는 모두 낯선 나라에서 천한 일을 하면서 살아야만 할 것이다!"

"아아, 내 아들아!" 이번에는 헤카베 왕비가 울기 시작했다. "내 아이들 중 너만큼 사랑한 자식은 없었다! 너는 다른 자식들을 모두 합한 것보다도 훨씬 더 훌륭한 아들이었어! 신들께서는 어찌하여 너에게 이렇게 일찍 죽음의 운명을 내리셨단 말이냐!"

홀 안의 기둥 옆으로 프리아모스의 며느리들이 서 있었다. 그 가운데 헬레네도 있었다. 다른 며느리들이 헥토르에게 다가서기 전에, 헬레네가 서둘러 빠른 걸음으로 관 옆으로 다가갔다. 다른 며느리들이 못된 눈으로 그녀를 노려보며 웅성거렸으나, 헬레네는 아랑곳하지 않았다.

그녀의 아름다운 얼굴 위로 끊임없이 눈물이 흘러내렸다.

"헥토르여, 선하신 프리아모스 왕과 더불어 당신은 이 트로이 땅에서 제게 저주의 말을 퍼붓지 않은 유일한 분이셨어요! 당신은 제게 단 한 번도 화를 내지 않으셨지요! 당신의 형제들과 그들의 부인들이 제게 욕설을 퍼부을 때도 당신은 저를 두둔해주셨어요! 아아, 불쌍한 내 신세여, 이제 제게는 아무도 없어요. 다른 모든 이들이 저를 싫어하고 피할 뿐이에요!"

사람들이 차례로 헥토르의 시신 곁에 다가갔다. 왕가에 속하는 남자들과 여자들, 장수들과 병사들, 그리고 트로이의 모든 사람들이 빠짐없이 헥토르에게 작별을 고하며 슬퍼했다.

아흐레 동안 그들은 위대한 영웅의 죽음을 슬퍼하며 애도의 눈물을 흘렸다.

나무꾼들이 도끼와 새끼줄을 가지고 숲으로 갔고, 곧 성벽 앞에는 거대한 장작더미가 서서히 쌓여갔다. 그렇게 거대한 장작더미를 이전에 트로이에서 본 사람은 아무도 없었다.

석공들은 밤낮으로 바위를 깎아 여러 날 동안 비석을 만들었다. 열흘째 되는 날 헥토르의 시신을 밖으로 옮겨 장작더미 위에 올려놓았다. 트로이 언덕 위에 하루 낮, 하루 밤 동안 꼬박 불길이 솟아올랐다.

다시 아침이 되자, 사람들은 포도주로 장작더미의 남은 불씨를 모두 꺼뜨리고 그 안에서 헥토르의 뼈를 추려냈다. 추려낸 뼈를 금궤에 담고 그 위에 아름답게 깎은 돌들을 쌓아 돌무덤을 만든 다음, 마지막으로 비석을 높게 올렸다.

하룻밤 동안 어느 누구도 죽은 자의 평온을 방해하는 사람은 없었다. 열이틀째 되는 날 아침에 다시 전투가 시작되었다.

그러던 어느 날 전투가 거의 끝나고 저녁이 되어갈 무렵, 마침내 아킬레우스가 죽음을 맞게 되었다. 하루의 전투가 끝났으므로 모든 성문은 다시 닫혔고 아카이아 병사들은 언덕을 내려가 그들의 진영으로 향했다.

그때 아킬레우스가 마지막으로 다시 한 번 전차를 몰아 트로이 성을 한 바퀴 돌았다.

그가 스카이아이 성문 앞에 다다랐을 때 파리스가 망루 위에 서서 기다리고 있었다. 파리스는 화살 하나를 시위에 얹었다. 그 모습을 본 포이보스 아폴론이 파리스에게 다가가 그의 뒤에 섰다.

화살이 낮게 획 하는 소리와 함께 시위를 떠났을 때, 아폴론은 펠레우스의 아들의 발뒤꿈치를 향하도록 화살의 방향을 바꾸었다. 아킬레우스의 발뒤꿈치는 기이한 신의 섭리로 말미암아 그에게 치명적인 상처를 입힐 수 있는 부위였다.

그렇게 해서 아킬레우스는 그에게 내려진 예언대로 죽음을 맞게 되었다. 즉, 스카이아이 성문 앞에서 파리스가 쏘고 포이보스 아폴론이 방향을 바꾼 화살에 맞아서 죽을 것이라는 예언이 그대로 적중한 것이다.

호메로스의 서사시 『일리아스』

호메로스의 양대 서사시 『일리아스』와 『오디세이아』는 그리스 문학을 넘어서 현존하는 서구 문학 최고 최대最古 最大의 서사시로 손꼽히며, 성서와 더불어 서양 문학의 2대 원류로 자리매김하고 있다. 이 두 편의 서사시는 "각각 1만 5,000행과 1만 2,000행 정도의 방대한 분량이지만, 이른바 서사시권 epikoskyklos이라는 큰 전체 중에서 '트로이아 서사시권'이라는 한 부분의 일부"이다.* 이 '트로이아 서사시권'은 모두 여덟 편의 서사시들로 구성되어 있는데, 그중 첫번째가 '파리스의 심판'부터 그리스군이 트로이에 도착하기까지의 내용을 다루고 있으며, 그 두번째가 바로 『일리아스』이다. 『오디세이

---

* 호메로스, 천병희 옮김, 『일리아스』(숲, 2015), 754쪽.

아』는 일곱번째 서사시로, 이 두 작품이 질적으로나 양적으로 가장 뛰어나다고 볼 수 있다.*

일반적으로 『일리아스』는 우리에게 트로이 전쟁을 다룬 이야기로 가장 잘 알려져 있다. 하지만 이 책은 트로이 전쟁을 그 시작부터 차근차근 다루었다기보다, 트로이 전쟁이 막을 내리는 10년째 되는 해에 일어난 약 50여 일간의 사건을 기록한 것이다. 무엇보다 이 책은 그리스 최고의 영웅 아킬레우스의 지극히 인간적인 분노에 초점이 맞춰져 있다. 그는 전장에서는 용맹을 떨치며 신처럼 떠받들어지는 장수이지만, 동료가 주는 모욕에 쉽게 흥분하고 그로 인해 스스로를 견디기 힘든 비극적 상황에 빠뜨린다. 그의 절친한 친구 파트로클로스가 "정말이지, 자네 가슴속에는 돌로 된 심장이 들어 있는 것이 분명한 모양일세"라고 말한 것에서도 알 수 있듯, 타인의 고통에 공감하지 못하고 사납고 냉정하며 고집불통인 면모가 영웅 아킬레우스의 또 다른 모습이다.

『일리아스』는 바로 이런 아킬레우스의 분노에서 시작해 트로이의 용맹한 장수 헥토르의 장례로 끝이 난다. 그 사이에는 아킬레우스와 헥토르 외에도 아가멤논, 두 명의 아이아스, 디

---

* 같은 곳 참조.

오메데스, 아이네이아스 등 여러 용맹한 장수들의 대결을 비롯해, 올림포스 신들이 개인적인 원한이나 호의로 전쟁에 개입하여 벌어지는 온갖 사건과 감정 들이 생생하고도 흥미진진하게 어우러져 있다. 이러한 모든 등장인물들에 대한 섬세한 묘사를 볼 때, 『일리아스』는 단순히 수천 년 전에 일어난 전쟁에 관한 서사시로만 볼 수는 없다. 오늘날에도 여전히 유효한, 인간 군상들의 전형을 확인할 수 있는 보물창고라고 할 만하다.

특히 가장 사랑하는 아들 헥토르를 잃고 애통해하는 프리아모스 왕이 아들의 목숨을 앗아간 장본인인 아킬레우스에게 무릎을 꿇고 동정심을 구하는 장면과, 그 애통함 앞에서 비로소 굳게 닫힌 마음의 빗장을 풀고 고향에 있는 자신의 늙은 아버지를 떠올리며 눈물을 쏟아내는 영웅 아킬레우스의 모습은 이 책의 백미라 할 수 있다. 호메로스는 진정한 영웅이자 너무나 인간적인 모습을 동시에 지니고 있는 아킬레우스를 통해 '인간 본성'에 대한 탐구를 깊이 있게 보여주는 한편, '진정한 영웅의 면모'에 대해서 오늘날 우리에게 생생한 언어로 전달해준다.

호메로스는 누구인가

『일리아스』와『오디세이아』를 쓴 것으로 우리에게 알려진 호메로스는 소아시아의 이오니아 지방 출신으로 기원전 8세기경에 활동했다고 전해진다. 그러나 이 두 서사시가 호메로스의 작품인가에 대해서는 오늘날까지도 학자들 사이에서 논란이 되고 있다. 호메로스는 실재한 인물인가? 아니면 고대 그리스의 서사시인들 전체를 가리키는 말인가? 만일 호메로스가 실재한 인물이라면『일리아스』와『오디세이아』는 동일한 작가의 작품인가? 그를 둘러싼 질문들은 아직 정확한 답을 찾지 못하고 끝없는 논쟁의 대상으로 남아 있다.

그러나 분명한 사실은 지은이가 누구이든 간에『일리아스』와『오디세이아』는 완전한 예술적 구성으로 보편적 인간의 위엄과 정서를 그리며, 서구 문학사 전반에 가장 큰 영향을 끼쳤다는 점이다. 따라서 오늘날 서양 문학 전공자들은 물론이거니와, 일반 독자들에게도 이 작품들을 권하지 않을 수 없다. 그럼에도 불구하고 앞서 언급한 바와 같이 방대한 분량과 헤아릴 수 없이 많은 등장인물들과 신들, 그들이 만들어내는 얽히고설킨 이야기들, 시간의 흐름을 따르지 않는 서술 방식, 반복적이고도 틀에 박힌 서사시 특유의 비유 등이 독자들로 하여금 원전을 쉽게 접할 수 없게 만드는 요인으로 작용하고 있는 것도 사실이다.

이와 같은 특성을 지닌 호메로스의 원작을 오스트리아 작가 아우구스테 레히너가 독일어로 읽기 쉽게 평역하여 펴낸 것이 바로 이 책이다. 총 24권에 달하는 레히너의 작품들은 원작의 진가를 훼손하지 않으면서, 오히려 원작보다 더 생생한 감동을 준다는 평가를 받으며 반세기 넘게 꾸준한 인기를 누리고 있다.

아우구스테 레히너를 말하다

내가 레히너의 작품들을 처음 접하게 된 것은 독일에서의 오랜 유학 생활을 마치고 귀국할 당시, 내게 적지 않은 학문적 영향을 끼친 한 교수님을 통해서였다. 귀국을 준비하던 내게 마인츠 대학의 고전어 전공 교수 슈피라Andreas Spira 선생은 레히너의 작품 세 권을 직접 사서, 이 말과 함께 귀국 선물이라며 내 손에 들려주었다.

"내가 고전어 전공 교수이고 수업 시간에 고전어로 된 원전들을 학생들과 함께 강독하지만, 작품 전체를 모두 다 읽혀야 할 때는 학생들에게 레히너의 책들을 추천한다. 한국 독자들에게도 꼭 소개가 되었으면 하니, 네가 이 책들을 번역했으면 좋겠다. 원작의 내용이나 뉘앙스를 해치지 않으면서도 적절한 분량과 문체로 원작 이상의 감동과 교훈을 주기 때문이다. 유일한 단점은 한번 손에 잡으면 마지막 장을 덮을 때까지 손에서 놓기가 힘들다는 것이다."

먼 나라 한국에서 온 제자가 번역한 책을 꼭 보고 싶다던 슈피라 선생은 이제 고인이 되었지만, 그분 덕분에 레히너와 그녀의 작품들을 한국 독자들에게 소개하게 되었다.

아우구스테 레히너(1905~2000)는 오스트리아의 대표적인 청소년 문학 작가이다. 인스부르크에서 태어나 인스부르크 대학에서 철학과 역사학을 전공했고, 제2차 세계대전이 끝난 후 본격적으로 청소년 문학을 집필하여 펴냈다. 레히너는 고대와 중세의 신화와 영웅 설화를 새롭게 작업하여 총 24권의 작품을 발표하였는데, 그를 통해 가치 있는 고전들을 청소년과 일반 대중들에게 확산 및 전달하는 데에 큰 역할을 했다.

레히너의 작품들은 1950년대에 대중적으로 큰 성공을 거둔 이래로 독일어권에서만 발행 부수가 수백만 부가 넘는 것으로 집계되고 있으며, 현재까지도 유럽에서 가장 많이 팔리는 청소년 도서로 손꼽히고 있다. 이는 레히너의 작품들이 읽는 재미는 물론이요, 원전이 지니고 있는 문학적 가치와 의의를 오롯이 담아내어 청소년뿐 아니라 성인에 이르는 폭넓은 독자층을 아우르며 큰 공감대를 불러일으켰기 때문이라고 할 수 있다.

아우구스테 레히너가 새로 쓴 『일리아스』

호메로스의 『일리아스』는 그리스와 트로이가 전쟁을 벌인 기간 중 10년째 되는 해를 기준으로 약 50일 동안에 벌어진 일들을 그린다. 그러나 올림포스의 신들이 아이티오페스인들의 나라에서 열린 잔치에 참석하느라 자리를 비우거나 그리스 진영에 전염병이 돌았을 때, 혹은 아킬레우스가 여러 날에 걸쳐 헥토르의 시신을 모독하고 그 후 헥토르의 장례를 치르느라 전쟁이 중단되었던 날들을 빼고 나면, 실제로 사건이 일어난 기간은 며칠로 줄어든다. 이렇듯 짧은 시일 동안 벌어진 일들을 전 24권, 총 1만 5,000여 행에 달하는 방대한 대서사시 형식으로 서술한 것을 보면, 이 작품에 얼마나 많은 인물들과 신들이 등장하고 그들이 엮어내는 이야기들이 얼마나 복잡하고도 상세하게 서술되어 있는지를 알 수 있다.

레히너는 복잡하고 긴 육각운율hexameter로 되어 있는 고대 서사시를 압축해 산문으로 옮겨놓으면서, 원작의 문체적 특징이나 표현상의 장단점들을 정확히 간파하여 독자들이 읽기 쉽게 재창작하였다. 즉, 서사시의 문체적 특징 중 하나인 엄숙하고 정형화된 표현들은 간결하고 생동감 있는 언어로 되살리면서, 호메로스 특유의 인간 삶에 대한 감각적이고도 날카로운 시각은 그대로 유지하였다. 따라서 레히너의『일리아스』는 단순화되고 자의적으로 변형되어 쏟아져 나온 기존의 평역서나 축약본과는 근본적으로 그 성격을 달리한다.

레히너의 작품을 논할 때면 언제나 영웅 신화를 소재로 한 작품을 통해, 작가가 청소년들에게 역사적 지식을 전달하고자 한다는 점이 강조되곤 했다. 하지만 이 점은 그다지 중요하지 않다. 레히너는 전설과 신화 속의 소재들을 흥미진진하면서도 극적으로 표현하는 법을 잘 알고 있는 작가로, 독자들이 너무나 흥미롭게 그녀의 작품 속에 빠져든 나머지 그것이 역사적 사실인지 아닌지조차 잊어버리게끔 만들기 때문이다. 레히너만의 생생한 서술 방식을 통해 독자들은 작품 속에서 자기 자신과 동일시할 수 있는 인물을 만나는 이상적인 기회를 얻게 된다. 바로 이 점이 레히너의 작품들이 오늘날까지도 엄청난 인기를 유지하며 꾸준히 읽히는 주된 이유이자, 독일 어권의 중·고등학교에서 읽기 교재로 각광받고 있는 데 대한 설명이 될 것이다.

아우구스테 레히너의 작품 세계

많은 고전을 새롭게 풀어 쓴 레히너의 가장 큰 관심사는 전해 내려오는 옛날이야기들을 놀랍도록 생생하게 다시금 불러내어, 우리 안에 있는 자아를 일깨우고 발전시키는 것이었다. 레히너는 고대의 신화와 서사시들을 재구성한 작품들을 통해 독자들에게 시대를 초월한 진정한 인간의 정신, 신의 섭리나 운명에 굴복하지 않고 고난을 적극적으로 극복하는 영웅들의 면모를 전달하고자 했다.

또한 레히너의 작품들은 독자들에게 문학적인 소양을 길러 주려 한다거나, 지식을 전달하려고 애쓰지 않는다. 작품 어디에서도 현학적인 표현들이 난무하거나 역사적인 사건들이 등장인물과 아무 연관성도 없이 단순하고 건조하게 나열되어 있지 않은 것만 보아도 잘 알 수 있다.

레히너는 작품을 통해서 독자들을 감동시키고 변화시키는 데 관심을 가졌다. 일례로 레히너의 작품에는 독자들이 자신과 동일시할 수 있는 좋은 모델들이 많이 등장하는데, 훌륭한 장수나 훌륭한 보초병, 훌륭한 전령은 어떠해야 하는지 등이 잘 나타나 있다. 바로 그러한 점들이 레히너가 과거의 전설이나 신화들을 단순히 반복하여 서술하지 않고, 완전히 새롭게 재구성했다고 평가할 수 있는 근거이다. 원작에 나타난 지나치게 폭력적이거나 선정적인 장면들은 되도록 줄이고, 인간 정신의 위대함과 어려운 상황을 극복해내는 용기 등이 그려진 부분은 더욱 세밀하게 서술했다. 레히너는 원작이 다루었던 소재와 시대적 배경의 특징을 훼손하지 않으면서도 수천 년이 지나도 퇴색되지 않는, 오히려 현대를 살아가는 우리에게 더욱 절실한 미덕들을 쉽고도 생생한 언어로 전달해준다.

이러한 레히너의 작품들이 우리나라 독자들에게도 널리 읽히길 기대하며, 특히 고전의 위대함과 필요성을 절감하면서도 원전을 접하기 힘들었던 이들에게 도움이 되었으면 한다.

주요 신 및 인물 소개

황금 사과가 불러온 비극

파리스

젊고 잘생긴 트로이의 왕자. 인간들 중 가장 미남이었던 까닭에 헤라, 아테나, 아프로디테 세 여신을 놓고 '가장 아름다운 이에게'라고 쓰인 황금 사과의 주인을 결정하는 심판을 맡게 된다. 절세미인을 약속한 아프로디테에게 황금 사과를 주고, 그녀의 도움을 받아 트로이로 헬레네를 빼앗아 와 전쟁을 촉발시킨다. 이후 헬레네의 남편 메넬라오스와의 대결을 수락하나 도망치는 바람에 전쟁은 더욱 격렬해진다.

헤라

제우스의 아내로 신들의 여왕이자 결혼과 출산의 여신. 파리스에게 황금 사과의 대가로 부귀영화와 권세를 약속한다. 하지만 선택받지 못한 데 대한 복수심으로 아카이아 편에 선다. 제우스에게 속임수를 써 아카이아군을 지원하기도 한다.

아테나

전쟁과 지혜의 여신. 파리스에게 황금 사과의 대가로 전쟁에서의 승리와 명예를 약속하지만, 선택을 받지 못하고 아카이아의 편에 서서 전쟁에 개입한다.

아프로디테

미의 여신. 파리스에게 가장 아름다운 여인을 주기로 약속하고 황금 사과를 받는다. 파리스가 메넬라오스의 아내인 절세미인 헬레네를 얻도록 돕는 한편, 전쟁이 벌어진 후 트로이 편에 서서 그들을 보호한다.

헬레네

라케다이몬의 왕 메넬라오스의 아내. 뛰어난 미모 때문에 결혼 전 수많은 아카이아 장수들의 구애를 받았다. 이때 맺은 구혼자들 간의 맹세 때문에 그녀가 파리스와 트로이로 떠난 후 아카이아 연합군이 결성되어 전쟁이 벌어진다.

트로이 왕가

프리아모스

트로이의 마지막 왕. 인자하고 따뜻한 성품으로 많은 이들에게 존경받았다. 아들 파리스 때문에 벌어진 전쟁으로 많은 자식들을 잃게 되는 고통을 겪는다. 아킬레우스에게 죽임을 당한 맏아들 헥토르의 시신을 거두기 위해 목숨을 걸고 그의 막사로 찾아가 눈물로 호소한다.

헤카베

프리아모스의 아내. 많은 자식을 두었으나 전쟁으로 다수를 잃는 아픔을 겪는다.

헥토르

프리아모스 왕의 맏아들. 트로이군의 총사령관이자 트로이에서 가장 용맹한 장수. 자상한 남편이자 아버지의 면모를 보이며, 가족들의 만류에도 불구하고 트로이를 위해 아킬레우스와 일전을 벌인다.

안드로마케

헥토르의 아내. 헥토르와의 사이에 아들 아스티아낙스를 두었다. 남편의 안위를 끊임없이 걱정한다.

데이포보스

트로이의 왕자. 형 헥트르를 따라 전쟁에 참전한다.

헬레노스

트로이의 왕자이자 예언자. 카산드라와 쌍둥이로 태어났다. 전쟁을 원치 않았지만, 형 헥토르를 위해 참전한다.

폴리도로스

프리아모스 왕의 막내아들. 전쟁에 참전해 아킬레우스에게 죽임을 당한다.

트로이의 장수들

아이네이아스

트로이의 왕족 앙키세스와 아프로디
테 여신 사이에서 태어나 '여신의 아
들'이라 불린다. 프리아모스의 사위
이기도 하다. 트로이에서 헥토르 다
음가는 뛰어난 장수로, 트로이의 멸
망을 끝까지 지켜본다.

사르페돈

리키아인들의 지도자. 제우스의 아
들로, 파트로클로스 창에 맞아 죽음
을 맞는다.

글라우코스

사르페돈의 사촌이자 리키아인들의
장수. 트로이 전쟁에 참가해 용감히
싸운다.

폴리다마스

헥토르의 작전 참모. 헥토르 곁에서
뛰어나고도 충직한 조언을 아끼지
않는다.

아카이아의 장수들

아가멤논

미케네의 왕. 메넬라오스의 형이자 아
카이아의 트로이 원정대 총사령관.
오만함으로 아폴론 신의 분노를 사
아카이아군을 위험에 빠뜨리기도 하
며, 후에 브리세이스를 놓고 아킬레
우스와 불화를 일으킨다.

메넬라오스

라케다이몬의 왕이자 헬레네의 남
편. 파리스에게 아내를 빼앗긴 후 연
합군을 결성해 트로이로 출정한다.

아킬레우스

펠레우스와 요정 테티스의 아들. 아
카이아 최고의 장수. 친구 파트로클
로스와 함께 미르미돈인들을 이끌
고 전쟁에 참전한다. 아기 때 테티스
가 발뒤꿈치를 잡고 스틱스강에 몸
을 적셨기 때문에 다른 부위는 부상
을 입지 않지만, 그곳은 유일한 약점
이 되었다는 이야기가 전해진다.

파트로클로스

아킬레우스의 절친한 친구. 위기에
빠진 아카이아군을 위해 분노한 아
킬레우스를 설득하여 그의 무기와
전차를 빌려 출전했으나, 헥토르의
손에 죽임을 당한다.

오디세우스

이타케의 왕. 지혜로우며 언변에 능
한 지략가로, 아카이아군이 위기에
빠질 때마다 도움을 준다.

디오메데스

아르고스인들을 이끌고 출정한 아카
이아의 용맹스런 장수. 아테나 여신
의 도움으로 아프로디테 여신과 아
레스 신을 공격해 부상을 입힌다.

(큰) 아이아스

텔라몬의 아들로 살라미스인들을 이
끌고 참전한다. 아킬레우스 다음가
는 최고의 장수로, 아킬레우스가 불
참한 동안 트로이군에 대항해 용감
히 싸운다. 헥토르와 일대일로 결투
를 벌이기도 한다.

(작은) 아이아스

오일레우스의 아들로 로크리스인들
을 이끌고 참전한다. 체구는 작으나,
민첩하고 투창술과 달리기에 능하다.

네스토르

필로스의 왕. 나이가 많고 온화한
성품으로, 아카이아군이 위기에 빠
질 때마다 현명한 조언을 건넨다.

안틸로코스

네스토르의 아들로, 전차를 모는 솜
씨가 뛰어나다. 아킬레우스에게 파
트로클로스의 전사 소식을 알린다.

이도메네우스

크레타의 왕. 트로이 전쟁에서 뛰어
난 활약을 보인다.

테우크로스

'큰 아이아스'의 이복동생. 아카이아
군 중 최고의 궁수로 이름을 날린다.

438

신들의 전쟁

제우스

올림포스의 통치자로, 신과 인간 들을 다스린다. 두 편으로 나뉜 신들을 중재하며, 운명의 저울로 트로이와 아카이아의 승패를 가른다.

포세이돈

바다의 신. 여러 인간의 모습으로 변해 아카이아 병사들 사이를 오가며 사기를 드높인다.

아폴론

궁술의 신이자 예언과 음악의 신. 자신을 섬기는 사제를 모욕한 아가멤논에게 분노해 트로이의 편에 서서 아카이아인들을 응징한다.

헤파이스토스

불과 대장간의 신. 헤라의 아들로, 제우스에게 반항하다 하늘 아래로 떨어져 다리를 절게 된다. 요정 테티스의 부탁으로 아킬레우스에게 특별한 장비를 만들어준다.

아레스

전쟁의 신으로, 싸움과 불화를 조장하고 이를 관망하며 즐긴다. 트로이 편에서서 전쟁에 개입한다.

아르테미스

사냥과 순결의 여신. 아폴론의 쌍둥이 누이로, 트로이의 편에 선다.

테티스

바다의 요정이자 아킬레우스의 어머니. 아가멤논에게 브리세이스를 빼앗긴 후 분노에 가득 찬 아들을 위해 제우스 앞에 나서 아카이아군이 아킬레우스 없이 승리하지 못하게 해달라고 간청한다.

ILIAS

등장인물 소개
등장인물 관계도

트로이

아프로디테

아폴론

아이네이아스

파리스 ∞ 헬레

프리아모스
8
헤카베

헥토르 ∞ 안드로마케

데이포보스   사르페돈

헬레노스   글라우코스

폴리도로스   폴리다마스

⋮

제우

아르테미스   아레스